TU CABELLO
ES LA FRONTERA

TU CABELLO ES LA FRONTERA

J. Jesús Esquivel

Grijalbo

Tu cabello es la frontera

Primera edición: noviembre, 2019
Primera reimpresión: noviembre, 2019

D. R. © 2019, J. Jesús Esquivel

D. R. © 2019, derechos de edición mundiales en lengua castellana:
Penguin Random House Grupo Editorial, S. A. de C. V.
Blvd. Miguel de Cervantes Saavedra núm. 301, 1er piso,
colonia Granada, alcaldía Miguel Hidalgo, C. P. 11520,
Ciudad de México

www.megustaleer.mx

ISBN: 978-607-318-549-3

Impreso en México – *Printed in Mexico*

El papel utilizado para la impresión de este libro ha sido fabricado a partir de madera
procedente de bosques y plantaciones gestionadas con los más altos estándares ambientales,
garantizando una explotación de los recursos sostenible con el medio ambiente y beneficiosa para las personas.

UNO

El médico que asistió su nacimiento le dijo a su madre al colocársela sobre los brazos: "Esta niña va a ser muy traviesa. Tiene unos ojos vivarachos. Le dará muchos dolores de cabeza, señora". Sus padres le pusieron por nombre Carolina.

Don Alberto Campos Rojas nació en el estado de Zacatecas, fue hijo único; sus padres eran dueños de varios ranchos. El papá de don Beto fue un ganadero de abolengo, muy rico, quien procreó otros hijos con las mujeres de sus peones o con las sirvientas de la Casa Grande, donde vivía con Luisa, su esposa y heredera de vastos terrenos en el estado.

Un día, al regresar de la escuela, Beto —que entonces tendría catorce años más o menos— encontró llorando a su madre.

Las lágrimas corrían por las mejillas de Luisa y Beto quiso saber qué pasaba. El rostro de su madre indicaba que algo grave la afligía.

—Nada, hijo, nada. No tengo nada, son achaques de vieja.

Beto no le compró el cuento; la conocía bien y sabía que ese llanto debía ser el resultado de algo serio.

Cuando iba rumbo a la cocina a preguntar a una de las mujeres que ayudaban con el quehacer qué había ocurrido en su casa durante su ausencia, escuchó el disparo. El tronido retumbó en el cuarto de su mamá. Llegó como rayo al recinto y la encontró en el suelo, al pie de la cama. Su madre se había dado un tiro en la sien con la pistola del marido. Al levantar el cuerpo inerte, Beto reparó en la nota: "Eres un puerco, un hombre asqueroso sin límites, te miré cuando te revolcabas en la caballeriza con la hija de Margarita. ¿Acaso no sabes que esa muchacha es también hija tuya? Maldito desgraciado; prefiero el infierno antes que seguir viviendo contigo".

Beto sintió un dolor agudo en el vientre mientras apretaba con rabia infinita la nota que había dejado escrita su madre antes de suicidarse. Al alzar la vista, miró a su padre recargado en el marco de la puerta. Su rostro tenía una mueca de incredulidad y coraje.

—¿Qué hizo la bruta de tu madre? ¡Se mató con mi pistola!

Beto no dijo nada, guardó el pedazo de papel en el bolsillo del pantalón y levantó en brazos el cuerpo sin vida de su progenitora.

El velorio y el entierro de Luisa fueron lo último que vivió Beto en Zacatecas. El mismo día de las exequias y sin volver a intercambiar palabra con su padre, se fue de la Casa Grande con cien pesos en la bolsa y la ropa de luto que se había puesto para despedirse de su madre en el panteón. Al llegar a la terminal camionera se subió al primer autobús que se topó de frente, sin leer ni poner atención al letrero del destino final.

Fue así como en 1954 Alberto Campos Rojas llegó a Ciudad Juárez, Chihuahua.

Maura Robles Hinojosa, Maurita, sabía que sus papás eran de Durango. Toda su familia estaba regada por ciudades de la frontera norte de México. Tenía primos en Tamaulipas, Sonora, Nuevo León y, por supuesto, Chihuahua.

A Maurita sus padres la llevaron a vivir a Ciudad Juárez cuando tenía cinco años. Ella se consideraba una juarense cien por ciento. Allí, en esa siempre extraña pero amada ciudad, pasó su niñez y estaba en plena adolescencia cuando conoció a Beto. Se encontró con él un día de marzo en el mercado municipal. Ella acababa de cumplir diecisiete años cuando se miró por primera vez en esos ojos verdes que no dejaban de observarla desde que estaba comprando el recaudo en uno de los puestos. A partir de ese momento se sintió una mujer completa, que deseaba ser amada por ese hombre que la miraba con embeleso y ternura.

Desde pequeña, Maurita sabía leer lo que decían las miradas de las personas. "Esta niña tiene un don, adivina las cosas", le dijeron a su madre varias de sus comadres cuando se enteraron de que ella supo un día antes que su tío Martín moriría atravesado por las navajas de los bandidos que le robaron la cartera al salir del trabajo. Se lo advirtió a su mamá y a su tío, pero la tomaron por loca y no le creyeron.

—Cállate, Maura, no seas ave de mal agüero —le gritó su padre, que escuchó la premonición.

Ese día en el mercado Beto le dijo que le permitiera ayudarla con la canasta. Maura aceptó al instante. El galán —porque Beto era galán: blanco, fornido, ojo verde, y olía muy bien, a colonia fina— le contó que trabajaba como ayudante en un taller mecánico y que estaba ahorrando para comprarse un carro. Maurita supo en ese mismo instante que había encontrado marido; que Beto era trabajador, honrado y bueno; que con ese hombre tendría siete hijos y una vida larga de matrimonio.

El calor seco de Juárez no hizo mella en el porte de Maurita mientras caminaba del brazo de Beto a sólo minutos de haberlo conocido. Tenía una figura envidiable y, aunque siempre vestía muy recatada —faldas abajo de la rodilla y blusas cerraditas hasta el cuello—, su caminar era un oleaje prometedor. Beto ni siquiera se fijó en ello. De Maurita le atrajo su rostro y su cabello. Tenía ojos negros, nariz respingada y unos labios que daban ganas de mordisquearlos. Su cabello era una enredadera azabache de la que quedó prendado apenas la hubo rozado levemente con los dedos. A los tres meses de aquel encuentro en el mercado, Maurita y Beto se casaron por la iglesia y el civil.

A los cuarenta años de don Beto y a los treinta y nueve de doña Maurita, nació Carolina, en un hospital particular.

Don Beto era dueño de tres talleres de reparación de motores de automóviles y motocicletas ubicados en la avenida 16 de Septiembre, a orillas del mercado de Los Cerrajeros. Tenía dinero suficiente para pagar los gastos médicos de un parto en un sanatorio particular y no arriesgar a su mujer a que pariera en una de las clínicas de gobierno, que dan mal servicio y siempre hacen cesáreas a las mujeres parturientas, aunque no lo necesiten.

Carolina era la adoración de su padre y de Maurita, aunque el carácter siempre huraño de ésta le impedía demostrarle a su hija, la última de los siete que tuvo, lo mucho que la amaba. El médico que la vio nacer no se equivocó: los ojillos color miel de Carolina eran un punto de atracción y de cautiverio. Su madre le ponía vestidos cuyas tonalidades la ayudaran a resaltar el color de los ojos. De don Beto, la niña heredó el tono de piel; de Maurita la nariz, los labios gruesos y la mata de pelo que le serpenteaba ondulada por la espalda hasta la cintura. Carolina era una niña bonita, una güerita de las pocas que había y nacían en Ciudad Juárez.

Desde su casa, ella y sus seis hermanos —cuatro hombres y dos mujeres— estaban acostumbrados a ver caminar por las calles polvorientas de su tierra a hombres y mujeres que con sus miradas parecían hacer preguntas que ellos no sabían cómo responder. Durante la infancia de Carolina, Ciudad Juárez fue un pueblo grande, tranquilo, punto de paso para miles de personas que llegaban de cualquier zona de México a buscar empleo por unos cuantos días hasta familiarizarse con el lugar, juntar el dinero necesario para pagar los coyotes o polleros a fin de cruzar como indocumentados la frontera, llegar a El Paso y de ahí irse a cualquier otra ciudad de ese país que ofrecía dólares.

La casa que don Beto construyó para Maurita y sus hijos era grande. Al frente contaba con un patio amplio en el que había una pileta con cuatro lavaderos que ya no se usaban. En el inmueble de una planta había cinco habitaciones, dos para los cuatro hombres, dos para las tres mujercitas y la recámara matrimonial.

Roberto y Javier, los hermanos mayores de Carolina, dormían en una habitación, Luis y Pedro en otra, Angélica y Sara en otra, y Carolina, por ser la más pequeña y consentida del papá, era dueña del cuarto grande de la casa. Desde que salió del sanatorio, a Carolina la instalaron en la recámara matrimonial. Cuando cumplió un año, sus padres le cedieron el trono y se mudaron a la habitación que originalmente le habían asignado. Angélica y Sara la odiaban por eso y por todas las deferencias que tenía su padre para con aquella güereja.

La diferencia de edad entre Roberto y Carolina era de veinte años, y su hermano mayor la trataba como a la princesa de la casa.

—Es más bonita que ustedes, pinches mugrosas —decía Roberto a Sara y a Angélica, simplemente para hacerlas enojar.

Roberto se divertía con los celos que le tenían sus otras hermanas a Carolina. Angélica era cuatro años mayor que ella, y Sara, tres.

La escuela primaria Alfonso Reyes estaba a unas cuadras de la casa de la familia Campos Robles; ahí estudiaron sus hermanos mayores, y ahí estudiaban sus hermanas cuando Carolina ingresó al primer grado. Sus hermanas caminaban para ir al colegio, Carolina no. Don Beto la llevaba en su troca Chevrolet color rojo.

—No conoce muy bien el camino. ¿Qué tal si se la lleva el señor del costal? —explicaba a sus dos hijas mayores, quienes refunfuñando aceptaban la discriminación a cambio del billete de diez pesos que su padre les daba a escondidas de Maurita.

Don Beto amaba a todos sus hijos, pero Carolina era su preferida. La mirada traviesa y misteriosa de su hija menor le recordaba la de su propia madre durante los momentos felices que vivió en el rancho de Zacatecas, del que nunca hablaba ni con su mujer.

—Tienes los ojos de tu abuelita Luisa. Si me das un beso te digo un secreto y te doy un caramelo.

—¿De verdad, papi? —le decía Carolina a don Beto antes de que la levantara en brazos para que le diera el beso.

—Tus ojitos son más bellos que los de tu abuelita Luisa. Ella nos mira desde el cielo y se va a enojar y a ponerse celosa, pero se le quitará si me das otro besito.

Don Beto siempre llevaba dulces en los bolsillos; decía que los angelitos se los colocaban allí para que él se los entregara a la niña más bonita de todo Ciudad Juárez: Carolina. Por igual, Angélica y Sara recibían golosinas, pero no por darle besos a su padre, sino por lavar los trastes sucios, barrer o servirles las sobras de la comida a los perros. Doña Maurita siempre tenía perros en la casa, cuatro o cinco. Los canes eran huéspedes escuálidos y pasajeros; los recogía de la calle y por el mismo lugar por el que llegaban desaparecían el día menos pensado. La excepción fue Pistolero, un pastor alemán que le dieron a don Beto, desde cachorro, unos jóvenes como pago por la reparación del motor de una motocicleta. Pistolero, como su dueño, era fiel adorador de Carolina y la seguía a todas partes. Por eso, en las tardes, cuando la niña regresaba de la escuela y salía a jugar al patio, a Maurita no le daba congoja. Pistolero la tenía vigilada y no permitiría que ningún desconocido se le acercara. Incluso, el guardián les ladraba a Angélica y a Sara cuando molestaban a la niña. A Sara le aventó un mordisco una vez que hizo llorar a Carolina porque le arrebató un juguete.

Desde que Carolina aprendió a caminar y hablar, a su madre le intrigó que su hija prefiriera estar cerca de sus hermanos y no de Angélica y Sara. Deseaba jugar con sus hermanos a los balazos, como lo hacían los vaqueros en las películas que su papi veía en la televisión. Le fascinaban los *dompes* amarillos de lámina de la marca Tonka que vendían solamente en el otro lado y que seguramente habían pertenecido a sus hermanos. Los encontró en el cuarto de los trebejos que estaba en la huerta. En la caja de carga de esos vehículos Carolina cabía muy bien, sentadita. Sobre ellos, cuando estaban de buenas, Luis o Pedro la paseaban por el patio tirando del Tonka con un lazo. En más de una ocasión el poderoso *dompe* con Carolina como carga se estrelló contra las macetas de geranios y rosas que Maurita tenía por todo el patio de la casa.

—Te vas a volver machorra —le gritaba Pedro cuando su hermanita le proponía agarrar una de las pistolas de plástico para batirse a tiros.

Como la casa de la familia Campos Robles se encontraba a media altura del Cerro del Indio, los siete hijos de don Beto y Maurita, parados en el patio de su casa, podían ver a lo lejos Estados Unidos. La ciudad de El Paso les quedaba justo de frente, y desde su punto de observación miraban miles de automóviles dirigirse hacia el norte y hacia el sur, sobre la carretera interestatal número 10 que se encuentra a unos metros del río Bravo que divide a México de Estados Unidos y a Ciudad Juárez de El Paso. Sin embargo, los hijos de don Beto y doña Maurita no sentían la menor atracción por Estados Unidos y menos por El Paso. Como juarenses y fronterizos, tenían mica o tarjeta de migrantes, con la cual los agentes aduanales gabachos de los puentes internacionales les permitían ingresar a El Paso. Entrar y salir de Estados Unidos el mismo día para ir de compras o a comer era para la familia Campos Robles como ir al centro de Juárez por la mañana y regresar a su casa por la tarde.

A Carolina, cuando su madre la llevaba de la mano caminando a El Paso, lo que le gustaba de Estados Unidos eran los vestidos blancos que veía en las tiendas y los helados sabor vainilla de a veinticinco centavos de dólar que doña Maurita le compraba en el McDonald's antes de cruzar de regreso a casa por el Puente Santa Fe-Paso del Norte. Para los Campos Robles, Estados Unidos era su patio de enfrente; les valía madre que los gabachos y su gobierno consideraran a Juárez y todo México como su patio trasero.

De entre los siete hijos de doña Maurita, la menor era la más extrovertida. La mirada de Carolina la hacía distinta. Su belleza y color de piel eran la envidia de Angélica y Sara y motivo de pleito con sus compañeras de clase en la escuela Alfonso Reyes. Desde que ingresó a la primaria, a Carolina le surgieron enemigas.

14

Los lunes, cuando a las 9:15 de la mañana se rendía homenaje a la bandera y Carolina estaba formada en la fila de mujeres correspondiente a su salón, era víctima de pellizcos y jalones de cabello. No lloraba; se aguantaba pese a que los ataques eran constantes. Sabía que si flaqueaba se burlarían de ella. En su salón tenía pocas amigas; Mireya, su compañera de banca, posiblemente era la única. Fue Mireya quien le confesó que Leticia, una niña flaca y larguirucha, era la que le jalaba el cabello y ordenaba que le dieran pellizcos.

—Dice Leticia que tienes ojos de lagartija y cabello de bruja blanca —le reveló Mireya.

Ese día, al llegar a casa, Carolina se encerró en su cuarto y se soltó a llorar. Le fue imposible soportar que dijeran que tenía ojos de lagartija, esos animalitos feos que veía esconderse y correr sobre las bardas de las casas de adobe que había por su barrio. No asimilaba que tuviera el pelo de bruja blanca. Las brujas que había visto en la televisión no lo tenían como ella. Estuvo llorando y haciendo pucheros metida en su habitación hasta que escuchó el llamado de su madre para ir a comer.

La hora de la comida en casa de los Campos Robles era sagrada. Don Beto llegaba en punto de las tres de la tarde y Maurita tenía lista la mesa al momento que entraba a casa su marido. Los cuatro hijos varones de don Beto llegaban con él; montados en sus motocicletas, Roberto y Javier, los mayores, lo escoltaban, mientras él viajaba en su troca roja con Luis y Pedro. Roberto y Javier habían desertado hacía unos años de la escuela. Roberto no terminó la preparatoria; Javier sí, pero no quiso entrar a la universidad. Cada uno tenía a su cargo uno de los tres talleres que poseía su padre. Don Beto se ocupaba del

15

taller grande, adonde Luis y Pedro iban a trabajar cada tarde al terminar las clases de la prepa.

El ambiente a la hora de la comida era ameno. Don Beto contaba lo que acontecía en las calles alrededor de sus talleres. Estaba al tanto de los chismes y rumores que corrían como agua por los puestos de Los Cerrajeros. No se necesitaba un periódico para enterarse de lo que pasaba en la ciudad; con sentarse un rato a platicar con el dueño del puesto vecino era suficiente. Aunque el nombre del mercado hacía honor a la verdad, pues ahí había cerrajeros, era un lugar donde se vendía de todo, legal o ilegalmente.

Alberto Campos Rojas nunca llegaba a casa embarrado de aceite o de grasa. Pese a ser un gran mecánico, llevaba varios años de no ejercer el oficio; ahora sólo se encargaba de administrar sus talleres, que le dejaban bastante dinero. Además de sus hijos mayores, tenía once trabajadores que se encargaban de las reparaciones de los motores. A sus hijos menores y a sus tres hijas, don Beto les preguntaba a la hora de la comida por su día en la escuela. A Maurita, en voz alta siempre, le decía que era la mujer más guapa y la mejor cocinera de todo el norte. Recatada a más no poder, su mujer se sonrojaba y nunca respondía a los piropos.

Al terminar de comer, don Beto se sentaba en el sofá a leer el periódico de la tarde; el matutino lo había leído en su taller. Maurita hacía los menesteres de limpieza, junto con Angélica y Sara, y Carolina se ponía cerca de su papá a hacer la tarea. Sus hermanos se encerraban a descansar porque a las cuatro y media de la tarde debían salir de regreso a los talleres.

La misma tarde que Mireya le confesó quién era su agresora anónima, Carolina se levantó de la sala y le preguntó a su papá si existían las brujas blancas.

—Ni blancas, ni negras ni azules. Sólo existen las princesas hermosas como tú.

—¿Estás seguro de que no existen, papi?

—Segurísimo. No creas todo lo que ves en la televisión.

Como la respuesta de su papá sobre la inexistencia de las brujas no le fue suficiente, la niña se dirigió a la habitación de sus hermanos mayores.

—¿Que onda, güerita? —dijo Roberto apenas la vio entrar.

—En mi salón hay una niña que me pellizca, me jala el cabello y me dice que tengo ojos de lagartija y que soy una bruja blanca.

Javier y Roberto tuvieron ganas de soltar una carcajada, pero se aguantaron; sabían que de lo contrario provocarían el llanto de su hermanita y un drama familiar.

—Güerita, acompáñanos a la huerta —le pidió Roberto, mientras le guiñaba un ojo a Javier para que los siguiera.

—Te vamos a enseñar a pelear para que esa niña… ¿cómo se llama?

—Leticia.

—… Leticia —repitió Roberto— nunca más se meta con Carolina Campos Robles, la güera más bonita de Juárez. Tú no le vas a dar de pellizcos ni a desgreñarla, ¿verdad, Javier? Carolina, tú le vas a dar en la madre.

Carolina había escuchado en las calles de su barrio que a sus hermanos, pero en especial a Roberto, le tenían miedo los muchachos de la colonia y los del centro de Juárez. Su hermano mayor era alto y fornido; también Javier, aunque no tanto como Roberto.

Javier se paró frente a Roberto con los puños cerrados y se puso en guardia; sabía cuál era el siguiente paso de la lección que le impartirían a su hermana.

—Con el puño bien apretado le vas a pegar en la cara duro y sin miedo, así —dijo Roberto al tiempo que le soltaba un golpe a Javier, que lo recibió en plena boca.

Su hermano lanzó un escupitajo con sangre.

—Y si con ese trancazo no la haces llorar e intenta pegarte, rápidamente con la misma mano le das otro puñetazo, pero ahora en la nariz, así.

Al recibir el segundo golpe de Roberto, Javier cayó de nalgas contra el suelo y la sangre comenzó a manar de su rostro de forma efusiva. Roberto agarró una toalla que estaba colgada en uno de los tendederos y se la aventó a Javier para que se limpiara.

—Así es como le tienes que dar en la madre a esa Leticia. Mañana cuando salgas de clases te le acercas y le das cuando estén en la calle. Las maestras no podrán castigarte y verás que nadie volverá a meterse contigo en la escuela.

—Si no entiende con eso, nos avisas. Hay otras maneras de enseñarle que no se debe meter contigo —terció Javier, que continuaba limpiándose la sangre que le chorreaba de la nariz.

Esa noche Carolina se fue a dormir pensando que se convertiría en la niña más temida y poderosa de la escuela.

La jornada escolar del día del asalto fue una de las más largas para Carolina. En varias ocasiones durante la clase y a la hora del recreo miró a su enemiga, que siempre estaba rodeada por tres o cuatro compañeras. A la una en punto, Carolina fue la primera en dejar el salón. Tomó sus útiles, que acomodó dentro de la mochila de cuero, y se dispuso a esperar a su víctima a unos pasos de la reja de la escuela, junto a los vendedores de paletas heladas y chicharrones de harina con chile y limón. Cuando Leticia salió, Carolina llevaba un par de minutos con los puños listos para el ataque. Como si supiera que tenía una cita con el destino, Leticia se dirigió a Carolina.

—No soy bruja blanca ni tengo ojos de lagartija, pinche flaca fea —le gritó Carolina, al momento de lanzarle un puñetazo que se estrelló directamente en la nariz de Leticia.

La niña agredida sintió el calorcito de la sangre que comenzaba a escurrirle por la nariz y, antes de que pudiera reaccionar, recibió otro golpe en el mismo lugar.

—Esto les va a pasar a todas las que se metan conmigo —sentenció Carolina ante las miradas de sorpresa y miedo de sus compañeras de clase que atestiguaron la riña, rápida y breve.

Dueña del momento, Carolina se dio la vuelta y comenzó a caminar por la calle rumbo a su casa. Cuando faltaba una cuadra para llegar a su destino, la alcanzaron Angélica y Sara, que venían andando muy aprisa.

—¿Que le acabas de sacar sangre de la nariz a una niña de tu salón? —preguntó Sara.

—Sí. Javier y Roberto me enseñaron a pelear para romperles la madre a las que se metan conmigo. Así les va a pasar a ustedes si me siguen molestando, ya les dije, cabronas.

Las tres hermanas caminaron juntas en silencio. Carolina iba feliz; sabía que en adelante ya no sería la princesa sino la reina de su casa y la jefa de sus compañeras de clase. Carolina Campos Robles tenía siete años la primera vez que impuso su ley a golpes.

La hazaña a la salida de la escuela fue tema de conversación ese día en su casa a la hora de la comida y por la noche durante la merienda. Don Beto le dijo que las princesas no golpeaban niñas.

—Pero te tienes que defender e hiciste bien —matizó.

—¡Beto, a quien debes regañar es a estos cabrones de Roberto y Javier, ellos la aconsejaron! Si de por sí parece machorra, ahora que anda golpeando niñas va a querer ser boxeadora —reclamó doña Maurita, y provocó la risa de toda la familia.

Discretamente, Maurita buscó la mirada de su hija pequeña, y al cruzarse con ella le cerró el ojo izquierdo en señal de complicidad.

Desde aquel día, nadie en la escuela volvió a meterse con Carolina, hasta los niños la veían con temor y recelo. La destreza de Carolina para tirar golpes se fue perfeccionando. De vez en cuando jugaba con Luis y Pedro al box. Sus hermanas la mantenían a distancia; la consideraban una mocosa entrometida a quien podían someter si era necesario.

A Sara y Angélica, que eran bastante unidas, les gustaba leer *Tú*, una revista de farándula que estaba de moda. Angélica guardaba con sumo cuidado y en orden cronológico las revistas en la cajonera de su habitación. Sobre ese mueble estaba la grabadora en la que ella y su hermana escuchaban casetes con la música pop del momento. Sus cuatro hermanos eran rockeros, lo mismo que Carolina. A Roberto le gustaba el rock clásico de Estados Unidos y un poco del rock en español. De cuando en cuando, Javier regañaba a Angélica y Sara por andar leyendo chismes de celebridades y escuchar música pop.

—Es música de chilangos; ustedes son norteñas, no chilangas —las aleccionaba Javier.

Como reina de su hogar, Carolina se creía con derecho a todo. En distintas ocasiones, cuando sus hermanas no se encontraban en casa, entraba a su habitación para ojear las revistas. Carolina no sabía qué quería decir la palabra *chilango,* pero varias veces había escuchado a sus hermanos tildar de chilangas a Angélica y Sara por escuchar canciones de Emmanuel. En su casa había discos y casetes de Juan Gabriel, cantante pop, pero, por alguna razón que ella no entendía, sobre Juanga —como le decían sus hermanos y sus papás— no se hacían comentarios negativos ni críticas. Sus padres ponían música de Juan Gabriel y ella se sabía de memoria dos o tres temas.

Carolina quiso modificar el gusto musical de sus hermanas. Se propuso hacerlas rockeras para que ya no fueran chilangas. Con unas tijeras, recortó las cintas de los casetes de Emmanuel y de otros artistas. Así la encontraron Angélica y Sara en su cuarto. Sara pegó un alarido que se escuchó por toda la casa.

—¡Chavala pendeja! —le gritó Angélica, que, sin pensarlo, se le abalanzó.

Fue tan repentino el ataque que Carolina no pudo esquivar la cachetada. El ardor en la mejilla la encolerizó y por instinto de sobrevivencia levantó las tijeras.

—Te las entierro en la panza si me vuelves a pegar, cabrona.

Angélica miró a los ojos a su hermana menor y percibió un brillo que le enchinó la piel. Sabía que aquella chiquilla no dudaría en clavarle las tijeras. Sara, que se había puesto a recoger los pedazos de cinta, reaccionó como nunca pensó hacerlo.

—Déjala, lo que no sabe esta pendeja es que está maldita —dijo.

Angélica volteó a verla, sorprendida. Carolina se sintió desconcertada. ¿Maldita? ¿Por qué?

—Tiene la marca del diablo en la cola —agregó Sara.

Angélica sonrió y con rabia le gritó a Carolina:

—Sí, llevas la marca del diablo. ¿Se te olvidó? La tienes desde que naciste.

Impotente, Carolina tiró al suelo las tijeras y salió corriendo de la habitación de sus hermanas. Se encerró en el cuarto de sus padres y se bajó el calzón. La marca del diablo, en efecto. En la nalga izquierda tenía un lunar de mancha, negro, grande. La marca del diablo, como le pusieron sus hermanas a ese distintivo natural que tenía de nacimiento. No había manera de defenderse, lo tenía ahí, en la cola. Vencida, se sentó sobre la cama y se quedó mirando de frente el espejo de luna del enorme ropero.

Había perdido la batalla, pero no la guerra. A partir de ese día Carolina comenzó a elucubrar cómo sacarle ventaja a la marca del diablo. La tenía, cierto, pero la cola siempre la traía tapada con los calzones. Era una marca secreta.

En el colegio Carolina jamás destacó por conseguir buenas calificaciones. Las cuatro maestras y dos maestros que tuvo en los seis años de educación básica se extrañaban de que su alumna saliera tan mal en los exámenes. Era una niña lista y atenta en las clases. Eso sí, nunca quería leer en voz alta, se rehusaba y cuando era obligada a hacerlo delante de sus compañeros terminaba llorando. De primero a sexto año de primaria, nunca completó una sola lectura. Ni siquiera llegaba a la mitad cuando ya estaba llorando. Como era inteligente e hija de una de las familias pudientes de la colonia, sus profesores y profesoras le condonaron las malas calificaciones; por ello obtuvo el certificado de primaria.

El día que Carolina cumplió diez años, doña Maurita la llevó a la iglesia del Rosario, que se encontraba a unas cuantas cuadras de su casa. La señorita Azucena, catequista de la iglesia, las recibió con una sonrisa. Carolina era popular en toda la colonia. La güerita del pelo color de oro, le decían algunos;

la niña de los ojos encantadores; la hija de don Beto, el dueño de los talleres de Los Cerrajeros.

—Señorita Azucena, traigo a mi niña para que le enseñe el catecismo. Quiero que este año haga su primera comunión —le dijo Maurita a la joven instructora de la palabra de Dios.

—Claro que sí, señora; el curso dura dos meses y tendrá que venir de cuatro a cinco de la tarde, los sábados.

—Aquí estará sin falta. Conocemos al padre Marcos y queremos que sea él quien oficie la misa.

—Lo hará encantado. La niña recibirá el cuerpo y la sangre de Cristo junto a sus compañeros del catecismo.

—Hay un pequeño detalle, señorita.

—Dígame.

—Mi esposo no quiere que la niña haga su primera comunión en grupo. Quiere una misa especial para ella sola. Pagaremos los gastos. ¿Cree que pueda haber algún inconveniente?

La catequista miró a los ojos a la señora; odiaba que la gente de la colonia se sintiera especial. Pero qué iba a hacer, el padre Marcos tenía tintes elitistas y cobraba muy bien por celebrar misas particulares, de bautizo, primera comunión y boda.

—No lo creo, ya ve que el padre sacrifica su tiempo, aunque sé que está muy ocupado con todos los compromisos de la parroquia. Sería cuestión de hablar con él.

—Queremos una ceremonia muy familiar, sin fiesta ni nada; iremos a comer a un restaurante del centro. El padre Marcos y usted están invitados, por supuesto.

El primer sábado de catecismo, Carolina llegó impecablemente vestida a la clase religiosa de la señorita Azucena. Llevaba un vestido blanco, calcetas blancas con holanes a la altura del tobillo y zapatos blancos de charol. El grupo al que la señorita Azucena enseñaba la palabra de Dios estaba compuesto por diecisiete niños; nueve mujeres y ocho hombres. Como en la escuela, en el catecismo se pasaba lista. Puesto que entre los alumnos no había nadie cuyo primer apellido comenzara con A o con B, Carolina Campos Robles fue la primera en responder "presente" y a la que la señorita Azucena pidió leer el credo delante de todos.

La niña sintió que los cachetes le iban a estallar de colorados. Le temblaban las piernas y el olor a cardos y rosas que había en el salón al lado de la sacristía de la iglesia del Rosario, donde la señorita Azucena impartía el catecismo, se le hizo insoportable. El libro de rezos con tapas rojas que su mamá le había comprado en la tienda de la catedral le quemaba las manos. Miedosa no era: no le gustaba quedar en ridículo delante de niños extraños que podrían burlarse de ella. Odiaba esas bromas porque no podía evitar ponerle remedio al asunto con los puños. Dos de sus compañeras de catecismo iban en su escuela y conocían su fama de peleonera. Ellas no se burlarían, pero ¿y los demás? Ésa era la casa de Dios y cometería pecado si peleaba.

—Creo en Dios, padre todopoderoso, creador del cielo y de la tierra. Creo en Jesucristo, su único hijo, nuestro señor, que fue concebido por obra y gracia del Espíritu Santo… —leía Carolina cuando sintió ganas de vomitar. Todo le daba vueltas. El catecismo cayó de sus manos y salió corriendo.

Por la boca echó el caldo de res que había comido junto a sus hermanos dos horas antes del catecismo. Azucena le ayudó a limpiarse la boca con un pañuelo. Desconcertada, la catequista la había seguido cuando abruptamente dejó de leer el credo y salió disparada.

Azucena Martínez Ibarra tenía cuarenta y tres años, había estudiado para ser secretaria bilingüe y era hija del doctor Aurelio Martínez Jurado, respetado y admirado en la zona del centro de Juárez. Azucena nunca se casó; tuvo un novio, Adrián, un muchacho de San Luis Potosí que llegó a Juárez cuando ella tenía diecinueve años, pero la abandonó cuando estaba todo listo para la boda. Se iban a casar el día de su cumpleaños número veintitrés. Adrián se fue al otro lado con Norma, su mejor amiga e hija de don Mauricio, dueño de una cadena de ferreterías. Desde que Adrián se fugó con Norma, Azucena pasaba las mañanas y tardes, de lunes a viernes, con su padre en el consultorio, y por eso algo entendía de medicina.

—¿Qué te pasa, Carolina? ¿Te mareaste con el olor de las flores?

Apenada y con el vestido manchado de vómito, Carolina no respondió.

—¿O fue el calor? Dime para poder ayudarte, niña. Que no te dé vergüenza, a todos nos pasa.

"A todos nos pasa", eso nadie se lo dijo a Carolina las veces que vomitó en la escuela y que fueron muchas. Por el contrario, sus compañeros de clase se mofaban de ella. Los profesores y las profesoras no, pero en su mirada ella distinguía una mueca de lástima y asco.

—¿A usted también le pasa, señorita? —preguntó Carolina a su catequista, quien ya se había ganado su confianza.

—En ocasiones. ¿Te mareó el olor de las flores o el calor?

—Nada de eso. Siempre que me pongo a leer, las letras se me enredan y se me enciman los renglones. Por eso se me revuelve el estómago. No me gusta leer.

"Dislexia —pensó Azucena—. Esta niña tiene dislexia."

Tomó a Carolina de los hombros y la llevó al baño para que se limpiara la boca y la mancha de vómito que le había quedado sobre el vestido y los zapatos. Cuando Maurita llegó por Carolina, Azucena la estaba esperando en la puerta del atrio de la iglesia.

—¿Pasó algo? —preguntó alarmada Maurita al ver a su hija con la catequista.

—Nada grave, señora. La niña se mareó y vomitó. Sabe quién es mi papá, ¿verdad?

—Sí, el doctor Martínez.

—Le recomiendo que le lleve a Carolina para que la revise. Eso de los mareos que sufre la niña al leer se puede arreglar.

—Carolina padece de dislexia —expuso el doctor Martínez, luego de la auscultación que le hizo a Carolina y conociendo el diagnóstico que le había adelantado Azucena.

—¿Dislexia, doctor? —preguntó don Beto.

—No es grave. Carolina tiene una alteración de la capacidad para leer que provoca que se le confunda el orden de las letras, de las sílabas o de las palabras. No se cura, pero tampoco afecta la salud. Tendrá problemas en la escuela, eso es todo. Hay colegios especiales para los niños que la padecen. No sé si aquí en Juárez tenemos una escuela de ésas.

Don Beto volteó hacia su hija, que se mantenía en silencio, con la mirada fija en sus zapatos.

—Mi princesita, no te espantes. Ya dijo el doctor que no es malo para la salud. Tu madre y yo vamos a hablar con tus maestros para que no te obliguen a leer. La señorita Azucena dice que en el catecismo lo único que debes hacer es aprenderte de memoria los rezos —fue el comentario que hizo don Beto, cuando al salir de la consulta llevó a Carolina y a su mujer a tomar un vaso de café con leche y a comer ojos de Pancha al Café Central.

Esa noche, en la cama, Maurita reclamó a su marido por haberle dicho a la niña que no se preocupara por leer, en lugar de decirle que la inscribiría en una escuela especial.

—¿Qué va a ser de nuestra hija si no tiene una buena educación? Ya ves, tus hijos no quisieron terminar la escuela y andan trabajando como burros.

—Maura —don Beto sólo llamaba así a su esposa cuando lo sacaba de sus casillas—, tus hijos tienen un oficio, ganan bien, andan bien vestidos y saben defenderse en la vida. ¿De qué te quejas? Siempre te he dicho que prefiero los negocios propios a los títulos. Si tienes tu propio negocio tendrás dinero. Los títulos universitarios sirven para apantallar y decorar paredes.

—En eso tienes razón. ¡Total, a Carolina le abrimos un negocio! Tu hija es inteligente…

—Y hermosa como tú, Maurita —la interrumpió don Beto—. Carolina encontrará un marido con dinero y todo resuelto.

Maura abrazó a su esposo y le dio un beso largo. Llevaban más de dos años sin hacer el amor. Esa noche removieron cenizas de una pasión y un cariño que seguían vivos. Quedaban brasas para que ardiera todo un bosque.

Carolina tardó horas para dormirse. La palabra *dislexia* la tenía desconcertada. Le sonaba a algo sofisticado y personal. Sería otro de sus secretos, como el de la marca del diablo en su nalga izquierda.

Dos meses y doce días después de que vomitó en la iglesia del Rosario, Carolina hizo su primera comunión en una misa particular. Un par de años más tarde, con todo y dislexia recibió el certificado de educación primaria de la escuela Alfonso Reyes. En septiembre comenzaría las clases en la secundaria estatal número 17, la de su barrio, donde habían estudiado sus hermanos y adonde todavía iba Sara.

—Cuando entras a la secundaria te conviertes en señorita —le dijo Angélica uno de esos días raros en que las hermanas podían convivir sin pleito.

Carolina estaba ansiosa de llegar a la secundaria y cambiar los zapatos de charol por las botas de rockera que le encantaban, además de ponerse faldas cortas como las de Tina Turner, esa cantante gringa que tanto le gustaba por su voz ronca.

A Carolina el futuro le guardaba dos secretos: su bipolaridad y su capacidad de vidente. Los iba a necesitar y a descubrirlos pronto.

DOS

No aguantaba la emoción; ni en sus momentos más álgidos de sueños guajiros se vio con un gafete que lo acreditara como reportero de *Enlace,* uno de los tantos periódicos de la Ciudad de México, pero que para él sin duda alguna era el más importante del país. ¡Y sí que lo era! Le dio su primer empleo profesional a seis meses de haber terminado la carrera de Ciencias de la Comunicación. No habían pasado ni catorce horas desde que, en el departamento de recursos humanos de *Enlace,* le tomaron la fotografía que engraparon a una credencial que le daba el honorable título de "reportero", cuando Vicente se presentó en la sala de redacción del diario.

Eran las siete de la mañana y no había un alma en la redacción, sólo el guardia que le abrió la puerta de entrada después de hacerle una minuciosa revisión a la credencial que lo acreditaba como empleado de la empresa.

En el amplio salón había unos veinte escritorios con máquinas de escribir electrónicas Olivetti; al fondo, tres cubículos separados por canceles de cristal. Uno de esos lugares pertenecía al jefe de la redacción, el licenciado Gil, quien le hizo la entrevista de trabajo y le dio el empleo; los otros dos correspondían a la secretaria del jefe y a la contadora. En los pisos de arriba se encontraba el despacho del director de *Enlace* y de los demás altos ejecutivos del diario.

Vicente se sentía en la gloria. No tenía lugar asignado, pero estaba dispuesto a sentarse a escribir hasta en el baño con tal de publicar su primera nota en un periódico de la Ciudad de México.

—Joven, perdón —le dijo al guardia, sacándolo de su ensimismamiento.

—Nadie llega antes de la diez de la mañana. ¿Por qué no se va a comprar un cafecito o a comer unos tamales a la esquina? La señora Gloria vende unos de chile verde muy buenos y un champurrado sabroso. Le puede dar crédito si le dice que trabaja aquí en el periódico y le enseña la credencial. A la señora Gloria le pagamos cada quincena.

—Muchas gracias por la información; tal vez más al rato. Oiga, ¿no tiene los periódicos de hoy?

—Sí, joven, están en la entrada junto a la caseta de vigilancia. Diario llega un paquete con todos los periódicos, pero, ¿sabe?, nadie puede agarrarlos antes que el licenciado Gil. Mire —dijo el guardia señalando un rincón donde había una máquina copiadora y tres de telefax sobre una mesa—, allá están los de ayer. O si quiere le presto mis *Libro Vaquero* para que mate el tiempo hasta que llegue el licenciado Gil y otros reporteros.

Ni lo uno ni lo otro: Vicente había leído los diarios del día anterior para estar informado y el *Libro Vaquero* no le interesaba. No podía decir que nunca había leído esa historieta; era imposible resistir la tentación de abrir sus páginas con esas portadas de mujeres vaqueras o indias de cuerpos esculturales. En los puestos de periódicos de la calle, el *Libro Vaquero* se colocaba en un punto preponderante para llamar la atención del público.

A Vicente le apasionaba la literatura latinoamericana, de la cual su padre y su madre eran ávidos lectores. Podría no haber dinero en casa para comprar pan de dulce todos los días, o carne tres veces a la semana, pero literatura siempre había, en volúmenes comprados o sacados de las bibliotecas públicas.

Antes de regresar a su puesto de vigilancia, el guardia le hizo una última propuesta:

—Voy a ir con la señora Gloria a comprar un champurrado y dos tamales. Acompáñeme, lo invito; es para darle la bienvenida. Usted se ve buena gente, joven.

Vicente no había desayunado por la prisa con la que salió esa mañana de casa para llegar a tiempo a su primer día de trabajo. Tenía hambre y ante semejante invitación no se pudo negar.

—Con la condición de que cuando me paguen mi primera quincena yo invite el desayuno. ¿Cómo se llama usted?

—Gregorio Reza García, pero todos me dicen Goyo. Usted es Vicente Zarza Ramírez, lo leí en el gafete.

—Goyo, a partir de ahora nos quitamos el usted. Vamos con la señora Gloria por los tamales y el atole.

—Champurrado, champurrado, Vicente; no es lo mismo que atole.

Entre dos vasos de unicel con champurrado, dos tamales de chile verde y una guajolota (que se comió Goyo), Vicente hizo su primera amistad en el periódico *Enlace*.

Pasadas las diez y media de la mañana, y ya aburrido de recorrer la sala de redacción y ver pasar al personal administrativo que entraba entre las ocho y las nueve, Vicente vio llegar al licenciado Gil.

—¡Muchacho!, ¿acaso hiciste guardia? ¿A qué hora llegaste?

—A las siete, licenciado.

31

—Bueno, a esa hora vas a tener que llegar todos los días, tú te lo buscaste por madrugador. Ven, acompáñame a la oficina.

El licenciado Gil tenía cuarenta y tantos años, pero se veía como de sesenta. Usaba lentes al estilo John Lennon, el pelo largo peinado de raya en medio y traje gris con camisa blanca y corbata roja desajustada. Vicente nunca supo cuántos trajes grises, camisas blancas y corbatas rojas tenía Gil. Esa vestimenta era como el uniforme del licenciado.

—Mañana cuando llegues —le dijo—, le pides a Goyo que te entregue los periódicos del día. Yo le voy a decir que tienes mi autorización. Te sientas por donde está la copiadora y a mano o a máquina me haces un resumen de las notas más importantes. Dos por cada diario.

Perplejo, Vicente se le quedó mirando a su jefe como queriendo preguntarle si la orden era en serio.

—Con el resumen me ahorras el tiempo de revisar los diarios. ¡Ah!, otra cosa: a los editoriales de *Excélsior, El Universal* y *Unomásuno* les sacas tres copias a cada uno y en este fólder amarillo me los pones aquí, sobre mi escritorio. Un juego es para el director, otro para el subdirector y otro para mí. ¿Estamos?

—Sí, licenciado. Y cuando termine, ¿qué hago? ¿Dónde va a estar mi escritorio para escribir?

—¿Escribir? Escriben García Márquez, Octavio Paz, Goytisolo y otros. Tú, yo y toda la tropa de pendejos que se sientan en esta sala de redacción tecleamos. Nunca lo olvides. Ya después vemos qué te pongo a hacer. ¿Estamos?

—Estamos, licenciado.

Vicente se sintió vejado; él, que tanto había soñado con ver su nombre en un periódico nacional, que poseía un título de licenciado en Ciencias de la Comunicación por la Universidad

Nacional Autónoma de México (UNAM) —porque había hecho su tesis y tenía cédula profesional—, se veía rebajado a hacer resúmenes de periódicos con noticias escritas por otros y a sacar copias fotostáticas de editoriales. Su jefe ni siquiera le había asignado un lugar de trabajo o una silla por lo menos. Sería una especie de arrimado en la redacción de *Enlace*. Cumpliría con las órdenes del licenciado Gil, pero, faltaba más, él no era un conformista. Los esfuerzos de su madre y de su padre para enviarlo a la universidad no se verían truncados. No había sacrificado en balde sus sábados y domingos y varias tardes entre semana estudiando y trabajando para que ahora lo redujeran a lector de notas periodísticas y técnico en copias fotostáticas.

Vicente Zarza Ramírez no se daría por vencido; su meta era ser reportero de investigación, y lo sería. Lo de escritor… bueno, eso tendría que verse más adelante, primero lo primero, y al tal licenciado Gil le iba a demostrar quién era él.

—Vicente, ven acá —le gritó el licenciado Gil.

Apurado, Vicente entró al cubículo del jefe de la redacción, quien se encontraba acompañado de un tipo moreno y bigotón que lucía un traje elegante y zapatos bostonianos recién lustrados.

—Te presento a Pepe; él se encarga de cubrir la fuente de la policía y de política. Cuando te lo pida, vas a tener que apoyarlo.

—José Vélez, para servirte. Llámame Pepe, Vélez o como tú quieras.

—Vicente Zarza Ramírez, un placer y a sus órdenes; he leído algunas de sus notas.

—¡Vaya! Resultó admirador tuyo. Ojalá salga tan bueno como tú; al periodismo de este país le faltan reporteros de verdad.

Pepe Vélez era bajito, pero muy elegante. Se volvió a sentar luego de estrechar la mano de Vicente. Hasta cruzando la pierna se veía distinguido ese reportero estrella. Vicente se imaginó que algún día sería como él. Le gustaba la forma de vestir de ese hombre.

—Por favor, muchacho, ve a prepararme un café. Junto a tus máquinas está la cafetera, le pones dos cucharadas de azúcar. Pepe, ¿quieres uno?

—No, licenciado, más al rato, pero yo me lo preparo.

A Vicente le gustó el hecho de que Pepe Vélez no lo utilizara como el licenciado Gil. Ese reportero parecía tener buenos modales y educación. Le daba su lugar, o al menos eso pensaba él.

Cuando Vicente volvió con la taza de café para el licenciado Gil, Pepe salía del cubículo. En el perchero que había en una de las paredes de la redacción colgó su saco. Se sentó en el escritorio junto a la entrada y sacó un cigarrillo. Sí que tenía estilo ese Vélez para prender su Raleigh. A Vicente se le antojó uno, pero no fumaba.

—Cuando lleguen los demás reporteros te los presentaré. Son unos güevones, ya te lo dije. Pepe siempre llega primero y es el último en irse —explicó el licenciado Gil.

—¿A qué hora se va?

—Entre las diez y las once de la noche.

El licenciado Gil miró extasiado la cara de sorpresa que puso el joven novato.

—No te espantes, muchacho. Tú puedes irte a tu casa a las siete de la noche. Saldrás a comer a las tres y deberás estar de regreso a las cinco, como todos. Bueno, como casi todos.

—Está bien, licenciado. Oiga, y si me quiero quedar más tarde para aprender y agarrar experiencia, ¿puedo?

Al jefe de la redacción lo intrigó la propuesta del nuevo empleado. No podía negar que le había dado buena espina desde que lo entrevistó para el puesto que había dejado vacante Virginia, la muchacha que no aguantó trabajar en medio de tanto hombre. Virginia era bonita y estaba buena, atributos que eran un peligro en una redacción donde sólo había tres reporteras casadas y que tenían más de cuarenta años.

—Quédate hasta la hora que quieras. Eso sí, procura no interrumpir a los reporteros cuando estén tecleando. Ya puedes irte.

Cuando Vicente se disponía a salir del cubículo del jefe, llegó Goyo con el paquete de periódicos.

—Muchacho, espera. Goyo, dale *El Universal, Excélsior* y el *Unomásuno;* los demás ponlos sobre esa silla. Vicente, empieza a hacer lo que te dije. Vamos a ver qué olfato tienes para el periodismo. Junto a la nota de ocho columnas, en la primera plana deberás encontrar otra que consideres de relevancia.

Vicente tomó los periódicos y se fue a la sección de las máquinas. Colocó sobre la mesa los tres diarios y comenzó a revisarlos con detenimiento. No estaba nervioso, pues se tenía confianza. De cada periódico eligió las dos notas que le parecieron relevantes. Sacó las copias de los editoriales y las puso en el fólder como le había indicado el jefe.

Al salir nuevamente del cubículo del licenciado Gil después de llevarle el fólder, se fue a sentar en una silla frente a un escritorio que estaba a dos lugares del de Vélez. Desde ahí observó a su jefe abrir el fólder y revisar el contenido. Tras sacar sus copias correspondientes, el hombre volvió a gritarle que fuera a verlo.

—Suerte de principiante. Lleva estas copias al piso de arriba, pregunta por la señorita Yolanda y se las entregas. Es la secretaria del director. Lo hiciste bien, tienes tablas; habrá que pulirlas, pero eso se hace con el tiempo.

Sonriente, Vicente cumplió la orden al pie de la letra. La señorita Yolanda era una cincuentona muy arreglada y perfumada que le tomó el fólder y le preguntó si era el nuevo, a lo que él respondió que sí. La secretaria del director le dio las gracias y Vicente regresó a la redacción.

Vélez seguía leyendo el periódico con el que había llegado al trabajo. Se había fumado tres cigarros; las colillas estaban en el cenicero.

—Vicente, ven, acércate —pidió el único reportero que estaba hasta ese momento en la redacción—. ¿Qué te parece *Enlace*? —lo cuestionó Vélez apenas lo vio parado frente a su máquina de escribir.

—Bien, me gusta.

—No somos la gran cosa, pero creo que el diario no es tan malo como los otros, ni tan grande como a los que te miré sacándoles copias. ¿Eres de la UNAM?

—Sí, Puma de corazón.

—Qué bien. Bienvenido a *Enlace*. ¿Fumas?

—No, gracias.

—Haces bien —comentó Vélez mientras prendía otro Raleigh—. Cuando comencé de reportero tampoco fumaba, pero una vez que descubres que todos tus compañeros fuman y que las redacciones apestan a nicotina, por inercia compras tu cajetilla.

—Resistiré lo más que pueda; en mi familia sólo fuma un tío. Me gusta el olor. Fumé uno que otro en la universidad y en la prepa, pero, la verdad, no me late mucho.

—Te voy a dar un consejo: mándame a la chingada cada vez que te ofrezca fumar. Es una maña que no se me quita, es la costumbre.

—No te preocupes, Pepe. ¿Tú empezaste en este periódico?

—Comencé en *El Acontecer de Xalapa,* un periódico de mi tierra, Veracruz, hace unos quince años. ¿Cuántos años tienes, Vicente?

—Veintitrés… Bueno, los voy a cumplir en octubre.

—Fíjate, cuando me inicié tú eras un chiquillo. Tengo diez años aquí en *Enlace.* El licenciado Gil me contrató. Fue a mi tierra a dar una conferencia y yo era uno de los presentadores del evento; le gustó lo que hacía y me trajo a la capital. El licenciado Gil es un excelente reportero, sé que te va a ayudar a crecer, aunque te ponga pruebas difíciles; es un tipo duro pero derecho.

—Es bueno saberlo. Me dio la impresión de que de técnico en fotocopias no me iba a sacar mientras trabajara aquí.

Vélez soltó una risa moderada. "Hasta para reír es elegante este hombre", pensó Vicente.

—Cuando saliste a prepararle el café me dijo que eras un chavo con futuro. En la entrevista de trabajo que te hizo le gustó la seguridad con la que respondiste. Te va a ayudar; sabe refinar a quienes tienen tablas, como dice él. ¿Te dio clases en la facultad?

—No, lo vi muchas veces en la UNAM, pero no me tocó como maestro. Conozco su fama, por eso vine a pedir trabajo a *Enlace* y pedí que él me entrevistara. A la señorita de recursos humanos del periódico le pareció bien que solicitara que el licenciado Gil me recibiera.

—Tiene razón el licenciado: eres un chavo con mucho aplomo. Por miedo y por la fama que tiene en la UNAM, creo que muy pocos hubieran pedido ser entrevistados por él. Hablo de quienes como tú quisieran comenzar en un periódico pequeño, como éste.

—Quiero ser reportero de investigación y escritor.

—¡Híjole! En *Enlace* se hace periodismo de investigación, vas a aprender. Lo de escritor… es difícil de lograr, mas no imposible.

—Lo sé, por eso es una de mis metas para cuando tenga la experiencia necesaria. Lo avizoro para mis cuarenta y cinco o cincuenta años, no antes.

—Grandes escritores comenzaron a esa edad. Algunos solamente escribieron una obra y no más.

—Una, cierto, pero grande. Leí que algunos de esos escritores tuvieron miedo al fracaso. Temían que un segundo libro no fuera tan bueno como el primero.

—Serás buen reportero, Vicente. No lo digo por quedar bien, tengo el presentimiento de ello; coincido con lo que dice de ti el licenciado Gil.

TRES

Desde el primer día de clases en la escuela secundaria, Carolina se transformó. Su fama de niña de pocas pulgas la acompañó en su nueva etapa educativa. Todas sus compañeras querían ser sus amigas, era popular y además bonita.

Su deseo de ir vestida como rockera se cumplió. Doña Maurita no la doblegó y a clases iba con minifaldas y botas estilo obrero. En las tiendas de ropa propiedad de chinos que estaban junto al Puente Santa Fe, del lado de El Paso, compró más de docena y media de minifaldas y, después de visitar tres zapaterías, a regañadientes obtuvo de su mami el dinero para seis pares de botas. Uno de esos pares tenía estoperoles plateados y agujetas gruesas. Esas botas eran sus preferidas.

Sara estaba en el último año de secundaria cuando su hermana menor ingresó a la escuela estatal número 17. Poco se veían las hermanas en los descansos entre clase y clase. Los contrastes entre ambas eran enormes. Sara usaba faldas más conservadoras y pantalones de mezclilla, zapatos de tacón alto y tenis, de preferencia de la marca Nike; éstos eran altamente populares en "El Chuco", apodo con el que los juarenses se refieren a El Paso. Carolina, en cambio, tenía una sola forma de vestir: minifalda y botas.

A los doce años, la hija menor de la familia Campos Robles comenzó su transformación de niña a mujer. Las piernas torneadas —uno de sus mayores atributos— resaltaban con las minifaldas, lo mismo que las caderas y la breve cintura de hormiga. Le crecieron los senos, y el cabello rubio y largo le cubría toda la espalda.

Los estudiantes de tercer año de secundaria se hicieron asiduos al rito de ver caminar a la hermana de Sara cuando cruzaba el patio de la escuela; varios maestros también. El profe Mario, que le daba educación física los jueves, era sin lugar a dudas el más descarado, libidinoso y vulgar de todos.

—Pinshi viejo, te mira y se tiene que tapar el pito con las manos. Es un asqueroso —le comentó Alicia a Carolina una tarde que el profe Mario las puso a jugar voleibol.

Cabe decir que, para la clase de educación física, Carolina se ponía el short más corto de toda la escuela. "Cortito y pegadito, por favor", le recomendaba la muchacha a doña Chona, la señora que cosía ropa en un puesto en el mercado municipal y que confeccionaba los uniformes escolares de la familia Campos Robles.

Un sábado por la tarde, cuando Carolina y sus hermanas veían televisión junto a sus padres, comenzaron a ladrar los perros que, echados bajo la sombra de la casa, resguardaban el patio. Siempre los inquietaba el escándalo que hacía Roberto con su moto Kawasaki, cuyo poderoso motor se escuchaba a cuatro cuadras de distancia; por eso nadie puso atención al alboroto canino.

—Papá, mamá, les presento a Lidia. Nos vamos a casar —dijo apenas entró a casa el hijo mayor de don Beto y doña Maurita.

Angélica, que estaba en el sofá junto a Carolina, saludó a Lidia con tanta familiaridad que sus padres voltearon a verla, sorprendidos.

—Mucho gusto, señorita; ésta es su casa. ¿Cuándo piensan casarse? —preguntó don Beto, que se puso de pie para recibir a la pareja.

—Tal vez este sábado. Ya fuimos al registro civil a preguntar qué necesitamos para la boda.

Doña Maurita no salía de su desconcierto. Incrédula, miraba a su hijo abrazar a esa mujer morena que a su juicio tenía pinta de altanera. Por la noche, a solas, le confesó a su marido:

—No me gusta esa Lidia, parece una de esas viejas locas de la Juárez.

En silencio, don Roberto coincidió con la observación.

Lidia tenía veintiocho años, era bajita y muy morena. Le encantaba presumir su cuerpo escultural con minifaldas o pantalones lo más ceñidos posible a las piernas y la cadera. Los zapatos con tacón de aguja —o tacones, como se conoce en Juárez ese tipo de calzado femenino— eran un artículo irremplazable de su vestuario. Era dueña de una tienda de ropa y perfumes para dama que estaba sobre la avenida Juárez, a la altura de la catedral.

La joven tenía un hijo de nueve años al que de cariño llamaban Charlie. Acababa de cumplir diecisiete cuando quedó embarazada de un agente de la aduana mexicana que la dejaba cruzar el puente con bultos de ropa y cajas de perfume, el contrabando que adquiría en El Chuco cada ocho días.

Conoció a Roberto en un antro del centro. Desde que él la vio, no pudo desprenderse de ella. Esa noche, el joven recorrió la ciudad con Lidia agarrada de su cintura, montados en la Kawasaki.

La tarde que Roberto llevó a Lidia a su casa, Carolina supo de inmediato que había encontrado cómplice. A ambas les gustaban las minifaldas y Lidia olía a perfume, otra de las debilidades de Carolina. Los domingos, ésta entraba a la habitación de Angélica y Sara para perfumarse a escondidas. Sus hermanas tenían por lo menos diez frascos de diferentes fragancias colocados sobre el tocador.

—Supongo que ya habló con su familia sobre lo que piensan hacer, señorita Lidia.

—Ya, señora. Mis papás murieron, pero Roberto y yo hablamos con mi hermano, Manuel. Él es mi única familia.

—Ma —intervino Roberto—, todo está bien; su hermano y una de sus tías van a ser sus testigos de la boda en el registro civil. Javier y Luis serán los míos.

—¿Y dónde van a vivir?

—En la casa que compramos allá por el Camino Viejo a San José — interrumpió don Beto.

—¿O sea que ya les diste esa casa?

—Señora, no se preocupe por la casa. Tengo la mía y ahí vamos a vivir. Ya lo decidimos.

—Sí, ma, no te preocupes, vamos a estar bien. ¿Verdad, pa?

Don Beto asintió con la cabeza. A Maurita le cayó como patada de mula la altanería con la que Lidia impuso su voluntad a su hijo mayor. En realidad no se oponía a que Roberto se fuera a la propiedad del Camino Viejo a San José; para eso habían comprado siete casas, una para cada uno de sus hijos. Pero Lidia no le había caído nada bien; es más, ya odiaba a esa mujer de la que se notaba que su muchacho estaba plenamente enamorado.

Después de zanjar la discusión sobre la fecha de la boda y el lugar donde viviría con su mujer, Roberto se encerró con Lidia en su cuarto. En la sala ya no se hicieron comentarios al respecto y la familia continuó viendo la televisión.

Unas dos horas y media más tarde, Roberto y Lidia salieron de la habitación.

—Ma, ya nos vamos.

—¿A qué hora regresas, Roberto? —preguntó Maurita.

—Tarde, mamá.

Lidia se acercó para despedirse de don Beto y doña Maurita. Le dio un beso a Angélica, otro a Sara y, cuando le tocó el turno a Carolina, le comentó:

—Me encantan tu minifalda y tus botas, ¿dónde las conseguiste?

—Mi mamá me las compró en El Chuco.

—Te voy a llevar a lugares donde tienen más variedad. Tengo una tienda en el centro. Cuando quieras, date una vuelta para que veas lo que vendo. Te va a gustar muchísimo la ropa.

—Ni le digas a esta cabrona —dijo Roberto—. No la vas a sacar de la tienda.

—Gracias, iré un día de éstos cuando salga de la escuela —respondió Carolina.

—¡Carolina! —gritó Maurita—. Tú tienes el compromiso de hacer tarea todas las tardes. No puedes ir a perder el tiempo a las tiendas del centro, y menos para ver ropa de contrabando.

En la sala se hizo un silencio que quemaba como el hielo. Estaba claro: Lidia sería enemiga de Maurita.

Roberto tomó a su novia de la cintura y la llevó al patio. Sus hermanas los siguieron.

Montada sobre la moto, las piernas de Lidia lucían espectaculares. A Roberto le gustaba presumir el mujerón que se prendía de él cuando a toda velocidad en su poderosa recorría las calles y avenidas de su ciudad.

—Nos vemos, muchachas. Las espero a todas en la tienda cuando decidan visitarme —dijo Lidia—. Será nuestro secreto. ¿O no, Carolina? Tienes un cabello hermoso, te enseñaré a cuidártelo mejor.

—Lidia, ya párale. No conoces a Carolina; te vas a arrepentir si te toma la palabra. Adiós, cabronas —dijo Roberto antes de partir en su moto con quien en unos días se convertiría en su esposa.

Juárez de noche era un lugar de ensueño; daba la impresión de haber sido fundado exclusivamente para la diversión y los excesos. La zona del centro y la del Pronaf estaban repletas de antros. Había de todo: restaurantes, cantinas, bares y discotecas. Sitios donde con dinero se podía encontrar y conseguir todo y de todo: mujeres hermosas, drogas, alcohol y lo que al cliente con dinero se le antojara. Juárez de noche era un mercado infinito de mercancías de todos los colores, edades, preferencias y tendencias.

La zona del Pronaf era para los juarenses adinerados. Ahí estaban los restaurantes caros y los bares sofisticados y modernos donde se tocaba la música que estaba de moda en El Chuco. De jueves a domingo, en las noches, por las calles de la zona del Pronaf y en los parqueos de los lugares de esparcimiento, los jóvenes de las familias adineradas se paseaban en autos deportivos, motos y trocas último modelo.

De viernes a domingo, Roberto, Luis, Javier y Pedro no faltaban una sola noche a la zona del Pronaf para divertirse con sus amigos. Los jueves casi no salían porque al día siguiente debían presentarse en los talleres muy temprano por la mañana.

En los bares y discotecas de la zona preferida de los jóvenes Campos Robles, se divertían los hijos de políticos y empresarios de todo el estado de Chihuahua. Tampoco faltaban los vástagos de narcotraficantes locales, contrabandistas de la región de la frontera norte y aduaneros mexicanos y estadunidenses. Los antros del Pronaf habían sido creados para los juniors y las niñas bien de Juárez. Ahí no había discriminación económica y el dinero en abundancia permitía todo tipo de mezcla social.

En esos años, la sociedad adinerada y originaria de Juárez se relacionaba con toda clase de personas. Eso permitió que durante la adolescencia de Carolina y la juventud de sus hermanos, hijos o hijas de empresarios se casaran con narcotraficantes, contrabandistas, tratantes de blancas y personajes procedentes de otros lugares del país que habían llegado a la frontera y aprovechado el ambiente de ilegalidad para hacer fortuna. "Dinero llama dinero", reza el dicho.

El centro, que no tenía nada que pedir a la zona de los riquillos en términos de diversión y excesos, conjugaba el marasmo humano que representa una frontera. En las cantinas había prostitutas, homosexuales y drogas.

Sin duda, los del centro eran y son los antros más divertidos de Ciudad Juárez. En cualquier cantina se podía encontrar tanto al político más rico y corrupto de la región como al empresario acaudalado y los migrantes originarios de cualquier punto del país. El alcohol y la diversión en las cantinas, discotecas y bares del centro no hacían distinción de clases sociales ni económicas; eran para todas y todos. Fue precisamente en la céntrica cantina El Chapulín Colorado donde Roberto conoció a Lidia.

La idea de que su hermano iba a casarse con esa mujer fue motivo para que Carolina tardara en conciliar el sueño esa noche. Las imágenes eran nítidas: la joven se veía con Lidia haciendo compras en El Chuco, cruzando el Puente Santa Fe, tomándose una soda en una cantina mientras Lidia bebía cerveza helada y después una margarita, paseando en auto con ella y regresando a casa, donde doña Maurita la esperaría con una retahíla de regaños.

Lo extraño del sueño era que Roberto no era protagonista. Su hermano no aparecía y eso la inquietaba. Carolina se sentía viajando en el tiempo, como flotando por las calles y observando a la gente. Podía traspasar paredes y ser testigo de lo que hacían sus seres queridos. Ella los veía y los escuchaba, ellos no a ella.

Encerrada en su habitación, su madre lloraba al filo de la cama, desahogando su dolor. ¿Por qué lloraba? Carolina no lo entendía. Maurita tenía el pelo casi blanco, estaba delgada y con más arrugas en el rostro.

Su papi estaba en la cocina, con las manos sobre la mesa. En silencio miraba hacia la nada. No había nadie más en la casa. Carolina entraba y salía de la habitación para ver a su madre, y luego se sentó en una silla al lado de su papá.

Hasta los perros, echados en el patio, estaban tristes, con la cabeza pegada al piso de cemento. Dicen que los perros huelen la tristeza de sus amos. Pistolero tenía varios años de muerto. Doña Maurita había dispuesto que lo enterraran atrás de la casa, en la huerta cerca del árbol de duraznos. Carolina no lloró el día que murió Pistolero.

En la cama, sobre las sábanas, Carolina yacía boca arriba con su camisón azul, su rubia cabellera dispersa bajo la espalda, las manos entrelazadas sobre el pecho, los ojos abiertos, perdidos en algún punto. Estaba dormida. Sudaba copiosamente, pero no por el insoportable calor del mes de junio en Juárez. Su rostro mostraba una mueca de inquietud. Su respiración era pausada y de pronto se aceleraba. De no ser por los ligeros movimientos de sus piernas y los dedos de sus pies, cualquiera que la hubiera observado esa noche habría pensado que estaba muerta.

Vestida con su camisón azul y descalza, Carolina recorrió la cantina El Chapulín Colorado. Sentada en uno de los bancos ante la barra, Lidia platicaba amenamente con otras dos *mushashas* sin dejar de estar pendiente de la puerta. Discretamente observaba a quienes entraban y salían del establecimiento.

A Lidia le gustaba provocar a los hombres. A cualquier lugar que iba a tomar una copa, una cerveza o una soda, y hasta en las tiendas de El Chuco en las que compraba ropa y perfumes, buscaba el punto desde el cual todos pudieran observarla.

Lidia olía bien. Se había puesto una fragancia suave. Carolina pudo ver el frasco de perfume que estaba en la bolsa que Lidia había colgado en un gancho debajo de la barra de la cantina. "Nº 5 L'EAU CHANEL PARIS", decía la etiqueta. Carolina quería uno igual.

Carolina se paró cerca de la esposa de su hermano, la veía cruzar las piernas cada tanto. Cuando lo hacía, Lidia levantaba la mirada para asegurarse de que la observaran, pero también para tener la certeza de que los espectadores no vieran de más. Ese detalle le encantó a Carolina. Una travesura elegante, simpática y coqueta.

Carolina sonreía cada vez que Lidia repetía el cruce de piernas, las cuales, por cierto, se le veían preciosas con la minifalda blanca que llevaba puesta. Los tacones daban un toque especial a sus pantorrillas. No hubo detalle en Lidia que pasara inadvertido para Carolina: la minifalda, los tacones, la blusa, el peinado, las pestañas, el perfume, los anillos, el collar y los aretes. Igualito, con ese estilo quería vestirse ella.

La joven revisaba las etiquetas de las botellas que había atrás de la barra cuando un hombre a quien no reconoció entró apresurado a la cantina y se dirigió a Lidia. La esposa de su hermano bajó de un salto del banco sin preocuparse por enseñar de más, agarró su bolso con brusquedad y salió corriendo.

Carolina sudaba, la vista fija en el techo. El foco a la mitad de su cuarto estaba apagado. Amanecía, la luz del sol se colaba delicadamente por la ventana a través de las cortinas.

¿Había soñado a Lidia?, ¿a su mamá llorando? Lo que había visto esa noche era tan claro que no daba crédito a que estuviera en casa, acostada y con el camisón mojado de sudor. Le dolía el pecho y la cabeza, tenía sed. Se levantó, se puso las chanclas y salió hacia la cocina.

Maurita iniciaba sus labores. Picaba fruta para el desayuno y en unos minutos saldría a la tienda a comprar pan y leche. En el baño se escuchaba el ruido de la regadera; don Beto se estaba bañando. Sus padres eran madrugadores.

—¿Y ahora?, ¿qué te pasa? ¿Por qué tan temprano?

—Tengo sed.

—Son las cinco y media de la mañana, Carolina. Estás toda sudada; déjame ver si tienes calentura.

Maurita se acercó a su hija y le colocó la palma de la mano sobre la frente. La sintió fría, no tenía fiebre.

—Mamá, me fui de viaje. Estuve caminando y volando por las calles del centro; vi lo que hacía la gente, pero ellos no me veían.

Maura Robles Hinojosa sintió un escalofrío que le recorrió la espalda. No pudo evitar mirar a su hija con un poco de temor.

—Nadie se va de viaje ni vuela. Estabas soñando. Seguro viste uno de esos programas locos en la televisión y te provocó la pesadilla. Ya no veas tanta tele, Carolina.

—¿Qué pasó? —preguntó don Beto, que en ese momento salía del baño, seguido por una nube de vapor.

—Nada, que tu hija se levantó a estas horas de la madrugada porque tenía una pesadilla que la despertó.

—Papá, no fue un sueño; me fui de viaje al centro. Vi todo clarito y escuché lo que decía la gente.

Don Beto se quedó helado y volteó a ver a su mujer, quien tenía la misma expresión de asombro y miedo que cuando le contó hacía años la historia de la muerte de su tío Martín y de otras personas.

CUATRO

La escuela primaria fue el martirio de Carolina; en la secundaria era popular, pero en calificaciones estaba entre las peores. Sus maestras y maestros ya no le hacían el favor por ser la hija de don Beto. El primer año de secundaria lo aprobó con varios exámenes extraordinarios.

—Se me mueven las letras, mami, confundo la B con la D —le dijo a doña Maurita el día que le entregó la boleta con pésimas calificaciones.

Durante los exámenes extraordinarios conoció a la maestra Paty, quien le hizo la prueba de ciencias naturales y de matemáticas. Ella le tenía paciencia.

—Caro, si tienes problema para leer, trata de aprenderte de memoria todo lo que te enseñan en el salón; tú puedes —fue el consejo que le dio la maestra y que Carolina siguió a cabalidad; por ello, aunque de panzazo, pasó a segundo de secundaria.

Con Sara en la prepa al iniciar el nuevo ciclo escolar en la secundaria, Carolina se sentía más libre. Pretendientes le sobraban. No llevaban ni un mes de clases y ya se le habían declarado cuatro batos, uno de su salón y tres de tercero. Ninguno le gustaba. A decir verdad, ni siquiera se fijó en ellos. Uno de los de tercero, Mauricio, tenía barros y espinillas en la cara, y a ése nunca le diría que sí.

Lidia y Roberto llevaban varios meses de casados, pero desde aquella tarde que se presentaron en la casa para anunciar la boda, no habían vuelto a ir juntos. Don Beto no echaba de menos a su hijo mayor: lo veía diario en el taller.

—Se acuerdan de mí si esa mujer no cambia a Roberto por otro —fue uno de los tantos comentarios negativos que hacía Maurita cuando pensaba en su hijo mayor.

La colonia Mariano Escobedo era conocida porque se decía que en ella vivían todas las personas originarias de Juárez. La calle Melchor Ocampo, donde se encontraba la casa de don Beto, era la más grande de la colonia. Sus vecinos conformaban familias con negocios y dinero. En la Melchor Ocampo había muchos niños y jóvenes. De la familia en la que sólo había cuatro hijos se decía que era "muy pequeña". El promedio de hijos por pareja en la Melchor Ocampo era de siete a nueve. También había hogares exageradamente numerosos, como el del señor Jacinto y doña María, quienes tenían diecisiete hijos.

Por esos años, en los alrededores de Juárez se estaban formando nuevas colonias, caseríos de pobres y migrantes que venían de diferentes lugares de México. Era gente de Guerrero, Veracruz, Puebla, Durango, Zacatecas y Sinaloa; de este último estado emigraron familias enteras originarias de Culiacán. Cuando Carolina estaba en la secundaria, Juárez se vio invadido por los "culiches", apodo con el que se identificaba a los de Culiacán.

Resultaba fácil identificar a los hombres y mujeres que no eran juarenses: al hablar no arrastraban la *s* ni cambiaban la *ch* por una *s* que los juarenses pronuncian raspada: "Pos qué *shingados*", por ejemplo.

51

De día, por las calles de la Mariano Escobedo caminaba mucha gente del sur: migrantes que estaban de paso pensando en Estados Unidos y que se habían gastado todo el dinero que tenían para hacer el viaje a la frontera. Familias completas mendigaban en la colonia.

—Esto ya parece el padre nuestro de cada día —se quejaba Angélica cada vez que la gente necesitada tocaba a la puerta de su casa para pedir un taco o un vaso de agua.

Angélica era una señorita presumida y la menos agraciada de las tres hijas de Maurita, pero, como ya se pintaba y manejaba el Atlantic de su papá, se creía la más guapa de todas las chavalas de la calle Melchor Ocampo.

Una tarde, cuando doña Maurita salió al patio a darles de comer a sus perros, tocaron el timbre.

—Señora, no sea malita, ¿podría darnos una ayudadita?

Era un señor viejo, alto, con sombrero de palma, acompañado de tres niñas "greñudas", como más noche las describió Angélica.

—¿De dónde viene, señor?

—De un pueblo cerca de Sombrerete, Zacatecas.

Maurita sintió pena por el hombre y las niñas, además de la obligación de ayudar. ¡Eran paisanos de su marido, pues!

—Espéreme aquí tantito.

Dejó la puerta abierta y fue a la cocina para hurgar en la alacena. En las cazuelas de la comida que había hecho ya no quedaba nada; las sobras se las acababa de servir a los perros. En esa casa casi nunca se guardaban las "sobrinas" de la comida, y mucho menos las de la cena. A los Campos Robles no les gustaba el recalentado.

—Carolina, ven por favor.

La menor de sus tres hijas veía un programa de televisión, pero acudió de inmediato al llamado.

—Súbete en esa silla y bájame del cajón tres paquetes de sopa, una lata de sardinas y un frasco de salsa de tomate.

Cuando Carolina se subió a la silla para alcanzar el cajón más alto de la alacena, miró por la ventana hacia el patio. Observó al señor y a sus tres hijas parados a la entrada de la casa y supo enseguida para qué quería su mamá las cosas. Junto con su madre salió al patio con los paquetes de sopa de conchita La Moderna, la lata de sardinas y el frasco de salsa.

Mientras Carolina entregaba las cosas al señor, las tres niñas estaban concentradas viendo comer a los perros.

—Ya no tengo nada cocinado, pero esta tarde pueden comer la sardina. La tortillería está abierta. Mire, con esto le alcanza para comprar tortillas, un bote de leche Lala y pan para la noche —dijo doña Maurita al padre de las tres greñudas, al tiempo que le ofrecía unos pesos que sacó de su monedero.

En la casa de los Campos Robles se ayudaba al migrante con comida o con dinero. Siempre había algo para quien tocara a la puerta; la condición era que estuviera la doña del hogar.

En ocasiones, cuando don Beto se encontraba en casa resolviendo un pendiente, quienes llegaban a pedir ayuda eran invitados a entrar para platicar un rato. Contaban sus historias, sus tragedias, y describían las carencias económicas que los habían obligado a abandonar su tierra natal para irse al norte. Si eran hombres solos o un matrimonio, don Beto les ofrecía una "cheve" para apaciguar el sofocante calor de Juárez. Si bien Alberto Campos Rojas era abstemio, en el refrigerador de su casa no faltaban las "helodias" con las que se refrescaban sus hijos y, a escondidas, Angélica.

Carolina tenía fascinación por los relatos de la gente que pasaba por su casa para pedir ayuda. Fue en el patio donde por primera vez en su vida escuchó que a muchas mujeres, jovencitas y niñas que llegaban a Juárez procedentes del sur las violaban por el camino.

—Abusan de las mujeres y a las muchachitas se las roban —se lamentó ante su padre alguno de los migrantes.

—Está peligroso el camino para llegar hasta acá, nos roban, pero ¿qué hace uno? En nuestra tierra no hay trabajo ni nada para poder darle de comer a la familia o hacer una casa; aquí en el norte hay mucho dinero y trabajo —explicó otro migrante una tarde.

Carolina no entendía cómo era posible que a esas pobres gentes les robaran lo poco que cargaban con ellos.

Varios de esos migrantes fundaron las nuevas colonias a las faldas o en la parte más alta del Cerro del Indio y alrededor de todo Juárez, allá donde estaban las barrancas y el basurero municipal. De ser un pueblo grande, en un santiamén Juárez pasó a ser un pueblotototote.

En distintas ocasiones don Beto dio empleo a muchos sureños que llegaron a pedir comida a su casa. Por esa época, en Juárez se estaban construyendo edificios modernos y las constructoras ocupaban albañiles y peones. Unos se quedaban definitivamente y otros —como la mayoría de la gente a la que don Beto empleaba en sus talleres— trabajaban un tiempo hasta que juntaban el dinero suficiente para pagarle al coyote que los cruzaría al otro lado.

Para Carolina era un enigma esa obsesión de la gente que a fuerza quería irse a Estados Unidos. Hablar de las cosas y de las personas que vivían en el patio de enfrente le era indiferente;

formaban parte de su entorno, pero no eran novedad. Su padre nunca fue a Estados Unidos, y eso que podía hacerlo.

—Batallan aquí y batallan allá. Al menos aquí en su país son libres. Allá se la pasan escondiéndose de la migra, no son libres ni de salir a la calle. Sí, ganan dólares, pero viven como ratones, todo el tiempo escondidos —se lamentaba don Beto.

A Carolina sólo le gustaba ir de compras a Estados Unidos; disfrutaba recorrer las tiendas de ropa y las zapaterías con enormes vitrinas como las que había en la calle Stanton, en El Chuco. "La ropa gabacha —aseguraba su madre— dura más."

En las vacaciones de ese año escolar, Carolina se dio cuenta de los cambios físicos por los que atravesaba. Tuvo su primer periodo menstrual. Ya era una mujer "hecha y derecha".

Cuando faltaban dos semanas para el fin de las vacaciones de verano y para que Carolina entrara a segundo de secundaria, Roberto apareció en casa con una moto de pista BMW, nuevecita, color negro y superequipada. El muchacho le dio un beso a su mamá y se sentó en la sala junto a su padre, que ojeaba un catálogo de refacciones automotrices.

—Papá, ya abrí otro taller, en el mercado La Chaveña.

La Chaveña no era muy distinto del mercado de Los Cerrajeros; los dos eran interesantes, había de todo. Algunos chilangos que conocían esos tianguis fronterizos los comparaban con Tepito y La Lagunilla —de la Ciudad de México—, nada más que en chiquito.

—El local es de renta, supongo —dijo don Beto.

—Sí, me lo consiguió un amigo de Lidia. Cobra barato y quiere venderlo con el tiempo. Si me va bien, se lo compraré.

—Dile a tu padre que te preste para que lo compres de una vez —intervino Maurita—. Pagar renta es tirar el dinero a la basura. Préstale, Beto.

—Averigua cuánto quiere y vemos más adelante —dijo don Beto.

—No se preocupen —replicó Roberto—: con lo que gano y lo que saca Lidia de sus negocios, lo vamos a comprar antes de que cante el gallo.

A Carolina le agradaba más el mercado de La Chaveña que el de Los Cerrajeros. La zona de los talleres de su padre estaba vetada para ella, no la dejaban ir. Su mamá decía que había puros hombres "cochinos y libidinosos". La verdad era que en Los Cerrajeros nadie se habría atrevido a decirle nada y mucho menos a faltarle al respeto a la hija consentida de don Beto y hermana de cuatro batos "cabrones y güevudos".

El barrio de La Chaveña era de los más bravos de todo Ciudad Juárez, si no el que más; allí mandaban los cholos.

—¿Cuándo me llevas a tu nuevo taller? —le preguntó Carolina a su hermano.

—Nunca —terció Maurita.

—¡Ay, mamá!, ya está grande la güereja. Deja de cuidarla como si fuera una niña. Vengo por ti mañana en la tarde.

—Pero me llevas en la moto.

—¡Carolina! —gritó alarmada Maurita—. Sólo las viejas locas del centro andan de machorras, horqueteadas en motos.

Don Beto miró divertido a su esposa; sabía que con eso de "las viejas locas" le estaba echando una indirecta a Roberto, por Lidia: la mujer de su hijo mayor era una de esas viejas locas del centro, según Maura. De su hija ni se preocupaba; seguro estaba de que al día siguiente bajaría del barrio a toda velocidad sentada atrás en la moto y bien agarrada de la cintura de Roberto:

Al otro día, Carolina se puso la más corta de todas sus minifaldas, una de color verde; una blusa blanca escotada que tenía escrita al frente la palabra "Free", y unas botas que le llegaban un poquito arriba del tobillo. Se veía bonita y mayor para su edad. Con su pequeño bolso de cuero terciado, estaba ansiosa por que llegara Roberto. Cuando escuchó el rugido del motor de la moto que se acercaba a su casa, salió de su habitación y al cruzarse en la sala con Maurita de pasada le dijo:

—Nos vemos, ma. Ya llegó Roberto.

Afuera, su hermano la esperaba con la moto enfilada hacia el lado contrario de aquel por el que había llegado.

—Güerita, te ves rechula; me van a sobrar cuñados y se me hace que voy a tener que romperle la madre a uno que otro.

—No empieces. ¿Quieres que vaya a ponerme otra cosa?

—Carolina, estoy bromeando. La neta, me siento muy bien de llevar en mi moto a una chavalita tan guapa. Te has puesto re-buenota, carnala; mi mamá se ha de estar muriendo de congoja.

Los hermanos salieron disparados en la moto hacia la zona del bullicio de Ciudad Juárez.

Roberto tenía razón: Carolina era atractiva; un "forro", como él mismo clamaba al ver una mujer con cuerpo escultural. La hija consentida de don Beto era una tentación para cualquier hombre. Sus muslos casi desnudos y ese toque desenfadado, pero al mismo tiempo sensual, que le daban las botas que se había puesto la hacían irresistible a la vista de cualquier varón.

La rubia cabellera de Carolina y el borde de la falda —que cubría apenas una pequeña parte de esas piernas— eran como una marejada provocada por la fuerza del tornado generado por la celeridad a la que la muchacha viajaba con su hermano en la motocicleta. Carolina se sentía toda una mujer; en casa había dejado el uniforme de la secundaria, y en ese instante, viajando a toda velocidad rumbo a Las Fuentes —otro bar de moda—, tomó la determinación de no volver a la escuela, desertaba de los libros.

Las Fuentes era un antro al aire libre, un *drive in,* como les dicen en El Chuco a esos lugares de diversión. En torno a ese bar, ubicado sobre la avenida Paseo Triunfo de la República (Carretera Panamericana), la juventud desenfrenada de Juárez daba vueltas para lucir a las chicas con quienes se paseaban, identificar a los amigos y presumir el carro, la troca o la moto y después parquearse para beber el pisto que sin ton ni son servían los meseros a menores de edad y adultos por igual.

Ese lugar era de los favoritos de los hijos mayores de don Beto y Maurita. También lo era de Lidia, quien tenía más de una hora esperando a Roberto y a Carolina, sentada en una motocicleta de una pareja amiga y tomando cerveza.

El bar Las Fuentes estaba iluminado por cientos de luces de neón, lo que le daba un distintivo cosmopolita en esos años. Conjugaba a la clientela auténticamente representativa de la frontera: las nuevas generaciones de las familias pudientes, jóvenes de clase media, fuereños, vendedores de droga, contrabandistas y mujeres de la vida galante.

Las vendedoras de amor y pasión que frecuentaban el bar no eran como las prostitutas de la avenida Juárez en el centro. Las primeras vestían ropa de marca, un poco menos sugerente, aunque iban igual de maquilladas que las segundas. Buscaban clientes caros, pero también alguien que se enamorara de ellas para que las sacara de la vida de las calles, cantinas y antros de perdición.

El ruido que producía el motor de la motocicleta de Roberto era inconfundible. En cuanto lo oyó, Lidia volteó a ver a la dupla que llegaba montada en esa máquina hecha para viajar a toda velocidad, y no pudo reprimir una sonrisa de complicidad y satisfacción. Su cuñadita era un manjar para la vista de los batos.

Roberto dio por lo menos cuatro vueltas alrededor de Las Fuentes antes de parquearse; su intención era presumir la motocicleta y a su hermana menor. Ésa era la presentación de Carolina ante la sociedad nocturna de Juárez.

Lidia también llevaba minifalda, blusa escotada, varias pulseras y aros de oro en las muñecas, collar largo de perlas, aretes de oro y tacones. Como siempre, la hembra de Roberto sobresalía entre el menú femenino… hasta antes de la llegada de su cuñada.

Sin apagar el motor de su Kawasaki, Roberto abrió las piernas y apoyó los pies en el suelo para mantener en equilibrio a su hermana, que se soltaba de su cintura sonriendo, como si Las Fuentes fuera su ambiente natural.

—¡Hola m'hija! —dijo Lidia a Carolina al plantarle un beso en la mejilla—. Mi lápiz labial no mancha, así que no te preocupes.

—¡Hola, Lidia! Estás muy guapa. ¡Qué bonita minifalda traes!

—La tuya también está preciosa, se te ve muy bien con las botas, buena combinación. Bájate de la moto para mirarte mejor.

Eso era lo que estaba esperando el grupo de amigos que se había aglomerado en torno a la Kawasaki de Roberto:

que aquella chica de piernas espectaculares y largo pelo güero desmontara de la máquina.

Con destreza y sin dejar de sonreír, Carolina comenzó a apearse de la moto, sintiéndose dueña del lugar. Sabía que al levantar la pierna izquierda para bajarse por el lado derecho dejaría ver un poco más de sus piernas, lo que a fin de cuentas quería hacer.

Desde que la joven llegó a Las Fuentes se percató de que varios *mushashos* no le quitaban la vista de encima. Lidia también lo había notado. Por ello le sonrió a Carolina con una mueca de complicidad y aprobación cuando la chiquilla se desmontó de la moto de esa manera tan sexi.

Se acercó un mesero a preguntarle a Roberto qué deseaba tomar.

—Una cerveza para mí, una piña colada sin alcohol para mi hermana, y a los demás les sirves otra ronda de lo que estén tomando.

—Roberto, qué guapa hermanita tienes, ¿dónde la tenías escondida? —comentó Alejandro, uno de los mejores amigos de Lidia, el cual, sin perder el tiempo, ya le había agarrado la mano a Carolina para saludarla y darle un beso en la mejilla.

—Cuidado, cabrón, es menor de edad y la consentida de mi apá y de toda mi casa. Te metes con ella y te metes con todos los Campos Robles, y no te la vas a acabar.

—¡Ya, ya, ya, cuñado! Si la quiero para matrimonio —respondió Alejandro, y provocó las carcajadas de todos y todas, incluida la de Carolina, a quien no le pareció nada feo el morrillo atrevido.

Lidia acudió al rescate. Era consciente de que, si dejaba ahí a su cuñada, Alejandro intentaría conquistarla. Lo conocía perfectamente, al igual que a Roberto, quien después de tres o cuatro cervezas se olvidaría de que su hermana menor estaba con él en Las Fuentes.

—Vas a provocar muchos pleitos, m'hija; no te dejes enredar por estos vagos. Vente para acá, te voy a presentar a las mushashas.

—Lidia, qué bonita te ves y qué bonitas pestañas tienes.

—Las pestañas son postizas. Ya te enseñaré a maquillarte, aunque no necesitas mucho, como yo. Pero sí tienes que darte un retoque y arreglarte mejor las manos. Es tu primera noche de antro, disfrútala y tómate tu piña colada. Roberto y yo te vamos a cuidar. Aquí todos nos conocen, no te preocupes por nada.

Carolina no entendía por qué, a diferencia de otras parejas, su hermano mayor y Lidia no se la pasaban abrazados. De vez en cuando Roberto tomaba a Lidia por la cintura y le daba un beso muy breve en los labios, como marcando territorio.

Carolina observó a Lidia beber varias cervezas y alguno que otro coctel con alcohol, no como los tres que ella había ingerido. Le extrañaba que de pronto el mesero apareciera con una cerveza más para Lidia y otra piña colada para ella, sin que nadie las hubiera ordenado.

—Se las mandan de allá —se limitaba a decir el mesero a Lidia, y señalaba con el dedo o con un movimiento de cabeza el lugar de donde provenía la orden. Lidia volteaba al punto indicado y agradecía con una sonrisa y levantando el trago.

—Cuando te mandan de otra mesa una orden de lo que estás tomando, debes sonreír a quien lo hace y hacerle la señal de salud, que quiere decir algo así como gracias. Cuando te invitan te están diciendo que eres bonita, que les gustas; no estás

61

obligada a nada con quien te paga el trago, a menos que tú quieras, ¿verdad?

—Son diferentes batos los que han mandado las bebidas, Lidia.

—Son muchos a los que les gustamos, Carolina.

Lidia soltó varias risotadas, tomó de la mano a su cuñada y la llevó junto a Roberto, a quien le pellizcó una nalga.

—Tu hermana es garantía de peda. Nos han mandado ya varios tragos de todos lados.

—Para que veas que no sólo tú las puedes, también mis hermanas, aunque las otras dos no son tan diablas como esta cabrona.

—Yo no he hecho nada, sólo he estado platicando con Lidia.

—No necesitas hacer nada ni platicar con nadie; estás muy guapa, carnala. Desde que saliste de la casa con esa ropa yo sabía que en Las Fuentes ibas a arrasar. Quédate aquí y vas a ver que hasta a nosotros nos mandan pisto.

No pasaron ni tres minutos desde que Roberto hizo el pronóstico cuando llegó un mesero con dos charolas repletas de cervezas, margaritas, otros cocteles y dos piñas coladas sin alcohol.

—Vente, acompáñame al baño —pidió Lidia a Carolina cuando se acabó la ronda de bebidas que les habían invitado.

Había como veinticinco metros entre el baño y el lugar donde estaba el grupo de Roberto alrededor de su BMW. Al recorrer esa distancia, Carolina sintió que se le quedaban mirando todos los hombres que se encontraban esa noche en el bar al aire libre de Ciudad Juárez.

—Ese pendejo de Roberto… —comentó molesta Lidia.

—¿Por qué pendejo? —preguntó Carolina mirándose en el espejo del baño.

—Porque ningún bato deja que su chava vaya sola al baño; le pueden dar baje. ¿Me entiendes?

—La verdad, no.

—Si alguno de los que nos están invitando tragos se da cuenta de que estamos aquí solas, nos esperará en la puerta para hacernos plática. Siempre, siempre, recuérdalo, nunca lo olvides: cuando estés con un bato en un bar, cantina o antro y no quieras armar pleito, avísale discretamente que quieres ir al baño, así él te acompaña y se evita un argüende. Te pueden invitar bebidas, pero nunca intentar darle baje al novio. Eso no se permite, ¿me entiendes?

—Más o menos.

Al salir del baño, Roberto las estaba esperando.

—No me digas nada, Lidia, me apendejé; no noté la seña que me hiciste.

—Siempre estás descuidado cuando te juntas con Alejandro, ya te lo había dicho, cabrón.

Varios de quienes les habían mandado bebidas estaban posicionados a unos cuantos metros de la entrada del baño. Algunos se difuminaron entre los clientes cuando vieron a la dupla de mujeres caminar con Roberto; otros se dieron la vuelta con cara de decepción porque ni siquiera los voltearon a mirar las morras de las minifaldas a las que aquel fortachón altote tomó por la cintura.

CINCO

Entre los Campos Robles todos los días se mencionaba algo de lo que ocurría al otro lado del río Bravo, en El Chuco.

Don Beto adquiría refacciones usadas de los deshuesaderos de automóviles y motocicletas de El Paso. Él nunca tuvo la necesidad de cruzar los puentes internacionales para ir a comprar lo que se requería en su negocio, pues contaba con amigos y contactos aduanales que se encargaban de garantizarle la entrega de las partes vehiculares.

Esporádicamente, sus cuatro hijos varones iban a los deshuesaderos de El Chuco, pero no les gustaba mucho hacer las encomiendas que les daba su padre. Como eran jóvenes y debían cargar las cajas de refacciones en las manos para no cruzar la línea fronteriza en carro y evitar el pago de impuestos, los agentes aduanales mexicanos les revisaban todo, hasta los calcetines. Cualquier imprevisto relacionado con la mercancía se arreglaba con dinero tras un obligatorio, breve y engorroso escrutinio. Los hijos de don Beto sabían que la revisión era una faramalla y que debían pagar la cuota a los agentes para meter lo que se les antojara en Ciudad Juárez. En esa frontera, los juarenses dicen desconocer los imposibles. "¡Con dinero todo se puede!" es el lema más popular de Juárez.

Los clientes de don Beto sabían que en los talleres de Los Cerrajeros o en el de La Chaveña —el que recién había abierto Roberto y que ya era sumamente conocido— podían encontrar lo que necesitara su carro o motocicleta. Una refacción alemana, gabacha, italiana o francesa, en los talleres de don Beto estaba garantizado que la conseguirían.

No lejos del Puente Santa Fe, a unas siete cuadras de donde nace la avenida Juárez, estaba la tienda de ropa de Lidia. Era un local mediano y ofrecía amplia variedad para las mujeres que deseaban modernizar su guardarropa. También había zapatos y cosméticos. Toda la mercancía que Lidia ponía al alcance de sus clientas era importada de El Chuco.

Al día siguiente de su debut como "avecilla nocturna" en Las Fuentes, Carolina salió caminando de su casa hacia el centro. Se había comprometido con Lidia para ayudarla en su negocio. Ya había tomado la decisión irrevocable de no volver a pisar una escuela; ahora nada ni nadie le impediría cumplir su palabra de convertirse en comerciante.

Los veinte minutos que la joven tardó en llegar a su destino se le hicieron dos. Ni cuenta se dio de que ese domingo por la mañana la calle principal de la zona del centro era un hervidero de gente. Eran cerca de las once y los antros, cantinas y billares de la avenida Juárez y de las calles aledañas llevaban un rato con las puertas abiertas, atendiendo a la clientela.

En los antros de Juárez el alcohol se vendía desde temprano. Era buen negocio, porque a eso del mediodía llegaban de El Chuco gabachos, cholos y chicanos que cruzaban la frontera norte de México nada más para curarse la cruda. Los sitios más populares en esos días eran el Kentucky (donde según la leyenda se inventaron las margaritas), el Yankees, El Bombín,

El Noa Noa y El Open, entre otros. Sin alcohol, drogas y putas no existiría Juárez.

En la avenida principal del centro y calles transversales —varias de las cuales comienzan o desembocan en el Bravo, como se quiera ver—, Carolina vio demasiados borrachos, indigentes negros de Estados Unidos que le parecieron una excentricidad y que, al igual que algunos bolillos o anglosajones, se pasaban semanas completas de juerga en Juárez, entre alcohol y drogas, y terminaban sin un quinto; por eso se les veía buscando desperdicios en los botes de basura. Pocos mexicanos hacían eso.

La Boutique de la Diosa, como se llamaba el negocio de Lidia, tenía un mostrador de cristal y vitrinas repletas de vestidos, faldas, minifaldas, pantalones y ropa interior. Los modelos más caros, exclusivos, en colores llamativos, con cortes atrevidos y de diseñador o de marcas famosas, se exhibían en maniquíes.

—M'hija, qué sorpresa. No pensé que fueras a llegar tan temprano. Apenas son las once, creí que vendrías tarde; con eso de que te llevamos a tu casa casi a las cinco de la mañana… Estuvo buena la parranda, ¿no?

—Muy buena, Lidia. Gracias por todos tus consejos y por invitarme a ayudarte en la tienda. No estoy desvelada; desperté como a las nueve de la mañana y ya no pude dormir.

Carolina iba vestida con pantalón de mezclilla y sudadera; se había recogido la melena en una larga cola de caballo. Llevaba las mismas botas de la noche anterior. Se veía juvenil y bella.

Lidia, que estaba sentada en una silla detrás del mostrador, se levantó y se acercó a la puerta de la tienda, asomó la cabeza a ambas direcciones de la calle para ver si las estaban mirando, y al comprobar que no había una sola cara conocida, le ofreció un cigarro a Carolina.

—No, gracias, no me gusta. Intenté fumar cuando Sara encontró una cajetilla en el pantalón de Pedro, pero ni ella ni yo pudimos. Nos estábamos ahogando con el humo.

—Mejor, mejor, esto no es bueno, y menos para una jovencita como tú. Tengo este maldito vicio desde hace años. ¿Qué puedo hacer?

—No me gusta el olor del cigarro, hace que me duela la cabeza.

—Qué bonito cabello tienes, m'hija. Así, largo, se te ve muy bien. Te llega hasta la cintura y eso hace que resalten tus caderas. La ropa ajustada destaca perfectamente las formas de tu cuerpo. Ya verás, te enseñaré a vestir para que luzcas ese cuerpazo y tu cabello tan hermoso, mushasha.

Desde que se le vino la regla, Carolina notó un cambio en la manera en que se le quedaban mirando los hombres en la calle o en la escuela. Sus compañeras de la secundaria le decían que tenía bonito cuerpo. Hasta los viejos cochinos de su barrio le echaban piropos.

—Esas uvas se pusieron buenas para el vino —le dijo una vez el dueño de una tienda de abarrotes.

En cuanto al cabello, era como su marca registrada; su mami se había encargado de que lo mantuviera lozano y limpio. De niña y en la pubertad, doña Maurita se lo cepillaba con ahínco y mucho tiento. Le gustaba hacerle colas de caballo y ponerle moños o listones que le combinaran con los vestidos. En ocasiones le hacía "trenzas de bicicleta", un peinado que semejaba la forma de los manubrios de la bici.

El día era perfecto para el estreno de una nueva dependienta en La Boutique de la Diosa. Lidia le recomendó a su cuñada que se pasara con ella al otro lado del mostrador, para enseñarle a atender a la clientela. No le insistió con el cigarro, pero le dio un billete de veinte pesos para que comprara dos sodas, una para cada una.

—Cuando tengas hambre, me avisas; aquí cerca está Sandra, que vende unas hamburguesas muy buenas —le comentó.

El sol caía con toda su fuerza y sin piedad sobre Juárez; el ir y venir por la avenida principal no menguaba. La música que salía de los negocios daba el toque fronterizo y de pachanga. Se escuchaban rolas norteñas, pop en español y en inglés, sin que faltara el rock que estaba de moda en Estados Unidos. Toda la música que se estrena en el país vecino se estrena de manera simultánea en cualquier pueblo o ciudad de la frontera norte de México.

A la tienda de Lidia entraron las primeras clientas minutos después de que Carolina regresara con las sodas.

—Con confianza, señoritas, pueden pedir el modelo que les agrade; tengo probador para que vean cómo les queda lo que elijan. Todo lo que vendo es lo que se está usando en estos momentos en Estados Unidos. Si quieren algo especial, se les puede conseguir el mismo día o al siguiente —explicaba Lidia a las personas que habían entrado al negocio.

La amabilidad de Lidia contrastaba con la actitud aguerrida que había mostrado en Las Fuentes; parecía otra persona. A sus potenciales compradoras las trataba casi con algodones y les decía halagos que estaban fuera de la realidad.

—Esa falda se le ve preciosa, yo tengo una igualita —le aseguró a una joven gorda que se probó una saya corta que le quedaba como calcomanía. Estaba tan ajustada que las llantas del estómago se le desparramaron de inmediato. Sin embargo, la gordita compró la prenda.

—¡Lidia, le quedaba muy fea la falda a esa chava!

—Ya lo sé, m'hija. Nunca le digas a tu clienta que se ve fea o que no le queda la ropa. A una gordita como ésa le tienes que decir que luce preciosa y sexi. No olvides que las mujeres somos un florero de vanidad cuando andamos por la calle. Después, cuando se quite la ropa y broten la celulitis y la gordura, el asunto ya no es nuestro, sino de ella, de su marido o del viejo con quien se acueste.

—¿Tú tienes una falda como la que se llevó?

—Claro que no, ni que tuviera tan mal gusto. A mí me gustan las minifaldas y la ropa ajustadita, como a ti, pero finas.

Lidia poseía un cuerpo verdaderamente escultural. El embarazo y el nacimiento de su hijo no le habían hecho mella. Se había puesto más buena, como le decía Roberto en la intimidad, al igual que otros hombres a los que les había permitido disfrutar de sus encantos.

Como Carolina, Lidia tenía cintura de hormiga, piernas bien torneadas, senos grandes y caderas anchas y redondas, paraditas. Al caminar por las calles del centro las miradas de los hombres la seguían y la desnudaban. Ella lo sabía, y le gustaba. La pasarela por las banquetas era premeditada.

—Aquí en el centro, m'hija, te tienes que poner abusada. Por aquí pasa y llega todo lo bueno y lo más malo de Juárez y de todo el país. Ésta es la mejor escuela que puedes encontrar para salir adelante y progresar en la frontera. No necesitarás maestros para aprender a torear; con fijarte en los detalles y en quiénes entran y salen de los negocios será suficiente.

—¿Tengo que mirar a todos?

—No a todos; a los dueños de los negocios del centro y a quienes los atienden. Yo te diré de quiénes debes cuidarte porque no lo sabes todavía. Te voy a pedir solamente una cosa…

—¿Qué?

—Nunca le cuentes a Roberto ni a tus papás lo que veas y aprendas aquí en el centro. Te voy a cuidar como si fueras mi hija, pero tienes que prometerme que nada de lo que haga o diga en el negocio y en las calles se lo dirás a tus papás ni a tu hermano. ¿Lo prometes?

—Prometido.

El pacto entre la chiquilla y la mujer del centro se selló con el guiño del ojo izquierdo que le hizo Lidia a Carolina. La hija consentida de la familia Campos Robles ignoraba que haber abandonado la escuela no era suficiente para dar el giro que le deparaba la vida. En cambio, el convenio con Lidia fue el trampolín mediante el cual dejó de ser la niña de calcetas con holanes y zapatos blancos de charol para convertirse en mujer.

Para ser una de las del centro, Carolina tenía la ventaja de ser bella y atrevida. Otras habilidades requeridas para afrontar los avatares de las peligrosas calles de Juárez las adquiriría con el paso del tiempo y de la mano de Lidia. Ese domingo, Lidia bajó la cortina de la tienda justo en punto de las seis de la tarde. La corriente de peatones había disminuido. Sobre la avenida Juárez, en dirección al norte, ya se había formado una larguísima hilera de autos que regresaban a El Chuco. En el Puente Santa Fe, el cruce fronterizo de sur a norte es lentísimo en horas pico. Quienes volvían a casa después de una pachanga en Juárez, pasaban por lo menos un par de horas, si les iba bien, en aquella fila, antes de llegar a los puestos de aduanas y migración de Estados Unidos.

Al darse cuenta de que la hermana de Roberto volteaba a ver con curiosidad la cola de autos mientras le ayudaba a poner los candados a la cortina de su negocio, Lidia dijo:

—Lo que se necesita en la frontera para cruzar la línea de aquí para allá, y en ocasiones de allá para acá, es calma.

Pardeaba la tarde cuando las dos atractivas juarenses se pararon frente al puesto de hamburguesas de Sandra.

—M'hija, qué gusto verte. ¿Cuántas vas a querer?

—Sandrita, te presento a Carolina; es la hermana de mi viejo.

—Mucho gusto. Qué guapa mushasha.

—Gracias. Tú también eres muy guapa, Sandra.

—¡Qué va!, si estoy más prieta que un sapo. Pero mira tú, güerita y con ese cuerpazo. Lidia, vas a tener que cuidar muy bien a esta niña. Ya sabes cómo hay de zopilotes aquí en el centro.

—No te preocupes, cuando la gente se entere de que anda conmigo y que es hermana de mi viejo, nadie se atreverá siquiera a aventarle un piropo. Lo sabes.

El puesto de hamburguesas de Sandra, joven delgada y morena de unos veintitantos años, se encontraba justo en la esquina de la avenida Juárez y el callejón donde estaba el bar El Bombín, a menos de trescientos metros del Puente Santa Fe.

Sandra había nacido en el Valle de Juárez. Su familia era muy pobre y desde que cumplió cinco años la llevaron a la avenida Juárez a vender, primero esquites, luego chicles y palomitas de maíz. Por las tardes iba a la primaria. Cuando sus padres descubrieron que su hija ya sabía leer y escribir, la sacaron de la escuela; entonces cursaba el cuarto año de primaria. Su madre la enseñó a preparar quesadillas y le puso un sartén con aceite sobre un anafre para que vendiera frituras de queso, chicharrón y papas. Desde entonces, las tardes y las noches de los siete días de la semana, Sandra se instalaba en la esquina de la avenida Juárez y el callejón a vender hamburguesas que preparaba en un horno portátil de gas.

Todo el mundo en el centro conocía a Sandra, la Morena y sus hamburguesas, y ella conocía a todo aquel que tenía negocios en el centro. La Morena tenía los ojos, las habilidades y las mañas necesarios para sobrevivir en una tierra inhóspita y brava como Ciudad Juárez.

—A mí me das dos, sin cebolla, por favor, y una soda, la que tengas de naranja. Carolina, ¿cuántas quieres?

—Una nada más y una coca-cola.

—¿Nada más una, mi reina? —preguntó la Morena—. Con razón tienes ese cuerpecito. Mis hamburguesas no engordan, son de dieta, ¿verdad, Lidia?

La risa de las tres mujeres hizo voltear a varios transeúntes.

Carolina sintió mucha empatía por Sandra, la cual era correspondida. Antes de que se terminara su hamburguesa, Sandra ya había terminado de prepararle la segunda y, rauda, la puso en el plato de plástico, sobre el pedazo de papel de estraza; le añadió cebolla, chile y todos los aderezos de que disponía. Carolina no pudo rechazarla; Sandra en verdad hacía unas hamburguesas muy sabrosas y ella tenía hambre. Si pidió solamente una fue para no verse tan "aprontona" con Lidia.

Mientras comían, Sandra puso a Lidia al tanto de lo que había ocurrido sobre la Juárez la noche del sábado y la tarde de ese domingo. La Morena era una especie de coladera: por ella pasaba absolutamente todo lo que entraba y salía por esa zona de la frontera.

—Ayer el viejo ese, don Marcos, el dueño de los negocios de los videojuegos, llegó de El Chuco con un shingo de cajas grandes. Le venían ayudando tres chavalos. Eran cajas con aparatos electrónicos. Ya sabes que ese pinshi cabrón vende de todo; lo de los aparatos le deja una buena lana.

—Sí, es fayuquero, por eso ha subido tanto, Sandra.

—El otro día me contó el licenciado Isidro Osorio, el dueño de las funerarias, que ese don Marcos andaba todo fruncido porque los de la aduana le habían dado baje con varios aparatos. Los del Puente Santa Fe se la cobraron porque se dieron cuenta de que también metía mercancía por el Puente Libre y soltaba más dinero a los aduaneros de allá que a los de aquí.

—No juega parejo, por eso tiene lo que tiene el cabrón; pero, si te das cuenta, tarde o temprano te shingan si te pasas de pendejo.

—Lidia, una de las chavas que trabajan en los videojuegos me dijo que don Marcos también vende cosas robadas. De todo lo que quieras y de a como lo quieras.

—No lo dudo ni tantito. El dueño de El Bombín me había contado algo de eso, pero, como no me interesa ese pinshi viejo, no le hice caso.

—¿Sabes que abrieron otro billar bien cerquita de la catedral?

—¡Nooo, m'hija! ¿De quién es?

—Del pinshi bigotes de sacamishi.

Carolina no pudo evitar la risa y casi le echó en la cara a Lidia la coca-cola que se estaba tomando.

—¿Qué son los sacamishis? —preguntó apenada a Sandra.

—Esos gusanos peludos que tienen como espinas y que pican. Esos que siempre hay por las plantas, feos los pinshis gusanos.

—¡Ah!, ya sé cuáles son. Están refeos. ¿Así tiene los bigotes ese señor que dices?

—Más feos, mi reina, más feos.

—Sandra, no seas exagerada. El de los bigotes de sacamishi se llama José Estrada, es muy buen amigo mío. Es socio de las taquerías Los Concuños. ¿Las conoces, Carolina?

—Las he visto en varios lugares aquí en Juárez; creo que por la Gómez Morin hay una, ¿no?

—Sí, ésas. Pero, Lidia, sí está feo el tal Estrada; me cae bien, pero es como bronco, rancherote, el güey.

—Ranchero de sombrero, bota y todo. Tiene lana, pero es buen amigo. ¿Así que ya abrió un billar en el centro?

—Sí, se ve bien, le llega buena clientela. Las veces que he pasado por enfrente siempre he visto lleno. Vende cerveza y las meseras son jovencitas, como le gustan al pinshi bigotón.

Lidia percibió el asombro en el rostro de Carolina cuando Sandra mencionó que a Estrada le gustaban las jovencitas.

—¿Cuánto te debo, Sandrita?

—Treinta pesos. Tres hamburguesas de a diez. La otra que le serví a Carolina yo la invité, y también las sodas.

—Ten, quédate con el cambio.

—Gracias, Lidia.

—Hasta mañana.

—Hasta mañana, Carolina, aquí te espero cuando quieras.

—Voy a regresar; le estoy ayudando a Lidia en su tienda. Me dio mucho gusto conocerte.

Subieron al carro que Lidia tenía estacionado en el callejón; la joven le recomendó a Carolina que no le hiciera mucho caso a lo que decía Sandra. Le machacó que era buena *mushasha,* pero que tendía a exagerar.

—Estrada ayuda a las jovencitas que llegan de fuera a buscar trabajo. Es buena persona, amigo mío, ya lo conocerás. No le cuentes nada de esto a Roberto ahorita que lleguemos a la casa, ni cuando él te vaya a dejar a la tuya, porque se va a ofrecer para hacerlo, de seguro quiere ver a tu mamá.

—¿Cuántos años tiene José Estrada?

—¡Uff! No lo sé, pero ya esta curtido el viejón. Le calculo unos cuarenta y ocho o cincuenta y dos años, más o menos. Es un ranchero grandote y fuerte, no está tan mal. Ni que la Morena fuera guapa como para ponerse exigente, m'hija.

Carolina no entendía por qué, pero ese tal bigotes de sacamiche la intrigaba y deseaba conocerlo ahora que se pasaría todo el tiempo ayudándole a Lidia en la boutique.

—Otra cosa, m'hija. ¿Te fijaste que a Sandra le pagué con un billete de cincuenta pesos y le dejé veinte de propina?

—Sí.

—Aquí, mi niña, tienes que dejar propina a todos. Al parquero, al bartender, al que vende los burritos, a la de las quesadillas, a las meseras y meseros y a toda la gente como la Morena. Le compras chicles al muchacho de la calle o te dejas tomar la foto cuando estés en el antro. Pagas una canción a los mariachis, al trío o a los jarochos. Hasta intercambias dólares por pesos con esos que se dedican al cambio de moneda y que se pasan todo el día aplastados a la entrada de los puentes, aunque no te haga falta.

—¿Para qué, si no me hace falta?

—Necesitas lealtades y ojos que miren por ti. Sin eso, aquí en la frontera y más en el centro, no podrás sobrevivir. El dinero compra lealtades y amistades, nunca lo olvides. Si haces lo que te digo, la gente del barrio te va a cuidar sin que se lo pidas. Como hacen conmigo. ¿Acaso piensas que todos me quieren por mi cara de princesa o el tamaño de mis nalgas? No, m'hija, mi dinero me ha costado controlar a todos los cabrones y cabronas de estas calles.

SEIS

Transcurrieron tres meses y Vicente no pasaba de técnico en fotocopiado. El licenciado Gil lo mantenía bastante ocupado por las mañanas con el resumen de las notas importantes de los diarios. La capacidad de análisis periodístico del muchacho mejoró notablemente con el quehacer matutino en la redacción de *Enlace* para elegir las publicaciones sobresalientes de la competencia.

Vicente conocía ya a todos los reporteros y a las pocas reporteras del periódico. Sus colegas no lo tomaban en serio. Para sus compañeros de la redacción era simplemente el asistente del licenciado Gil. La relación con Pepe Vélez era diferente; a Vicente le gustaba hablar con él sobre los sucesos políticos del país. Se atrevió incluso a señalarle erratas que en escasas ocasiones tenían sus notas.

—Fue error de la mesa de edición. Mira mi original. Es común que ocurra. Nunca entenderé cómo en los periódicos mexicanos los editores no son periodistas con experiencia, a diferencia de lo que sucede en Estados Unidos. Allá, y me consta porque fui testigo cuando fui a visitar la redacción del *New York Times,* la mesa de edición la integran únicamente grandes reporteros experimentados y con una ortografía impecable.

"Cuando escribas vas a sufrir lo que padecemos todos en *Enlace,* menos el licenciado Gil; él redacta los editoriales y nadie les mete mano: no hace falta, es un maestro —le dijo Pepe a Vicente el día que encontró, en un texto de su colega, la palabra *también* sin acento. El error estaba en el primer párrafo de esa noticia que se publicó a ocho columnas.

Vicente quería pedirle a Pepe que le permitiera acompañarlo cuando salía a reportear. Lo había ponderado, pero no se atrevía. Estaba ansioso por ser el pupilo de ese periodista a quien respetaban todos sus colegas de la redacción, pero sobre todo el director del periódico y el licenciado Gil.

Era a su jefe a quien debía pedirle la autorización para ser el Robin de aquel Batman del periodismo. Se estaba preparando para la labor. Llevaba tres semanas leyendo detenidamente las notas que escribía Vélez. Las expurgaba y se imaginaba las preguntas que hacía Pepe a las fuentes de información que citaba con nombre y apellido o bajo la protección del anonimato, por cuestiones de seguridad o temor a represalias gubernamentales para los declarantes. A Vicente esto último lo intrigaba y le provocaba un flujo de adrenalina, ese que se siente en el bendito oficio de reportero de investigación.

No todas las notas de Pepe eran de ocho columnas, aunque aparecían casi siempre en la primera plana. La información que divulgaba era de peso. Sus textos se comentaban en los noticiarios de la radio y muy de vez en cuando, de manera indirecta, en los de la televisión.

Pepe Vélez era el terror de los funcionarios gubernamentales y de los políticos. Sus preguntas ponían en aprietos a los entrevistados. La sagacidad, la objetividad y la firme determinación de cuestionar las acciones del gobierno eran el motivo por el que el presidente de la república no había concedido entrevistas a *Enlace*. En Los Pinos rechazaban todas las peticiones porque el entrevistador designado era Vélez. Pero él no lo había propuesto; era decisión del licenciado Gil, respaldado por los directivos del diario.

Eugenio Sandoval, vocero de la presidencia de México, habló directamente con el licenciado Gil y le dejó claro que, mientras el periódico no cambiara de entrevistador, no habría acuerdo.

—Las decisiones editoriales de *Enlace* no las toma la presidencia, Sandoval. Estás hablando conmigo, no se te olvide, y no me ofendas, por favor —le gritó el licenciado Gil al personero del presidente de la república—. Y, dirigiéndose a Vélez, añadió—: Pepe, te informo que la presidencia negó la entrevista. Eugenio Sandoval dijo que, mientras fueras tú el entrevistador, el presidente no se sentaría a platicar con *Enlace*.

—Licenciado, yo no pedí ninguna entrevista a Los Pinos. No me interesa hablar con el presidente. ¿Qué podría decirme, si está acostumbrado a tratar con reporteros a modo?

—La entrevista la solicitó el periódico, pero fue decisión mía y de los jefes proponerte como entrevistador. ¿Me crees tan pendejo para elegir a alguien distinto, si en esta redacción todos escriben con las patas? Eres de lo mejorcito que tenemos, sin agraviar. No te irrites.

Entre los reporteros de la Ciudad de México, Pepe Vélez era respetado, admirado y odiado. Periodistas de otros medios, especialmente los más jóvenes, lo tomaban como ejemplo del oficio porque sabían que era un profesional íntegro, incorruptible, inteligente, culto, amable y amistoso. Conocía y lo conocían todos en el mundo de la política y el periodismo nacional.

Vicente deseaba emularlo, por ello había estado sopesando la idea de pedirle al licenciado Gil, primero, y después a Vélez, que lo dejaran acompañarlo a trabajar en el terreno, cuando fuera posible, obviamente.

La amistad que desde su primer día de trabajo trabó con Goyo ya había rendido fruto. El guardia le hizo una radiografía fidedigna de cada uno de los reporteros, a quienes conocía al dedillo. Hasta de los amores y desamores de los reporteros de *Enlace,* Goyo estaba al tanto de todos los entresijos, o eso pensaba y creía.

—Ese Fernando Gama, que cubre el Congreso, dicen que recibe chayo. Que por eso siempre anda en carro del año. ¿No le has visto la nave, Vicente? Tiene varias mujeres, y a todas les ha puesto casa. ¿De dónde crees que sale la lana para mantenerlas?, ¿de *Enlace*? Por supuesto que no —le confió Goyo un día, mientras desayunaban tamales y champurrado junto a la máquina copiadora.

Vicente no tenía el menor interés en conocer la vida privada de sus compañeros. Ése era un campo minado que no estaba dispuesto a pisar. Fue una de las advertencias que el licenciado Gil y el mismo Pepe le hicieron:

—A mí me importa un carajo la vida de los reporteros. Ten cuidado, muchacho. Esta redacción, además de tener dizque periodistas, cuenta con un pelotón de chismosos. No te quiero entre ellos, ¿estamos? —le advirtió el licenciado Gil a Vicente cuando cumplió su primer mes de trabajo en *Enlace* y luego de haberlo visto conversar amenamente algunas mañanas con Goyo.

—Si alguien intenta contarte la vida de otro, no lo escuches. Las habladurías en un periódico son perjudiciales para

79

los reporteros. Los chismes y rumores políticos sí interesan, siempre que puedas sacar algo de ellos cuando los cotejes con los hechos. Los de aquí, la verdad, no valen la pena; es mi opinión, Vicente —fue lo que Pepe le comentó después de que lo aleccionara el licenciado Gil respecto al tema.

A su amigo Goyo no podía evitarlo sin provocar su enojo. Decidió escucharlo, pero sin hacerle caso ni ahondar en lo que le platicara. Lo que contaba el vigilante le entraba por un oído y le salía por el otro. El guardia se cuidaba de no hablar absolutamente nada sobre el licenciado Gil; como todos en *Enlace,* le tenía respeto y temor. Si una habladuría recorría la redacción y se la atribuían a él, le costaría la chamba sin lugar a duda.

De las reporteras, Goyo reveló que cada una se había divorciado por lo menos dos veces.

—Además de feas, tienen un genio de la chingada, ¿tú crees que alguien las pueda aguantar? —fue el comentario que hizo de las colegas.

Disciplinado y con un tesón obsesivo para aprender todo lo que pudiera antes de su debut en las páginas de *Enlace,* Vicente se quedó muchas noches hasta que el diario se enviaba a la imprenta. Sin interrumpir a los reporteros, se sentaba a cierta distancia de la oficina del licenciado Gil, donde entraban y salían los reporteros con sus notas escritas a máquina. El licenciado Gil las corregía con un lápiz.

"Esto sirve", "¿Qué porquería es esto?", "Vuelve a redactarla; la entrada de la nota la tienes a medio texto", "No sé cómo te atreves a decir que eres reportero", "No está mal; le hace falta un poco de información de contexto y listo"… Frases como ésas salían de labios del licenciado Gil las noches de lunes a viernes en la redacción. Los fines de semana, el reportero al que tocaba la guardia debía comentar por teléfono las notas con el licenciado, quien desde la comodidad de su casa editaba y organizaba la edición del domingo y la del lunes. La excepción a esa regla se daba cuando la noticia ameritaba la presencia del jefe.

Pepe Vélez no hacía guardias, privilegio que se había ganado con su desempeño. A los demás reporteros les tocaba trabajar los fines de semana dos veces al mes.

En la redacción, Vélez no era santo de la devoción de sus colegas de oficio, cosa que a él lo tenía sin cuidado. No se presentaba al periódico los sábados ni los domingos, pero entre semana guardaba información importante y no perecedera de un día para otro. Esas notas exclusivas de su autoría se publicaban casi por mandato en la primera plana del lunes.

Sus textos no requerían muchos arreglos ni correcciones. Pepe entregaba la nota entre las nueve y las diez de la noche, y tras unos diez o quince minutos de conversación con el licenciado Gil, sus hojas escritas en la Olivetti se mandaban a la mesa de edición. Al terminar la jornada, Vélez se despedía de mano de todos lo que estuvieran en ese momento en la sala de redacción, prendía un cigarro y se iba a cenar o a tomar unas copas a restaurantes o bares.

La leyenda de Pepe Vélez, según el apóstol Goyo, narraba que al salir de *Enlace* el elegante periodista se iba directamente a compartir copas de vino con mujeres guapas, influyentes y adineradas. Era un auténtico don Juan, y las damas difícilmente se resistían a caer en sus brazos e irse con él a la alcoba.

—Tres o cuatro viejas diferentes cada semana. Se gasta todo su sueldo en cenas, bares y mujeres. Es la envidia de todos los reporteros y los que no somos reporteros, Vicente

—afirmaba el discípulo del chisme y narrador de la vida privada de los demás.

La historia de Pepe fuera de *Enlace* era uno de los aspectos que menos quería tocar o conocer Vicente. Eso figuraba en la lista de consejos que le habían dado, y no pretendía arruinar el afecto y la confianza con su amigo, los cuales se afianzaban cada día por la relación de trabajo.

A las once o doce de la noche, cuando regresaba a casa después de presenciar el cierre de edición de *Enlace,* Vicente hurgaba en el refrigerador de sus padres, con quienes seguía viviendo. Por el momento no tenía alternativa. Su mamá le dejaba en un tóper la sopa y en otro el guisado para que los calentara a la hora que llegara. Al terminar de cenar lavaba los trastes y los secaba. Se cepillaba los dientes, se metía a la cama y leía unas páginas de la novela de literatura latinoamericana en turno. Devoraba dos o tres libros al mes y dormía de la una a las seis de la mañana. Esas cinco horas eran suficientes. A su edad hasta dos horas de sueño bastaban para dejarlo como nuevo. No era un tipo guapo, pero tampoco feo; "pasable", como lo calificó una prima. Salía de vez en cuando con alguna amiga, y novias había tenido tres. No era conquistador ni deseaba serlo.

No tenía dinero ni carro, requisitos indispensables en su época para poder ir a un bar o una discoteca con chicas atractivas. Sin carro, las mujeres bonitas eran inalcanzables para la gente de clase media baja como él. El dinero y las cosas materiales no le interesaban. Eran necesarias, sí, mas no imprescindibles.

Entre los planes de Vicente, ser reportero de investigación era la prioridad; lo de convertirse en escritor sería para más adelante. Conseguir pareja lo dejaría para cuando firmara notas en el rotativo, antes no.

Vicente dedicó horas y horas al diseño de un plan para pedirle al licenciado Gil y a Vélez que le dieran la oportunidad de deslindarse de a poco del puesto de técnico fotocopiador; estaba a la espera del momento adecuado para el ataque. En las tardes, cuando los reporteros se sentaban frente a las Olivetti a teclear, era imposible: el licenciado Gil no paraba un segundo. Su concentración estaba puesta en la edición del día siguiente, y una impertinencia podría sellar para siempre la intención de Vicente de convertirse en paladín de Pepe.

El calendario siguió devorando días y semanas sin que el joven se atreviera a hablar con su jefe. Quería proponérselo a Pepe, pero temía que el licenciado Gil se molestara con él por brincarse las jerarquías. Después de todo, su superior era Gil, no Vélez.

Pero el destino alcanza a todos, según dice un antiguo adagio.

José Vélez jamás ponía un pie en la redacción de *Enlace* durante la hora de la comida. Sin embargo, un jueves llegó unos minutos antes de que Vicente se dispusiera a salir a comprar un par de tortas y una coca-cola. Vélez rebuscaba en los cajones de su escritorio; se le notaba preocupado. Tenía un cigarrillo apagado entre los labios y daba la impresión de que le urgía tener lo que había ido a buscar a la redacción a esa hora del día.

—Pepe, ¿te puedo ayudar? —dijo Vicente mientras se colgaba al hombro el morral de lana que había comprado en el mercado de Gualupita, un pueblo otomí del Estado de México, a dos horas de viaje en autobús de la capital.

—No encuentro un cuaderno de apuntes que necesito esta noche; voy a ver a un funcionario de Gobernación.

—¿Puedo ayudarte a buscarlo?

—¡Dale! Revisa los cajones del lado derecho y yo sigo en éstos. Es un cuaderno con pastas blancas, de reportero; tiene dibujados unos ojos en la primera página. Se los pongo a las libretas donde guardo notas o citas que considero importantes.

En cada uno de los tres cajones del lado derecho que a Vicente le tocó inspeccionar había como veinte cuadernos, todos iguales. Sin embargo, al notar que estaban impecablemente ordenados, Vicente supo que la tarea de localizar lo que su amigo necesitaba, en caso de que estuviera de su lado, sería fácil. Tendría que ser raudo para revisar uno a uno los cuadernos, y listo.

Vicente hojeaba las libretas y volvía a colocarlas ordenadamente. Abría las primeras del segundo cajón, cuando Pepe le informó que tenía lo que buscaba.

—Fue un descuido: la metí dentro de esta caja con mis tarjetas de presentación. Ya no te preocupes. Gracias, Vicente.

—De nada. Al final fuiste tú quien la encontró. Siempre que necesites algo, no dudes en pedírmelo.

—Lo sé. ¿Ya comiste?

—Cuando llegaste iba a comprarme unas tortas; aquí a dos cuadras hay una tortería, La Vaquita Negra, donde las hacen muy buenas. Te invito, ¡vamos!

—¡Órale! Pero el que invita soy yo, faltaba más.

El alivio que el joven sintió en el bolsillo no pudo expresarlo de mejor forma que diciendo:

—Bueno, ya que insistes…

El raquítico sueldo de Vicente no le daba para mucho; compraba tortas todos los días porque la casa de sus padres estaba bastante retirada de las instalaciones del diario. Ir a comer y regresar al trabajo por las tardes le habría llevado por lo menos dos horas y media.

Vicente estaba muy sorprendido de que Pepe hubiera aceptado ir a comer tortas a La Vaquita Negra. ¡El afamado reportero al que la leyenda atribuía cenas bohemias con hembras hermosas y sensuales, comiendo en la tortería de la esquina! Ése sí que era un acontecimiento digno de un nuevo versículo en la biblia de chimes del apóstol Gregorio.

Para Vicente, pagar las tortas y el refresco de Pepe hubiera significado llevar "sobrinas" para comer al día siguiente. No era que eso le diera vergüenza; la complicación habría sido tener que cargar. Su morral era de tamaño mediano y no le gustaba que se viera voluminoso. En él transportaba una grabadora de baterías, tres lapiceras y dos libretas como las de Vélez. En los cuadernos, el muchacho anotaba lo que aprendía en *Enlace* gracias al licenciado Gil y a su colega, con quien esa tarde compartiría las incomparables y apetitosas tortas de La Vaquita Negra. "La mejor tortería de México", decía la publicidad del establecimiento que, dicho sea de paso, era franquicia de la matriz que se encontraba en Toluca, la capital del mundo, como con orgullo proclamaba el papá de Vicente, quien nació en esa fría ciudad, a unos kilómetros del majestuoso nevado Xinantécatl.

Antes de salir de la redacción, Vélez se guardó la libreta en la bolsa trasera del pantalón. Al caminar no se le notaba porque la cubría el borde de su saco. Para Vicente, ese toque de elegancia de su colega y amigo fue otra lección, un aprendizaje que pondría en su lista para cuando fuera un señor profesional de la noticia.

La Vaquita Negra era un recinto amplio con bancos altos pegados al vértice que formaban tres paredes donde había una especie de repisa para colocar los platos de plástico y el refresco. En medio, y detrás de unas muy limpias vitrinas, se preparaban las famosas tortas. Había recipientes de vidrio con chiles en vinagre, así como chiles manzanos cortados en finas rajas y aderezados con jugo de limón, rodajas de cebolla y pepinos. Estos últimos eran los favoritos de Vicente. Se le hacía agua la boca cada vez que los veía. Las salsas, verde y roja, estaban en molcajetes sobre las vitrinas. El picante era al gusto del cliente, detalle que distinguía a La Vaquita Negra de la competencia.

Pepe y Vicente se acomodaron en bancos cerca de la caja registradora donde se hacía el pedido.

—¿Cuáles recomiendas?

—Las de pierna ahumada con queso crema, las de chorizo rojo con queso crema, las de milanesa con queso crema, las de machitos…

—Sí, Vicente, con queso crema.

—No, ésas no llevan queso. Esas cuatro son mis favoritas.

—Pídeme por favor la de pierna ahumada con queso crema y una de chorizo, pero sin queso, y la de machitos que dices, y una coca. Ten, paga por favor, yo te invité —Vélez le entregó un billete de doscientos pesos a su joven colega—. Pídete las que quieras; si hace falta me dices.

—Gracias, Pepe. Me comeré tres, igual que tú.

Vicente Zarza Ramírez ordenó dos tortas de pierna con queso crema, dos de chorizo rojo —una con queso y la otra no—, una de milanesa de res con queso crema, una de machitos y dos cocas. Todo para comer en el mismo establecimiento. Cuando regresó a su lugar, el joven le entregó el cambio a Pepe.

—Había escuchado hablar de esta tortería, pero nunca había venido.

—Son muy buenas. La Vaquita Negra original está en Los Portales de Toluca, junto a la catedral, frente al zócalo.

—Creo que la vi alguna vez que fui a Toluca. ¿Eres de allá?

—Mis padres; yo nací aquí en la Ciudad de México, soy chilango.

—Vamos a ver qué tan buenas son tus famosas tortas.

En eso anunciaron que estaba lista la orden número 43, la de ellos. Las seis tortas estaban repartidas en cuatro platos, de modo que Vicente hizo tres viajes de la vitrina a los banquillos. Los refrescos fue lo último que recogió del mostrador.

—¿Con cuál empezarías?

—Con la de pierna, pero tienes que ponerle salsa o chiles. Los manzanos son los mejores, Pepe.

Vélez siguió a su colega hasta la vitrina y con sorpresa observó cómo éste atipujó su torta de pierna de chiles manzanos. Él optó por los chiles en vinagre, pues por paladares ajenos sabía que aquellos pimientos amarillos eran bastante bravos.

—Te hubieras traído todo el refractario —bromeó Vélez.

El joven aspirante a reportero no se sintió aludido y le dio la primera mordida a su torta, que, además del queso, estaba aderezada con crema natural que se escurría por los bordes de la telera envuelta a la mitad con papel encerado.

—¡Mmm! Vaya, tenías mucha razón; están muy buenas, Vicente.

—Te lo dije. Hasta me dan ganas de escribir una nota sobre la tortería.

—No estaría mal, sólo que el licenciado Gil te mandaría a las revistas rosas, esas que son para señoras. Te diría que es publicidad, y que, en cualquier periódico, la publicidad cuesta.

Era la oportunidad que Vicente esperaba, hablar con Pepe de la posibilidad de escribir notas. Nunca pensó que todos sus planes para abordar a su amigo y al licenciado Gil serían reemplazados por una invitación inesperada a comer tortas a La Vaquita Negra.

—Pepe, aconséjame: ¿qué puedo hacer para iniciarme como reportero del periódico?

—Habla con el licenciado Gil; él es el único que te puede asignar algún trabajo. Hazlo, a él le gusta la gente con iniciativa. Te tiene en muy buena estima. Aprovecha y demuéstrale que puedes.

—No tengo experiencia y no quisiera regarla ante alguien como el licenciado Gil. Me correría, ¿no crees?

—Nadie nace con experiencia. Eso se da con el paso del tiempo, y el perfeccionismo es un mito. Nadie es perfecto ni imprescindible.

—Por eso había pensado pedirte un gran favor.

—¿A mí?

—¿A quién más? Me gustaría acompañarte a alguna de tus asignaciones. No te molestaría, sólo quiero ser testigo de cómo trabajas, cómo preguntas, cómo desechas lo que no vale la pena de las declaraciones. Me gusta la forma como retratas en el papel los acontecimientos. Me fascinan tus crónicas, como esa que elaboraste del informe del presidente al Congreso. Hasta me vi al lado del diputado que se estaba durmiendo, y del otro, el de Michoacán que se pasó todo el mensaje mirándole el trasero a su colega del estado de Hidalgo.

—¿Leíste esa crónica? Pero si todavía no estabas en *Enlace;* eso fue hace un año.

—He leído muchas de tus notas, admiro tu trabajo y por ello te pido que me des la oportunidad de verte reportear.

—Necesitas pedírselo al licenciado Gil. Por mí no hay problema.

—Lo sé; si tú me echas la mano, sería más fácil.

—Gil es un hueso difícil de roer. Lo haré, algo me dice que va a darte luz verde. Él no es un tipo expresivo, pero le caes bien y tiene fe en que serás bueno. El otro día me contó que pensaba enviarte a hacer un reportaje.

—¡¿De verdad?! ¿Sobre qué?

—Eso sí no lo sé; el licenciado Gil para eso se pinta solo. Su gran visión periodística es su mayor virtud; en un santiamén detecta lo que busca el lector en *Enlace*.

—¿Cuántos años tenías cuando escribiste tu primer reportaje en un periódico nacional?

—Uno más que los que tú tienes en este momento.

—¿Se te dificultó mucho?

—Recuerda que yo escribía en el periódico de mi tierra, en Veracruz, de donde me reclutó el licenciado Gil. Estaba un poco nervioso, lo admito, pero el jefe me dio la confianza que necesitaba para hacerlo.

—¿Confianza? Si nada más de oír cómo les grita a los compañeros de la redacción cuando se equivocan, me tiemblan las piernas. Imagínate qué haría conmigo… Me traga.

—No exageres.

—A ti no te dice nada, por eso no le tienes miedo.

—Te adelanto la primicia porque sé que va a ocurrir, y antes de que te lo imagines. El licenciado Gil te va a decir lo que a mí el día que me mandó a reportear mi primera nota para *Enlace:* "Muchacho, te voy a hacer una recomendación para cuando regreses y te sientes a teclear en la máquina. Escribe tu texto con toda la libertad del mundo, siempre ajustado a la verdad y a la objetividad, pero hazlo como te nazca y pensando en que será la nota de ocho columnas. ¿Estamos?"

—¿Que escribieras como si fuera la de ocho columnas? ¿No me digas que tu nota apareció en primera plana al día siguiente?

—No fue así, pero cuando se la entregué para que la revisara, me pidió que me sentara frente a su escritorio. Antes de que él empezara a leerla, a mí ya me sudaban las manos por los nervios. Leyó en silencio y al terminar puso la nota sobre su escritorio, tomó el lápiz e hizo dos correcciones. "Ten, con los arreglos que te marqué quedará bien. Cuando la termines la metes en este fólder amarillo", fue el comentario que me hizo.

—Suertudo, ni siquiera te gritó.

—No, no lo hizo, y nunca me ha gritado. El secreto, creo yo, está en seguir al pie de la letra su consejo.

—Escribir con libertad, objetividad y veracidad, siempre pensando en que será la nota de ocho columnas del periódico.

—¡Exacto! Eso es lo que he venido haciendo todos los días cuando me siento a teclear en la máquina desde que trabajo en *Enlace;* ese consejo de Gil jamás lo olvidaré.

Vicente nunca se había sentido tan satisfecho a la hora de la comida como esa tarde. Había metido un gol al invitar a comer a Vélez, aunque en realidad él terminó siendo el invitado.

—Me quedé con un poco de sed. ¿Quieres otra coca, Pepe?

—No, gracias, estoy bien. Con todos esos chiles manzanos que te comiste, yo me hubiera bebido la laguna de Valle de Bravo para quitarme lo enchilado. Oye, pero qué buenas tortas. Me gustó mucho la de chorizo.

—Venden chorizo para llevar, del rojo y del verde. Mira, ahí está en el refrigerador, colgado de esos palos que parecen trapecios, detrás de las muchachas que hacen las tortas. También venden conservas. Hay de chiles manzanos, en vinagre, además de cebollitas y cueritos. El chorizo verde no me gusta mucho, prefiero el rojo, por si me preguntas.

Pepe se acercó a la caja registradora y compró medio kilo de chorizo rojo y verde, un frasco de cebollitas y otro de chiles manzanos. Vicente no salía de su asombro. Que Vélez hubiera aceptado ir a comer con él lo había dejado atónito, pero lo que después pidió para llevar lo mantuvo estupefacto varios segundos; no daba crédito.

—El domingo te espero en mi departamento para almorzar. La conserva de chiles manzanos es para ti, por eso la pedí. Voy a preparar el chorizo verde con el toque secreto de mi familia; es una receta de mi madre. No quiero que me digas que tienes compromiso; si lo tienes, lo rompes, y listo. Ésa es mi condición para interceder por ti ante el licenciado Gil. ¿Estamos?

—Por supuesto que estamos. Me pasas tu dirección y la hora...

—A las once de la mañana. Vivo en Porfirio Díaz número 107, departamento 13, en la colonia Del Valle. ¿Ubicas?

—Sí, esa calle está cerca del parque Tlacoquemécatl, donde queda la famosa fonda de almuerzos Las Cazuelas, ¿no?

—Sí, es por ahí. El domingo a las once de la mañana, en punto.

—¿Puedo llevar un ramo de flores o algo que le guste a tu esposa o tu pareja?

—Nada, no lleves nada. No tengo esposa ni pareja; vivo solo.

—¿Cocinas?

—¿Pues qué creías?, ¿que tengo un chef? Cocino, y tú deberías ir familiarizándote con los menesteres de la cocina. Te advierto algo, ya que quieres ser reportero: debes aprender a valerte por ti mismo, lavar tu ropa, plancharla y cocinar. El periodismo es una pasión, como las mujeres, pero escucha bien: elige una que también sea periodista —y no todas, ¡eh!—, pues ninguna otra mujer aguanta tanto tiempo al lado de un reportero. Los viajes, las trasnochadas, los desayunos, las comidas y cenas de trabajo y los tragos las saturan, las cansan; luego se aburren de ese tipo de vida y terminan dejándote. Se sienten abandonadas y traicionadas.

Por la noche, tirado sobre su cama, Vicente se imaginó a su amigo con un delantal y preparando chorizo verde de Toluca. Aquel supuesto rompecorazones vivía solo. Tal vez ésa era la clave: ser todo un playboy. Sin embargo, eso requería bastante dinero y fama, de modo que Vicente desechó de inmediato la intención de emular a Vélez en ese sentido. Dinero y fama nunca tendría; esas cosas no le gustaban ni le interesaban: las consideraba una frivolidad divorciada del periodismo de investigación que pretendía ejercer.

SIETE

Para Carolina, llegar a la tienda de Lidia fue la gran oportunidad de su vida. Deseaba emular a su cuñada, ser libre, conocer todo, vestirse con ropa de moda, traída de El Chuco, y comerse el mundo. En realidad no tenía pensado nada para su futuro, sólo quería pasarla bien en el presente.

Se enamoró al instante del centro de Juárez; le llamaba la atención todo lo que ahí se vendía, legal e ilegalmente. Los puestos de bolsas para mujer, cintos de cuero, juguetes, mochilas, calcetines, revistas, joyas y demás chucherías eran un paraíso de tentaciones al que quería pertenecer y desenvolverse en él con soltura. Era un mundo nuevo y fascinante que le permitía estar entre gente desconocida pero que se le hacía familiar. Desde el primer día en la tienda, Carolina se sintió una *mushasha* del centro.

Con sus padres no tuvo la menor dificultad cuando les anunció que no volvería a la escuela. Doña Maurita le preguntó qué pensaba hacer.

—Me voy a ir al centro a ayudarle a Lidia en su tienda; eso es lo que quiero hacer, mamá —fue la respuesta de Carolina, a quien no le importó la lista de inconvenientes que le describió su madre.

Don Beto, como siempre, se hundió en el mutismo y guardó sus comentarios para cuando estuviera en la cama con Maura.

—No le va a pasar nada, para qué te preocupas; va a estar con Lidia, la esposa de tu hijo.

—No me gusta esa mujer, me da muy mala impresión; puede ser mal ejemplo para esta niña. No quiero que deje la escuela, pero, con eso de la dislexia, creo que es mejor que haga otra cosa.

—Maurita, tu hija aprenderá a cuidarse. Hablaré con Roberto para que le pida a su mujer que vigile a mi princesa.

La noticia de la deserción escolar de Carolina no le importó ni a Angélica ni a Sara. La distancia que había entre las tres hermanas era del tamaño de la frontera. Angélica tenía novio y le valía un cacahuate lo que hiciera la mocosa. En cuanto a Sara, que de las tres era la que mayor interés ponía en la escuela, ansiaba terminar la preparatoria para estudiar la carrera de medicina.

A la semana de ayudar a Lidia en La Boutique de la Diosa, Carolina ya estaba inmersa en la cotidianidad del centro. La infinita curiosidad de la hija menor de la familia Campos Robles la ayudó a aprender todos los días algo nuevo en esas calles polvorientas y sucias.

En la boutique, la joven se sentaba en un banco que colocaba pegado al marco de la puerta. Le gustaba ver pasar a las personas, en especial a las que salían y entraban de las cantinas, como la que había frente al negocio de Lidia.

Maurita fue la primera en darse cuenta de que su hija estaba cambiando; era diferente su manera de vestir, se movía y hablaba con mayor independencia que sus hermanas. Maurita no supo en qué momento se le había ido de las manos el control de su hija. Muy en sus adentros, la confortaba pensar que Lidia cuidaría a Carolina; a fin de cuentas, su nuera era de confianza, de la familia, pues. Pensaba que le ayudaría a su hija a entender el asunto y las mañas del comercio fronterizo, pues a todos les había quedado claro que Carolina no tenía futuro profesional debido a la dislexia.

Carolina sabía leer y escribir; las dos cosas las hacía bien mientras no se le revolvieran las palabras. No era analfabeta, y eso, para una mujer abusada, representaba una ventaja en la venta de ropa. Asimismo, para Lidia era una garantía contar con alguien responsable a cargo, sobre todo cuando fuera necesario dejar a su cuñada al frente del negocio.

La muchacha iba por la tercera semana de trabajo cuando su cuñada le pidió que al día siguiente se trajera de su casa el pasaporte porque la llevaría de compras a El Chuco. En las tiendas de El Paso, Lidia le compró minifaldas, blusas y botas estilo obrero. También la llevó a una perfumería y la obligó a escoger cinco fragancias distintas de la marca que se le antojara.

—Necesitas perfumarte, m'hija. Bonita y oliendo bien, enloquecerás a cualquier bato con dinero —aconsejó Lidia a la hermana menor de su viejo.

Al terminar las compras, Lidia y Carolina regresaron a Juárez. Antes de llevar a la muchacha a su casa, Lidia le dio tres billetes de cien dólares.

—Te los has ganado; aprendiste rápido a tratar a las clientas, y eso me gusta. Guarda parte de tu dinero y el resto gástalo en lo que quieras. Cuando tengamos más ventas, tendrás más dólares.

—Lidia, no necesitas pagarme; con la ropa tengo. Mi mamá me va a preguntar si yo la compré, ¿qué le digo?

—Que te llevé de compras y la adquiriste con lo que ganas en el negocio. No necesitas decirle más, no creo que le interese. Mañana quiero que te quedes todo el día en la boutique, tengo pendientes que resolver. Nos vemos temprano, m'hija.

Don Beto, Maurita y sus hermanas vieron entrar a Carolina cargada con varias bolsas de ropa; nadie le preguntó nada. La joven tiró las bolsas sobre su cama y regresó a la sala para contarle a su papi que se había ganado trescientos dólares.

—¡Vaya!, pronto vas a ser millonaria y no vas a querer hablarme.

—Papi, no seas tonto, cómo no le voy a hablar al hombre más guapo y bueno del mundo.

Maurita sabía que con esas palabras y besos que le daba su hija menor a su marido, éste ya estaba rendido a sus pies. No le gustó la mirada que Angélica y Sara le echaron a Carolina. Habría pleitos entre sus hijas, lo presentía.

Al paso de los días y por las ocasiones en que Lidia la dejó al frente de la boutique, Carolina descubrió qué tipo de pendientes tenía que resolver su cuñada fuera del negocio. Más que encargada de la tienda, Carolina era la tapadera de Lidia. El verdadero negocio de la esposa de Roberto no era la venta de ropa, perfumes y zapatos, aunque a decir verdad tenían gran demanda por ser de importación. En realidad, Lidia traficaba visas, pasaportes, micas falsas y fayuca. Cuando dejaba a Carolina al frente de la boutique, se iba de compras a Estados Unidos. En El Chuco adquiría todo tipo de mercancía que la aduana mexicana no permitía ingresar al país sin pagar un impuesto ajustado a la cantidad y el valor de los productos.

Coludidos con los falsificadores de todo tipo de tarjetas de identificación, Lidia y sus compinches controlaban el mercado negro de documentos apócrifos en Juárez. Lidia era el contacto para la venta de esos "papeles" entre los mexicanos que llegaban del sur y ansiaban entrar a Estados Unidos sin tener que pagar al coyote. Eran cientos de micas las que Lidia y sus socios vendían cada semana a precios elevados. Aunque la contrabandista advertía a sus compradores que no podía garantizar que los agentes de migración gabachos mordieran el anzuelo y los dejaran pasar con una identidad falsa, las necesidades económicas de los sureños eran grandes y la ansiedad de entrar al gabacho mucho más, así que aceptaban correr el riesgo. De los clientes de Lidia que llegaban diariamente a los puentes para entrar a El Chuco, un setenta por ciento lo lograba; por eso era tan famosa y exitosa aquella morena de fuego entre quienes llegaban a Juárez huyendo de la miseria.

Asimismo, Lidia hacía compras en grandes almacenes de El Paso que ofrecían productos al mayoreo. Adquiría ropa por lotes; compraba al contado cientos de pares de zapatos, calcetines y paquetes enteros de perfumes para mujer y lociones para caballero, además de aparatos electrodomésticos, televisores, estéreos para automóvil, grabadoras y todo lo que los chinos de El Chuco tuvieran a buen costo. Pagaba lo que le pedían; no necesitaba regatear porque sabía que, una vez que la mercancía estuviera del otro lado, ella duplicaría, triplicaría y hasta cuadruplicaría sus precios.

En los mismos almacenes de El Chuco colocaban la mercancía en bultos, cajas o como ella lo pidiera; el embalaje para el contrabando era lo de menos. Con ella, los chinos estaban encantados.

La aduana mexicana prohibía ingresar al país las mercancías que Lidia compraba al mayoreo en el otro lado. Sin embargo, si los aparatos o productos eran pequeños y la gente que los llevaba cruzaba a pie la frontera, los aduaneros hacían una excepción tributaria. Aprovechando esa circunstancia, Lidia tenía a su servicio todo un ejército de "pasadores" de mercancía, gente humilde nativa de Juárez y con mica fronteriza que cobraba veinte dólares por meter cada bulto de contrabando. Los pasadores de Lidia semejaban una hilera de hormigas dirigiéndose al nido, sólo que estos hombres y mujeres cargaban cajas con productos ilegales en lugar de alimentos.

La gente de Lidia, a la que contrataban en Juárez, hacía hasta tres o cuatro vueltas en un solo día, de El Paso a Juárez y a la inversa. Lidia les asignaba un almacén o tienda específica en El Chuco, adonde debían ir a recoger la carga.

—Llegas y les dices que vas de mi parte por la mercancía. Te la entregan y te vienes —les encomendaba. Y añadía—. No vas a tener problemas en el puente, todo está arreglado. Si te paran los aduaneros, les dices que la mercancía es de Lidia.

Carolina ignoraba que, en la parte de atrás de la boutique, su cuñada tenía una bodega oculta para el acopio de la fayuca. Roberto tampoco estaba enterado. Sin embargo, era un secreto que todo el centro guardaba con recelo. El dinero cierra bocas.

Cuando los pasadores llegaban a los puestos aduanales del Puente Santa Fe, sólo tenían que decir que traían las cosas de Lidia. La mujer de Roberto Campos Robles lo tenía todo arreglado con los aduaneros, quienes le cobraban esos favores en dólares y en especie.

Cada semana, Lidia visitaba las oficinas centrales de la aduana mexicana en Ciudad Juárez. A fin de cumplir con ese requisito absolutamente necesario para su negocio, se vestía lo más elegante y sexi posible. Pasaba un par de horas en el privado del director general de la zona aduanera de Juárez, el cual se preparaba para la visita con una botella de whisky y cigarros. Nadie molestaba a la pareja mientras en la oficina fumaban varios cigarrillos y vaciaban la botella.

El director aduanero no se conformaba con gozar del cuerpo exquisito de Lidia; también le cobraba una cuota semanal de varios cientos de dólares. Eso garantizaba a la dueña de la boutique que podría meter a Juárez, por una semana y sin la menor dificultad, toda la fayuca que se le antojara.

Lidia había conocido al director aduanal cuando era un simple agente. El padre de su hijo, Charlie, era jefe del director de la oficina regional de la aduana federal en Ciudad Juárez.

En la bodega de Lidia la mercancía se resguardaba en cajas grandes de cartón, marcadas con distintos números y una letra. En cada caja se colocaban los pedidos que Lidia ya tenía amarrados con varios vendedores del centro y de otras partes de la ciudad, incluidos algunos dueños de puestos en el mercado municipal. Ella era la principal proveedora de fayuca de casi todas las tiendas de la avenida Juárez, lo que le generaba muy buenas ganancias, por eso llevaba una vida tan holgada: de fiesta con su viejo de jueves a domingo por la noche y sin ninguna limitación económica. Pagaba las largas farras con dólares lo mismo que con pesos.

Poco a poco, Carolina fue modificando más su manera de vestir. Lidia le había prometido hacerla a su semejanza, y lo cumplía. La joven dejó atrás las minifaldas y blusas para adolescentes. Las cambió por faldas cortas pegadas al cuerpo, shorts y blusas todavía más sugerentes que aquellas que solía ponerse. La que usaba ahora era ropa para señoritas que vestían a la última moda de Estados Unidos y Europa, o por lo menos eso creían las mujeres de Juárez que hasta la fecha presumen de ataviarse con las últimas tendencias de la industria internacional del vestido.

Las botas de obrero, y de vez en cuando zapatos tenis de la marca Nike, eran el complemento de la vestimenta de la güerca. Lidia trataba de persuadirla para que se pusiera tacones, pero no lograba que su cuñada dejara las botas y los tenis.

En la boutique, Carolina era la novedad y no la ropa de temporada que se ofrecía. Tal como lo había augurado Lidia, la hermanita de su viejo se hizo muy popular y conocida por toda la colonia. Con su fama de güera guapa y buenota, todos los del barrio bravo de ese pueblo fronterizo deseaban conocerla.

En el banco pegado al marco de la puerta, Carolina esperaba paciente a la clientela. Cualquier persona que pasara por la banqueta, lo primero que observaba era un par de piernas apenas cubiertas por una minifalda.

Imitando en todo a su maestra de la vida fronteriza, Carolina no salía de su casa sin antes perfumar su cuerpo con alguna de las más de quince fragancias que ya acumulaba.

—Después de que salgas del baño, cuando ya te vayas a vestir, debes ponerte poquito en el cuerpo: en las caderas, en las piernas, en los brazos y, muy importante, en el cuello y en la nuca.

—¿En las piernas y en las caderas, para qué?

—M'hija, sé lo que te estoy diciendo. En tu bolsa o en la cartera debes cargar con el perfume que te pongas por la mañana. Por la tardecita hay que volver a rociarse un poco en las piernas y en el cuello. Una mujer siempre debe estar bien perfumada.

—Voy a parecer zorrillo.

—Pero uno elegante, fino y que huele bien. La que sabe soy yo.

Roberto, que esporádicamente se encargaba de regresar a Carolina a su casa después de que Lidia cerraba la boutique, notó con alarma el cambio en la personalidad y la forma de vestir de su hermana.

—No le hagas tanto caso a esa Lidia porque un día te van a confundir con una puta.

—No me digas que así ves a tu vieja.

Roberto se quedó callado. Lidia le gustaba mucho, era un "culo de vieja", como discretamente le dijeron sus amigos cuando se la describieron antes de conocerla en El Chapulín Colorado, y él mismo la motivaba a que usara ropa atrevida. Varias veces había pasado por su mente la idea de espiarla, pues temía que lo estuviera "haciendo güey" con algún cabrón dueño de negocios en el centro. Si no se atrevía a hacerlo era porque no tenía tiempo; el taller de La Chaveña lo mantenía bastante ocupado.

Su mujer no era exigente con el dinero; incluso era ella quien pagaba las parrandas los fines de semana, además de cubrir los gastos de la casa y otras cosas necesarias en un matrimonio. De no haber sido por Lidia, las cuentas de los antros, cantinas y bares hubieran llevado a Roberto a la quiebra. Él y Lidia estaban acostumbrados a pagar la peda y la fiesta a varios de sus amigos, así como a Luis y los cuates de éste que se les pegaban cuando los gastos corrían a cuenta de la pareja.

En la intimidad, Lidia era una maravilla. A Roberto se le hacían eternas las tardes en el taller de La Chaveña cuando se acordaba de la imagen de Lidia desnuda, o cubierta nada más con esas tangas de hilo dental y en tacones, cada vez que le prometía que esa noche lo llevaría derechito al cielo.

Su vieja era insaciable, de eso tenía plena seguridad porque, con tragos encima y algún polvo o un cigarro de mota, él llegó a subirse al guayabo hasta cinco veces en una sola faena nocturna o en las que empezaban a las seis o siete de la mañana, tras regresar a casa de los antros. De cuando en cuando se quedaban en hoteles de paso, si estaban muy pasados o muy borrachos.

A Lidia no le gustaba acompañar a su cuñada a la casa de sus suegros; sabía que para Maura ella era una mujer corriente que no merecía a su hijo. Así que, para evitar pleitos, optaba por llevar a la muchacha a su propia casa, para que luego Roberto la entregara a sus papás. A su viejo le gustaba eso porque aprovechaba para cenar las delicias que cocinaba su mamá y para hablar con su padre sobre los pormenores de los trabajos de mecánica en los talleres. Si había necesidad de llevar a Carolina a su casa porque por algún motivo Roberto no podía hacerlo, Lidia la dejaba a dos cuadras.

Al ver el aumento y la variedad del guardarropa de Carolina, Angélica y Sara empezaron a fingir aprecio por su hermana. Se metían con ella a la habitación y le hacían comentarios sobre alguna prenda o respecto al aroma de sus perfumes. Aunque siempre las mantenía al margen, Carolina no las odiaba; a fin de cuentas eran sus hermanas y de alguna manera las quería. Por eso, a los meses de trabajar en la boutique, las invitó a que tomaran lo que quisieran de su clóset.

Angélica y Sara eran bonitas de cara, pero no más que Carolina, por supuesto. La primera era gorda, y muchas faldas le quedaban zanconas o no le cerraban por culona. Sara, en cambio, era acinturada, de busto grande y piernas torneadas, pero no tenía pompas. La de medidas perfectas —90, 60, 90— era la menor y la más bajita de las tres. Ahí estaban las estadísticas anatómicas para corroborarlo.

Conforme Carolina agarraba colmillo en las calles del centro, se le ablandaba el corazón respecto a su familia. A sus hermanas no sólo les permitía usar su ropa y sus perfumes, sino que les pedía que le dijeran qué cosas querían de El Chuco, pues ella se las traería gratis.

La compensación en dólares que le daba Lidia no era semanal, pero sí frecuente, por lo que en poco tiempo la joven juntó una buena cantidad de billetes verdes. Con tal de que la subieran a sus motos y la llevaran a pasear por las noches, Carolina invitaba a sus hermanos y hermanas a comer tacos, burritos o nieves en la paletería La Michoacana, la de la avenida Hermanos Escobar.

Luis y Pedro se encariñaron muchísimo con ella; Angélica y Sara no tanto, pero cuando se peleaban, y por puro interés de no perder los obsequios que les hacía su hermana, dejaron de recordarle que en la cola tenía la marca del diablo. Lidia tenía razón: el dinero compra lealtades hasta en la familia.

La fama de Carolina llegó a todos los negocios y a los oídos de sus dueños en la colonia Juárez.

Una tarde, cuando platicaba con Lidia sobre las cantinas que habían quebrado y cerrado sus puertas y las nuevas que se abrían, se paró frente al negocio una troca negra, último modelo. Del aparatoso vehículo bajó un hombre moreno, bigotón y fornido. Traía sombrero, chamarra de cuero, pantalón de mezclilla, cinturón piteado y botas picudas estilo vaquero.

—¿Qué pasó, mi prieta? ¿Quién es esa trompuda rechula que tienes aquí en este pinche negocio de garras pa' viejas de nariz respingada?

—Es la hermana de mi viejo, se llama Carolina. M'hija, éste es José Estrada, un cabrón bien hecho.

—Mucho gusto, señor Estrada.

—José, trompuda, José a secas —aclaró el bigotes de *saca-mishi,* quien, antes de que Carolina se diera por enterada, la levantó en peso del banco y le plantó un beso en la mejilla.

La joven sintió cosquillas en el cachete por el roce de los bigotes de ese rancherote que, sí, estaba feo, pero que por su atrevimiento y franqueza, y porque la miraba derecho a los ojos, al instante le cayó bien.

—Ten cuidado con m'hija porque, si te ve mi viejo, te la rompe.

—Mis respetos a tu viejo, a ti y a su hermana, pero no me vas a negar que está chula la trompuda. ¿Cuántos años tienes, güerita?

—Voy a cumplir catorce, José.

—Pues ya eres toda una potranca, y una muy fina. Lidia, cierra el changarro que las voy a llevar a comer, y me vale madres si todavía no es hora. Súbanse a la troca en cuanto terminen de bajar la cortina.

Sin reprochar, Lidia y Carolina obedecieron al bigotes de *sacamishi* y abordaron la camioneta. Estrada las llevó a uno de los restaurantes caros y lujosos de esos años en Ciudad Juárez, el cual estaba por la zona del Pronaf.

Carolina despertó delante de una bebé que la miraba y movía su boquita pidiéndole de comer. Sintió un instinto maternal que jamás había experimentado y se levantó la blusa para ofrecerle el pecho a la niña. Antes de que la bebé pegara su boca al pezón, la leche escurría por las chichis de Carolina.

Lo extraño era que la joven no estaba en el cuarto de la casa de sus padres, sino en una habitación pequeña y elegante. Se hallaba recostada sobre una cama king size cubierta con una colcha color azul cielo.

Todo en esa casa le era desconocido. En la pared de la habitación, a su derecha, había tres cuadros con fotografías de personas que Carolina no había visto antes. En una foto se veía un hombre alto y moreno; en otra aparecía el mismo hombre, acompañado de quien parecía ser su madre, y en la última fotografía estaba el mismo tipo, sentado en cuclillas y vestido de futbolista, con camiseta de rayas blancas y rojas y short azul.

Mientras Carolina intentaba adivinar quién era aquel hombre, sintió un líquido caliente sobre el estómago: era la leche que le brotaba del seno izquierdo. Cambió a la bebé de chichi.

Algo en la niña le recordaba a ella misma, y también le daba un aire a Sara. Los ojos de la bebé la desconcertaban, eran grandes y de un intenso negro azabache. ¿De quién los habría heredado?

Un sudor frío la sacudió. La bebé ya no estaba. La joven miró al techo. Estaba sobre su cama y en la casa de sus papás. Había tenido otro sueño, pero tan real que le dolían los pezones. Le explotaban las sienes, y en segundos esas punzadas desataron la migraña. El tormento de los dolores agudos de cabeza la hacía vomitar y permanecer con los ojos cerrados y en silencio por varias horas; la migraña la mortificaba siempre que viajaba en el tiempo.

Carolina no era consciente de sus poderes de videncia. Una noche que la escuchó hablar en su habitación, Maurita se levantó de la cama para averiguar con quién estaba su hija. Entró al cuarto, cuya luz estaba apagada, y la vio sobre la cama con los ojos abiertos. Al parecer, su hija conversaba con un fantasma. Sobre la frente tenía una perla de sudor; doña Maura se la limpió con el pijama, y la joven despertó. Tardó unos segundos en reaccionar a las sacudidas y las palabras de su mamá. Cuando lo logró, el sudor se hizo más copioso y comenzó el martirio de la migraña.

—¿Qué pasó? ¿Con quién hablaba mi hija? —preguntó don Beto a su mujer cuando ésta regresó al lecho matrimonial.

—Con nadie; creo que tenía un mal sueño porque hablaba con los ojos bien abiertos y estaba toda sudorosa.

—Igualita que tú cuando estás soñando. Hablas y tienes los ojos abiertos; hasta te levantas de la cama. Te he regresado varias veces de la sala o del patio, pero no te despierto. Maurita, dicen que no es bueno despertar a los sonámbulos. La hubieras dejado como estaba.

Doña Maura se quedó de una pieza; se acordaba de algunos de sus sueños, pero ignoraba que los tuviera con los ojos abiertos y que caminara dormida. Ya entendía por qué su niña era diferente de sus otros hijos y bastante especial para muchas de las personas con las que se relacionaba y conocía.

Sandra la Morena; Alicia, la que atendía el negocio de los videojuegos, y Mariana, una chica que vendía cosméticos, eran las chavalitas del centro con quienes Carolina tenía mayor relación. A sus catorce años, la cuñada de Lidia y sus amigas se metían a fisgonear a las cantinas de la Juárez a cualquier hora del día. De hecho, era ahí donde Lidia arreglaba sus negocios.

Fue Lidia la que llevó a Carolina por primera vez a una cantina. Le compraba una piña colada sin alcohol y la sentaba a su lado a esperar a que los clientes llegaran a pagarle la mercancía que les había traído de El Chuco. Los antros del vicio eran oficinas clandestinas donde la esposa de Roberto manejaba la venta de las micas y del contrabando.

—Nunca hagas estas cosas en la boutique. Aprende a no dejar huella en los lugares por los que pasas —aconsejaba Lidia a la menor de sus cuñadas.

La calle de la Noche Triste cruzaba la avenida Juárez y desembocaba en la plaza frente a la catedral. Estaba repleta de pequeños negocios, billares y centros de videojuegos, los cuales tenían la peculiaridad de ser atendidos por chavalitas de entre catorce y dieciséis años.

Las fábricas y maquiladoras que había en la ciudad no contrataban menores de edad; la ley laboral federal lo impedía. Sin embargo, los dueños de negocios de la Juárez sólo conocían la ley del dinero. Las chavalitas que atendían esos locales tenían horario de entrada y salida, y un momento durante el día para comer. Carolina las frecuentaba porque, como tapadera de Lidia, se podía salir de la boutique a la hora que se le antojara para ir a visitar a sus amigas de la calle de la Noche Triste.

Entre Lidia y Carolina se estableció la regla de que cada una tenía días libres. Cuando la primera se iba con sus amigas, la segunda se quedaba a cargo de la boutique. En caso de que Roberto buscara a su esposa —cosa que prácticamente nunca ocurría—, Carolina debía decir que Lidia se había ido de compras a El Chuco.

En sus días libres, Lidia aprovechaba para irse de juerga con amigas que eran esposas o amantes de narcotraficantes. Esas relaciones le permitían, por ejemplo, ir y venir en el mismo día a lugares lejanos como la ciudad de Chihuahua, o a otros estados para asistir a conciertos. Para acudir a ese tipo de eventos fuera de Juárez, las amigas de Lidia se transportaban en las avionetas privadas de sus maridos.

En casos excepcionales, Lidia volvía al día siguiente y se salvaba del interrogatorio de su viejo con el cuento de que había pasado la noche en el hospital porque uno de los padres de sus amigas había sido ingresado de urgencia.

Roberto ignoraba lo que hacía su mujer. Carolina, quien sospechaba de Lidia, estaba segura de que su cuñada tenía uno o varios amantes, aparte del aduanero, aunque ésa era relación de trabajo y no entraba en la categoría de amores clandestinos.

Las conversaciones con *mushashas* como Sandrita eran lecciones de vida para Carolina. Al ser mayor que ella, la Morena le describía cómo era el trato con los hombres. Con lujo de detalle, Sandra le explicó cómo hacer el amor. Le advertía de quiénes debía cuidarse y con quiénes podía hablar lo que fuera, incluso cosas secretas.

En las cantinas de la Juárez, que con el paso del tiempo frecuentaba cada vez más, ya fuera con Lidia o sola, Carolina entabló amistad con bastantes meseras y cantineros. Algunas de las chicas eran originarias de Juárez y otras habían llegado de distintos estados. Todas se ponían faldas cortas, reían, bebían cerveza o lo que fuera y coqueteaban con los clientes. De algunas se sabía que al terminar su hora de trabajo se iban a otros antros con los clientes.

Hubo morrillos de la Juárez que quisieron ser novios de Carolina; con algunos llegó a platicar, pero no le atraían más que para hablar de cosas insignificantes, como música o videojuegos.

Jorge, que trabajaba de encargado en un billar, la invitó a salir, pero ella le dijo que no. El chico era guapetón, Carolina lo reconocía, pero tal vez la negativa de ir con él al cine se debía a las aventuras amorosas e intimidades con hombres mayores que le habían confiado amigas como la Morena. A Carolina los batos de su edad simplemente no la atraían ni le llamaban la atención.

—M'hija, baja la cortina y acompáñame a El Bombín; tengo que arreglar un negocio —le pidió Lidia una tarde.

Carolina y su cuñada caminaban tranquilamente por la avenida Juárez rumbo a El Bombín, cuando la joven sintió una mano por debajo de su falda y un apretón en la nalga. Lo que ocurrió después fue impresionante. El tipo que la había saboreado estaba tirado en el suelo, retorciéndose de dolor. Lidia, que había observado lo que el tipo le hizo a Carolina, le aventó un manotazo en la entrepierna, lo agarró de los güevos y se los apretó con todas sus fuerzas.

—¡Hijo de tu shingada madre! Con mi niña no te metas, puerco —le gritó Lidia antes de darle un pisotón en la cara con el tacón de su zapatilla, que más bien era un arma punzocortante.

El hombre aulló de dolor y ni cuenta se dio cuando lo levantaron por los hombros dos jóvenes que salieron disparados de El Bombín al escuchar los gritos de Lidia. A rastras lo llevaron a la cantina y lo metieron a un cuarto que había detrás de la barra.

—Ponte abusada, m'hija. Que le agarren el culo a su puta madre estos cabrones degenerados. No les tengas miedo, agárralos de los güevos mientras llega la gente a ayudarte.

—Lidia, es que fue tan rápido.

—Aquí en la frontera hay que tener los ojos bien abiertos y la navaja en la mano. Nunca sabes en qué momento alguien te va a querer fregar. Ya, ya pasó; a lo que vinimos.

Como una hora después del incidente, Carolina y Lidia salieron de El Bombín. En la puerta de la cantina estaban parados los dos jóvenes que habían levantado al atrevido.

—¿Todo arreglado, mushashos?

—Sí, mi Lidia, ese cabrón no va a poder usar las manos en mucho tiempo.

—Qué bueno. Tengan, aquí hay cien dólares para sus sodas, cincuenta y cincuenta.

Mateo Lagos y sus tres hermanos eran de Guadalajara; en Ciudad Juárez eran propietarios de negocios en los que vendían productos de piel: chamarras, pantalones, faldas, chaparreras para motociclistas, chalecos y cintos. A sus cuarenta y cinco años, Mateo, moreno alto y esbelto, se consideraba un negociante exitoso en Juárez. Llevaba más de veinte años en esa frontera a la que había llegado junto con sus hermanos para vender su mercancía, primero en puestos de la calle y ahora en siete establecimientos que manejaban en sociedad, dos de los cuales estaban en la avenida Juárez.

Mateo no quería ser negociante, y menos en la frontera, pero su carrera de futbolista profesional en Las Chivas del Guadalajara quedó truncada cuando a sus diecinueve años le hicieron trizas la rodilla izquierda en un partido de práctica con la reserva.

Carolina era amiga de Victoria, la chavala que atendía una de las dos tiendas que los hermanos Lagos tenían en la Juárez. La joven había visto pasar a Mateo varias veces frente a la boutique, y Victoria le contó que su patrón iba dos días por semana al negocio para recoger el dinero de las ventas.

—Lidia, ¿cómo está? —saludaba Mateo con familiaridad a su cuñada al caminar frente a la boutique. A ella la miraba de reojo, pero ni hola le decía.

Aunque Mateo no era atractivo, se veía bien y vestía de manera elegante, en comparación con los otros dueños de negocios de la Juárez. Se notaba que hacía ejercicio porque no tenía panza y, pese a que no usaba pantalones ajustados, al andar se le marcaban los músculos de las piernas. Se perfumaba, y eso le gustó a la más pequeña de las tres hijas de don Beto.

El desarrollo físico de Carolina y su forma de vestir atrapaban la mirada de los hombres mayores, algo que quedó claro con el sabroseo que le dio el cabrón al que Lidia por poco le arranca los güevos y le clava el tacón en la cara.

El día que Mateo saludó a Carolina, ella se había puesto un vestido que le llegaba poquito arriba de las rodillas y que se ajustaba maliciosamente a las caderas. Las botas de obrero le daban un toque extraño y más atrevido de lo normal.

En la esquina de la cuadra, Carolina vio a Mateo platicar muy entretenido con Rómulo, el dueño de la farmacia. Sentada en el banco, los observaba casi de frente; por eso se percató de que comentaban algo sobre ella. El farmacéutico levantó la vista repetidas veces en dirección a la boutique. Por las explicaciones de Sandra, Carolina descifró la intención de las miradas de Rómulo. El cabrón se imaginaba con ella en la cama. En una ocasión incluso se había atrevido a decirle:

—Con todo respeto, muchacha, tienes unas piernas preciosas.

Cuando terminó de hablar con Rómulo, Mateo se fue a su negocio. Carolina presentía algo y no dejó de mirar en esa dirección. A los minutos, Mateo salió de la tienda, caminó derechito a la boutique y se le paró de frente.

—¡Hola! Me dicen que te llamas Carolina. Salúdame a Lidia por favor —no le dijo más, se dio la vuelta y se marchó.

Al otro día volvió a pasar por la boutique y, como la vio sola, se detuvo a saludarla; esta vez, al decirle "hola" le tocó un hombro. A partir de entonces, Mateo se convirtió en transeúnte frecuente de la avenida Juárez. Siempre pasaba enfrente del negocio de Lidia, aunque había otras rutas para llegar a sus establecimientos.

Tres meses pasaron de volada. Mateo no le gustaba físicamente a Carolina. Le daba curiosidad porque con su manera de vestir quería establecer que él no era de la frontera. Un bato distinto de los de la Juárez, eso sí.

Otro punto a favor de Mateo era que, a diferencia de otros hombres mayores que la pretendían, la hija menor de don Beto le concedía ciertos privilegios, como permitirle que le hiciera cosquillas en las costillas, que le rozara discretamente la rodilla cuando platicaba con ella sentada sobre el banco, o le acariciara el cabello, que siempre se la pasaba chuleándole.

—Lidia, ¿cómo te cae Mateo, el de las tiendas de bolsas de piel?

—Bien; es educado, algo que aquí en la Juárez no existe.

—¿Como cuántos años tendrá?

—Un shinguero más que tú, m'hija. No olvides esto: si está viejo y feo, no importa; basta que huela bien y que se le note el dinero. Pero no me gusta para ti, es mayor que Roberto.

El toqueteo de Mateo a Carolina se hizo progresivo. Llegó a tomarla unos segundos de la cintura cuando la joven estaba parada o sentada en el banco, dizque al pendiente de la boutique. La gente que cuidaba a la niña de Lidia se dio cuenta de lo que ocurría entre esos dos y se lo hicieron saber.

—Doña Lidia, el señor Mateo se le acerca mucho a Carolina —le contaron sus "ojos" de la Juárez.

Cuando Lidia le recomendó a su cuñada que tuviera cuidado con ese hombre, Mateo ya se había ganado la confianza de la joven. Para esos momentos la saludaba de beso y la abrazaba.

Una tarde, cuando Carolina cerraba el negocio y Lidia aún no llegaba de uno de sus viajes a El Chuco —cosa extraña, porque su cuñada siempre estaba a esa hora o enviaba a alguien para que la llevaran a su casa o a la casa de los Campos Robles—, se apareció Mateo así nomás, de repente.

—¿Quieres que te dé un aventón? Te llevo en mi carro.

—No, gracias, me voy con Juan, el muchacho del puesto de periódicos que vive por mi casa, sobrino de Lidia.

—Igual, les doy el aventón a los dos.

Carolina aceptó el favor. Lo que no esperaba era que llevaran primero a Juan a su casa. Cuando el muchacho se bajó del carro, Mateo ya tenía otro plan.

—¿Me acompañas a pagar un dinero a unos clientes y luego a mi casa a recoger algo? Luego te llevo a la tuya; si no quieres, te dejo ahí de una vez.

—Está bien, lo acompaño —Carolina le hablaba de usted.

Al terminar sus asuntos (era cierto que Mateo debía pagar un adeudo, y eso hizo que Carolina se sintiera segura), el hombre la llevó a su casa. Al entrar le invitó una soda e intentó jugar con ella como lo hacía en la tienda, pero eso le provocó incomodidad a la joven, quien le exigió que la llevara inmediatamente a la casa de sus papás.

Cuando estaban a punto de llegar al Cerro del Indio, Carolina le pidió que la dejara una cuadra antes porque, si la veía, su mamá se iba a enojar. Sentada en el asiento del copiloto, Carolina se despidió, pero antes de que se bajara del carro Mateo le agarró la pierna y le dio un beso breve en los labios. Como la chiquilla no reaccionó negativamente a la caricia, el vendedor de artículos de piel supo que había librado el primer obstáculo que temía que estropeara toda su estratagema de conquista.

OCHO

Carolina acomodaba en una bolsa de plástico las blusas que la *mushasha* había comprado. Había convencido a la joven de que esas prendas con corazones y flores bordadas sobre cintas que salían de los ojales del cuello en V eran una moda que tenía poco tiempo de haber salido al mercado en Estados Unidos. A la clienta le gustaron, no había visto a nadie con ese tipo de blusas, y aunque estaban caras las adquirió.

Carolina llevaba dos días sin saber nada de Mateo y eso la inquietaba. Le había gustado el beso de la otra noche. Nadie la había besado antes. ¿Habría decepcionado a Mateo? ¿No le había gustado el beso? ¿Debió quedarse en el carro más tiempo y no salir corriendo a su casa? Estas preguntas le taladraban la mente. Consultaría a la Morena; ella podría ayudarla a entender qué había hecho mal.

Apenas llegó Lidia a la boutique, Carolina salió rauda a buscar a Sandra. La encontró preparando el puesto de hamburguesas.

—Carolina, qué gusto verte. El miércoles te fui a buscar a la boutique y Lidia me dijo que tenía como media hora que te habías ido a tu casa, que dizque estabas mala. ¿Qué tenías, m'hija?

—La regla… Se me descuajó la chuleta y me estaban doblando unos cólicos muy fuertes, por eso me fui temprano.

—A mí me pasa igual, pero me tomo unas pastillas pa'l dolor que me dio Isela, la de la farmacia que está junto al puente. ¡Imagínate, retorciéndome y vendiendo hamburguesas toda la noche!

—Sandrita, quiero que me ayudes. Hace unos días alguien me llevó a la casa y creo que se enojó conmigo porque ya no me ha vuelto a buscar.

—¿Quién era, Carolina? ¿Lo conozco? ¿Es Jorge el del billar? No me vayas a decir que no, porque ese chavito es bien guapo y lo traes por los suelos, todo el centro lo sabe, m'hija.

Sin revelar la identidad del que la había llevado a su casa, Carolina relató la escena de la despedida. No mencionó que el beso se lo habían dado dentro de un carro. Tergiversó los hechos y no le reveló a la Morena que antes del breve beso el prospecto le había tocado la pierna.

—Manita, ni te preocupes: quien sea ese cabrón, va a regresar. Se está haciendo el guapo. Te va a buscar, te lo firmo aquí en este momento. Cuando lo haga, tú tienes que hacerte del rogar, porque si no va a pensar que eres una facilota. ¿Me entiendes?

Al regresar a la boutique, Carolina encontró a Lidia platicando con un señor. El tipo no era del todo desconocido para ella; en varias ocasiones lo había visto caminar por la cuadra, pero no recordaba exactamente en qué negocio se había metido o de quién se trataba. Lidia y el sujeto estaban recargados sobre el mostrador, fumando. Las volutas de humo se fundían en el ascenso y el olor del tabaco molestó a la joven, quien agarró su banco y se sentó a observar a la gente que iba y venía sobre la famosa avenida Juárez, que hacia el norte cruza el Bravo y entra en El Chuco, y hacia el sur expone metro a metro las diferencias económicas, culturales y sociales entre México y Estados Unidos.

Carolina no puso atención a la conversación de su cuñada y aquel hombre. La sacaron de su ensimismamiento tres mujeres que entraron al negocio y le pidieron a Lidia que les enseñara unos vestidos y unas faldas. En ese momento, el tipo dejó el mostrador y se le acercó.

—Hola, Carolina. Soy un amigo de Mateo; vine a buscarte, pero no te encontré.

—Hola —contestó Carolina, sintiendo que las mejillas se le ruborizaban al máximo. No esperaba nada parecido.

—Dice Mateo que quiere hablar contigo, que si podrías ir a verlo hoy a las siete de la noche atrás de la catedral.

—Bueno, sí, está bien —respondió la joven en automático, sin detenerse a pensar siquiera un segundo en lo que momentos antes le había aconsejado su amiga la Morena.

Fue por curiosidad por lo que Carolina dijo que sí al mensajero de Mateo. Con su galantería, éste la había puesto en una encrucijada de la que ni su espíritu rebelde ni su carácter indómito podían sacarla.

La Boutique de la Diosa se cerraba regularmente a las seis de la tarde. En punto de esa hora Lidia le dijo que bajara la cortina para llevarla a su casa de inmediato.

—Hoy no. Quedé con una amiga de ir un ratito al Café Central.

—¿Qué amiga?

—Una de las chavalitas de los videojuegos. Nos vamos a ver con otras mushashas, ellas me acompañarán a la casa. Nos iremos en el camión.

—Bueno, nada más ten mucho cuidado y, si alguien se sobrepasa, ya sabes lo que tienes que hacer.

Lidia se fue hacia el callejón en el que estaba El Bombín, que era donde parqueaba su carro. Segura estaba de que su cuñadita le había mentido, que no se vería con ninguna chavala, sino que iría al Café Central a comer ojos de Pancha con uno de los batos que la cortejaban. La curiosidad le dio un pinchazo y consideró ir al Café Central para ver con quién andaba jugando a los novios Carolina. Sin embargo, desistió por miedo de que su cuñada la descubriera vigilándola, pues eso significaría el fin del trato que tenían para que la joven le cubriera las espaldas respecto a sus verdaderos negocios en el centro y a las salidas en sus días libres. Si Roberto se enteraba de las actividades truculentas de su esposa y de sus relaciones con las viejas de los narcos y el aduanero, le rompería la madre y la mandaría a la *shingada*. Y Lidia estaba encariñada con el hijo mayor de los Campos Robles.

Al dar la vuelta a la esquina del muro sobre el que se levantaba el campanario de la Catedral de Ciudad Juárez, Carolina vio estacionado el carro de Mateo. A esa hora la gente caminaba con prisa porque el manto de la noche comenzaba a caer sobre la frontera. Por suerte, ningún conocido andaba por allí a esas horas. Sin titubear, la joven caminó de frente; cuando estaba a punto de llegar, Mateo salió del carro y le abrió la puerta para que se sentara en el asiento del copiloto. El auto era un Mustang último modelo color gris. Estaba muy limpio y el ambiente en su interior era acogedor.

—Pensé que no ibas a venir.

—¿Por qué?

—Creo que te molestó lo de la otra noche. Perdóname por haberme atrevido a darte el beso; no me pude resistir. ¿Te puedo llevar a tu casa? Sé que ya es un poco tarde para ti.

—Sí, vamos.

Al arrancar el motor de aquel auto deportivo se prendió el estéreo. Mateo tenía puesto un CD con música de Queen; eso le gustó a Carolina y amainó sus nervios.

El recorrido en auto de la catedral a la casa de los Campos Robles en el Cerro del Indio tomaba como siete minutos. Ninguno de los dos habló, iban sumergidos en sus propios pensamientos. Mateo, quien ya sabía por dónde vivía la bella chiquilla, parqueó el carro varias cuadras antes del destino.

—Quiero que platiquemos un ratito antes de que te vayas —dijo Mateo, que dejó prendido el estéreo pero bajó el volumen. La voz de Freddy Mercury atenuaba el silencio retador que se había hecho dentro del auto.

¿Qué podían hablar una niña de catorce años y un hombre de cuarenta y cinco? ¿Cuál era la comunión que había entre ellos, si pertenecían a generaciones diametralmente diferentes?

Mateo volteó a ver a Carolina y se sintió intimidado cuando notó que ella lo miraba fijamente a los ojos. La agarró de los hombros, hizo hacia atrás el cabello que le caía sobre la cara y la besó en la boca. Fue un beso intenso; él no despegó sus labios por varios segundos y descubrió cómo la chavalita se estremecía. Para Mateo ya no había quimeras; tenía a la joven entre sus brazos, y advirtió que con el beso la dejó perpleja porque ella misma le arrimó los labios para un segundo encuentro, más largo y acompañado de una mayor cercanía entre sus tórax.

Ese hombre, quien bien podría haber sido el padre de Carolina, palpó el latir acelerado de su corazón. Le besó el cuello,

le metió la mano entre el cabello, por la nuca, y, con voz tré-
mula por la excitación que lo arrasaba, le dijo que era una mujer hermosa.

Esa mañana Carolina se había puesto un vestido rojo con
rayitas blancas, "muy bonito"; Lidia se lo había comprado la
semana anterior en El Chuco.

—M'hija, pareces una muñeca con ese vestido, se te ve PRE-
CIO-SO. Tienes unas piernas muy bonitas. Hasta con esas botas
de ferrocarrilero se te mira sexi; si yo fuera tú me pondría unos
tacones —ése fue el comentario que hizo Lidia, quien pagó los
ochenta dólares que costó el vestido en una de las tiendas de
El Paso.

Sentada como estaba en el Mustang, a Carolina el vestido
se le subió a la mitad de los muslos. ¡Qué espectáculo eran,
para un hombre de la edad de Mateo, aquellas piernas! Su experiencia con las mujeres le indicó que no debía dejar de besar
los labios ni el cuello de aquella ingenua chavalita. Se alargaba
el tiempo con cada beso; la lengua de Mateo descubrió el sabor de la de Carolina, y el perfume de la joven le dilató el sentido del olfato. Olía muy bien; era un aroma dulce y delicado,
como de flores. El cuello de la chica era pequeño y la mata de
cabello se sentía como una cascada de seda.

Carolina estaba extasiada; la loción de Mateo le generó una
especie de calma, y aquellos besos le hicieron perder la noción
del tiempo y del lugar donde se encontraba. Sus oídos se olvi-
daron de Mercury, que parecía seguir cantando exclusivamente para ella.

Sintió cómo la mano izquierda de Mateo le acariciaba el
lóbulo de una oreja y luego se iba deslizando lentamente por
su cuerpo hasta quedar encima del vestido, sobre sus piernas.

Mateo esperaba que Carolina se sobrecogiera. No lo hizo. Comenzó entonces a tocar sus muslos a través del vestido. Las manos de Carolina apretaron la camisa de Mateo al momento de abrazarlo. Ésa era la señal que él esperaba para meter la mano bajo la tela. La suavidad de la piel de las piernas de Carolina lo excitó. Ella no lo notó porque aún no perdía la inocencia, pese a todo lo que de esos menesteres le había relatado la Morena. Desde que aquel hombre de cuarenta y cinco años le puso la mano sobre los muslos, su verga se encontraba enhiesta.

Todo lo que ocurría en esos momentos era desconocido para la niña con la marca del diablo en la cola. Nadie le había hecho nada semejante. Le gustaba cómo la besaba y tocaba ese Mateo. Se apartó un poco de él sin dejar de verlo directamente a los ojos y Mateo comenzó a temblar. La límpida mirada de Carolina lo sacudió y él se agachó por un instante. Fue una reacción instintiva para cubrir su entrepierna y ocultar la erección de su miembro. Temblaba de impotencia; deseaba con todas sus fuerzas robar el tesoro de aquella diosa impoluta.

Mateo levantó la cabeza y le dio otro beso a Carolina, menos intenso que los anteriores. Arrancó el Mustang y se llevó a la joven al lugar que ésta le había indicado para evitar que los descubriera su madre.

—Mañana nos vemos.

—Sí, está bien —contestó Carolina, quien desde ese instante se consideró la "novia" de Mateo.

No le ocurrió lo que Sandrita le había pronosticado: "Va a preguntarte que si quieres ser su novia. Tú sabrás qué contestas. Si aceptas, le das un beso, y si no, que se vaya a la shingada y punto".

El trabajo en La Boutique de la Diosa se volvió tedioso. La tentación de estar nuevamente con ese hombre inquietaba a Carolina. Ante Lidia procuraba no delatar su necesidad de volver a ver a Mateo. Si su cuñada se enteraba de que había salido con él, sería contraproducente para la relación.

Cuando Carolina se fue con Lidia a trabajar al centro, don Beto fue consciente de todo lo que aquello significaba. Al llegar de Zacatecas a Ciudad Juárez, él vivió en carne propia los riesgos, los placeres y las carencias de la frontera. La piel se le hizo dura a golpe de piedra. Ése es el camino que todos deben seguir en la frontera norte de México, donde nada es fácil, nada es gratis, y hay que preservar el pellejo a costa de lo que sea. De Lidia se imaginaba todo; desde que la gente de Los Cerrajeros se enteró de que su hijo Roberto se había juntado con aquella mujer del centro, los rumores recorrían los puestos hasta rebotar en su taller. Don Beto cerraba los oídos a esos chimes. Creía que, si Roberto era feliz con Lidia, nadie tenía derecho a socavar aquel idilio el tiempo que durase. Porque, en un lugar como Ciudad Juárez, los amores de ese tipo son pasajeros.

Como padre, don Beto estaba preparado para lo que fuera. Conocía el carácter y la personalidad de Carolina. Esa chiquilla de ojos vivarachos quería comerse al mundo a dentelladas; era linda, y ésa era una ventaja y una desventaja. Su temperamento la ayudaría a enfrentar la calaña de los tipos de la Juárez. Su hija no era invulnerable, pero era abusada y tenía de maestra a una vieja loba.

—¿Te ocurre algo, m'hija? Llevas varios días bastante inquieta.

—Nada, no tengo nada, no ando nerviosa.

—No dije que estuvieras nerviosa, a tu edad nadie puede estarlo; eso déjalo para mí, que tengo demasiadas broncas con los de la aduana, se han puesto rejegos los cabrones.

Tarde, Carolina cayó en la cuenta de que se había equivocado al decirle a Lidia que no estaba nerviosa. Se sentía enojada y triste porque Mateo no aparecía desde aquellos besos y caricias íntimas.

Esa noche, Lidia la dejó como siempre a una cuadra de su casa; estaba a punto de abrir el zaguán cuando a su lado pasó lentamente el Mustang de Mateo.

—Te espero en la esquina donde estuvimos el otro día. Si quieres entra a tu casa a dejar tus cosas; te veo allá —le dijo el hombre, quien llevaba buen tiempo haciendo rondín por las calles de ese barrio del Cerro del Indio.

Mientras doña Maurita preparaba atole, don Beto, como siempre, estaba sentado en la sala. Angélica y Sara se hallaban encerradas en su habitación, o al menos eso pensó Carolina, porque no las vio al llegar.

—Ya vine —comentó a modo de saludo y se metió a su cuarto.

Del clóset sacó ropa limpia, la colocó sobre la cama, se desnudó, se enredó en una toalla y corrió a darse un regaderazo. Con el cabello cubierto con una gorra de plástico para evitar que se le mojara, se lavó lo más rápido que pudo. Cuando salía del baño de vuelta a su cuarto, la pregunta de su madre la paró en seco:

—¿A dónde vas, Carolina? ¿No te habías bañado en la mañana?

—Maurita, va a ver a un amigo, déjala, son las siete de la noche.

—No seas alcahuete, Beto. ¿Con quién vas?

—Van a pasar por mí unas amigas del centro, iremos al Café Central y me traerán de regreso como a las nueve de la noche.

Doña Maurita se disponía a darle a su hija una larga lista de negativas cuando la voz de su marido se interpuso y la desautorizó:

—Te quiero aquí a las nueve, a más tardar nueve y cuarto.

—Sí, papi. Quedaron en traerme a las nueve, me van a recoger en la esquina, junto al puesto de gorditas.

A Carolina las cosas le salían mejor de lo que había pensado. Su propio padre fue quien sin querer le allanó el camino para ir a ver a Mateo.

Fiel al manual de seducción de Lidia, la joven se puso perfume en las piernas, en las caderas y en el cuello. Escogió una falda corta, pues una minifalda la habría traicionado. Decidió no ponerse sostén y se cubrió con un suéter. Se cepilló el cabello y se fue.

En la esquina la aguardaba Mateo a bordo del carro.

—Estás hermosa —le susurró al oído apenas se subió al poderoso deportivo, y la tomó por la cintura para darle un beso.

Mateo arrancó el motor y se fue a otra esquina, a una calle que había localizado y que le gustó para rincón de amor mientras daba vueltas a la casa de los Campos Robles. El lugar elegido parecía el más solitario del barrio. ¡Qué suerte fue para el vendedor de artículos de piel que en esos años las faldas del Cerro del Indio no estuvieran tan pobladas ni contaran con alumbrado público!

Los besos y caricias en las piernas fueron más intensos que la vez anterior. Mateo dio por hecho que la vestimenta de aquella niña era su manera de comunicarle que estaba ansiosa por ser tocada. Al abrazarla se percató de que no llevaba sostén, y le gustó a morir esa delicada insinuación.

Por la mente de Mateo pasó la idea de que aquella preciosura podía no ser virgen. Sin embargo, desechó ese pensamiento pecaminoso cuando metió la mano debajo de su blusa y tocó sus pechos, que estaban excitados, aunque la joven se notaba desconcertada. Su inocencia traicionaba a Carolina. La niña estaba perdida; ese hombre mayor era "su primera vez" en ese tipo de intimidades. Por su parte, Mateo sabía que, al llevarla a descubrir el placer de la carne, con el tiempo la tendría comiendo de su mano.

La atracción de viajar con Mateo a lo desconocido le daba cierta seguridad a Carolina. En su inocencia y ansiedad por ser como Lidia, Sandrita y otras del centro, se creía mujer como la que más.

—¿Te gusta? —preguntó Mateo cuando con delicadeza le acariciaba los senos sin dejar de besarle el cuello.

—Sí —respondió Carolina, que desde el primer beso de esa tarde se había perdido en la corriente de un río que la arrastraba hacia un mar infinito y desconocido y al que nada detendría.

Mateo bajó lentamente la mano con la que acariciaba los pezones de esos senos inexplorados y la metió debajo de la falda. Como intruso con licencia, su dedo índice llegó al borde del calzón y segundos después, por encima de la delicada prenda, tocaba la vulva. Carolina reaccionó arremolinándose un poco y acercándose más a él sin dejar de besarlo. Su sexo se humedeció.

Mateo hizo a un lado el calzón. No hubo resistencia. Besaba y acariciaba a la joven sin parar. Demasiado para esa tarde, pensó. La soltó y otra vez el temblor se apoderó de su cuerpo. Carolina no dijo nada. Mateo arrancó el auto y la acercó a su casa.

—Mañana te espero atrás de la catedral cuando salgas del trabajo.

—Sí, está bien.

Las sesiones de Carolina y Mateo en el Mustang se volvieron un rito de los atardeceres en su frontera. Ocurrían casi a diario, salvo cuando ella tenía que quedarse al frente de La Boutique de la Diosa.

Entre la gente del centro no hay nada oculto, tarde o temprano todo se sabe. La relación de Carolina y Mateo no fue la excepción a esa regla. A los del centro no los alarmaba la enorme diferencia de edad que había entre aquellos dos, sino que se tratara de la "hija" de Lidia.

Las chavalitas que trabajaban como dependientas en los negocios de la avenida Juárez terminaban siendo amantes de sus patrones; cuando éstos se cansaban de ellas, las despedían o simplemente las recomendaban para que se emplearan en cantinas, como meseras y en la ficha, o bien, como se dice en la jerga juarense, pasaban a ser putas.

Lidia estaba al tanto de lo que Mateo hacía dentro de su carro con Carolina. Nada de lo que acontecía en el barrio se le escapaba. Sin embargo, no enfrentaba a su cuñada por temor de que ésta le echara en cara sus andanzas. Eran cómplices en el pecado.

Aun así, Lidia temía que Roberto se enterara de lo de Mateo. Su viejo mataría a golpes a ese canalla por aprovecharse de una niña treinta y un años menor que él. Pero lo que le pasara al pederasta la tenía sin cuidado. Su miedo era que Roberto la agarrara contra ella, porque sin duda él, y toda la familia Campos Robles, la responsabilizarían de lo ocurrido. Se suponía que ella era la chaperona de Carolina.

—M'hija, no me gusta tu relación con Mateo. No lo niegues, lo sé.

Carolina se quedó petrificada, dejó de acomodar en el aparador los nuevos modelos que recién había llevado su cuñada.

—Es un hombre muy mayor, hasta a mí se me hace viejo. Es educado, pero no deja de ser un cabrón. Tiene fama, como todos los viejos de aquí de la Juárez, de que le gustan las chavalitas.

—A mí me quiere, me lo dice cada vez que está conmigo.

—¡Mis teleras! Él quiere otra cosa. ¿Crees que nadie ha visto lo que te hace adentro de su carro? ¿Usa condón?

—Sólo me acaricia.

—Sabes lo que le pasaría si se enteraran tus hermanos, ¿verdad? La Chaveña no está tan lejos del centro como piensas. Ándate con cuidadito, m'hija, porque hasta yo terminaré pagando los platos rotos.

Carolina no se había puesto a pensar en lo que le pasaría a Mateo si sus hermanos la descubrían. ¿Qué diría su papi? Lo matarían.

La joven estaba enamorada. Mateo la trataba con delicadeza, le hablaba con ese lenguaje sublime y ausente en el léxico de los hombres de la Juárez. La había metido en un laberinto de lisonjas y se había apoderado de su voluntad. El carácter brioso que hasta entonces había demostrado la había traicionado al hacerla caer en esos brazos expertos para el juego del amor. Se había dejado llevar por la curiosidad y ahora la balsa navegaba sin brújula sobre las olas del placer que la hacía sentir Mateo. Carolina se creyó preparada desde el segundo día que Mateo la besó, y se preguntaba por qué aún no la había hecho mujer, como varios hombres habían hecho con Sandra la Morena, por ejemplo.

Con alguien de mucha confianza, Lidia le envió un mensaje a Mateo y lo citó en un restaurante lejos del centro. Llegó veinte minutos antes de la hora pactada y escogió una mesa al centro del restaurante, para estar a la vista de todos. Se sentó y pidió una cerveza. Algo tenía que hacer, la situación estaba fuera de su control y corría el riesgo de que, por la calentura de una chiquilla y un viejo morboso, Roberto descubriera sus secretos y la mandara al diablo ahora que las cosas marchaban tan bien.

Mateo llegó puntual. Como siempre, iba impecablemente vestido. Llevaba el pelo largo engomado y peinado hacia atrás; el aroma de su loción —que Lidia consideró de muy buen gusto por ser una fragancia fresca y no muy dulce— lo siguió desde la entrada del restaurante hasta que se sentó a la mesa frente a ella.

—Hola, Lidia. ¿Cómo estás?

—Bien, Mateo. ¿Quieres algo de tomar?

—Un agua mineral, sabes que no bebo alcohol.

—Joven —gritó Lidia al mesero—. Un agua mineral para él y otra cerveza para mí, y nos trae la carta, por favor.

—¿A qué debo el honor?

—Tú sabes para qué te cité. ¿Estás enterado de quiénes son los hermanos de Carolina?

—Me han hablado un poco de ellos, no los conozco; el mayor es tu marido, me dicen.

—Mi viejo, Mateo. Es mi viejo y es un cabrón que, si se entera de que andas con su hermanita, te corta los güevos y te los mete por donde tú ya sabes. Los otros tres le ayudarían a cortarte todo lo demás en pedacitos; no lo dudes.

Aunque Mateo le sonrió a Lidia, sintió pavor. Alguien del centro le había contado que los hermanos de su niña eran gente muy cabrona de La Chaveña y Los Cerrajeros. Todo el mundo los conocía y ellos conocían a todo Juárez. Se trataba de muchachos bravos y valientes que no le tenían miedo a nada ni a nadie. El barrio bravo de esa frontera los respetaba por bragados y por derechos. No eran narcos ni criminales, sino gente de bien y camaradas hasta de las piedras de Ciudad Juárez.

Mateo nunca se había metido en problemas con la gente de Juárez. Desde que él y sus hermanos llegaron a esa frontera aprendieron a respetar los límites de su gente. Mateo había tenido a varias chavalitas, pero eran niñas humildes de barrios paupérrimos o que habían llegado de otros estados en busca de trabajo a costa de lo que fuera. Esas chavalitas a nadie le importaban, eran seres desechables. Valían lo que valían por lo que tenían entre las piernas; después ya nadie se acordaba de ellas. Varias de las que pasaron por sus brazos andaban rebotando de cantina en cantina, ganándose la vida como prostitutas o tiradas en las calles por alcohólicas. El precio y el costo de la frontera.

—Estamos enamorados, Lidia. Yo la quiero y ella a mí.

—Podría ser tu nieta, ¿has pensado en eso? ¿Qué harías si una hija tuya de la edad que tiene Carolina se metiera con un viejo aprovechado como tú?

—Está muy encariñada conmigo.

—A mí no me vengas con pendejadas, entre gitanos no nos leemos la mano. La embaucaste, y si no has hecho lo que quieres con ella, es porque sabes que es mi pariente política; mi familia, Mateo.

El mesero les llevó las bebidas. Lidia ni siquiera revisó la carta; pidió dos cortes de carne, uno para ella y otro para Mateo, y una cerveza más.

—La voy a dejar, aunque sé que va a sufrir mucho.

—No tienes alternativa: si te la coges, te cortan los güevos con todo y paquete.

A Mateo se le fue el apetito; sintió escalofrío y horror al pensar que los hermanos de Carolina podrían emascularlo.

A los jóvenes del centro y que eran de la edad de Carolina, no les importaba que dijeran que ella andaba con ese tipo elegante; no cejaban en sus intentos por enamorarla. La muchacha jugaba con ellos; la coquetería se le daba de forma natural y se divertía al hacerlo. Por su relación con Mateo, que consideraba algo superior, tildaba de tontos a los chavalos que la invitaban a tomar una soda, al Café Central o al cine, cosas que normalmente hacen los adolescentes cuando buscan pareja. Carolina creía estar por encima de todos sus pretendientes. Necesitaba un hombre como Mateo, quien le hablaba de cosas "importantes", no de simplezas como la música de moda, las discotecas o las películas que pasaban en las salas de los cines.

Al terminar la cita con Lidia —quien antes de despedirse le advirtió que, si le contaba a Carolina de esa reunión, ella se encargaría de que unos "amigos" le dieran una paseadita por el Valle de Juárez—, Mateo urdió un plan. No quería ser víctima de los hermanos de su niña, pero tampoco que otro se comiera lo que ya tenía servido en charola de plata.

Esa tarde, cuando se encontró con Carolina atrás de la catedral, le pidió que lo acompañara a su casa. Debía recoger algunas cosas para entregarlas a unos proveedores.

—No nos vamos a tardar —le dijo.

En las ocasiones anteriores que llevó a Carolina a su casa, Mateo nunca la había tocado, como era la costumbre dentro del Mustang; apenas le daba un beso y abrazos. Disfrutaba presumiendo a la joven ante sus amigos, todos de su rodada. Ella lo había acompañado varias tardes a cenar a casa de amistades, de familias que tenían hijas o hijos de su edad o mayores que ella.

Lógicamente, a Mateo sus amigos lo envidiaban. Andaba con un "culito casto" y estaba orgulloso de su conquista. ¡A su edad y con esa "peque" tan diferente de las otras chavalitas que se había tronado! Para aquel pederasta ególatra, andar con Carolina era un éxito rotundo, por donde se le viera.

Apenas entraron a la casa, Mateo llevó a Carolina a sentarse al sofá de la sala. Sacó una soda del refrigerador y un agua mineral. A ella le sirvió la soda en un vaso de cristal, y él a pico de botella le bajó la mitad a su bebida.

Cuando Carolina iba darle un trago a su coca-cola, Mateo le quitó el vaso de las manos y comenzó a besarla desaforadamente. La chiquilla no tardó en responder con la misma intensidad. Esa mañana, la princesa de don Beto se había puesto un short azul marino que más bien parecía calzón, por corto y ajustado. Ni cuenta se dio cuando Mateo se lo bajó.

La joven se dejó hacer. Entendía que no habría más conatos de entrega. Estaba preparada para hacer todo lo que Sandrita le había contado que se hacía cuando se perdía la virginidad para convertirse en una mujer de a de veras.

Con el short en los tobillos, Carolina le desabotonó la camisa a Mateo, quien se quitó la prenda y se quedó en camiseta. Él le besaba el cuello mientras con las manos le soltaba el brasier por debajo de la blusa. Besó y chupó sus senos con frenesí, como lo había hecho tantas veces en el carro. La levantó del sofá y la llevó con delicadeza a la habitación. Carolina estuvo a punto de caer porque el short le impedía caminar. Rieron por el inocente embrollo y Mateo liberó sus tobillos del grillete de tela azul marino.

Para cuando la colocó sobre la cama, la menor de las tres hermanas Campos Robles estaba casi desnuda. Mateo le sacó las bragas de la pierna derecha, pero no de la izquierda. La deseaba y al fin la tenía ahí, a su pleno antojo. Estaba embobado con el cuerpo escultural de aquella mujer con cara de niña incólume.

No hubo palabras. Carolina cerró los ojos. No vio a Mateo quitarse la camiseta ni el bóxer; tampoco notó que temblaba como cuando le acariciaba el sexo a oscuras, dentro del carro. "Fui incapaz de voltear a verlo", se diría Carolina años después, al recordar esa tarde.

Mateo lamió los senos, el cuello, los muslos y el sexo inmaculado de la muchacha. Le abrió las piernas y la penetró despacio. Ella se quejó cuando ese intruso le rompió el himen.

De lo que siguió, poco quedó registrado en la memoria de Carolina. Ella recuerda que pasaron unos minutos antes de sentir un líquido caliente en su interior que le provocó ardor. No fue nada extraordinario; no hubo orgasmo ni vio estrellitas o luces de colores, como le aseguraba Sandrita cuando le narraba las cogidas que le ponían sus viejos.

Al ver a Mateo de pie y desnudo, con el miembro arrugado, le dio vergüenza su propia desnudez. Se levantó lo más rápido que pudo, metió la pierna derecha en el calzón que le colgaba de la extremidad izquierda y corrió a buscar el short que se había quedado tirado en el piso, entre la sala y la habitación. Observó a Mateo de reojo; se notaba nervioso y preocupado.

Mateo se sentó al lado de la chiquilla, que daba la impresión de no entender lo que había ocurrido. En su mente la comparó con un animalillo acorralado.

—Lléveme por favor a mi casa —dijo Carolina.

—Sí, vamos, te llevo.

En el trayecto, Mateo le dijo a la joven que no se preocupara por nada, que él quería algo serio con ella. Se lo machacó como tres veces más cuando a una cuadra de su casa ella amagó con bajarse del carro y él se lo impidió. Mateo tenía miedo de que Carolina llegara llorando con su familia y sobre él se desatara una cacería.

Carolina entró a su casa cargando una lápida de vergüenza; temía que su cuerpo gritara a los cuatro vientos que había hecho algo prohibido. Se metió en el baño para revisarse el sexo. Se limpió con una toalla mojada y descubrió rastros de sangre y de un líquido desconocido, pegajoso.

"Mi mamá lo sabe", pensó Carolina. Algo dentro de ella le aseguró que no había retorno. La marca del diablo la había traicionado. La profecía de Angélica y Sara se hacía realidad.

NUEVE

El edificio donde vivía José Vélez era modesto. Nada fuera de lo común, una construcción de la década de los setenta.

Vicente tocó el interfono correspondiente al departamento número 13. Eran las 10:58 de la mañana; así lo indicaba el reloj Timex electrónico que había comprado por veinticinco pesos a la salida del metro Tacubaya. A los segundos se escuchó el ruido del mecanismo electrónico que quitó el seguro del portón.

Vicente empujó la puerta que daba al patio y al estacionamiento. Había tres autos compactos aparcados cerca de las escaleras (el edificio de cuatro plantas no contaba con elevador). De los tres autos, el joven pensó que el Golf blanco pertenecía a Vélez; estaba más limpio que los otros y era de un modelo reciente, lo que iba con la personalidad del reportero.

Al subir el primer piso se topó de frente con el departamento número 13. Tocó la puerta.

—Pasa, está abierto —gritó Vélez.

El olor a chorizo despertó el apetito del joven. El aroma de la comida fue como una máquina del tiempo que lo llevó al pasado, y Vicente se vio por un instante sentado en el comedor de su "abue" Agustina, en Toluca. Nadie mejor que ella para preparar chorizo con papas y frijoles refritos.

El departamento de Pepe era amplio; el mobiliario, antiguo. Lo que atrapó la atención del muchacho fue la cantidad de libros que había en la sala. El librero de madera —el mueble más grande de la estancia— era una delicia para cualquier lector. Vicente alcanzó a ver de reojo que Pepe compartía su gusto por la literatura latinoamericana. Había ejemplares con títulos en inglés y clásicos de las letras mundiales.

—Pasa, Vicente. Estoy en la cocina, ven para acá.

El departamento gozaba de una iluminación natural fabulosa. Las ventanas de la sala y la de la cocina daban a la calle. Ambas estancias estaban limpias y ordenadas.

—Buenos días, Pepe. ¿Lo notaste? Soy puntual; a las once me dijiste, y a las once estuve aquí.

—Bien, así me echas la mano antes de que llegue el licenciado Gil; a él lo cité a las once y media.

Vicente se quedó como estatua. No lo asimilaba: ¿el licenciado Gil, invitado al almuerzo? Pepe era un granuja bien hecho. Sin embargo, el joven se emocionó al pensar que aquella reunión podría hacerle más fácil pedirle a su jefe que le permitiera escalar los primeros tramos de su carrera como reportero de investigación, empezando como ayudante del mejor periodista del diario y uno de los más respetados del país, si no el que más.

—Te pusiste blanco. Relájate, Vicente; fuera del periódico Gil es un ser humano común y corriente, como tú y como yo.

—Supongo... Lo que pasa es que pensé que la invitación había sido sólo para mí.

—Si te incomoda le llamo para decirle que me salió un compromiso inesperado y ya.

—No, por favor, no quise decir eso.

—Lo sé, hombre; estoy bromeando.

Pepe Vélez tenía puesto un delantal. Llevaba pantalón de mezclilla y andaba en mangas de camisa, elegantemente vestido para la ocasión. Los zapatos bostonianos daban un toque refinado a esa indumentaria de fin de semana.

Vicente era un inútil para los menesteres del arte culinario; se le quemaba el agua. Era la consecuencia de ser hijo único y haber pasado la niñez con la abuela Agustina y dos tías solteronas (hermanas de su padre) que lo consintieron en todo.

—Vicente, toma una silla, siéntate. ¿Quieres algo o esperamos a que llegue Gil? —preguntó Pepe, al tiempo que sobre la sartén preparaba un platillo que distaba mucho de las recetas tradicionales con chorizo toluqueño.

Pepe combinó el chorizo rojo con el verde y con rodajas de papas. Sobre una pequeña mesa que estaba junto al refrigerador había recipientes de aluminio cuya tapa no permitía ver el contenido.

—Me gusta tu departamento.

—A la orden, vivo aquí desde que llegué de Veracruz. El licenciado Gil me ayudó a conseguirlo. Está en buena zona, segura y cerca de todo, y la renta es barata.

—Y tiene estacionamiento, una ventaja en esta ciudad.

—Un cajón para cada uno de los tres departamentos del edificio. Pero casi no utilizo mi Golf, sólo algunos fines de semana, cuando salgo de la ciudad a visitar pueblos o comer por ahí.

Vicente sonrió para sus adentros. No se había equivocado; ese Golf decía mucho de la personalidad del reportero estrella de *Enlace*.

—¿Vino o cerveza, Vicente?

—Nunca he tomado vino, no sé a qué sabe. Cerveza me he tomado una o dos en toda mi vida.

—Qué bueno. Yo no tomo cerveza y no tengo. Te preguntaba porque, si quieres, tendrás que ir a la tienda de la esquina a comprar unas.

—Sin problema, Pepe, si hace falta algo puedo ir la tienda antes de que llegue el jefe.

—No es necesario, el licenciado Gil prefiere el vino. El viernes se me olvidó preguntarte qué bebida te gusta. En el refrigerador hay refrescos; toma lo que quieras, estás en tu casa.

—Estoy bien. Espero a que llegue el jefe y tú dispongas.

—Será una mañana y una tarde larga; las reuniones con el licenciado Gil hay que aprovecharlas. Más que pláticas, son tertulias. Es un erudito del periodismo y la literatura. ¿Sabías?

—No… Como te puedes imaginar, no tengo mucha confianza con él como para preguntarle cosas personales. En el periódico se la pasa hablando de la edición y de noticias. Imagino que una imprudencia de mi parte significaría un regaño.

—Eres un exagerado; Gil es un gran tipo y excelente persona, lo verás.

La combinación de los chorizos no le dio buena espina a Vicente, pero el aroma era suculento. La calidad de los embutidos que vendían en La Vaquita Negra era incomparable. Servidos en un plato y cocinados como Dios manda, mucho mejor.

Vélez apagó la hornilla de la estufa, abrió una gaveta y sacó una tapadera para cubrir el sartén. Faltaban siete minutos para la llegada del jefe de la redacción de *Enlace*. Vicente estaba nervioso.

Salieron de la cocina y se sentaron en la sala. Sobre una silla estilo victoriano había varios ejemplares de *Enlace,* detalle que a Vicente se le había pasado cuando entró y cruzó la estancia para ir a la cocina.

—¿Qué música te gusta?

—No soy de escuchar mucha música. Me gusta un poco de todo, la verdad, aunque me inclino más por el rock. Soy admirador de los Beatles por herencia; mi tío, que es de la época del grupo de Liverpool, ponía sus discos y según él me traducía las canciones.

—¿Y qué tal?, ¿bien?

—Está peor que yo, no habla nada de inglés. Pero un día me confesó que muy a su manera me traducía las letras para que a mí también me gustaran los Beatles, y que cuando yo creciera y aprendiera a hablar inglés, de Inglaterra y no de Estados Unidos, le daría la razón.

—Filósofo musical, tu tío. Voy a poner un poco de blues; es el género que más me gusta y el predilecto de Gil.

—No lo conozco mucho, pero sí he escuchado a Taj Mahal; es bueno, ¿no?

—Buenísimo, voy a poner un CD que tengo de él.

En el librero, detrás de unos libros que Vélez quitó y colocó sobre la mesa de centro de la sala, estaba oculto un pequeño reproductor de CD. Las bocinas se hallaban encima del mueble, colocadas estratégicamente para que la música se esparciera por la estancia. Vélez metió el disco de Taj Mahal en el reproductor marca Alpine, que a juicio de Vicente costaba toda una fortuna. Después de oprimir play, Vélez tomó los libros y volvió a colocarlos en el librero.

A un volumen moderado, la música creó un ambiente distendido que interrumpió el sonido del interfono.

—Llegó el jefe. Baja a abrirle, Vicente, por favor.

Sorprendido por la petición de Vélez, el muchacho descendió la escalera del primer piso y abrió el portón. Su jefe no se sorprendió al verlo.

—Muchacho, ¿ya tiene listo Vélez el almuerzo?, porque yo me estoy muriendo de hambre. Eso de invitar a almorzar a las once y media de la mañana no es de humanos, sino de solterones como él, carajo.

Sin decir más, se encaminó a las escaleras para llegar al departamento número 13 y Vicente lo siguió.

—Qué bien huele ese chorizo, Vélez.

—Es recomendación de Vicente; si no está tan bueno como lo prometió, tendremos que ponerle un castigo.

—Buena idea. ¿Qué te parece a ti, muchacho? ¿Estamos?

—Eeee…

—No te trabes, es broma; nada más tendrás que pasar más tiempo en la copiadora y recortando faxes, es todo.

Vélez no aguantó la carcajada al ver la cara de miedo y estupefacción que puso aquel joven que quería ser reportero de investigación. Gil fue prudente, le dio una ligera palmada en el hombro derecho.

—¿Vinito? No me digas que no hay vino, Vélez.

—Es un Malbec argentino que compré en La Europea, está buenísimo, le va a encantar, licenciado.

De un mueble de madera sobre el que había una pequeña escultura de bronce de un toro de lidia, firmada por H. Peraza, el anfitrión sacó la botella de tinto que le entregó al licenciado Gil.

—En el cajón de la mesa de centro está el sacacorchos. Voy a la cocina a traer las copas y una botanita.

—Aceitunas y queso, de preferencia. No me vayas a traer papas Sabritas porque me voy en este instante… pero me llevo el vino.

Vicente observaba ese intercambio con algo de sorpresa; la familiaridad y la confianza que se tenía ese par contrastaban con la forma tan respetuosa y formal con que se trataban en el diario.

Pepe regresó de la cocina con tres copas y una charola de cristal con tres divisiones: en la primera había aceitunas, en la segunda trozos de queso y en la tercera cebollines. El licenciado Gil tomó las copas. Mientras Vicente observaba la charola con las botanas, su jefe descorchó la botella de vino argentino. Se sirvió un poco, movió la copa en forma circular y aspiró el aroma del contenido.

—Huele bien, Vélez.

—Usted dirá, licenciado; si no le gusta, ahí tengo unos chilenos y uno que otro español. Cabernet, todos.

Vicente no perdía detalle de la conversación ni del ritual que hizo el licenciado Gil antes de probar aquel vino argentino, cuya botella y marca el muchacho no había visto en ningún lado.

—¡Ah!, bueno, con cuerpo, como me gusta —comentó Gil, y chasqueó ruidosamente la lengua al tiempo que se servía una porción mayor. Escanció la misma cantidad en las dos copas restantes y las repartió—. Ahora sí, ¡salud, jóvenes! Con vino, aceitunas, queso y esos cebollines, qué importa que el chorizo de ese pueblo llamado Toluca no esté bueno.

—¡Salud! —contestaron al unísono Pepe y Vicente, poniéndose de pie e inclinándose hacia su jefe, que permaneció sentado y chocó su copa con las de ellos.

El vino no le supo nada bueno a Vicente, era un poco ácido para su gusto. Miró cómo el licenciado Gil tomó una aceituna con los dedos y no con los palillos que había sobre la mesa, y se la llevó a la boca. Lo imitó; al masticar la aceituna, el sabor del vino que tenía en el paladar se le hizo agradable. La misma táctica utilizó con el queso y los cebollines, que, estaba seguro, eran de los que Pepe había comprado en La Vaquita Negra.

Entre blues y comentarios sobre la espléndida mañana se terminaron la botana, y Vélez y el licenciado Gil, dos copas de vino cada uno. Vicente no llevaba ni la mitad de la suya; le daba tragos pequeños, pese a que creía que se iba familiarizando con su sabor. No estaba acostumbrado y temía marearse. Nervioso y borrachín, corría el riesgo de perder la oportunidad de pedir lo que tanto deseaba para iniciar su carrera profesional y acabar con la de técnico en copias fotostáticas.

—Pasemos a la mesa, es hora de almorzar.

—Creí que nunca lo ibas a proponer. Ya hace hambre, y mucha. Tú ni te has terminado el vino, Vicente.

—Es que en realidad no soy mucho de tomar alcohol, licenciado.

—Pues, si quieres seguir los pasos de Vélez, tendrás que aprender a tomar un poco de vino; él no pide otra cosa para comer. Si bebe agua o cerveza, se oxida.

A Vicente le cayó de sopetón lo que su jefe acababa de decirle. Todo imaginó, menos que le dijera eso.

—Te pusiste blanco, muchacho. Vélez me adelantó algo del motivo de este almuerzo. Me gusta tu iniciativa. La respuesta es sí, puedes acompañarlo a hacer sus reportajes cuando él lo considere; pero aprende bien, porque las pruebas serán difíciles para cuando se te asigne alguna nota. ¡Ah!, y no creas que eso te va a librar de la copiadora y del resumen de las notas de los periódicos, por lo menos hasta que demuestres que tienes las tablas para teclear dizque noticias.

Pepe, que se había parado cerca de la puerta de la cocina con los platos en la mano para ver la reacción de Vicente, no pudo reprimir una sonrisa. Se apresuró a colocar los platos en la modesta mesa del comedor y fue por otra botella de tinto argentino.

—Esto merece otro brindis, Vicente.

—Por supuesto, brindemos por el aspirante a tecleador, para que le vaya bien y no me haga quedar mal. ¿Estamos?

—Estamos, licenciado.

Al levantar su copa, Vélez descubrió con agrado y un poco de bribonería que Vicente estaba feliz, incrédulo y muy nervioso, porque tras el brindis se tomó de un solo trago todo el Malbec.

—Muchas gracias, licenciado Gil —dijo.

—Dale las gracias a Vélez, que piensa que puedes ser reportero de verdad y hasta mejor que él, de lo cual tengo mis dudas, pero… en fin.

—Vicente, no tienes que agradecerme nada. Conté lo que me confiaste porque, ahí como lo ves, el licenciado Gil es el profesional más honesto y humano que he conocido; tiene muchas esperanzas en ti, pero nunca te lo va a decir. Ahora ayúdame por favor a traer la comida.

Vélez le pidió a Vicente que llevara al comedor los recipientes de aluminio que estaban sobre la mesa de la cocina, mientras él se encargaba del sartén con el chorizo y las tortillas que había calentado en el horno de microondas.

—Buen provecho, caballeros. Las tortillas no están frías, pero, si alguien las desea más calientitas, las pongo en el comal.

Hay chiles manzanos como te gustan, Vicente, y también cueritos curtidos en vinagre. Todo de La Vaquita Negra. Licenciado, el responsable del departamento de reclamos está sentado a su lado derecho.

Gil escanció vino nuevo en las tres copas, tomó una tortilla y se hizo un taco de la combinación de los dos chorizos y lo aderezó con los chiles manzanos y un poco de queso crema del de La Vaquita Negra. Vicente se intrigó al verlo, pues no recordaba que Pepe lo hubiera comprado el día que comieron las tortas.

—No te sorprendas. Ayer en la tarde me acordé de que tú a todo le pones queso crema y fui a comprarlo. Provecho.

—¡Caray, qué bueno está este chorizo! —exclamó Gil—. Tenía años que no comía una delicia así para el almuerzo. Tienes un punto a tu favor, muchacho; luego me pasas la dirección de la tal Vaquita Negra.

—Está muy cerca del periódico, licenciado.

—No la he visto, pero creo que el mérito también es para el cocinero. Pepe, como todo lo que haces, esto está muy bueno, y el vino, ni se diga.

Fue una tarde agradable. Tras el almuerzo, y luego de colocar los trastes sucios en el fregadero, Pepe pidió a sus dos invitados que se pusieran cómodos y eligieran la música, y puso la pequeña cantina —en la que sólo había botellas de vino— a su plena disposición. Él limpiaría la cocina y luego los alcanzaría para conversar sobre libros y tomar más vinito.

En realidad, la plática fue un soliloquio del licenciado Gil. Nadie en esa tertulia se habría atrevido a interrumpirlo. Era un hombre culto que esa tarde dio una lección sobre la obra de José Emilio Pacheco.

Cerca de las cinco de la tarde, el licenciado Gil anunció que se retiraba; tenía que regresar a su casa para cenar con su esposa, se lo había prometido y no podía incumplir. Cuatro botellas de vino se vaciaron, aunque, para ser justos, habría que aclarar que Vicente solamente se tomó tres copas. Por nada del mundo quería ponerse ebrio después de la gran noticia que le había dado su jefe. Debía comunicársela a sus papás, no aguantaba las ganas de ver el rostro de felicidad que pondría su madre.

—Vélez, como lo hablamos la semana pasada, te vas a Morelia; quiero que investigues lo que está pasando en Michoacán. Eso de que los narcotraficantes irrumpieron en ese estado, a mí nada más no me cuadra. Hay gato encerrado y huele a marrullería de la presidencia en contubernio con el gobernador; algo esconden.

—Sí, licenciado. Ya hice algunas llamadas a gente conocida que puede ayudarme a entender qué ocurre. Creo que necesitaré por lo menos tres días para saber qué pasa.

—Tómate la semana completa, si lo requieres. La dirección del periódico ya aprobó el viaje y los viáticos están autorizados. Mañana puedes recogerlos; firmé los documentos desde el viernes. Lo que necesites para hacer ese trabajo, no lo olvides.

—Me iré manejando; creo que es lo mejor para poder moverme con mayor facilidad a donde tenga que ir.

—Renta un auto. Me imaginé que harías eso y solicité el dinero para ello.

—Sin ningún problema.

—Vicente, mañana, cuando termines con el resumen y las copias, te vas a tu casa a preparar tu maleta. Se me olvidaba decirte que se autorizaron viáticos también para ti. Vas a acompañar a Vélez a hacer ese reportaje en Michoacán. Mucha suerte a los dos.

DIEZ

Esa mañana, Carolina despertó con la seguridad de que su vida había cambiado para siempre. La confusión la bloqueaba. No quería salir de su habitación y ver a su madre a la cara. Seguía convencida de que su mamá sabía lo que había hecho con Mateo.

Pero algo debía hacer, no podía permanecer encerrada. Se bañó y se dispuso a desayunar. Su mamá ya había atendido a su papi, tenía rato que Sara había salido de la casa para irse a la prepa y Angélica supuestamente seguía durmiendo. Con toda naturalidad, esperó a que su mamá le sirviera una taza de leche caliente. Sobre la mesa del comedor estaba el frasco de Nescafé y la azucarera. La charola de pan caliente no podía faltar; había conchas, cuernitos, novias, mantecadas, ojos de Pancha y un par de bolillos. Se le abrió el apetito.

El ruido de la televisión, que transmitía un programa de noticias que más que ver escuchaba su papi, contribuyó a que la joven evadiera cualquier tipo de conversación con su mami, a quien no se atrevía a mirar a los ojos. Mientras su papi acomodaba unos recibos en un fólder y preguntaba a su esposa qué iba a hacer de comer esa tarde, Carolina aprovechó para tomarse lo más rápido que pudo la taza de leche y llevarse una concha que comería de camino a la boutique.

—Ya me voy.

—Espera, dame tres minutos y te doy raite. Tengo que llevar unos recibos a la refaccionaria que está en el centro.

—Okey, papi.

—Niña, siéntate a comer ese pan. Y no puedes irte sin lavarte los dientes.

De lo nerviosa y confundida que estaba, Carolina olvidó otra regla de oro que Lidia le había enseñado: no salir a la calle sin lavarse los dientes después de comer cualquier cosa. Así como cargaba el frasco de perfume en el bolso, llevaba también un cepillo dental y un tubo pequeño de dentífrico de la marca Colgate.

Cuando la joven regresó del baño luego de cepillarse los dientes, su padre ya la esperaba en la troca con el motor encendido. Antes de que saliera de la casa, su madre la detuvo y, cosa que nunca hacía, le dio un beso en la frente y la abrazó.

—Amaneció cariñosa tu mamá. Qué bueno, porque con lo vieja cada día se pone más gruñona. En esta casa hace falta la alegría.

—Papi, no digas eso. Mi mamá es muy cariñosa contigo. Yo he visto cómo te abraza cuando se sientan juntos en la sala.

—¡Qué va! Si me abraza es porque quiere dinero. Tu madre vende caro su amor —dijo don Beto, que no pudo evitar soltar la carcajada mientras en su troca bajaba con su hija por las calles de la falda del Cerro del Indio hacia el centro de Ciudad Juárez. Dirigiéndose a Carolina, agregó—: Oiga, mi niña, qué guapa se ve. Me imagino al ejército de chavalos que han de estar detrás de usted. Nada más le pido que tenga cuidado; allá en el centro hay mucho maleante. Cualquier problema, avíseme a mí o a sus hermanos.

Carolina se ruborizó. Sin darse cuenta se había puesto uno de los vestidos que más le gustaban de todo su guardarropa. Le quedaba como anillo al dedo. ¿Acaso la había traicionado el subconsciente y se había arreglado así para verse nuevamente con Mateo? ¿Por qué entonces le daba pánico pensar siquiera verlo de lejos? Era imposible que su papi sospechara algo; él no era como su mamá, quien en muchas ocasiones adivinaba lo que ella iba a decir o lo que pensaba hacer.

Metida en sus pensamientos, la joven dio un ligero respingo cuando su padre la jaló levemente del brazo izquierdo para darle un beso. Habían llegado al centro. La troca roja de su papi estaba estacionada frente a la boutique.

—Llegamos, mi princesa, no se me espante. ¿En qué venía pensando, pues?

—En unos pendientes de la tienda. Discúlpame, papi.

—Buenos días, don Beto. ¡Qué milagro que se deja ver por el centro!

—Lidia, buenos días. Necesito unas refacciones para el taller, arreglar unas facturas, y aproveché para darle raite a Carolina.

Nada pasaba conforme a la cotidianidad regular de la boutique. Lidia llevaba meses sin ser la primera en llegar al negocio, y esa mañana se había adelantado para abrir la tienda.

—Qué bueno. A mí me da un poco de pendiente que Carolina se venga en el autobús. Ya es tiempo de que aprenda a manejar y agarre carro, ¿no cree?

—Sí, ya es tiempo. Un día de éstos les voy a decir a mis hijos que la enseñen. Ya ve que Angélica lleva meses manejando; aprendió con Pedro.

—No sabía. ¿Ya tiene carro?

—Todavía no, pero mis hijas salieron medio canijas, igual que mis hijos, y esa Angélica a veces baja a los talleres, y cuando nos damos cuenta ya se llevó alguna troca o carro.

—Abusadilla, la mocosa. Qué bueno, don Beto, en esta época y así como está creciendo Juárez, hace falta moverse en carro.

—Se está poniendo complicado. Los malosos están dando muchos problemas, aunque no se meten con uno, ¿verdad? Pero no dejan de ser preocupación. Le encargo a mi princesa, Lidia.

—Ni se preocupe; aquí en el centro nadie se atreve a tocar a mi niña, la conocen y la respetan todos los de aquí, ya sabe.

Parada al lado de Lidia, Carolina no había puesto la menor atención a lo que conversaban su padre y su cuñada; reaccionó al momento en que su papi le pidió que le diera otro beso. Se iba a cumplir sus mandados.

A Lidia era difícil que se le pasara el más mínimo detalle de lo que ocurría en su entorno. Presintió que algo pasaba desde que su cuñadita se bajó de la troca del papá de su viejo. No le cuadraba que, así como así, de la noche a la mañana, Carolina se hubiera puesto los tacones que ella le había regalado hacía un mes. Había pensado pedirle que los estrenara en una salida a Las Fuentes. Eran de muy buena calidad y marca; costaron ciento setenta dólares en El Chuco. Había valido la pena: le quedaban bien.

—¡Qué guapa y elegante viene hoy mi niña! ¿Alguna invitación o celebración especial esta tarde?

—No, Lidia, ¿por qué?

—Por los tacones. Por fin dejaste las botas de trabajador de maquila. Es usted toda una señorita. ¡Qué bárbara! Cómo unos simples tacones finos pueden hacer que una niña se vea como toda una mujer, más con un cuerpecito como el tuyo.

A Carolina el corazón se le aceleró. Hasta para ella era una incógnita que llevara puestos los zapatos que le había regalado Lidia. Cuando en casa se los calzó un par de veces para aprender a caminar con esos tacones tan altos, los tobillos se le torcieron en el intento. Pero esa mañana caminar con los "zancos" —así los bautizó doña Maurita cuando se los vio— no se le dificultó en lo absoluto. Los sentía tan cómodos como sus botas.

—Te dije, m'hija, que tú con los tacones te verías más bonita, y no me equivoqué. Mírate al espejo. ¡Qué mujerón, Carolina! Mañana o pasado vamos a ir a El Chuco y te buscamos otros dos o tres pares. Los tacones se hacen viejos a los ocho o quince días de usarlos, grábatelo para más adelante.

—Gracias, Lidia, pero por ahora estoy bien con éstos. Me los puse para que me dijeras cómo se me veían —dijo la joven por salir del apuro. Estaba confundida y la desazón la afligía por no entender cómo ni por qué se había puesto ese vestido y los dichosos tacones justo ese día.

—Vamos a tener que estar más pendientes contigo, m'hija. Los hombres, que de por sí parecen moscas sobre miel a tu alrededor, van a querer robarte en cuanto te vean así como vienes. Pero basta de barullo; te encargo el negocio, tengo que ir a ver a unos clientes que me encargaron cosas de El Chuco. Al rato regreso. Póngase abusada, m'hija.

Era imposible que Carolina se hubiera arreglado para Mateo. No quería encontrarse con él, le daba vergüenza verlo otra vez. Una ráfaga de imágenes la hizo pensar en lo que le había metido en la vagina, y se hundió en el desconcierto. La desesperación se apoderó de ella; la intrigaba saber cuál sería su reacción si en cualquier momento se le aparecía Mateo. Se cuestionaba ante la posibilidad de que le pidiera que fueran a su casa. Estaba un poco adolorida de sus partes íntimas, pero ¿tendría el valor de negarse? Sandra la Morena no era la persona más adecuada para aconsejarla en ese momento. A su amiga, como a su cuñada, Mateo no le caía, de modo que sola y con mucho arrojo la joven afrontaría la situación.

A las seis de la tarde, Carolina y Lidia pusieron los candados a la cortina de acero de la boutique. Mateo brilló por su ausencia. Lidia llevó a su cuñada hasta la puerta de la casa de sus papás, algo fuera de lo común.

En casa nadie se percató de la intranquilidad de la muchacha. Recordando el consejo que esa mañana le había dado Lidia, don Beto pidió a Pedro y Javier que, si llegaban antes de las diez de la noche y cuando tuvieran oportunidad, enseñaran a Carolina y a Sara a manejar. Sus dos hijos asintieron con la cabeza y eso fue todo. Maurita ni opinó al respecto.

Tres días después de que Carolina se entregó a él, Mateo se apareció por la boutique. La joven lo vio pasar por la acera de enfrente. Atendía a una clienta y le pidió que la esperara un minuto. Se asomó a la calle y lo vio alejarse en dirección a uno de sus negocios de artículos de piel. Se sintió desconcertada y triste. Llevaba zapatillas y una minifalda a juego con una blusita color beige.

Mateo esperaba una tragedia. Luego de desvirgar a la niña, se mantuvo encerrado en casa dos días. Temeroso, caminaba de un lado a otro en la sala, como esperando que en cualquier momento los hermanos de Carolina o los "enviados" de Lidia rompieran la puerta a patadas y se lo llevaran para "darle la vuelta".

Narcisista hasta el tuétano, amén de pederasta, Mateo se sentía orgulloso y satisfecho de haber estrenado a aquella chavalita que lo volvía loco. Recordarla desnuda sobre su cama y bajo su cuerpo le provocó varias erecciones, y se masturbó en un par de ocasiones. Ni el pavor a que le arrancaran los güevos, como le advirtió Lidia, impidió aquel acto de onanismo.

Cuando ya no aguantó el recogimiento, Mateo decidió pasar frente al negocio de Lidia para tantear las aguas. Para su buena suerte, Carolina no estaba sentada en el banco; alcanzó a observar que estaba detrás del mostrador, atendiendo a una mujer. Intentaba evitar la tentación de volver a hacer suya a esa niña, pero al mismo tiempo lo perturbaba la idea de hacerle las cosas que había planeado exclusivamente para ella.

Lidia andaba de compras en El Chuco, o tal vez en su visita semanal a las oficinas de la aduana mexicana. Le había pedido a Carolina que, si daban las seis de la tarde y ella no llegaba, cerrara la boutique y se fuera tranquilamente a casa.

El Mustang gris alcanzó a Carolina a una cuadra del negocio que acababa de cerrar. Mateo bajó la ventanilla de la puerta del copiloto.

—¿Te llevo? —preguntó.

Carolina movió la cabeza, aparentando indiferencia, pero respondió que sí.

No hubo intercambio de palabras en el trayecto. Mateo la llevó directamente a su casa. Estacionó el auto sin apagar el motor y le pidió que lo aguardara un momento en lo que abría la cochera. Las veces anteriores había dejado el auto sobre la calle, como para presumir a sus vecinos, o a quien los viera por casualidad, la clase de chavalita que se estaba tronando. Sin embargo, esta vez guardó el carro, se bajó de él y se apresuró a abrirle la puerta a su acompañante. Acto seguido, la tomó de la mano y la llevó a sentarse a la sala.

—Quiero decirte algo muy importante —anunció Mateo con voz pausada cuando tuvo a Carolina de frente.

Su tono inquietó a la joven, quien entrelazó las manos y las puso sobre sus piernas, que mantenía muy juntas.

—Mis intenciones contigo son serias, Carolina. Soy mucho más grande que tú, pero te quiero, y lo sabes. Me preocupa que la diferencia de edad no les guste a tus papás, que incluso pueden demandarme por lo que pasó entre nosotros hace unos días. Quiero hacer bien las cosas. ¿Estás de acuerdo con eso?

—Sí —respondió Carolina.

La niña vestida de mujer estaba bloqueada; no entendía lo que Mateo le estaba diciendo ni lo que le había propuesto, pero su arrojo ante lo desconocido la llevó a decir que sí.

Ahora nada podría detener a Mateo. Se cumplía lo que había planeado, y con prisa se levantó y la tomó de la mano para llevarla a la cama. Repitió el protocolo de desnudarla lentamente sin quitarle las zapatillas, y la acostó con delicadeza sobre la colcha. Ella mantenía los ojos cerrados mientras respondía a los besos y caricias. No estaba tensa, pero no quería ver a su amante desnudo, le daba vergüenza.

Mateo la hizo suya. No hubo incomodidad ni nada extraordinario. Ella se excitó del mismo modo que lo hacía cuando él la acariciaba. Al terminar, él se recostó a su lado y se quedó en silencio varios minutos, hasta que fue tiempo de regresarla a su casa porque se estaba haciendo noche.

—Mañana me voy a Guadalajara para arreglar unos negocios con mis hermanos —le informó Mateo—. Regreso como en una semana, yo te busco. Todavía no le digas a nadie lo que hicimos y hablamos.

—Está bien, yo estaré en el negocio con Lidia.

—Es muy importante que recuerdes que quiero algo serio.

—Sí, no se preocupe.

—No me hables de usted; me haces sentir más viejo, mi amor.

Una vez en su casa, Carolina cenó el chicharrón en salsa verde con frijoles de olla que había cocinado su mamá. Estuvo un rato platicando en la sala con Angélica y Sara sobre las clases de manejo que les darían Javier o Pedro.

—Que las enseñe Javier —dijo Angélica—. Ese Pedro es un cabrón. Me daba de pellizcos y me pendejeaba cada vez que me equivocaba. Javier tiene más calma y es menos grosero.

—Con Javier aprendiste a manejar el carro automático y la troca estándar de mi pa, ¿verdad? —preguntó Sara.

—Sí. Pídanle que les enseñe de las dos maneras, aunque dice mi papi que es mejor el automático porque los de palanca ya ni se usan, y así como va creciendo Juárez, gastaremos menos gasolina con un carro automático.

—Nadia, ten mucho cuidado con esas rosas. Carolina, ayúdala a cortar la flor; la niña se puede espinar o lastimar la manita con las tijeras.

Cumpliendo con la orden de su mamá, Carolina agarró de la mano a Nadia y la llevó ante el rosal.

—Córtala así. Bien, bien. ¿Viste? Ahora entrégasela a mamá Maurita para que la ponga junto a las otras rosas en el florero.

Carolina se sentó a la orilla de la cama, con la espalda y el pecho escurriendo de sudor. No tenía la menor duda: Nadia era la misma niña a la que había amamantado la otra noche. Era ella; tenían los mismos ojos, y, aunque mayorcita, seguía dándole un aire a Sara.

En vez de una semana, Mateo pasó veinte días en su tierra arreglando compromisos con sus proveedores, pero también visitando a Gabriela, su novia. Ésta era una abogada tapatía de treinta y un años, con quien Mateo tenía una relación desde hacía cuatro.

En múltiples ocasiones, Mateo le había pedido a su novia que se fuera a vivir con él a Ciudad Juárez. Aunque ella lo quería de verdad, rechazaba la propuesta porque sabía que en la frontera no podría ejercer su profesión como en Guadalajara. Trabajaba en uno de los mejores bufetes de esa ciudad y tenía la confianza de que en algún momento, no muy lejano, abriría su propia firma.

Mateo adoraba a su novia y su tierra, y en algún momento pensó que podría manejar sus tiendas en Juárez desde Guadalajara, si Gabriela estaba dispuesta a colaborar con él e incluso a viajar de vez en cuando a la ciudad fronteriza. Pero aunque Mateo deseaba formalizar su relación con Gabriela, la facilidad con la que había atrapado a Carolina lo hacía titubear respecto a sus proyectos originales para el futuro.

El comerciante entendía que la relación con aquella menor de edad podría traerle problemas graves con la ley o, peor aún, con los hermanos de la chavala y los testaferros de Lidia. No obstante, las niñas eran su delirio y perdición. Ya no recordaba con precisión a cuántas había desflorado desde su llegada a Ciudad Juárez. En la frontera era fácil satisfacer sus instintos pederastas. Con dinero se conseguían niñas de todas edades y colores. Pero Carolina era especial, hija de familia y famosa por su belleza en aquellas tierras. Él merecía romper un botón como ése, y ahora que lo había logrado tendría que encontrar la fórmula para seguir con Gabriela y continuar gozando de las mieles de la ingenua muchachita juarense que tenía a su disposición.

Carolina platicaba con una chavalita de una fonda de la avenida Juárez cuando de repente se le revolvió el estómago y fue corriendo al baño. Llevaba diez días de atraso, pero no estaba preocupada en realidad. Hacía una semana que Mateo había regresado de su viaje y se había acostado con él todos esos días.

Otro día, Lidia la invitó a comer mariscos en un restaurante de la zona del Pronaf, donde la joven pidió un coctel de camarones. Carolina no alcanzó a llegar al sanitario y vomitó a medio camino. Su cuñada en persona la regresó a casa. Doña Maurita hizo de tripas corazón y recibió a la mujer de su hijo Roberto, que del brazo llevó a Carolina hasta la sala. La muchacha no tenía color en el rostro.

—Señora, fuimos a comer mariscos y creo que agarró una infección, no deja de vomitar.

—Gracias, aquí me hago cargo de ella.

Carolina se metió a su recámara y dejó la puerta abierta por si necesitaba salir corriendo en friega al baño.

La experiencia de Maurita en asuntos de mujeres la hizo sospechar, así que tomó su bolso y llamó a un radiotaxi para irse inmediatamente al centro a averiguar. Una vez ahí, le fue muy fácil conseguir información respecto a su hija. Conocía a varios dueños de negocios cerca de la catedral, quienes le contaron que su hija se veía con un tipo muchísimo mayor que ella. La rabia que sintió Maura no era contra Carolina, sino contra Lidia. Un presentimiento que la agobiaba hacía días coincidió con el último sueño que tuvo y cuya protagonista era su hija menor.

—Carolina —gritó Maura en cuanto entró a la casa, tirando su bolsa sobre la mesa del comedor.

—Estoy acá en la sala, mami —la niña estaba en el sofá, en posición fetal. Se había puesto una camiseta larga de uno de sus hermanos. Se sentía muy mal, aunque el vómito ya no era tan frecuente.

—Ya sé que un viejo desgraciado se te anda acercando. No me lo niegues; acabo de hablar con esa cabrona de Lidia y me lo confesó. Donde yo me entere que estás saliendo con él, lo voy a meter al bote, porque eres menor de edad.

En silencio, Carolina escuchó las advertencias y los reclamos. Ya no le importaba porque se sentía segura en su relación con Mateo; lo que la afligía en ese momento era su estómago.

Los malestares de Carolina no pararon. Pasó cuatro días sin poder salir de la casa, así que doña Maurita se la llevó al médico. Luego de unos veinte minutos de auscultación, el doctor Miguel Rosales, que tenía su consultorio en la Torre Médica, emitió el diagnóstico: Carolina tenía una fuerte infección estomacal. Le recetó antibióticos y la mandó a hacerse unos análisis a un laboratorio que se encontraba en el primer piso del Hotel Continental. Con la medicina y el té que le dio su madre, la joven se levantó con mejor semblante al día siguiente, se bañó e informó a sus padres que regresaría a trabajar y que de allá se iría sola a hacerse los estudios.

Carolina se alejó caminando unas cuadras de su casa y, desde un punto donde ya no la podía ver su mamá, tomo un taxi. Se fue directa a la casa de Mateo; algo le decía que él era el indicado para acompañarla al laboratorio.

A los tres días, Carolina y Mateo fueron a recoger el resultado de los análisis, y con ellos en la mano se dirigieron a la Torre Médica.

—Efectivamente, su sobrina tiene una infección estomacal —sentenció el doctor Rosales dirigiéndose al "tío" Mateo, quien había acompañado a la niña porque su mamá no había podido hacerlo. Y añadió—: Lo que me preocupa es que la bacteria que trae en el estómago pueda afectarla por el "estado" en el que se encuentra, y poner en riesgo el "producto".

Carolina no entendía a qué se refería el doctor con eso del "estado" y el "producto". Mateo, por su parte, se puso nervioso.

—¿Qué tan grave es, doctor?

—Debe tener mucho cuidado porque no le puedo recetar medicamento fuerte; podría dañar al "producto".

—¿Qué es exactamente lo que tiene mi sobrina?

—Su sobrina está embarazada, tiene más de un mes. Le vamos a dar un tratamiento adecuado.

Aún sin comprender, Carolina se asustó. ¡Estaba embarazada, puta madre! Caminó como autómata por el pasillo de la Torre Médica que llevaba a la salida. Mateo la abrazó. Sabía que estaba en un atolladero. Su vida pendía de un hilo.

Compraron el medicamento que había recetado el doctor Rosales y se fueron a casa de Mateo. Había que tomar una decisión. Lidia ya le había informado al comerciante que doña Maurita estaba enterada de que andaba con Carolina. La señora había ido directamente a la boutique para interrogarla y Lidia no pudo mentirle porque habría sido peor. La madre de su viejo no se andaba con rodeos.

Apenas entraron a la casa, Mateo volvió a abrazar a Carolina, la recostó en la cama y la cubrió con una cobija.

—A tu mamá no le va a gustar mucho esto, pero quiero que sepas que estoy dispuesto a vivir contigo. Tú me quieres; por eso, si tus papás o toda tu familia se enojan, no dejarás que me metan a la cárcel o que me hagan algo.

Carolina esbozó una leve sonrisa y asintió ligeramente con la cabeza.

—Tu mami puede ir a poner una denuncia y decir que yo te obligué, pero tú sabes que no fue así. Si eso pasa, ¿dirías la verdad?

—Sí.

—¿Que tú quisiste?

—Sí.

—Muy bien. Por ahora te vas a tu casa, pero regresarás a vivir aquí conmigo. Quiero hablar con tu mamá.

—No, eso sí que no. Tengo cuatro hermanos y ya me habían advertido que no me fuera a meter con nadie. Además, mi papá no dejará que vivamos juntos. Me voy a salir de mi casa.

—¿No quieres que hable con tus papás?

—No, no, no quiero.

Por la tarde, Carolina llegó a casa de sus padres, dispuesta a desafiar al mundo entero.

—Oye, ¿qué traes? Te noto rara, ¿eh? —dijo doña Maurita mientras cortaba unas zanahorias para una ensalada.

Carolina se sentía muy fregona; había tomado una decisión y no permitiría que le echaran a perder el plan con Mateo. Ignoró a su madre, se metió a su cuarto, puso el seguro de la puerta y empezó a empacar sus cosas. No se llevaría toda la ropa porque no cabía en una maleta. Lo que dejara se lo heredaría a las cabronas de Angélica y Sara, quienes podrían regalar lo que no les quedara, al fin que si algo sobra en Juárez es gente pobre en busca de ropa usada, mayormente si es gratis.

Descartó la posibilidad de que en su casa hubiera pleito por lo que estaba a punto de hacer. En la frontera era normal que las mujeres se casaran bien chavalitas con batos de su edad o con viejos que las empanzonaban, como decía Sandra la Morena.

Javier, Pedro y Luis no estaban; don Beto se encontraba en la sala, leyendo; Angélica seguramente andaba en la calle con

157

sus amigas, y Sara, quien se había tomado en serio eso de querer ser doctora, estaría encerrada, estudiando. Era el momento adecuado para actuar.

—Ma, ya me voy.

—¿A dónde?

—Me voy. Me voy a casar.

—¡Ay, Carolina! ¿Qué hiciste? Estás embarazada, ¿verdad?

—No, no.

—Sí, sí, ese viejo desgraciado, infeliz… ¡Lo voy a meter a la cárcel!

Don Beto aventó el periódico y fue a la cocina.

Perfectamente bien aconsejada por Mateo respecto de lo que debía decir a sus padres, Carolina enfrentó sin temor a doña Maurita.

—No, no vaya a hacer eso porque me voy a ir a vivir con él.

—¿Con quién? ¿Con quién se va a ir a vivir mi hija, Maura?

—Con un pinche viejo desgraciado que abusó de ella. Te dije que no la dejáramos ir con esa Lidia, echó a perder a esta niña.

—Si usted hace algo, yo voy a decir que no es cierto, que él no me hizo nada de lo que diga usted.

—¡Carolina, es la peor tontería que puedes cometer! Ese viejo ya está bien vivido. ¡Tonta!, te va a hacer lo que les ha hecho a otras muchachitas, ya me contaron lo jijo de la shingada que es.

—Maura, deja de llorar, que yo voy a arreglar todo. ¿Dónde vive ese hombre? Voy por mis hijos. Dame la dirección, mujer.

—Papi, no vaya a hacer nada, porque me voy a ir con él —al decir esto, Carolina tomó la maleta y dejó a sus padres con un palmo de narices. Paró un taxi y se fue de la casa.

Mateo, que estaba esperándola, la abrazó al verla entrar.

—¿Qué te dijo tu mamá?

—Que lo iba a denunciar y que le van a hacer de todo.

—Deja de hablarme de usted. ¿Tú qué le dijiste? —el miedo delataba a Mateo; se le echarían encima los Campos Robles.

—Mi papi dijo que iban a venir por ti, pero le pedí que no te hicieran nada porque nos vamos a casar.

—Acomoda tus cosas, ponlas donde quieras.

Los cuatro hermanos Campos Robles nunca fueron por Mateo. Éste se encerró dos semanas a cal y canto con su niña, quien dejó de ir a la boutique, y él tampoco se presentó en sus negocios. Sin embargo, no hubo más relaciones sexuales, pues ella no se lo permitió: estaba embarazada y enferma.

Maurita Robles Hinojosa pensaba que era la peor madre del universo. Don Beto intentaba consolarla. Fue dolorosa la plática con sus hijos, Lidia incluida. Los convenció de que no le hicieran nada a Mateo, quien por lo menos era solterón y estaba económicamente bien.

—¡Es la ley de esta pinche frontera! —gritó con rabia Roberto—. Con el perdón de usted, mamá, pero en Juárez la chavala que no estudia, o sale puta, o se hace amante de un viejo o de un narco, o desaparece; no hay de otra.

Lidia permaneció en silencio; se sentía culpable de lo que había pasado. Su viejo acababa de describir a la perfección la ley de la vida de las juarenses, o por lo menos de todas las que Lidia conocía.

Nadie en aquella casa a las faldas del Cerro del Indio movería un dedo en contra del viejo que se había llevado a Carolina. No estaban seguros de que se casaría con ella. Total, si un día la dejaba con la criatura, no habría de otra más que recibirla.

Así lo marcaba la regla no escrita en la vida de tantas familias de Juárez y de todo México, para ser precisos. Es eso que algunos todavía llaman "problema cultural".

A las pocas semanas de vivir con Mateo, éste la llevó a uno de sus negocios, el que estaba a sólo unos metros de la boutique de Lidia. Sin dudarlo, en cuanto Mateo se puso a revisar cuentas y papeles, la joven corrió a ver a su cuñada; ella la entendería, así como Carolina entendía y callaba lo que hacía la vieja de su hermano mayor.

—M'hija, pero qué toonnnta. Tan bonita que está usted, y con ese viejo. ¡Qué tonta! Tanto chavalito guapo que anda tras de usted... Pero, bueno; ya está metida hasta el cogote.

Ahí estaba la aliada de Carolina. La muchacha había sido la tapadera de todas las cosas que su cuñada hacía; era momento de que Lidia la cubriera a ella. Por su cuñada se enteraría de todo lo que ocurría en casa de sus papás y haría que éstos estuvieran tranquilos respecto a su relación con Mateo. Ya tenía su propio viejo y era dueña y señora de una casa.

Como la bacteria en el estómago seguía molestando a Carolina, Mateo la llevó con un ginecólogo amigo suyo, quien les advirtió que debían tener mucho cuidado durante todo el embarazo porque ella no podía tomar antibióticos.

—Tampoco vas a poder tener relaciones sexuales. Su embarazo es de alto riesgo —le dijo el médico a su amigo, sin que Carolina lo oyera.

Por las noches, Mateo se acostaba del lado derecho de la cama y, aunque la deseaba, se limitaba a abrazar y besar a su mujer. Embarazada, esa niña era mucho más apetecible, la protuberancia en su estómago la hacía ver más sexi. Era tan inocente e ingenua. Por eso, más a la fuerza que por voluntad de ella, el comerciante la enseñó a masturbarlo. Lo hacían siempre que él estaba en casa, porque continuaron los viajes, y con mayor frecuencia, a Guadalajara. La relación de Mateo con Gabriela se intensificó. Aunque él no dejaba de pensar en Carolina, le encabronaba no poder tener relaciones con esa preciosura que ahora era completamente suya.

Cuando Mateo salía, le dejaba a Carolina dinero suficiente para comprar comida preparada, pero ella, como señora de la casa, intentaba cocinar, algo que no se le dio muy bien en esos años.

Para distraerse de su encierro, la joven veía la televisión, pero se aburría a las pocas horas. Era una "pata de perro"; la vida en la Juárez la había acostumbrado a la calle, y se juró a sí misma que una panza no la detendría. Así fue como, a los seis meses de embarazo y un día que Mateo se encontraba en Guadalajara "de negocios", tomó un taxi y fue a casa de sus padres. Llevaba tiempo llorando y extrañando a su mami.

Días antes, Angélica la había sorprendido al tocar la puerta de la casa que compartía con Mateo. Lidia le había dado la dirección.

—Carolina, mi mami pregunta mucho por ti, quiere saber cómo estás. Te quiere ver, está preocupada. Ve a visitarla, ya todos en la casa están conformes. Bueno, menos mi papi; a él no lo busques.

—Gracias por decírmelo, Angélica. Iré a buscar a mi mami cuando esté sola en la casa. Tú no dejes de venir a verme, y trae a Sara. Mateo quiere que me visiten, no se enoja.

El taxista se apresuró a abrirle la puerta. Desde que aquella chavalita tan guapa le hizo la parada, lo inquietó el hecho de que ya estuviera panzona. "Chingada madre, así es la vida en esta pinche frontera, y es más cabrona todavía para las mujeres. Qué bueno que mi vieja me dio puros hombres", pensó aquel hombre originario del estado de Hidalgo. Como muchos migrantes, un día llegó a Juárez pensando en dirigirse a Estados Unidos y, cuando menos se dio cuenta, ya había echado raíces en ese pueblote. Tenía esposa y cinco hijos, "todos hombres, gracias a Dios".

—Con cuidado, "señorita".

—¿Cuánto le debo?

—Son treinta y cinco pesos.

—Tenga, quédese con los quince del cambio.

A Carolina la panza le estorbaba para caminar. Tocó el timbre y su mami salió corriendo a abrirle; la había visto desde la cocina, cuando el taxista la ayudaba a bajarse del carro.

—¿Cómo estás? —preguntó Maurita, abrazando con ternura a su hija, y luego la agarró del brazo para cruzar juntas el patio.

—Bien, mami.

Madre e hija se pasaron minutos intensos hablando de todo lo que había ocurrido en esa casa durante la ausencia de quien fuera la reina. Una hora y media después, y tras darle caldo de pollo con arroz —porque, gracias a Angélica, la señora estaba enterada de que Carolina tenía un embarazo de alto riesgo—, Maura se despidió de su hija, a quien le pidió que la mantuviera informada de todo y le rogó que fuera seguido a visitarla durante el día, "cuando no estén Beto ni tus hermanos".

La mujer de Mateo regresó a su casa. Cuando el comerciante volvió de Guadalajara, le contó que había ido a visitar a su madre. Le aseguró que estaba conforme con su relación y le sugirió que la próxima vez la acompañara, porque cada vez le costaba más trabajo subirse y bajarse del taxi. Mateo aceptó, aunque sabía que en la casa de los Campos Robles nunca sería bien recibido.

Cumpliendo con el pedido de la niña que por las noches lo ayudaba a relajarse "haciéndole una chaquetita" —como él decía—, Mateo la llevó al Cerro del Indio. La ayudó a bajar de su Mustang, pero se volvió a meter al carro. La esperaría ahí afuera.

No fue necesario tocar el timbre; con Angélica, su mami le había hecho llegar a Carolina una copia de las llaves de todas las cerraduras de la casa, incluida la del ropero. Pese a Mateo, la joven seguía siendo la reina de aquel hogar. Cuando salió a recibir a su hija, Maurita no ocultó el encabronamiento que la invadió al mirar ese carro estacionado frente a su puerta. Era él, el viejo maldito que se había robado a su niña.

—¡Infeliz, desgraciado! Que ni se atreva a entrar porque lo voy a agarrar a cachetadas y le voy a arrancar las greñas.

Ignorando los insultos, Carolina le preguntó a su madre si su papá y sus hermanos hablaban de ella. "No", fue la respuesta que recibió, y eso la puso triste.

Le faltaban unos cuantos días para "aliviarse". Esa noche, Mateo se metió a la cama y le avisó que tendría que hacer un viaje de negocios obligatorio a Guadalajara. Le recomendó que le pidiera a Angélica que se quedara con ella durante su ausencia, por si algo se necesitaba. Carolina se sintió emocionada; lo que le propuso Mateo lo interpretó como un acto de amor. Esa vez no le hizo la chaquetita acostumbrada; le tomó el pene y se lo colocó en la vagina. Sólo le recomendó que se lo hiciera despacito. Le dolió mucho, pero se aguantó; ese Mateo se había ganado a pulso el sacrificio.

Angélica tuvo otra idea. Como no sabían en qué momento "le tocaría" parir a su hermana, propuso tener lista una maleta por si tenían que salir "hechas la mocha" al hospital. Mateo había comprado todo lo que podría necesitar la niña el día que se aliviara.

A las tres de la mañana del día siguiente, Carolina comenzó a padecer las primeras contracciones y se le rompió la fuente. Gritaba tanto que su hermana tuvo la certera ocurrencia de llamar por teléfono a su mamá.

Los Campos Robles llegaron en menos de veinte minutos; iban todos. Don Beto y Maurita llegaron en la troca roja; Javier, Pedro, Luis y Sara, en el carro del primero. Roberto y Lidia los alcanzarían en el hospital. En caravana seguirían el carro de Angélica, al que subieron a la niña parturienta que pegaba unos gritos que de seguro se oían por todo Ciudad Juárez. Javier manejó el carro de Angélica y arrancaron hacia el hospital para acompañar a la chavala en su odisea.

—Pendeja —le dijo Javier apenas se quedó solo con ella—. ¿Para qué gritas? Hubieras gritado cuando te la metió, pendeja.

A Carolina no le importó lo que le dijo su hermano; sólo quería sacarse eso que tenía en la panza porque la estaba matando del dolor.

Cinco horas duró el martirio. La propia Maurita puso sobre su regazo a la bebé, una niña que nació con mucho pelo, negro, negro, no como el de su progenitora. Sonrientes todos, los hermanos y hermanas de Carolina entraron al cuarto del sanatorio para conocer a su sobrina.

Don Beto se sentó en la única silla que había. No dijo nada ni le habló a su princesa, pero se le notaba contento.

—¡Ahhh, Carolina! Si serás pendeja —gritó a modo de saludo Roberto, de la mano de Lidia.

No pudieron evitar la risa; el tono que usó el hijo mayor de los Campos Robles fue como una cosquilla hasta para la recién parida, que se sentía feliz con aquel pedacito, carne de su carne.

Por la tarde del día del parto dieron de alta a Carolina; el médico que la atendió le dijo que ya podía estar tranquila, que lo de la bacteria en el estómago había dejado de ser un peligro y que en cuestión de días estaría como nueva.

Cuando Mateo entró a su casa, se quedó inmóvil. A Carolina —quien se encontraba sentada en la sala, con Angélica— le escurría leche del pezón que tenía libre y al descubierto; del otro estaba prendido un bebé.

—Es niña, Mateo —anunció la joven madre.

—¡Híjole! Se te escurre la leche, la vas a hacer gorda luego luego.

Hasta Angélica, que mantenía ciertas reservas sobre aquel hombre mayor, soltó la carcajada.

—Angélica, muchas gracias por todo lo que has hecho por Carolina y ahora por mi hija. Ya no te preocupes, de ahora en adelante yo me hago cargo de estas dos muñecas.

La mayor de las hermanas Campos Robles se fue sin dejar de pensar que, cuando llegó, aquel hombre no pidió abrazar a la bebé, y ni siquiera trató de darle un beso a la mamá. Sin embargo, Mateo llenó la casa de ropa para la bebé y para su mujer. La niña, a quien le pusieron Nadia —la elección del nombre la hizo Angélica—, fue su adoración durante dos meses.

Desde el nacimiento de Nadia, Carolina no había regresado a la casa de sus padres. Una tarde le pidió a Mateo que la llevara y éste accedió. Él se iba a quedar en el Mustang, pero Carolina le pidió que entrara con ella a la casa.

Todos se volcaron sobre la niña; los tres hermanos que estaban en casa, Angélica, Sara, Maurita y don Beto se turnaban para abrazarla. Mateo pasó olímpicamente inadvertido; nadie se aventuró a saludarlo de mano ni a decirle buenas tardes por lo menos. Se sentó en el sofá de la sala y de ahí no se movió hasta que más noche regresaron a su casa.

Cuando Nadia cumplió cuatro meses de nacida, Carolina aceptó tener relaciones sexuales con Mateo en una sola ocasión. La obsesión de la señora de la casa era la bebé, su viejo había pasado a segundo término.

Por entonces hubo necesidad de que Mateo hiciera otro viaje de negocios a Guadalajara, y se fue por una semana completa.

—Gaby, mi amor, creo que me tendrás que esperar unos meses más para que podamos casarnos. Me salieron imprevistos con unos proveedores que debo resolver y eso afectará el plan.

—¿Qué? No, Mateo, a mí no me sales con ésa. Ya habíamos quedado en algo muy formal. Hasta avisé en mi trabajo que dejaría el empleo. ¿Qué voy a decir ahora? ¿Sabes qué? ¡Vete al diablo!

Gabriela aventó el tenedor que tenía en la mano y sus gritos provocaron que todos los comensales de ese restaurante de lujo de Guadalajara voltearan hacia ellos. Mateo sacó dos billetes de quinientos pesos, los dejó sobre la mesa y se fue tras de Gaby. La vio subirse al taxi; le resultaba imposible alcanzarla al instante porque antes tenía que ir por el carro rentado que había dejado en el estacionamiento del restaurante.

Más tarde, optó por dejar de tocar el timbre de la casa de su novia; era inútil, ella no le abriría la puerta. Se molestó al recordar que en el carro tenía un regalo que le había comprado a su amor en una tienda Victoria's Secret de El Paso, para cuando hiciera ese viaje a Guadalajara: una bata roja transparente que hacía juego con una tanga del mismo color.

Ni al día siguiente, ni al otro, Gabriela le contestó el teléfono de su casa ni del trabajo, y mucho menos le abrió la puerta.

Cuando subió al avión para regresar a Juárez, Mateo tenía ganas de desquitarse con alguien; lo que le había hecho su novia lo tenía desesperado. Por otro lado, no sabía qué hacer con Carolina y con la niña; ya se le había pasado la calentura con aquella chavala que estaba buena y bonita, sí, pero ahora tenía una hija y no se dejaba coger ni aceptaba sus propuestas sexuales.

A Carolina le molestó que Mateo no la hubiera llevado al registro civil para registrar a Nadia el día que se lo propuso. Se negó con la excusa de que el aire podría hacerle mal a la bebé. Sin embargo, Angélica le contó a la joven que Mateo había ido a ver a sus papás para que fueran ellos quienes registraran a la niña; él no podía hacerlo porque estaba muy ocupado.

—Pura shingada, Carolina. Mi papi nos dijo que lo que quería ese jijo de la shingada era que no lo metieran al bote. Porque como no están casados y no te dice para cuándo se va a casar contigo, en el registro civil lo van a agarrar porque tú eres menor de edad —aseguró Angélica.

En consecuencia, Carolina decidió castigar a Mateo. Lo rechazaba cada vez que quería tener sexo y se negaba también a hacerle la chaquetita, cosa que Mateo le exigió antes de irse otra vez de viaje de negocios a Guadalajara.

Mateo comenzó a llegar a casa cada vez más noche y siempre estaba de malas. Se levantaba muy temprano y se iba a la Juárez sin siquiera preguntar por Nadia, a quien Carolina le urgía registrar.

Una noche, con la niña en la cuna que estaba a los pies de su cama, Carolina se encontraba profundamente dormida. Estaba agotada. Tenía demasiada leche en las chichis y Nadia había llorado mucho esa tarde; el cólico tardó muchísimo en desaparecer. La joven despertó al sentir el aire en el cuerpo cuando le quitaron las sábanas. De pie a su lado, Mateo estaba completamente desnudo y con la verga erguida.

—Déjame dormir. ¿Vienes borracho o qué?

—Sabes que no tomo.

Carolina se volteó boca abajo; tenía puesto el pantalón de la pijama y una camiseta de algodón. La noche anterior él le había pedido que se metiera su verga en la boca, pero a ella le dio asco y lo rechazó. Esta vez la giró con brusquedad y se tiró sobre la cama, a su lado. Metió la mano debajo de la camiseta y le apretó los senos. A Carolina le dolían una enormidad por tanta leche que tenía, pero no se quejó; le dio miedo la actitud de su viejo.

Los apretones en las chichis eran cada vez más fuertes. Carolina gritó, pero él ni caso le hizo. Su camiseta estaba empapada de la leche que le brotaba de los pezones por los estrujones que Mateo le daba. La joven estaba indefensa y se sintió completamente inmovilizada por aquel hombre atlético que iba por lo menos tres veces por semana al gimnasio a levantar pesas. De espaldas contra él y sujetada por las manos, no pudo evitar que Mateo le bajara el pantalón del pijama con todo y calzón. Pegó un grito que se ahogó en la almohada, que no la dejaba respirar muy bien. El dolor fue intenso, sintió que la desgarraban toda. Mateo no dejó de moverse hasta que se vino dentro de ella; no le importó el llanto de aquella niña ni el de la bebé, que despertó por los gritos de su madre.

Mateo le soltó las manos y se recostó junto a Carolina, que no dejaba de llorar por el dolor y el ardor que la quemaban.

—De hoy en adelante, así va a ser —le dijo al oído.

Más tarde, Mateo roncaba. Carolina, quien no podía dormir por el dolor, descubrió el charco de sangre sobre la cama. Se levantó y fue al baño. Se limpió con papel higiénico, pero la sangre no dejaba de escurrirle por el ano. Se colocó dos toallas femeninas para intentar contener la hemorragia, se puso un pantalón de mezclilla y una de sus chamarras, envolvió con dos cobijitas a Nadia y, sin zapatos para no hacer ruido, abrió la puerta y salió a la calle. Esperó un par de minutos para cerciorarse de que no la siguiera ese canalla que la había violado. Detuvo un taxi. Al chofer le dio la dirección de la casa de sus papás y le dijo que al llegar le pagaría porque no llevaba un solo centavo encima. El taxista ni chistó; al ver que la niña con su bebé en brazos no dejaba de llorar, su instinto le indicó que era una emergencia. "No le cobraré por el viaje", se dijo.

Don Beto y doña Maurita salieron al patio, espantados por los gritos de su hija y por el ruido del timbre que los puso en estado de alerta. Todos en la casa se levantaron. Don Beto tomó bruscamente a la bebé de los brazos del taxista. Carolina estaba descalza, lloraba y caminaba con dificultad. Doña Maurita iba a gritarle a Javier, pero no fue necesario: éste ya llevaba en peso a su hermana, a quien un hilillo de sangre le escurría por un tobillo.

La inocencia y la frescura de la vida de una niña de quince años se perdió esa noche por los bajos instintos de un pederasta. Carolina nunca volvió a ser la misma. De tajo le arrebataron las oportunidades y la alegría de la juventud para transformarla en una mujer desconfiada, alguien que siempre permanecería a la defensiva. Los sueños y las ilusiones que brinda la vida en la adolescencia se los tragó de un bocado la ley de la frontera.

ONCE

A la entrada del hospital, don Beto y sus cuatro hijos firmaron la sentencia de muerte de Mateo. Lo buscarían en su casa y en sus negocios, lo desaparecerían. No había vuelta de hoja.

Sin embargo, ni en su casa ni en las tiendas del centro lo localizaron. Mientras a doña Maurita el doctor le confiaba que el desgarre que había sufrido Carolina requería mucho cuidado y tiempo para aliviarse, Mateo abordaba un avión con destino a la Ciudad de México. El pederasta era consciente de que pagaría su crimen con la vida si los hermanos o el padre de su niña lograban echarle el guante. Puesto que no les sería difícil ubicarlo en Guadalajara, la capital del país le pareció la mejor opción para desaparecer.

Una semana entera los hermanos Campos Robles y el patriarca de la familia buscaron al comerciante por todo Juárez. En Guadalajara, un par de "amigos" que tenían por allá peinaron la ciudad y visitaron a los parientes del fugitivo, pero nadie sabía su paradero. Pedro, Javier y Luis le dieron una paliza a uno de los hermanos de Mateo, pero después de romperle un brazo se dieron cuenta de que desconocía la ubicación del violador.

Los seis días que Carolina estuvo internada en la sala de cuidados intensivos, doña Maurita no se despegó un instante de ella. Cerca de la cama del hospital, sobre dos sillas, instalaron el moisés donde yacía Nadia. La bebé tenía que comer y, aunque adolorida y con la manguera del suero conectada al brazo derecho, Carolina debía atender a su hija. Maurita se hizo a la idea de que Nadia sería como otra hija para ella. Carolina no sabría cuidar a la bebé, y su madre temía que las secuelas del trauma que había vivido con ese "jijo de la shingada" la afectaran psicológicamente para el resto de su vida.

Lidia no salía de la impresión que le causó la noticia de lo ocurrido. Quería ir a visitar a su cuñada al hospital, pero se sentía responsable.

—Te encargué a la chavala y mira lo que pasó. Ni se te ocurra ir al hospital porque mi mamá no te quiere ver ni en pintura.

—Roberto, te juro que siempre estuve al pendiente.

—Lidia, no digas pendejadas. La empanzonaron, ya tuvo una hija y ahora la violaron, ¿cómo puedes decir que la cuidaste, cabrona?

Lidia sabía que su suegra la odiaba aún más. Roberto también estaba enojado con ella, más porque se les había pelado Mateo.

Con sus contactos y su gente en el centro, Lidia hizo sus propias averiguaciones e incluso les pagó a unos batos para que a güevo les sacaran información a dos de los hermanos de Mateo, pero todo fue en vano. Al comerciante se lo había tragado la tierra, y mejor para él, porque si se hubiera quedado en Juárez o escondido en Guadalajara, seguro su cadáver ya estaría enterrado o despedazado en un terreno baldío.

A las dos semanas del incidente, Carolina pudo caminar y se la pasaba todo el día entre la sala y su habitación en la casa de los Campos Robles, cargando en brazos a Nadia. No quería saber nada de Mateo; se imaginaba que su papi y sus hermanos le habían dado su merecido. Tampoco estaba interesada en conocer detalles. No fue sino hasta tiempo después cuando supo que Mateo había desaparecido.

La única responsabilidad de Carolina respecto a su hija era amamantarla; doña Maurita le cambiaba el pañal, la bañaba y la vestía. Cuando Sara llegaba de la escuela y luego Angélica de quién sabe dónde, se peleaban por cargar y arrullar a la bebé, lo mismo que Luis, Pedro y Javier. En medio de la tragedia, Nadia llevó la alegría a esa casa.

Por las noches, en la intimidad de su habitación, don Beto y su mujer barajaban planes para el futuro de Carolina y Nadia. Su hija y su nieta se quedarían en casa, ya que la posibilidad de que Carolina regresara a la escuela había quedado descartada por la dislexia. Ya en edad para ser abuelos, don Beto y Maura se resignaban a volver a criar a una chiquilla. No tenían alternativa. Dejarían pasar unos meses y, cuando Carolina estuviera mejor, física y mentalmente, le pondrían algún negocio.

En cuanto a Carolina, fierecilla de la calle, el encierro endureció su carácter. No soportaba que de vez en cuando sus hermanos la sometieran a interrogatorios para intentar localizar a Mateo. Ella no sabía nada de su vida. Los meses que vivió con él, ese cabrón prácticamente se los pasó viajando a Guadalajara o entrando y saliendo de casa. La joven cayó en la cuenta de que el embarazo y su negativa a tener relaciones sexuales lo alejaron de ella. No sentía nada por él, ni rencor ni odio, menos amor. Lo borraría de su vida y, "tan, tan", que el tiempo siguiera su curso.

Roberto, que desde el nacimiento de Nadia visitaba con mayor frecuencia la casa de sus padres, le pasó a Carolina los saludos que le mandaba Lidia. Su cuñada deseaba abrazarla y ver a la bebé, pero le pedía que entendiera que la responsabilizaban de lo ocurrido.

La joven añoraba regresar al centro; estaba segura de que, detrás del mostrador de La Boutique de la Diosa, la catarsis llegaría de manera natural. Ella ya se sentía bien y Nadia estaba al cuidado de doña Maurita, excepto cuando había que darle de mamar. Los pechos de la joven eran manantiales inagotables de leche, y eso hacía que se le vieran mejor.

—Te hizo bien la maternidad; no perdiste la cintura y las caderas se te hicieron un poco más anchas. Qué suerte tienes, Carolina —en tono de reclamo le comentó Sara a su hermana un día que la vio desnuda después de bañarse.

Además, el vientre de la joven seguía siendo plano. No había duda, estaba mejor que nunca y la carcomían las ganas de irse al centro en minifalda y con zapatillas a varios antros. Un domingo no resistió más y, después de darle de mamar a Nadia, a quien Maurita se llevó a la sala en el moisés, se duchó, se puso la minifalda que más le gustaba y que ahora le quedaba más ajustada a las caderas —detalle que le agradó—, se calzó unas zapatillas negras, se puso una blusa blanca sin mangas, se recogió el pelo en una cola de caballo, se perfumó, tomó su bolso y le anunció a su madre que iba a salir.

—¿A dónde crees que vas, Carolina?

—Voy a buscar qué hacer porque no me voy a pasar toda la vida aquí encerrada, ¿verdad?

—¿Es que tú no entiendes, por el amor de Dios? Todo lo que te pasó por irte con esas viejas locas del centro y vas otra vez al argüende.

—Mamá, no me crea tan pendeja. Ahora los hombres van a tener que cuidarse de mí, no yo de ellos.

Fueron inútiles las plegarias de doña Maurita para retener a Carolina.

Al taxista que la llevó al centro, la joven le pidió que la dejara a tres cuadras del negocio de Lidia. El encierro en su casa contrastaba con lo que sintió apenas se paró en una de las aceras de la avenida Juárez. Hasta el fatigoso calor de aquella ciudad fronteriza lo recibió como una bocanada de oxígeno puro y refrescante.

Cuando caminaba hacia la boutique, Carolina descubrió que las miradas de los hombres estaban sobre ella. Al pasar en sus autos, varios batos le lanzaron piropos de toda clase, elegantes y obscenos. El garbo con el que la muchacha caminaba por la banqueta dejó atónita a su cuñada. Sandrita, que se encontraba con Lidia en el local, sentada en el banco que solía ocupar el cuero que se acercaba paso a paso, la vio venir y también se quedó pasmada.

—¡Qué barbaridad, Lidia! Salga para que vea la preciosidad de chavala que viene a visitarla —gritó.

—Niña, qué gusto verte. Pensé que ya no te iban a dejar venir al centro. Todos en el barrio preguntan por ti y por tu chiquita.

—Lidia lloró muchas veces por lo que te ocurrió; yo también —dijo Sandra—. Aquí todos saben qué hacer cuando se aparezca ese jijo de la shingada. Te pusiste más buenota, Carolina; estás requeteguapa.

—Lidia, Sandrita, a mí me da más gusto regresar al centro. Ya no soportaba estar encerrada como canario en jaula.

—Aquí siempre vas a tener tu lugar. Vamos a cuidar de ti, no tendrás que preocuparte. Un error lo comete cualquiera; dos errores seguidos, solamente los pendejos. Primero tendrán que pasar sobre mí, antes que alguien se atreva a tocarte.

—Créame, Lidia, que aprendí mi lección.

El cambio era notorio: la maternidad no sólo había moldeado el cuerpo de Carolina, que ya era el de una mujer y no el de una adolescente precoz; también le generó un carácter diferente, fuerte, de cabrona.

—Eso, mi Carolina, ahora sí que hablaste como una del centro. Se me hace, Lidia, que ya se voltearon los papeles; los batos van a tener que andarse con cuidado —afirmó la Morena.

Las dos chicas que revisaban modelos de ropa en la boutique sintieron envidia de esa chavala a la que la dueña del negocio no dejaba de abrazar desde que entró. Era un forro, y hasta ellas tuvieron pensamientos lascivos al verla vestida con esa minifalda, la blusa sin mangas y zapatillas de tacón alto que destacaban sus pantorrillas perfectas.

—Muchachas, les pido por favor que, si van a comprar algo, me lo digan ahorita porque voy a cerrar. Llegó m'hija, a quien no veía desde hace tiempo, y nos vamos a celebrar —ordenó Lidia a sus clientas, que malhumoradas salieron de inmediato.

Sentadas frente a la barra de El Chapulín Colorado, Lidia pidió dos cervezas y una piña colada sin alcohol. Varias amigas de la dueña de la boutique se acercaron para saludar y abrazar a Carolina. La escena en aquel bar del centro de Juárez era digna del retablo bíblico del hijo pródigo.

Ahí mismo sobre la barra comieron Carolina, Lidia y Sandra. Después de varias cervezas y un tequilita "pa'l despance", la Morena anunció que tenía que dejarlas: debía preparar su puesto de hamburguesas, pues atardecía y era el momento de las ventas.

Tres horas en El Chapulín Colorado pasaron de volada. Lidia estaba medio entonada por las cervezas y el tequila.

Carolina se había tomado cuatro piñas coladas cuando sintió comezón en los pechos, y por eso se acordó de que se le había pasado la hora de darle de mamar a Nadia. Le comunicó a su cuñada la urgencia de regresar a casa. Lidia pidió al cantinero que le pasara el teléfono y llamó a Roberto para que las recogiera y llevara a Carolina a su casa.

—Pinshi cabrona. Mi mamá te va a meter una friega, Carolina. ¿Cómo que se te olvidó que tenías que darle de comer a la mocosita?

—Se me pasó, Roberto, se me pasó.

—Mi jefa te va a poner como trapeador. A ti, Lidia, te voy a dejar en la tienda de la esquina, porque si te ve mi mami no te la vas a acabar. Ya la conoces; te va a echar la culpa de que a esta chavala se le olvidara que ya es madre. Aunque mi ma tendrá la razón: tú la llevaste a El Chapulín, como si ésta no tuviera obligaciones.

—No me voy a escapar. Cuando tu madre vea que la llevas en mi carro y no en tu moto, no tendré salvación. No, ¿sabes qué?, no me voy a bajar en la esquina; la llevamos a su casa y tú eres el que no se va a bajar, nos arrancamos luego luego de regreso a nuestra casa.

—Quiero saludar a Nadia; no me tardaré, Lidia.

—Si quieres entrar a la casa de tus papás, tendrás que hacerlo otro día. Yo también quiero ver a Nadia, pero me aguanto.

—Vamos a entrar los tres. Ya es tiempo de que mi mami deje de culpar a Lidia de mis errores —señaló Carolina.

—A ver, a ver, pendejitas. Lidia, tú estabas pistiando y vienes toda chispeada, y tú, Carolina, hablas como si no conocieras a mi mamá. Si entramos todos, nos va a salir el tiro por la culata.

176

—Vamos a entrar los tres; es tiempo de que en la casa entiendan las cosas como tiene que ser. Si no estás de acuerdo, quédate en el carro. Lidia entra conmigo a la casa.

Carolina no se esperó a oír los reclamos; dejó a su madre con la palabra en la boca.

—Mami, Lidia viene conmigo —dijo—. Sí, lo sé; soy una irresponsable, se me olvidó que tenía que darle de comer a mi hija, pero sabía que estando en sus manos no le faltaría nada.

Roberto se escurrió detrás de la pareja de mujeres en minifalda y se sentó en el sofá al lado de su padre, quien con una mano sostenía la mamila que estaba tomando Nadia.

—Buenas noches, Lidia. ¿Cómo le va?

—Buenas, don Beto. Bien, muchas gracias.

—Pase, pase sin pena; venga a ver a Nadia. Le dimos la fórmula mientras llegaba Carolina a darle el pecho. ¿Cómo ve a mi nieta?

—¡Preciosa! Está preciosa, don Beto.

—La puede sacar del moisés y cargarla un ratito, Lidia.

—No, Beto. Mi hija está comiendo; deja que termine. Tenía mucha hambre y no dejó de llorar hasta que le dimos la mamila.

—Cómo serás exagerada, Maurita. Nadia lloró un ratito, pero luego que agarró el chupón de la mamila se tranquilizó. No encontró mucha diferencia entre el biberón y la teta.

Roberto no dejaba de mirar el rostro de su madre; estaba seguro de que en cualquier momento explotaría contra Lidia.

—¿Ya cenaste, m'hijo? —preguntó Maurita.

—No, ma, todavía no, y venimos muriéndonos de hambre.

—Yo ya cené; cenamos con Carolina, señora.

—A usted no le pregunté, Lidia.

—¡Mamá! —el grito de Carolina retumbó en la sala—. Quiero que me escuche muy bien lo que voy a decir en este momento, para que de una vez por todas quede muy clarito.

Roberto se iba a levantar para ir a sentarse al comedor, pero se volvió a acomodar en el sofá junto a su padre. Con el grito que pegó Carolina, Angélica y Sara salieron sigilosamente de su habitación y también tomaron asiento en la sala. Javier, Luis y Pedro andaban en la calle, pero, de haberse encontrado en la casa, no habrían dudado un segundo en atestiguar lo que se venía.

—Lidia no es responsable de nada; lo que me ocurrió fue culpa mía y de nadie más. Si salí embarazada fue porque quise y porque fui una irresponsable. Para que lo sepa, Lidia me advirtió muchas veces que no me dejara engatusar por Mateo; yo no hice caso.

Parada junto a la mesa del comedor, Maurita estaba a punto de reventar del coraje y se disponía a intervenir cuando su marido la contuvo con las palabras adecuadas en el momento preciso.

—Maura —la llamó por su nombre, y ahora con tono autoritario—, deja que Carolina termine de hablar, por favor. Está en su derecho.

—Si mi situación de madre soltera les incomoda, quiero que en este momento me lo digan. Lidia aceptó volver a darme trabajo en su negocio, y a partir de mañana regreso al centro. Me ofrece un cuarto en su casa para irme a vivir con mi hija si ustedes no aceptan lo que haré para salir adelante. Yo me lo busqué, yo resolveré el problema.

En realidad, Lidia no le había ofrecido un lugar para vivir ni trabajo en la boutique. No obstante, Carolina le era fundamental como tapadera, por eso no tendría ningún problema en aceptarla en su casa, donde había tres habitaciones vacías. Charlie, el hijo de Lidia, vivía con su hermano y su mujer, quienes no habían podido tener familia.

"Esta chavala es más abusada de lo que pensamos; ya le sacó la vuelta a su mamá. La cabrona tiene más agallas que Roberto y yo juntos, por eso me gusta", pensó Lidia, que seguía de pie al lado de aquella mujer que hacía apenas unos meses era una niña.

—Una cosa más. Y esto también va para ti, Roberto, y para todos mis hermanos. De ningún modo quiero que le hagan nada a Mateo. No siento nada por él ni me importa lo que haga con su vida. Lo que me hizo fue por mi terquedad de no querer darme cuenta de la realidad. No lo justifico y no sé si lo perdonaré, pero es el padre de Nadia, y eso para mí cuenta mucho. Si ustedes, papi, le llegan a hacer algo a Mateo y yo me entero, juro por mi hija que nunca nos volverán a ver. ¿Qué me responden? Usted primero, mamá, por favor.

—No tienes por qué irte de aquí. Nadia y tú son mis hijas y ésta es su casa. Si quieres trabajar, sólo te pido que en las mañanas me dejes leche para darle de comer a Nadia. Junto con la fórmula, tu padre compró en la farmacia la bomba para que te saques la leche de los pechos. Además, ya es tiempo de que la niña comience a tomar y comer otras cosas.

—¿Papá, Roberto?

—Hija, tienes razón. Me duele en el alma lo que te hizo ese hombre, pero tú tienes la última palabra, tú mandas.

—Por mi parte, carnala, si quieres hacer de tu vida un papalote, hazlo. Siempre rebelde, ya conoces la calle, y si vuelves a caer es porque de verdad eres muy pendeja. Cuenta conmigo en todo. Puedes irte con nosotros a la casa si quieres, pero creo que Nadia estará mejor con mi ma. Tú sabes eso, ¿verdad?

Aunque no era nada sentimental, a Carolina se le escurrieron las lágrimas. Como atraídas por un imán, sus hermanas corrieron hacia ella y la abrazaron. Roberto tomó a las tres entre sus brazos.

—Chavalas, ya párenle, van a hacer llorar a su madre —dijo don Beto—. Maurita, ponte un suéter o algo porque nos vamos todos a cenar. Los invito al Café Central. Lidia, permítanos a mi mujer, a mí y a la niña irnos con usted en su carro. Deje que estos Campos Robles se vayan juntos contándose sus cuitas y lamiéndose las heridas.

En el Café Central, que estaba por la catedral, don Beto, Maurita, sus tres hijas, Roberto y Lidia cenaron chicharrón prensado, tomaron café con leche en vaso de vidrio y comieron ojos de Pancha. Nadia se la pasó dormida en el moisés, totalmente ajena a la extraña reconciliación familiar.

—Me diste miedo, pensé que te le ibas a abalanzar a Lidia —le dijo don Beto a su mujer, una vez que ambos estuvieron en su casa—. Con eso de que jurabas que si la veías la llevarías arrastrando de las greñas desde la casa hasta uno de los puentes para echarla al río Bravo…

Maurita se volteó para ver a su marido directamente a la cara. Beto se encontraba acostado a su lado.

—Beto, tu hija ya es una mujer. Aunque no lo creas, me gustó que me retara. Con ese carácter, te puedo asegurar que no permitirá que nadie se vuelva a pasar de listo con ella. Aprendió la lección. Por otro lado, no sabía que Lidia había intentado intervenir en la relación con ese desgraciado. Creía que ella era la alcahueta. Pero de que Lidia es cabrona, lo es, y mucho. Solamente el menso de tu hijo Roberto se dejó embrujar por ella.

—Bueno, hasta yo me hubiera dejado, si la hubiera conocido antes que a ti.

—Viejo rabo verde, no tienes vergüenza. Todos los hombres son iguales. Apenas ven a una vieja que les enseña las piernas, tiran baba; no les interesa que la vieja esté más recorrida que la Carretera Panamericana, puercos.

—Te pusiste celosa.

—¿Celosa yo?, ¿y por una vieja como Lidia, que podría ser tu hija?

—No digas nada. Ya viste lo que pasó entre nuestra hija y ese hombre que parecía su abuelo. Vente para acá.

Don Roberto intentó abrazar a su mujer, pero Maurita lo aventó con las piernas.

—No te me acerques.

—Estoy bromeando. Tú bien sabes que en este mundo no hay mujer más guapa que mi Maura. Pero, si no quiere, usted se lo pierde, señora. Ando arrecho desde hace días. ¡Me tienes olvidado, mujer!

—¿Y qué esperas para irte a buscar a una vieja resbalosa del centro?

—¿Me lo autorizas?

—Te atreves y te lo arranco, cabrón. Conmigo nadie juega.

Don Beto se enredó en su sábana y se volteó hacia el otro lado para dormir. Le gustó que su mujer se hubiera encelado con sus bromas.

—Te lo advierto, Alberto, si te quieres buscar una vieja para hacer tus porquerías, ni te atrevas a regresar a esta casa porque te capo.

Don Beto apartó la sábana con la que se había envuelto y, sin que Maurita pudiera evitarlo, le pellizcó una nalga y la tomó por la cintura.

—La única mujer que me tiene enamorado es la que tengo aquí en mi cama. Soy hombre de una sola vieja, y se lo he demostrado.

Maurita se volvió hacia él y le ofreció los labios. Luego le tomó las mejillas entre sus manos y le besó los ojos. Ella era la dueña de ese hombre que conoció en el mercado municipal. Segura estaba de que su Beto nunca le había montado el cuerno. Desde que la hizo su novia le fue fiel.

Doña Maura se quitó el camisón de algodón y dejó que esas manos fuertes pero delicadas la acariciaran. Con siete hijos y una nieta, se sentía capaz de llevar al infinito a su marido, y lo hizo esa noche.

DOCE

Al terminar de instalarse en el hotel de Morelia, Vélez le pidió a Vicente que tomara una pequeña cámara fotográfica que traía en su maleta, por si surgía un imprevisto. Aunque en el periódico les habían asignado un fotógrafo local que los acompañaría durante su estancia, encargarle al muchacho que llevara otra cámara le pareció buena idea al periodista para arrancar con su aprendizaje.

—Vamos a ir a almorzar, así nos enteramos de lo que dice la gente sobre lo que ocurrió.

—Haré lo que tú me digas, Pepe.

—Abre bien los ojos y pon atención a cualquier detalle de lo que nos cuenten. No le hagas mucho caso a lo que diga el fotógrafo; los colegas locales están un poco resentidos con la prensa de la Ciudad de México y hay que tratarlos con respeto, darles su lugar.

En la fonda del centro de Morelia, Vélez eligió una mesa cerca de la entrada. Desde allí podía mirar a los transeúntes y todo lo que sucediera en la calle. Ordenaron café y enchiladas. Mientras algunos comensales leían el periódico, en la televisión, que estaba en una de las paredes junto a la entrada de los baños, pasaban una película.

Una semana antes, en Morelia había ocurrido un incidente que sacudió al país. En una de las discotecas de moda irrumpió un grupo de hombres armados que sobre la pista de baile acribillaron a tiros a ocho jovencitos, entre los cuales había tres muchachas. Todos eran estudiantes e hijos de familias adineradas. Pese a que la discoteca estaba a menos de cinco cuadras del palacio municipal, y aunque la balacera se escuchó en varias calles a la redonda, los policías municipales no se dieron por enterados. Los asesinos entraron y salieron de la discoteca como Juan por su casa.

La misión de Vélez en Morelia era descubrir quiénes y por qué habían ordenado la ejecución. El licenciado Gil pensaba que detrás del crimen había gato encerrado, y el periodista coincidía con él.

La noticia de la matanza de aquellos pubertos estremeció a la conservadora sociedad de alta alcurnia de Morelia y escandalizó al país. La televisión y algunos diarios se encargaron de imprimir un tono amarillista a la tragedia.

Mientras les preparaban el almuerzo, Vélez, cigarro en mano, se tomó su primera taza de café y se puso a revisar el diario local. Vicente estaba expectante a todo lo que ocurría en su entorno; sentía nervios y lo inquietaba la tranquilidad con la que Vélez disfrutaba del café y el cigarro. Desde que llegaron a Morelia, Vicente se imaginó que apenas se registraran en el hotel saldrían a la calle a hacer preguntas a todo el mundo.

—Perdón, señorita…

La joven que les llevó los platos con las enchiladas se detuvo.

—¿Quiere que le sirva más café?

—Sí, por favor, pero también quisiera que en un plato me pusiera un poco más de queso rallado; le pagaremos el extra.

—Se lo traigo enseguida.

—Ésta es la mejor manera de investigar, Vicente. Hay que ser amables y respetuosos con la gente; si te ganas su confianza tienes probabilidades de obtener información.

—Aquí tiene el queso. ¿Se les ofrece algo más?

—Tal vez podría orientarnos; somos reporteros y no sabemos por dónde empezar a investigar el asunto de la disco.

—¡Uuuy! Todos estamos asustados.

—Me imagino. ¿Qué dice la gente de aquí sobre el caso? Usted es de Morelia, supongo.

—Así es. Lo que he escuchado, de gente que viene a comer, es que cuando mataron a esos muchachos, los policías municipales estaban del otro lado de la ciudad, intentando arrestar a un hombre que había matado a su mujer. Pero nunca lo detuvieron ni apareció la mujer asesinada, y eso que supuestamente el tipo la mató con un hacha porque la encontró con el querido en la cama.

—Es lo que escuchamos nosotros.

¡Mentira! Por lo menos Vicente no había visto que los periódicos reportaran el caso, y en la radio o la televisión no se oía nada de lo que les estaba contando la mesera. Pepe tampoco había dicho nada al respecto.

—Son de la capital, ¿verdad?

—Venimos del periódico *Enlace.*

—No lo conozco; la verdad es que no leo las noticias. De vez en cuando, mientras sirvo los desayunos le pongo atención al noticiario que pasan en la tele; pero, ya ve, dicen que en la televisión sólo informan lo que les ordena el gobierno. Pues ni a quién creerle, ¿verdad?

Las enchiladas estaban pasables; a Vicente no le gustaban mucho, pero, como no había otra cosa, se las comió. Vélez, en cambio, dejó a medias su plato y ni siquiera probó el queso rallado extra que pidió. Tres tazas de café y cuatro cigarros fue lo que consumió en los cuarenta minutos que pasaron en aquella fonda.

—Tenemos que regresar al hotel porque el fotógrafo quedó en vernos allá. Llega como en veinte minutos.

—Pepe, yo no he leído en ningún lado lo que nos contó la mesera. A mí se me hace que es chisme.

—Yo tampoco lo he oído. Pero si la gente lo está comentando es porque algo tiene de cierto. Tenemos un dato por corroborar.

Camino hacia el hotel pararon en una tienda de abarrotes para comprar una cajetilla de Raleigh. Vélez no parecía estar pendiente de lo que pasaba en las calles; sin embargo, con un movimiento de cabeza le señaló a Vicente una esquina donde estaba estacionada una camioneta de redilas y unos soldados que habían montado un retén.

—Pepe —gritó un hombre apenas entraron a la recepción del hotel.

—Nacho, ¿qué onda?, ¿cómo te va?

—Bien, aquí esperándote y listo para ir a donde quieras.

—Te presento a Vicente, la última contratación de *Enlace* y el reportero más chavito de todo el periódico.

Al mirar las dos cámaras que colgaban del hombro de Nacho, Vicente se sintió ridículo. Los lentes profesionales lo intimidaron. El aparato que le había entregado Vélez lo tenía guardado en la bolsa de la chamarra; era de bolsillo y de lente fijo.

—Mucho gusto, Ignacio Valencia Gómez.

—Vicente Zarza Ramírez.

—Tú dirás, Pepe, estoy más que listo. Tengo el carro y los contactos preparados. La situación está de la chingada, pero vamos a conseguir la información que quieras.

—Por lo pronto nos vamos a quedar un par de días aquí en el centro. Te encargo que por favor tomes fotos a los retenes de los soldados y a las patrullas de la policía municipal cuando anden haciendo rondines. ¿Te parece si nos vemos aquí en el hotel el miércoles a las seis de la tarde? Tienes campo libre para hacer lo que consideres necesario a fin de ilustrar el texto.

—Como tú digas, sabes que estoy a tus órdenes. Aunque debo comentarte que dicen que la orden de ejecutar a los chavos no se dio en Morelia, sino que llegó de otro estado, uno del norte.

—El miércoles lo hablamos, Nacho. Déjame preparar el plan de trabajo e informar a los jefes para estar coordinados.

En cuanto se fue el fotógrafo, Vélez sacó el cuaderno que llevaba en el bolsillo trasero de su pantalón de mezclilla. Hizo una anotación y le pidió a Vicente que buscara en el directorio telefónico el número de la presidencia municipal. Mientras tanto, él se comunicaría con el licenciado Gil.

La secretaria de la municipalidad le informó a Vélez que no sería posible entrevistar al presidente municipal. "Anda muy ocupado con el caso porque el mismo gobernador le pidió que se resuelva lo antes posible", fue la excusa que recibió el reportero.

En cuanto el presidente municipal se enteró de que José Vélez estaba en la ciudad, habló con el gobernador del estado para preguntarle qué debía decir si lo buscaba el periodista de *Enlace*. "Elegantemente mándalo a la chingada. Si te busca, niégate, invéntale cualquier cosa. Ese pinche reportero y su periódico

187

son enemigos del presidente y de todos nosotros los del partido. Este caso nos puede perjudicar", le dijo el gobernador al presidente municipal, quien, para evitar un encuentro fortuito con Vélez, salió esa misma tarde a Cuitzeo, un pueblo con un lago maravilloso donde tenía una casa y donde decidió pasarse toda la semana encerrado con una de sus amantes, "mientras se iba la peste de Morelia", según le dijo a uno de los síndicos que era su confidente.

Pepe y Vicente pasaron la tarde recorriendo las calles del centro. Cada vez que veían una patrulla de la policía municipal, la seguían con la mirada hasta perderla en alguna esquina. Vélez platicó con varias personas: el dueño de un taller de reparación de máquinas de coser, un zapatero, así como negociantes y clientes de cafés y restaurantes de Los Portales de aquella ciudad que guardaba luto por la matanza de los jóvenes.

El vendedor de un puesto de periódicos, un señor como de unos sesenta años, les comentó que la policía municipal escoltó a los asesinos de los muchachos hasta la salida de la ciudad, para que nadie los detuviera. Les aseguró que lo del asesinato de la mujer infiel era mentira, una cortina de humo del gobierno.

—Dicen que los padres de dos de esos jóvenes se negaron a vender unos terrenos que tienen allá por la sierra a gente que llegó de otro estado y por eso mandaron matar a sus hijos —agregó.

Cabe aclarar que en un primer momento aquel hombre les dijo que él no se había enterado de nada, pero cuando Vélez le compró dos cajetillas de cigarros (para la reserva), unos chicles y unos mazapanes que le dio a Vicente, por arte de magia se le soltó la lengua.

Vélez y Vicente comieron en la misma fonda donde habían almorzado. El primero pidió arroz blanco con un huevo estre llado y carne de res entomatada, mientras el segundo ordenó sopa de fideo (su plato favorito de toda la comida mexicana) y un bistec asado con papas a la francesa. Se tomaron un café y comieron flan napolitano de postre.

—Cada quien paga su comida, Vicente. Hay que pedir recibos separados porque en la contabilidad del periódico, si no los entregas, piensan que te embolsaste los viáticos.

—Claro, no te preocupes, lo entiendo.

—Esta noche iremos a un bar que está cerca del hotel, te invito. ¿Qué te parece si nos vemos a las nueve en la recepción? Leeré lo que hemos recabado y luego me echaré un regaderazo.

—Perfecto, nos vemos a esa hora.

El muchacho bajó cinco minutos antes de la hora acordada y encontró a Vélez sentado en uno de los sillones de la recepción, platicando con una mujer joven y atractiva. Pepe se había puesto un saco sport y una camisa azul que traía desabotonada en los últimos dos ojales del cuello.

Vicente no se había bañado; en cuanto entró a su cuarto se tiró sobre la cama y se quedó dormido más de media hora. Después se puso a desempacar la poca ropa que había llevado para el viaje.

—Acércate, muchacho. Verónica, te presento a mi colega, Vicente.

—Un placer.

—El placer es mío.

—Verónica nos hará el honor de acompañarnos a tomar una copa.

—¿Sólo una copa? —preguntó la dama.

José Vélez se levantó y, antes de que la elegante chica pudiera reaccionar, la tomó de la mano para ayudarla a ponerse de pie.

La noche en Morelia era agradable. Caminaron las siete cuadras que había entre el hotel y el bar. Al llegar a éste se sentaron a una mesa; Vélez pidió una botella de vino con tres copas y aceitunas. Tras hacer un brindis, Verónica contó que era de Monterrey y trabajaba en una firma de abogados contratada por la familia de uno de los jóvenes asesinados. "Qué coincidencia", pensó Vicente en su inocencia.

Como a la media hora de plática, el aspirante a reportero de investigación se levantó de la mesa con el pretexto de ir al baño. Sentía que estaba haciendo mal tercio. Pepe era un tipazo y un gran conquistador. Todo ese tiempo había dejado que la guapa regiomontana hablara de su labor como abogada. El colmilludo periodista la celebraba, y era notorio que eso agradaba a Verónica.

Cuando Vicente regresó del baño descubrió que la botella que pidieron al llegar se había terminado. Él ni siquiera se había tomado media copa. Era tiempo de dejar solo a su tutor para que se encargara de otros menesteres.

—Me voy a retirar, estoy un poco cansado.

—Ésa es la peor excusa para no decirnos que ya te aburrimos.

—De ninguna manera, Verónica. Me levanté muy temprano y tengo acumuladas varias desveladas.

—Tómate otra copa con nosotros y luego te vas.

—Pepe, te lo agradezco, pero ni siquiera me he tomado la primera que me serviste. No soy de mucho alcohol, lo sabes.

—¿Nos vemos mañana para desayunar?

—¿A qué hora, Pepe?

—¿Te parece a las ocho de la mañana, o prefieres a las nueve?

—A las nueve, mejor. ¿En la recepción?

—No, en la fonda donde almorzamos y comimos hoy.

Al otro día, Vicente llegó a las 8:50 de la mañana y, como lo había sospechado, encontró a Vélez sentado en la misma mesa donde almorzaron y comieron el día anterior. Leía el periódico local y en el cenicero, al lado de la taza de café, humeaba su cigarrillo.

—Llegué un poco antes, Vicente. Pedí unos huevos a la mexicana con frijoles refritos.

—Mejor que las enchiladas.

—Mucho mejor, Vicente, mucho mejor.

—Qué coincidencia lo de Verónica, ¿no?

—¿A qué te refieres?

—Pues a que es la representante legal de la familia de una de las víctimas.

—Mi querido Vicente… Ayer, cuando te subiste a descansar antes de que saliéramos a tomar el trago al bar, me quedé en la recepción hablando con el gerente. Cuando vengo a Morelia siempre me hospedo en el mismo lugar. A ese hotel llega la gente que tiene algo que ver con lo que pasa en la ciudad. El gerente me contó que había llegado una mujer de Monterrey; la llevó al hotel el papá de uno de los jóvenes que mataron en la disco. Lo supo porque la foto del señor salió en los periódicos.

—¿Sabía el gerente que Verónica era la abogada?

—Claro que no. A ver, regla número uno: un reportero nunca deja de reportear. Me quedé a hablar con el gerente para interrogarlo sobre algún incidente extraño en torno al caso. Me dijo que sabía que Verónica era de Monterrey porque en el registro puso una dirección de esa ciudad. Averiguar a qué se dedica y a qué vino exactamente a Morelia me correspondió a mí. Me bañé de volada y cuando regresé a la recepción me senté pacientemente a esperarla. Acordé con el gerente que cuando la viera salir del elevador me haría una seña.

—¿Cómo le hiciste para que se pusiera a platicar contigo?

—Fácil, chamaco. ¡Estás muy novato! Tienes mucho que aprender sobre el reporteo. Cuando salió del elevador me le acerqué y simplemente le dije que me había hecho el día. Que, en una jornada tan pesada como la que había tenido, encontrar semejante ángel era como sacarse la lotería. Lo demás es historia.

—¿Y?, ¿qué tal?

—Si te refieres a la información, es posible que esta misma tarde tengamos una entrevista con el señor que contrató a Verónica como abogada. Y ella cenará esta noche con nosotros… a menos que tengas inconveniente.

—¿Yo? Claro que no, Pepe; es un gustazo, Verónica es muy guapa.

—Lo es, sí que lo es.

Terminaron de desayunar y se fueron a la presidencia municipal. Se apostaron a la entrada del edificio. Pepe le pidió a Vicente que le avisara cuando un policía se acercara, lo que ocurrió a los pocos minutos de que llegaron.

—Mi jefe, soy reportero de la Ciudad de México y ando tras el asunto de los muchachos que mataron en la disco. ¿Podemos hablar?

—Yo no sé nada.

—¿Sabe quién nos podría ayudar?

—Déjeme entrar a hacer un reporte. Espérenme junto a la patrulla que dejé estacionada a media cuadra de aquí; dando la vuelta a la derecha la va a encontrar, es la 1028.

No les fue difícil localizar el automóvil del policía.

—Puedo comentarles que no fue gente de aquí la que mató a los chavillos —dijo el uniformado cuando salió de la presidencia municipal—. Sabemos que andan diciendo que la policía los ayudó, pero no es cierto; de todo nos echan la culpa.

—¿Cómo sabe que no era gente de aquí? —preguntó Vélez.

—Porque hay quien vio la camioneta en la que se fueron de la disco y cuando se metieron a la autopista que va a Guadalajara.

—Gracias, jefe. Oiga, vamos a estar aquí varios días, ¿podríamos buscarlo el jueves o el viernes?

—No, caballero; eso es todo lo que sé.

Al regresar al hotel, en la recepción les tenían un recado. Verónica había convencido a su cliente de recibirlos a las tres de la tarde en su casa, que estaba cerca del centro.

Ésta era una mansión; tenía un jardín enorme, y autos de lujo y deportivos de importación estaban estacionados en tres garajes cerca de la alberca. Su dueño no podía ocultar su aflicción; los recibió llorando en la sala, donde también se encontraba Verónica.

Apenas se sentaron en los mullidos sillones de piel, la abogada les preguntó qué deseaban tomar. Todos pidieron café y Vélez, quien descubrió un par de ceniceros en la mesa de centro, preguntó si podía fumar. Se lo autorizaron.

—No puedes citarlo por su nombre, ésa es la condición, Vélez. Puedes decir que se trata del padre de una de las víctimas, nada más.

—De acuerdo. Lo voy a grabar para no perder detalle, pero el trato se mantiene, no lo voy a identificar.

—Grabe, señor Vélez. Seré rápido. Hace como mes y medio, recibí en mi oficina varias llamadas de gente desconocida que preguntaba por unos terrenos que tengo en la sierra. Querían saber si los tenía en venta y les contesté que no. Hablaban casi todos los días.

—¿Se identificaron?

—Nunca. Repetían que insistían porque les gustaba mucho la vista de mis terrenos y estaban dispuestos a pagar el precio que a mí se me ocurriera proponerles. En esos días hubo una reunión de amigos, negociantes y empresarios de aquí de Morelia. Se me ocurrió comentarles lo de las llamadas. Me sorprendí al enterarme de que varios de ellos también las habían recibido.

—Sus amigos tienen terrenos en la sierra, supongo.

—Sí. A mí nunca me hicieron una propuesta concreta, pero varios de mis colegas mostraron interés en la venta. Las ofertas estaban por debajo del valor de las tierras. Coincidimos en que quienes nos buscaron tenían acento de gente del norte. Uno de los empresarios, a quien también le mataron a su hijo, afirmó que las llamadas a su despacho las hicieron de Culiacán.

—¿Cómo lo supo?

—Porque en el teléfono de su oficina tiene identificador y apareció la clave lada de Culiacán.

—¿Y tiene el número del que le llamaron?

—Lo tiene, pero no sirve de nada: las llamadas que él recibió las hicieron desde teléfonos públicos, eso lo sabemos por la gente que contratamos para investigar. Usted sabe que no confiamos en nuestras autoridades, y menos en la policía municipal, ni en la del estado, ni en la federal; en nadie, para acabar pronto.

—¿Qué otra cosa le dijeron los que lo llamaron, aparte de preguntarle por sus terrenos?

—No mucho. Me amenazaron, dijeron que me convenía vender y que, si no lo hacía, mi hijo Óscar la iba a pasar mal.

—Óscar fue una de las víctimas, Vélez. Tampoco puedes escribir su nombre.

—No saldrá, no te preocupes, Verónica.

—Cuando mencionaron a mi hijo, me enfurecí y los mandé a la fregada. Ya no volvieron a llamar. Hasta ayer.

—¿Le llamaron ayer?

—Sí, Vélez, lo llamaron ayer. Es por eso que el señor aceptó recibirte, queremos que esto salga a la luz. Esta vez le dijeron que si no vendía, y ahora al precio que ellos le dieran, matarían a su otro hijo, a Fernando.

—¿Qué va a hacer? ¿Ya lo reportó?

—No, y no lo haré. Como le dije, no confío en las autoridades de ningún nivel. No quiero vender mis terrenos, no quiero que sientan que me doblegaron. Por eso mi abogada propuso que hablara con usted, para hacerlo público, a fin de que el gobierno federal se vea presionado para intervenir. No soy el único a quien esos asesinos volvieron a llamar. No puedo decirle a quién más, ni me lo pregunte porque será en vano. Son tres familias las que ya aceptaron vender sus terrenos.

—Hay un dato más que el señor me autorizó darte: las ofertas de compra de los terrenos son en dólares, no en pesos. Quienes ya vendieron recibieron el dinero en portafolios, se los entregaron ayer por la tarde. Al aeropuerto de la ciudad llegaron tres tipos en un vuelo procedente de Culiacán. Eso es todo, Vélez; mi cliente y tu servidora contamos con que cumplas con el formato acordado para la entrevista.

—Lo haré. No es mi estilo traicionar a las fuentes, Verónica.

Apenas salieron a la calle, Pepe le dijo a Vicente que por el momento ya no hacía falta reportear. Tenían la exclusiva sobre lo que había detrás de la masacre en la discoteca.

En el hotel, Vélez llamó a Gil para ponerlo al tanto. También le pidió que le encargara a Nacho que tomara fotografías de la sierra, de terrenos que se viera que eran para el cultivo. Vélez y Vicente regresarían al día siguiente a la Ciudad de México; en Morelia ya no había nada que hacer.

Vicente le dijo a su compañero que iría a cenar solo. No quería hacer mal tercio. Sin embargo, Vélez se opuso a la propuesta. Saldrían a cenar los tres, la cita era a las nueve de la noche.

Verónica se veía espléndida. La plática, mientras duró el trayecto del hotel al restaurante, se concentró en Monterrey, ciudad en la que Vicente nunca había puesto un pie. Luego de brindar con las copas de vino, Vélez le agradeció a Verónica que hubiera convencido a su cliente de que les diera la entrevista.

—Pepe, estaremos en contacto, aunque eso dependerá de lo que publiques. ¿Cuándo sale la noticia?

—El lunes, ese día tendrá mayor impacto. Vicente se encargará de escribir una crónica sobre el ambiente que prevalece entre la población de Morelia.

Vicente apuró su vino de un trago. No sabía si era en serio o sólo una broma lo que Vélez acababa de decirle a Verónica. Tampoco se atrevía a preguntar delante de ella. La emoción lo embargaba.

—¿Qué tan amplia será la crónica? —preguntó.

—De tres cuartillas, máximo. Con todo lo que has escuchado y visto en la calle, tienes material suficiente. ¿Sugieres otra cosa?

—La crónica es buena idea.

—Se te nota nervioso, Vicente —comentó Verónica.

—Es natural, será su primer texto en un periódico de circulación nacional. Pero lo va a hacer muy bien, de eso tengo seguridad —dijo Vélez—. Salud, Verónica; ha sido un placer conocerte.

—¡Salud! Nos mantendremos en contacto.

Al novato en los menesteres de la tecla le fue imposible brindar por segunda ocasión: ya no tenía vino en su copa.

Cuando terminaron de cenar, regresaron juntos al hotel. En la recepción se despidieron. Antes de irse a su habitación, Vélez le dijo a Vicente que se verían a las ocho de la mañana para desayunar y luego regresar a la Ciudad de México. Quería llegar a la capital antes de las dos de la tarde para evitar los embotellamientos por las salidas de las escuelas.

Emocionado, Vicente no pudo dormir. La última vez que vio el reloj mientras daba vueltas en el colchón eran las 4:03 de la madrugada. Se levantó cuando sonó la alarma, que programó a las 7:40 de la mañana.

Al desayuno en la fonda se presentó Verónica, por ello Vicente no pudo hablar con Vélez sobre lo que debía escribir. Pensó hacerlo de camino a la Ciudad de México, pero la desvelada lo traicionó y se durmió todo el viaje.

Vélez y su compañero llegaron a la redacción de *Enlace* con todo y equipaje. Vicente dejó su maleta cerca de la máquina fotocopiadora y Vélez puso la suya al lado de su escritorio. Pepe se prendió un Raleigh y fue al cubículo del licenciado Gil.

—Vicente —gritó al darse cuenta de que el muchacho no lo había seguido, y con la mano le hizo seña de que entrara con él a ver al jefe.

—Imagino que ya saben por qué acribillaron a esos pobres muchachos —dijo Gil—. Vicente, quiero una crónica bien estructurada. Hazla como si estuvieras contándoles a tus amigos todo lo que viste. Suéltate, sin presión.

—Licenciado, se me olvidó decirle a Vicente que usted le había asignado la crónica. Se lo comenté apenas anoche.

El jefe de la redacción miró socarronamente a Pepe, mientras éste le daba otra calada a su cigarro.

—No sé cuál es el inconveniente… Tiene un título universitario que lo acredita como periodista y aquí lleva varias semanas aprendiendo. Esa crónica la quiero mañana por la tarde. ¿Estamos, muchacho?

—Estamos, licenciado.

—Bueno, ya te puedes ir a tu casa; mañana tendrás todo el día para teclear tres cuartillas. Necesito hablar algunas cosas con Pepe.

Vicente se levantó de la silla y se despidió de mano de Vélez y de su jefe.

—Qué cabrón eres, Pepe. ¿Por qué se lo dijiste apenas anoche?

—No hice otra cosa más que aplicar las tácticas de mi maestro; no me diga que ya se le olvidó. Lo va a hacer bien, no se preocupe.

—No, por él estoy tranquilo, ese muchacho lo va a hacer bien. Me preocupa que a ti se te vaya la nota.

Ese lunes, la noticia a ocho columnas de *Enlace* sacudió a la nación y al gobierno: el narcotráfico del norte del país, en contubernio con las autoridades locales, mató a unos jóvenes en una discoteca de Morelia porque sus padres se negaron a vender sus terrenos para la siembra de amapola y mariguana.

También en la primera plana, junto al texto de José Vélez se publicó la crónica firmada por Vicente Zarza. En su estreno como reportero de un diario nacional, el joven omitía su segundo apellido. De ahí en adelante, ése sería su nombre de batalla. Vicente estaba orgulloso y satisfecho porque a su crónica original el licenciado Gil le hizo una sola corrección en uno de los párrafos. La entrada se la dejó intacta, igualita a como la escribió en la Olivetti que le prestaron en la redacción.

Esa semana, en la radio y la televisión no se habló de otra cosa que no fuera el reportaje especial de *Enlace*. El gobierno federal no tuvo alternativa y se vio obligado a responder sobre el asunto. La sociedad demandaba justicia. El presidente municipal de Morelia regresó de Cuitzeo el domingo, antes de que apareciera el texto de Vélez. El alcalde renunció al puesto por presión del gobernador del estado y de la presidencia de la república. El gobierno federal anunció que el exalcalde quedaba sujeto a investigación por presunta colaboración con el crimen organizado en el asesinato de los jóvenes.

TRECE

La transformación de Carolina dejó perplejos a todos. Lidia sentía que su cuñada no estaba ofuscada por lo vivido con Mateo. Carolina eliminó a ese hombre de su mente y asumió a Nadia como el resultado de un tropiezo; era su hija y a la vez como una hermana. Doña Maurita estaba a cargo de la niña.

Para la muchacha, retomar el control de La Boutique de la Diosa fue sencillo. Estaba atenta a todo lo que hacía y decía Lidia. A la esposa de su hermano Roberto la puso como su ejemplo. Estaba determinada a ser dueña de un negocio en el centro, su barrio.

Con el paso del tiempo y por confidencias de sus amigas de la Juárez, entre ellas la Morena, Carolina se enteró de que varios viajes de Mateo a Guadalajara fueron mentira. Algunas personas de Juárez vieron al padre de su hija acompañado de otras chiquillas mientras ella estaba en casa, embarazada. Sin embargo, a la joven no le importó ni le afectó conocer la verdad a destiempo.

Para cuando Nadia cumplió un año, Carolina ya sabía manejar; Pedro la enseñó a conducir automóviles estándar y automáticos. Una tarde, Javier dejó su moto Honda 1200 en el patio de su casa; sus amigos habían pasado por él para irse de antro.

Tenía la costumbre de dejar la llave de la moto dentro de un cajón de la cómoda de su habitación, junto a la cama.

—Sara, ¿sabes manejar moto? —preguntó Carolina a su hermana.

—No, ese Javier dice que es peligroso, y tampoco se me antoja.

—¿No quieres aprender? Se ve fácil, es como manejar un carro.

—¡Ay, Carolina! Nos vamos a meter en una bronca con Javier.

—No pasa nada. Tengo la llave de su moto; ayúdame a sacarla a la calle y le damos.

Carolina sabía lo básico de motocicletas. Luis le había mostrado cómo se cambiaban las velocidades, en qué manubrio estaba el freno y en cuál el acelerador, en fin, aspectos esenciales.

Desde la ventana de la sala, Maurita se dio cuenta de lo que pretendían hacer sus hijas. Pero en lugar de prevenirlas o pedirles que dejaran la moto, decidió salir para ver qué hacía "ese par de cabronas".

A media calle, Carolina se montó en la Honda y arrancó el motor, metió primera y aceleró. La motocicleta se sacudió porque la piloto no supo sacar bien el clutch. El motor se apagó y ella lo volvió a arrancar. El error se repitió un par de ocasiones, pero, tras realizar la rutina varias veces, Carolina fue y regresó por la calle, "horqueteada en la motocicleta". Sara miraba a su hermana con admiración y miedo. Doña Maurita más bien pensaba que su hija con una motocicleta era un peligro para los transeúntes.

Luego de unos minutos de ir y venir en la moto, Carolina se detuvo al lado de Sara para decirle que era su turno. Le enseñó lo que debía hacer para controlar el vehículo. Sara se montó, metió primera y avanzó unos metros, pero pronto perdió el control y se estrelló contra la banqueta. Como no iba a gran velocidad, el impacto contra el cemento no la hizo perder el equilibrio y por ello evitó que la moto le cayera sobre la pierna. Carolina corrió a rescatar a su hermana y a enderezar la motocicleta.

—Quien nace pendejo, pendejo se queda, como dice mi ma. No sirves para la moto, Sara; sigue en carro porque aquí te vas a dar en toda la madre.

—Yo ni quería, tú fuiste la que insistió en que lo hiciera. Tú aprendiste de volada; pinshi chavala, la marca del diablo te ayuda.

—No es difícil, pero si te trepas con miedo vales madres.

No fueron pocas las ocasiones en que, aprovechando que sus hermanos dejaban sus motos en casa, Carolina bajaba en ellas a toda velocidad para pasearse por las calles del centro. En motocicleta, con minifalda y zapatillas, esa güerca del Cerro del Indio era un bólido y una tentación inimaginable.

La complicidad y la fraternidad entre Carolina y Lidia crecieron. La vendedora de ropa y contrabandista inmiscuyó a su cuñada en todos y cada uno de los detalles del teje y maneje de los "negocios" que se hacían en la frontera. Le recordaba a cada instante que fuera generosa con quienes le servían; ésa era la llave para abrir puertas secretas. Le reveló quiénes en la Juárez vendían o rentaban niñas a los "viejos degenerados" y la hizo aprenderse el nombre de los dueños y dueñas de prostíbulos, cantinas, bares y discotecas. Por último, le pedía que se fijara en cada uno de los vendedores ambulantes, como la Morena, porque eran los mejores aliados para saber de quiénes había que cuidarse. Ellos eran el método de comunicación más rápido y eficiente cuando las autoridades o los policías decidían hacer decomisos de toda la fayuca de El Chuco que entraba a Juárez.

—A los que te avisan de lo que pasa en estas calles se les dice "halcones", "ojos" y "orejas"; a ésos, m'hija, hay que tenerlos siempre contentos. También a las señoras, las tepehuanas, tarahumaras o rarámuris que bajan a vender sus cosas aquí al centro o las ofrecen en los puentes. De vez en vez, compra lo que venden y dales una buena propina; no sabes cuándo las vas a necesitar. Aquí en Juárez y en la Juárez, nunca está de más tener muchos aliados —aseguraba Lidia.

Los propietarios y propietarias de negocios del centro se hicieron amigos de Carolina. La apreciaban porque la chavala, además de guapa, "tenía sangre dulce" y con facilidad trababa amistades.

En La Rueda, una cantina que de pronto se puso de moda y cuya dueña, mujer gorda y cincuentona, se llamaba doña Rosa, la hija menor de los Campos Robles conoció a Clarisa. Ésta era la empleada favorita, la más popular y la consentida de doña Rosa porque "jalaba muchos clientes y especialmente a los viejos que más gastaban en pisto".

Cuando Lidia las presentó, Clarisa tenía veintisiete años y Carolina estaba por cumplir los dieciséis; sin embargo, Carolina no se veía tan menor al lado de Clarisa. La favorita de doña Rosa era de piel blanca y ojos cafés, pero lo que la hacía sobresalir entre sus compañeras era su figura y su elegancia. De acuerdo con los clientes de La Rueda, Clarisa "se caía de buena". Ella era la mayor de las meseras de la cantina. Las otras empleadas de doña Rosa eran chavalitas de trece a diecinueve años; a eso debía su popularidad el antro entre los hombres adinerados, los narcotraficantes locales y los que llegaban de otros puntos de la frontera y del norte del país.

A La Rueda, Carolina siempre iba con Lidia; ambas se sentaban en la barra a platicar con doña Rosa. Desde el primer momento en que la colmilluda dueña de la cantina vio a Carolina, la llamó "muñequita". Sabía de quiénes era hija; Lidia se lo había contado, y por ella se enteró también de que la muñequita había tenido una hija con el desaparecido propietario de las tiendas de productos de piel.

Coquetas y provocadoras por naturaleza, Carolina y Clarisa congeniaron desde el principio; las dos estaban obsesionadas por las minifaldas, las zapatillas con los tacones más altos que se podían encontrar en El Chuco y los pantalones ajustados.

—Deberías venir por la tarde, Carolina, después de que cierres la tienda. La Rueda se pone muy divertida por las noches, viene gente interesante, hombres guapos y con mucha lana.

—Me gustaría, pero Lidia no me suelta. En cuanto cerramos, ella o mi hermano Roberto me llevan a casa.

—Voy a decirle a Lidia que te deje una tarde; yo te llevo a tu casa a la hora que quieras. Doña Rosa me permite salir cuando a mí se me antoja; por eso ni te preocupes.

A Carolina la intrigaba el tipo de "hombres guapos y con mucha lana" que frecuentaban La Rueda. Clarisa le hablaba de ellos con un tono que no ocultaba su aprecio y admiración. La joven estaba segura de que podía hacer que Lidia la dejara divertirse una tarde en La Rueda acompañando a Clarisa.

Cuando la vio llegar sin Lidia, doña Rosa se imaginó que Carolina iba a cumplir con algún encargo de su cuñada.

—¡Hola, muñequita!

—Buenas tardes, doña Rosa.

—¿Quieres algo de tomar?

—No, gracias. Vine a ver a Clarisa, ella me invitó, y Lidia me dio permiso de quedarme hasta las nueve y media de la noche.

—Qué bien, muñequita. Siéntate aquí, junto a mí; Clarisa está ocupada, mírala, está sentada allá atrás, platicando con un cliente.

En una de las mesas grandes de la cantina, en el área de los "reservados", Clarisa departía con un hombre que a Carolina le pareció elegante. Su amiga la miró y con la mano le hizo un saludo. Sin embargo, no se levantó; se quedó platicando muy alegre con el cliente.

—Octavio —le habló doña Rosa a su cantinero—. Sírvele a esta muñequita una piña colada sin alcohol.

—Gracias, doña Rosa.

—Cuando se desocupe Clarisa, vendrá a saludarte.

La dueña de La Rueda estaba fascinada con la presencia de Carolina. Esa tarde, la cuñada de Lidia llegó vestida con un pantalón de mezclilla que resaltaba sus caderas; llevaba el cabello recogido en forma de moño, y eso favorecía aún más su figura. Desde que abrió la puerta y se dirigió a ella, doña Rosa percibió cómo varios de sus clientes siguieron con la mirada a la chavalita. Por eso le endilgó a Clarisa la tarea de convencer a su amiga de que visitara de noche la cantina.

Doña Rosa levantó su cerveza para brindar con Carolina y le pidió a Octavio que les pusiera sobre la barra una alitas de pollo para picar.

—¿Cuántos años tienes, preciosa?

—Voy para los dieciséis, doña Rosa.

—Estás bien morra, pero te ves un poquito mayor.

—Eso me dicen siempre.

—¿Y tu hija? No te enojes, me contó Lidia.

—No, no me enojo. Está con mi mami, ella la cuida. Dice que yo no sé cómo se atiende a una niña. Pero sí sé, ya voy agarrando experiencia. Cuando estoy en la casa me hago cargo de ella.

Aunque doña Rosa deseaba hacerle otras preguntas, decidió dejarlas para otra ocasión. Tenía que andarse con tiento: la muchacha era la cuñada de la cabrona de Lidia, y a nadie en el centro le convenía tener problemas con la dueña de La Boutique de la Diosa. Además, la mujer se convenció de que habría otras oportunidades para platicar con aquella muñequita. Sus visitas de noche a La Rueda se repetirían varias veces, de eso no tenía duda.

Sin que se dieran cuenta, Clarisa se les acercó, abrazó a Carolina por la espalda y le dio un beso en la mejilla.

—Qué bueno que viniste —le dijo.

—¿Y tu cliente? —preguntó doña Rosa.

—Se fue, dijo que tenía un pendiente. Se tomó unos whiskies y pagó toda la botella, que dejó casi llena. Ya se la entregué a Octavio para que se la guarde.

—No. Si la pagó y la dejó aquí, la perdió.

Clarisa se sentó al lado de Carolina. Doña Rosa se levantó con el pretexto de ir a revisar unos papeles en la bodega que tenía en la parte de atrás. Quería que Carolina agarrara confianza y facilitarle el trabajo a Clarisa dejándola a solas con la muñequita.

—Nos la vamos a pasar a todo dar, Carolina.

—¿Quién era el cliente con el que estabas?

—Se llama Ricardo Fierro, tiene varios negocios por aquí y fuera de Juárez; es uno de los clientes favoritos, da buenas propinas.

—Me llamó la atención cómo se viste, es elegante.

—Y guapo… Lo vas a conocer pronto; me preguntó por ti.

—No te creo, Clarisa.

—¡Claro, tonta! Desde que entraste no hizo otra cosa que averiguar quién eres.

—Se ve que es un señor distinguido.

—Un caballero, pero de armas tomar. No te creas, tiene buen carácter, me agrada mucho. Me pidió que te presentara con él la próxima vez que anduvieras por aquí; hoy tenía prisa.

El resto de la tarde y hasta las nueve y media de la noche, Clarisa se la pasó hablándole a Carolina de los clientes que llegaban a La Rueda. La joven no pasaba por alto un solo detalle y hacía muchas preguntas a su amiga sobre cómo tratar a los clientes. En el fondo, envidiaba a Clarisa; para ella, la vida en la frontera no era otra cosa que diversión. Su inmadurez le impedía ver la realidad que había detrás de todo aquello.

Doña Rosa dejó que Clarisa se encargara de aleccionar a la muñequita. No volvió a sentarse con ellas. Ordenó a Octavio que le sirviera a Carolina todas las piñas coladas que pidiera y que de a poquito les añadiera un toque de alcohol, sin que ella se diera cuenta. Cumpliendo con su promesa y para evitar problemas, a la hora acordada Clarisa llevó a Carolina a su casa.

Sin que la joven entendiera el motivo, le inquietaba recordar al tal Ricardo Fierro. Temía que los hombres mayores fueran su predilección, pues ya había tenido una mala experiencia. Aunque ese cliente de Clarisa se veía que no era tan viejo como Mateo, no por ello dejaba de ser más grande que ella.

Entre sus conocidos de la avenida Juárez indagó quién era Ricardo Fierro. No le fue difícil obtener información; se trataba de un narcotraficante local que movía mucha merca de Juárez a El Chuco. Era rico, y por ello y por temor a sus pistoleros, se le respetaba en toda la ciudad. Se sabía que Fierro tenía varias casas en diferentes colonias de Juárez y una granja en el kilómetro 20 de la Carretera Panamericana. Controlaba a las autoridades y la policía juarense. Se decía que era un hombre peligroso que iba a todos lados acompañado por un ejército de guarros. Como otros narcotraficantes y empresarios locales, a Fierro le gustaba gastar su dinero con chavalitas en La Rueda.

Clarisa iba casi a diario a la boutique para pedirle a Carolina que la visitara por la tarde en La Rueda. Lo mismo que Clarisa, doña Rosa estaba ansiosa y expectante de que aquella muñequita regresara a su negocio. Aunque Carolina deseaba volver a ver a Fierro, era consciente de que, si visitaba con mucha frecuencia la cantina de doña Rosa, generaría sospechas en Lidia. En consecuencia, eludía a su amiga con el pretexto de que tenía que irse temprano para atender a Nadia, o bien le decía que Lidia le había encargado cerrar el negocio. Esto último fue cierto en diferentes ocasiones; Lidia estaba metiendo más fayuca y ahora, en vez de una, visitaba por lo menos tres veces a la semana al jefe de la aduana mexicana. El negocio la obligaba a ello. Carolina era una tumba respecto a las actividades extraoficiales de la esposa de su hermano Roberto.

Al día siguiente de aquel en que miró por primera vez a Carolina, Fierro fue a La Rueda a preguntarle a doña Rosa por aquella "güerita". Doña Rosa aclaró que la güerita no trabajaba de mesera, que era cuñada de la dueña de La Boutique de la Diosa y además era madre de una niña.

—Tendrás la oportunidad que buscas para conocerla. Clarisa me contó que preguntó por ti.

—Me gusta mucho. Daría lo que fuera por ella.

—Lo sé, Fierro, pero todo a su tiempo. Clarisa se encargará de eso.

En la casa de los Campos Robles, Nadia se adueñó del cariño de todos los miembros de la familia. La matriarca no se despegaba de su nieta, y las primeras palabras de la niña fueron para ella: le dijo "mamá".

El alivio de no tener que responsabilizarse de su hija permitió a Carolina acompañar a sus hermanos y Sara a pistear a Las Fuentes y otros antros nuevos los fines de semana. En Juárez se movía mucho dinero, y eso se reflejaba en la inauguración constante de centros nocturnos.

Angélica ya no salía con sus hermanos; estaba muy clavada con José Luis, un bato que hacía negocios en Juárez con yerba que llegaba de Guerrero o Sinaloa y que él vendía a chavos que se dedicaban a pasarla a El Chuco. Con menos de veinte años, José Luis ya era dueño de dos casas y varios carros deportivos. Era un buen partido para Angélica, como se comentaba entre los vecinos de la colonia Melchor Ocampo.

En cuanto a Sara, estaba concentrada en estudiar y cumplir su meta de terminar la carrera en la Facultad de Medicina; además, desde que Angélica se había hecho novia de José Luis, enmendó muchas de las diferencias que tenía con Carolina. Incluso le pidió perdón por aquello de la marca del diablo en la cola.

—Te pasaste un buen, cortaste la cinta de todos los casetes; si no hubieras tenido las tijeras en la mano, Angélica te habría tirado los dientes —le confesó Sara a su hermana menor.

A Carolina le divertía pasar los fines de semana en Las Fuentes y en los antros de moda de la zona del Pronaf. Le gustaba que la chulearan los amigos de sus hermanos y otros morros. Sin embargo, la atraía más el ambiente de las cantinas y bares del centro, como La Rueda o El Chapulín Colorado.

Cada que podía, Lidia le refregaba en la cara que en esos antros lo único que encontraría serían viejos morbosos como Mateo. En ese sentido, Lidia era una contradicción, pues cuando no andaba con Roberto y después de encargarse de su negocio, no hacía otra cosa más que ir a tomar cerveza a los lugares que a su cuñada le prohibía visitar sin ella.

Un mes después de haber ido a La Rueda, Carolina deseaba con ansia volver para encontrarse con Ricardo Fierro. Un jueves a la hora de la comida se fue a la cantina a buscar a Clarisa. La encontró sentada en la barra, comiendo un corte de carne. Doña Rosa fumaba a su lado.

—Ya te extrañábamos.

—¿Cómo está, doña Rosa?

—Yo muy bien. Tú más guapa, ¡qué bárbara, niña!

—Hola, Carolina. ¿Vendrás esta noche? Ricardo Fierro estará aquí.

—Me gustaría, pero tienes que sacarle el permiso a Lidia, Clarisa.

—Dalo por hecho. Le voy a decir que te deje hoy hasta las diez de la noche. No se enojan en tu casa, ¿verdad?

—Para nada, a esa hora mis papás están viendo la televisión.

—Muñequita, ¿te gustaría trabajar aquí conmigo? Te pago seiscientos pesos al día, de las once de la mañana a las ocho de la noche.

—Gracias, doña Rosa, pero no puedo y no creo que me dejen.

—Aquí las propinas son en dólares. Una niña como tú por lo menos se llevaría doscientos cincuenta dólares diarios en propinas. Pregúntale a Clarisa.

—Sí, Carolina, los clientes como Ricardo Fierro son generosos, te dan buena propina y te hacen regalos.

—Me gustaría, pero no creo poder. Tampoco me dejarían mis papás ni mis hermanos; ellos vienen de vez en cuando a La Rueda, tú misma me lo has dicho, Clarisa.

—Muñequita, piénsalo. Si aceptas, te pago ochocientos pesos al día.

Clarisa frunció el ceño; a ella, la mesera más popular de La Rueda, doña Rosa le pagaba setecientos pesos, y a las otras meseras, trescientos.

—¡Úchale, Carolina! Te van a pagar más que a mí.

—Muchas gracias, pero no creo poder, la verdad.

—Otra cosa que tienen mis clientes, muñequita: aquí a las niñas no les regalan flores ni perfumes; aquí los regalos son carros y casas. Clarisa no me va a dejar mentir, a ella le regalaron un carro la semana pasada.

—Muy cierto, Carolina. Y nadie te obliga a hacer cosas que tú no quieras, y sólo atiendes a los clientes que te dé la gana, no a todos.

Conseguir el permiso de Lidia fue fácil. A las siete de la noche, Carolina se encontraba sentada en la barra de La Rueda junto a Clarisa, con una piña colada "preparada" que le sirvió Octavio. Las dos mujeres estaban pendientes de la entrada de la cantina, por ello no se percataron de la presencia de un joven que se encontraba frente a ellas, al otro lado de la barra, y que no dejaba de mirarlas. Se sobresaltaron cuando el joven se puso en medio de las dos y sin el menor empacho le ordenó a Octavio que les sirviera otra ronda. Él se pidió un JB con soda y poco hielo.

—Soy Damián Martínez. ¿Cómo te llamas, guapa?

—Carolina Campos Robles.

—Me gusta tu nombre y tú me gustas mucho.

Clarisa lo conocía; era un movido o narcotraficante local que se dedicaba a pasar merca al otro lado y que cuando llegaba a La Rueda iba resguardado por dos o tres guarros. Con la excusa de que iba al baño y tras confirmar que para Damián ella era indiferente, la mesera se alejó de la pareja.

—¿A qué te dedicas, Carolina? Porque tú no trabajas aquí; conozco a todas las empleadas y tienes más bien cara de dueña.

—Trabajo con mi cuñada en una boutique aquí en la Juárez. ¿Tú a qué te dedicas?

—Vendo algunas cosas en El Chuco y canto en una banda de rock que se llama Fovia, ¿la conoces?

Ricardo Fierro entró justo cuando aquella chavalita estaba entretenida platicando con Damián Martínez. Fierro conocía al chavalo. Era uno de los compradores de su mercancía. Por ello se fue directo al privado y pidió que le enviaran a Clarisa y una botella de su whisky.

De Damián le fascinó todo a Carolina. La forma moderna y juvenil de vestir, que fuera alto, fuerte y que tuviera el pelo largo hasta los hombros, como varios de sus ídolos del rock. Asimismo, los modales toscos y atrevidos del joven la tenían enganchada.

—Me gustas, Carolina. ¿Quieres ser mi novia?

La pregunta y el atrevimiento la tomaron desprevenida. Llevaban menos de quince minutos platicando y Damián ya la quería para él; a Carolina eso le gustó porque pensó que demostraba seguridad. Recordó el consejo que le había dado Lidia: "Los hombres tibios, conformistas y mediocres no valen la pena. De ésos, aléjate".

—¿Cuántos años tienes, Damián?

—Veintisiete, y los que me queden de vida serán tuyos.

Era once años más grande que ella.

—No me has respondido. ¿Quieres ser mi novia?

—Vas muy aprisa, nos acabamos de conocer. Cuéntame un poco de tu banda. ¿Tienen tocadas seguido?

—Aunque no lo creas, sí. Hay varios antros en el Pronaf donde tenemos tocadas de vez en cuando. Te voy a invitar a la próxima.

—Estaré esperando la invitación; voy a ir, no lo dudes. ¿Qué rolas tocan?

—De todo un poco, pero sólo rock, en español y algo en inglés.

—¿Cantas en inglés?

—Sí, de morro fui a la escuela en El Chuco; ahí aprendí a hablar gabacho.

—¡Qué padre!

Fierro no quería problemas con ese chavalo que era su cliente. Además, consideró que Carolina no era empleada de Rosa, quien no tenía poder sobre ella, y ni siquiera se la había presentado Clarisa. Pasó por su cabeza mandar a Terry, su guarro de mayor confianza, a que le dijera al greñudo ese que se fuera a la chingada o que se atuviera a las consecuencias. Sin embargo, desechó la idea cuando se acordó de que la chavalita era cuñada de Lidia. Si la quería para él, era mejor que guardara las formas. Verse aprontón no le convenía.

Carolina y Damián hablaron de música. Ella le confesó que era admiradora de Tina Turner. Él por su parte dijo que Fovia era una banda de rock pesado como el de Metallica, Judas Priest, Iron Maiden y Slayer.

—En español cantamos otras canciones que no son heavy metal. Ya sabes, algunas del Tri, otras de Maná; las pide la raza.

—Me gustan algunas de Maná y todas las del Tri. ¿Sólo cantas o también tocas algún instrumento?

—Canto y de vez en cuando toco la guitarra y la armónica.

Carolina descubrió que Damián tenía una arracada de oro en la oreja izquierda. Le gustó el detalle.

Clarisa no podía evitar sentir un poco de envidia. En los tres años que llevaba en La Rueda y con un año de conocer a Damián, el bato nunca la había invitado siquiera a tomar una copa, y menos a sentarse con él. Estaba segura de que le gustaba porque en varias ocasiones lo descubrió mirándole las piernas y el trasero, pero de ahí no pasó. Nunca le habló más que para saludarla.

A Clarisa le gustaba sentarse con Fierro; él la trataba como a una dama, le dejaba de tres a cuatro billetes de cien dólares de propina y, cuando le pedía que lo acompañara a otro lugar, la llevaba a cenar a restaurantes caros. Si se iba con él al hotel o a alguna de sus casas, le daba de mil a dos mil dólares. Incluso le regaló un Jetta nuevecito.

Cuando Damián vio entrar al vendedor de rosas a la cantina, ni lo dudó:

—Dame todas las que traes —le ordenó.

Eran por lo menos cinco docenas de rosas rojas, y el vendedor se las dejó con todo y canasto de mimbre sobre la barra de la cantina.

—Espero que te gusten —le dijo a Carolina—, son tan hermosas como tú.

—Por fin, ¿eres romántico o rockero?

—El rock también es romántico, pero sin llegar a ser cursi. Dicen que todos los hombres tenemos algo de románticos cuando encontramos a la musa perfecta.

Carolina se estaba enamorando. Damián le gustaba; no era muy guapo, pero la atraía su personalidad. Fierro en cambio sí que era apuesto; tenía ojos de color y eso le encantaba a la muchacha. En ello coincidía con Clarisa y con doña Rosa.

—Tienes un cabello muy bonito, quiero olerlo.

—¡Nooo! Espera.

Damián no se esperó; se acercó a ella y entre sus dedos tomó un mechón de aquella mata rubia, se lo llevó a la nariz y aspiró con fuerza. A continuación saltó del banco, agarró a Carolina por la cintura, la giró hacia su izquierda y se puso frente a ella. La joven intentó zafarse de aquellos brazos que la tomaron con firmeza y a la vez con delicadeza. Al final lo dejó ser.

—¿Quieres ser mi novia? Dime que sí, por favor. El mundo se me va a terminar si me rechazas.

—¿No se te hace que eres un poco exagerado?

—Nada más un poco, pero vale la pena, ¿no crees?

Ambos rieron. Él recargó su frente contra la de ella y volvió a preguntar:

—Carolina, ¿quieres ser mi novia? Dime que sí porque de todos modos te voy a robar y vas a ser mi novia.

—Sí, quiero ser tu novia.

Los dientes blancos de Damián relucieron con aquella amplia sonrisa que se le formó en la boca. Soltó la cintura de Carolina y con una mano la tomó de la barbilla. Con un beso tierno e intenso sellaron el noviazgo.

Ricardo Fierro echó la fumarola de su puro en el rostro de Clarisa, quien aguantó la majadería porque no tenía de otra. Fierro los vio salir tomados de la mano. Uno de los guarros de Damián agarró el canasto de rosas y salió tras ellos.

CATORCE

Javier se enteró de que su hermana Carolina era novia de Damián Martínez porque una tarde, al salir de su taller y doblar la esquina para llegar a casa de sus papás, se le atravesó y le tapó el paso una camioneta Suburban color negro con vidrios polarizados. Se bajaron dos tipos con lentes oscuros, y con el fierro en el cinto le preguntaron a dónde iba y quién era.

—A mi casa. Soy Javier Campos Robles. ¿Quiénes son ustedes?

—¿Qué eres de la señorita Carolina?

—Su hermano, ¿por qué?

—No te alebrestes. Tu hermana es la novia del patrón, cuidado y le digas algo. Jálate con tu pinche moto.

En otra troca, también de color negro y con vidrios polarizados, estaba Carolina con Damián. Javier lo reconoció de inmediato; lo había visto en La Rueda y escuchado cantar con Fovia en dos o tres antros del Pronaf. El bato tenía buena voz y su banda era buena, Javier lo admitía, pero eso no le quitaba lo malandro.

En Juárez se sabía que Damián Martínez era uno de los movidos que metían mota y polvo blanco o cocaína a El Chuco. Era abusivo, de la clase de los malandros creídos.

216

—Ma, ¿ya sabe con quién anda de noviecita su hija Carolina?

—No, ¿con quién? No ha llegado. ¿Dónde la viste?

Sin poder contener la risa, Javier pidió a su madre que discretamente saliera al patio de la casa y volteara hacia la esquina. Ignorando las instrucciones de su hijo, doña Maurita dejó lo que estaba haciendo en la cocina y con todo y delantal salió de la casa; al mirar la troca nueva parqueada a media cuadra, fue directamente hacia allá.

Carolina vio que su madre se dirigía hacia ella y aventó a Damián, que la estaba abrazando y besando.

—¡Mi mamá! ¡Valió madres!

A través del parabrisas —lo único transparente que tenía esa troca—, Maurita descubrió a su hija y no tuvo reparo en abrir la portezuela y gritarle que se bajara inmediatamente y se fuera con ella a casa.

—Buenas tardes, señora. Me llamo Damián Martínez, para servirle.

—Tu hija tiene rato llorando, no seas irresponsable —dijo Maurita por toda respuesta.

—Mamá, ya me iba.

—Señora, no se preocupe, ahorita se va su hija.

—A usted no le estoy hablando, joven, con todo respeto.

—Soy el novio de Carolina, no creo que tenga ningún inconveniente en ello, ¿o sí?

Al ver que aquella mujer se acercaba a la troca del patrón, los guarros de Damián corrieron hacia ella y desenfundaron sus armas. Uno de los guardaespaldas intentó pararse frente a doña Maurita, pero ella lo hizo a un lado de un codazo.

—Váyanse, idiotas. Es la mamá de Carolina —ordenó Damián a sus guarros, con vergüenza y rabia por el incidente.

217

La señora de Campos aprovechó la turbación del joven y jaló del brazo a Carolina, obligándola a bajarse de la troca. Al observar que se llevaban a su novia sin que él pudiera hacer nada, Damián arrancó la camioneta y quemando llanta se alejó disparado, seguido por la otra Suburban con los dos pistoleros.

—¡Qué barbaridad, Carolina! No te das cuenta de que ese hombre es un malviviente.

—Mami, es mi novio y no es un malviviente; canta en una banda de rock y tiene negocios aquí en Juárez.

Javier se tiró en el sillón de la sala, agarrándose la barriga por la risa que le provocaba la defensa que hacía su hermana de Damián.

—¿De qué te ríes, tarado?

—La tarada eres tú, que no sabes con quién andas. Damián Martínez es narco y mete un chingo de yerba al otro lado.

—Lo que me faltaba, que anduvieras con un narcotraficante. Tú sí que de verdad no entiendes, apenas sales de una y ya estás metida en otra bronca.

Don Beto, que estaba sentado en la mesa de la cocina tomándose un café, no dijo nada. Incrédulo, se le quedó mirando a su hija.

No era que Carolina no supiera a lo que se dedicaba su novio. Lo tenía presente y lo justificaba. La excitaban el peligro y lo ilegal, el filo de la navaja. En el centro no era novedad que clientes de antros, bares y cantinas se dedicaran al trasiego de drogas; todos y todas, gente como Lidia o doña Rosa, cometían ilícitos.

Aunque su madre le aseguró que no permitiría que anduviera con ese malandro, la tarde siguiente Carolina volvió a llegar con Damián en la troca de vidrios polarizados. Como el día anterior, los guarros se estacionaron en la esquina de la calle.

Por Javier, Roberto, Pedro y Luis se enteraron de la identidad y el oficio del nuevo novio de Carolina. Roberto recomendó a sus hermanos que no se metieran con él porque siempre andaba con guarros dispuestos a todo para defender a su patrón.

Por su parte, Angélica no se sorprendió.

—Si se la pasa todo el día en el centro, es lógico que termine en manos de malandros o narcos —le comentó con cierto gusto a Sara cuando hablaron del tema.

Damián recogía a Carolina por las tardes en la boutique. A Lidia, aquel joven atrabancado le caía bien. En su ambiente no era sino otro de la calaña de tantos que se divertían en los antros de la avenida Juárez. Un morro movido, pues.

Damián y Carolina se entretenían en antros como El Chapulín Colorado, Crazy Town, El Safari, Spanky's, Over Time, Manhattan y otros. Sin embargo, el joven dejó de llevar a su novia a La Rueda, pues por medio de Clarisa supo de las intenciones que tenía Ricardo Fierro para con su morra.

Cuando cumplieron seis meses de novios, Damián llevó a Carolina a comer a un restaurante caro del Pronaf. La muchacha estaba acostumbrada a los guarros, que en esa ocasión no se sentaron en una mesa junto a la de ellos, cosa que la extrañó.

Carolina seguía sin probar alcohol; legalmente era menor de edad y no le hubieran servido, aunque con el dinero de Damián y sus guarros no había imposibles. Él pidió una botella de whisky, y antes de que se la llevaran a la mesa entró uno de sus hombres con un ramo de rosas blancas.

—Amor, tu regalo por los seis meses que llevamos de novios.

—¡Qué bonito detalle, mi vida!

Mientras Carolina se le acercaba y le daba un beso en la boca, Damián puso sobre su regazo una caja pequeña adornada con un moño azul.

—Esto también es para ti. Ábrelo.

—Mi vida, con las rosas era suficiente.

La muchacha le quitó el moño a la caja y dentro encontró un par de llaves.

—Son de tu camioneta, que es azul como el moño. Está estacionada frente a tu casa, cuando lleguemos la ves. Espero que te guste, mi vida —le dijo Damián al oído.

Carolina no lo podía creer, ¡su novio acababa de regalarle una camioneta! Estaba feliz, ya tenía su propio carro.

Desde que se había hecho su novia, Damián la trataba con respeto. No había intentado acariciarle las piernas, los senos o el trasero, y eso le gustaba. Era innegable que en ocasiones, cuando estaban dentro de la troca, los besos que él le daba en los labios, en el cuello y en las orejas la excitaban. Se metían sus buenos fajes, como Carolina le confesó a la Morena, pero ella se había hecho la promesa de que no se acostaría con él.

La perversidad con la que Mateo la había enredado era tizne en su memoria, y aunque Damián la incitaba con sus caricias, no estaba dispuesta a tener relaciones sexuales con él a menos que se casaran, y para eso faltaban años, pensaba la joven.

Damián le dio a Carolina una camioneta Durango último modelo que en el cofre tenía pegado un moño blanco. Los guarros de Damián llevaron el vehículo a casa de la muchacha mientras su patrón se iba al restaurante con ella.

—Súbete, es tuya. La tarjeta de circulación y la factura están en la guantera; todo está a tu nombre. ¿Te gusta?

—Me encanta, me encanta todo, el color, el modelo… Y es automática, más fácil de manejar.

—Cualquier problema que tengas con ella, me avisas. De la gasolina ni te preocupes; sólo tienes que ir a la gasolinera que está al otro lado de la catedral, ahí te llenarán el tanque. Están avisados de que deben cargarlo a mi cuenta.

La joven quería comerse a besos a su novio, pero estaba inquieta porque sabía que su mami no tardaría en salir a correrlo; doña Maurita aborrecía a Damián.

Cuando Carolina entró a su casa feliz de la vida, le contó a su papi que su novio acababa de regalarle una camioneta Durango.

—Vimos cuando sus guarros la trajeron.

—Maura, no le arruines el momento a mi princesa.

—No, papi, no me va a agüitar. Estoy muy contenta. Mañana me llevo a Nadia en la camioneta a darnos una paseadita.

—A la niña no te la vas a llevar a esos lugares de perdición.

—Maurita, ¿ya vas a comenzar? Es un regalo que le hicieron a tu hija.

—Nada bueno se puede esperar de un malandro como ése. ¿Ya viste, Beto? Tiene las greñas largas, como de jipi.

—Como tus hijos, Maurita. ¿A poco ellos son jipis?

No hubo más comentarios. Si a Carolina su novio le regalaba una camioneta, bien por ella. A quién le importaba de dónde había salido el dinero para comprarla; la felicidad, como la vida, es breve.

Como lo anunció, Carolina se fue a la boutique en su Durango para mostrársela a Lidia y a sus amigos. Por la tarde, escoltada por los guarros de Damián, regresó a su casa. Se llevó a Nadia, Sara, Angélica, Luis y Pedro a la zona del Pronaf a comer elotes con crema y chile, tomar sodas y helados de La Michoacana, y por la noche comieron burritos. Javier no aceptó la invitación y a Carolina no le dio buena espina ese desdén. Sintió una ligera punzada en la boca del estómago, un mal presentimiento.

Carolina no había regresado a La Rueda desde la tarde que conoció a Damián, cuando lo aceptó como novio. Al verla ahí, Clarisa y doña Rosa no cabían del asombro. Pensaban que Damián no la volvería a dejar poner un pie en la cantina.

—Mi muñequita, cómo has estado, te extrañábamos.

—Sí, Carolina, nos abandonaste.

—No las abandoné; lo que pasa es que por el trabajo ya no me queda tiempo para visitarlas por las tardes, ando ocupada.

—Ya sabemos, Damián no te deja ni a sol ni a sombra. Cuídate de los hombres celosos, mi muñeca.

La joven no tenía ni quince minutos de haber entrado en La Rueda cuando Ricardo Fierro hizo su aparición. Carolina se puso nerviosa al verlo. Clarisa corrió a recibirlo, pero regresó casi al instante a la barra con su amiga.

—Ricardo te quiere conocer.

—Vaya, mi muñequita. Fierro es un tipo decente, no muerde.

—Me avisa por favor si llega Damián; no quisiera meter a este señor en un problema, doña Rosa.

—No te preocupes, Damián sabe quién es Fierro y no se atreverá a decir nada, aunque se queme por dentro de veneno.

Al ver llegar a Carolina con Clarisa, Fierro se puso de pie, le dio un beso en la mano y le sonrió.

—Soy Ricardo Fierro, tu admirador y servidor.

—Me llamo…

—Carolina Campos Robles; sé tu nombre, me lo dijeron desde el primer día que te vi. Siéntate.

Se les acercaron dos chavalitas para tomarles la orden.

—Niñas, por favor tráiganle a Carolina lo que estaba tomando allá en la barra; lo de siempre para Clarisa, y a mí una botella de mi whisky. Si tienen hambre podemos pedir algo para picar.

—No, por mi parte estoy bien, sólo voy a estar un ratito —dijo Carolina.

—¡Caray!, te estás sentando y ya te quieres ir. ¿Te espera el novio o tienes cita en otro lado?

—Me tengo que ir temprano a mi casa, tengo una hija pequeña.

—Nadia, ¿no? Lo sé todo de ti, Carolina. Aquí en La Rueda se entera uno de todo, ¿o me equivoco, Clarisa?

—No, Ricardo; como dices, aquí en el centro nada es oculto.

Hablaron de nada y de todo. Fue un monólogo de Fierro en su afán de impresionar a Carolina. Cada vez que Clarisa intentaba participar o dar su opinión, Fierro la interrumpía para que fuera Carolina la que comentara algo.

Aunque la joven no estaba incómoda, no podía negar que la inquietaba la mirada de Fierro. Le gustaba el color azul de sus ojos. Transmitía seguridad. Además, aquel hombre olía bien; su colonia encuadraba en el perfil del caballero elegante, refinado y pudiente que Lidia le había descrito.

Cuando Carolina anunció que se iba porque Nadia la esperaba en casa, ella se había tomado tres piñas coladas; Clarisa, unos cuatro vodkas con jugo de naranja, y Fierro, media botella de whisky.

—¿Qué vas a hacer este sábado, niña?

—Trabajar, ¿por qué?

—Va a haber una fiestecita en una granja que tengo aquí por la Carretera Panamericana. ¿Por qué no vienes con Clarisa?

—No creo poder, tengo que cuidar a mi hija —dijo Carolina a manera de excusa, para evitar responder directamente que no.

—¿Y cuál es el problema? Lleva a tu hija a la fiesta y a quien quieras; en la granja hay muchas cosas para los niños.

Carolina se sentía en un aprieto. El pretexto de Nadia no le había funcionado, aunque, a decir verdad, podía decir cualquier otra cosa para declinar la invitación. Sin embargo, la tentación de ir a la granja de Fierro la doblegó. Pensó que Nadia sería buena excusa para convencer a Damián de que no lo vería el sábado porque tenía que llevar a su hija a una piñata. En ese preciso instante se le ocurrió también que, para que las cosas le salieran todavía mejor, se llevaría a Sara, así su mami no se opondría a tan tremendo plan.

—¿Puedo llevar también a mi hermana?

—A quien quieras, la fiesta es en tu honor.

—Nos vamos juntas, yo sé llegar a la granja —dijo Clarisa.

—Sí, te vas con ella; la fiesta comenzará en cuanto llegues. ¿Te apetece que sea a partir de las dos de la tarde?

—Como usted quiera.

—No se hable más. A las dos de la tarde, allá las espero. Clarisa, no se te olvide, la granja está en el kilómetro 20 de la Carretera Panamericana.

Su madre estaba inconsolable. Roberto no dejaba de llorar, recargado sobre aquel ataúd metálico de color gris colocado a la mitad de la sala de su casa y rodeado de arreglos florales.

Ella intentaba distraerse con Nadia, que había aprendido a caminar y no paraba de correr por la casa, donde estaban congregados los vecinos. Angélica y Sara tenían los párpados hinchados por tantas lágrimas. Su papi hablaba con todas las personas que se le acercaban y le daban abrazos.

Carolina quería saber qué ocurría en casa. A Damián lo descubrió parado cerca de la puerta de la entrada, fumando. Luis y Pedro también fumaban, rodeados de sus amigos y vecinos de la colonia. La confusión no la dejaba llorar, aunque ganas tenía de hacerlo. No era indolente a lo que veía; el dolor y la impotencia de su familia le quemaban las entrañas.

Roberto levantó la tapa del féretro y su madre pegó un grito tan agudo que la sacó del trance.

Nadia dormía plácidamente dentro de la cuna que se encontraba al lado derecho de su cama. La camiseta que usaba como pijama estaba empapada y el sudor le escurría por la frente. La sábana estaba tirada en el piso.

Miró el reloj electrónico que con números de color rojo marcaba las 4:50 de la mañana. Se limpió la frente con una toalla y se cambió de camiseta, se calzó las chanclas y salió de la habitación hacia la cocina; tenía sed.

—¿Qué haces levantada?

—Tuve un mal sueño, mami.

—Cuéntamelo.

—No, fue muy feo. Hoy me voy a ir con Sara y con Nadia a una granja; nos invitaron a una fiesta para niños.

—¿A una granja? ¿De quién es esa granja?

—Del papá de un amigo. La fiesta es a las dos de la tarde, regresaremos temprano. No se angustie: la granja no es de Damián ni vamos a ir con él.

Eso tranquilizó a doña Maurita, quien no aceptaba la relación de su hija con el narcotraficante. Le repugnaba, pero tenía que reconocer que por lo menos trataba bien a Carolina, le hacía regalos y, cuando la llevaba de regreso a casa, estacionaba la troca donde ella o don Beto los pudieran vigilar.

Esa mañana, cuando terminó de bañarse, Carolina buscó concentrarse en la fiesta para olvidar la pesadilla que había tenido; le dolía el hecho de que su hermano Javier hubiera sido el protagonista.

Dedicó por lo menos un par de horas a elegir vestuario. Se probó cinco minifaldas, una docena de vestidos y varios pantalones de mezclilla. Nada de lo que se puso la convenció. Sara se aburrió de darle opiniones y la dejó sola para que decidiera cómo ir vestida "a una pinshi fiesta en una granja".

La joven quería impresionar a Fierro. Ese hombre elegante e "inteligente" la intrigaba. Estaba enamorada de Damián, de eso no había duda; sin embargo, Fierro la ponía nerviosa. Físicamente le gustaba mucho, y su personalidad le causaba inquietud. Ella no era ingenua y sabía por qué le había dicho que la fiesta en la granja se celebraría en su honor.

Fierro le daba un trato distinto del que le dispensaba a Clarisa. Su amiga estaba a disposición del dinero de su cliente; a eso se dedicaba, de eso vivía. En eso Fierro no era distinto de los demás "viejos" que iban al centro a gastarse su dinero; Lidia se lo había dicho. A ese hombre le gustaba la variedad. Clarisa era su favorita en La Rueda por su porte distinguido, porque era guapa y tenía cuerpo de modelo, pero no por ello dejaba de acostarse con otras. El movido estaba casado y con hijos, ganaba mucho dinero, y las ganancias que le dejaba el narcotráfico y que no invertía en negocios o propiedades las tiraba en parrandas. Como sucedía con otros narcos y empresarios, las menores de edad eran su delirio. Las de quince y trece años eran las más caras, pero valían la pena; en eso coincidían los pederastas de la frontera.

Debajo de los negocios de la avenida Juárez y de la zona del centro existen túneles, venas del vicio por las que corre la sangre que mantiene vivos los bajos instintos de todo lo abominable e imaginable que se puede adquirir con dólares.

De las tripas de esos antros de perdición de Ciudad Juárez brotan menores de edad procedentes de quién sabe dónde; seres humanos inocentes llevados a la frontera como productos para clientes sin escrúpulos. Satisfacer aberraciones, instintos y deseos sexuales en Juárez cuesta bastante dinero, pero todo se puede. De los túneles fluyen bebés, niñas, niños, mujeres y hombres; mercancía desechable para los criminales que la ofrecen y que vale menos que cualquier golosina.

Los restos de esas víctimas de la peor depravación humana suelen aparecer enterrados o tirados cerca de la frontera, que todo lo borra con dólares y sonrisas hipócritas e indignaciones falsas de los gobernantes a ambos lados de la línea. En fosas comunes descansan vientres vacíos de los que retiraron a zarpazos el resultado del elíxir vomitado de las bajezas, y que luego, en frascos de cristal o en contenedores congelados, cruzan la frontera rumbo a los nosocomios del país vecino, que prefiere órganos en vez de manos trabajadoras que buscan su bienestar pero afean un paisaje donde nada es original sino copia de todo.

Finalmente, Carolina se decidió por una minifalda de mezclilla, blusa amarilla y zapatillas negras. Sara se puso un pantalón y chamarra de mezclilla. En la Durango pasaron por Clarisa y tomaron la Carretera Panamericana.

Carolina no podía negar que estaba nerviosa, más aún al ver que Clarisa iba vestida apropiadamente para ir a una granja:

pantalón y botas vaqueras, blusa tejana a cuadros. Con ese atuendo, su amiga le picó el ego, pese a saber que Fierro la prefería a ella. Le gustaba ser el foco de atracción y la sacaba de quicio que alguien le hiciera sombra.

—Llegaremos puntualitas. ¡Qué bonita se ve tu niña y qué guapa vienes, Sarita!

—Gracias, Clarisa; tú también te ves muy bien.

—¿Dices que vamos a llegar puntuales?

—Sí, Carolina, la granja está como a diez minutos, y son cuarto para las dos.

—Pues entonces vamos a pararnos por aquí en la carretera; no me gusta ser la primera en llegar a las fiestas, la gente puede pensar que estamos ansiosas.

—Con Fierro ni te preocupes; a él lo que le interesa es que llegues tú. La fiesta es en tu honor, como te dijo en La Rueda.

—¿La fiesta es para ti, Carolina? No me lo habías dicho.

—No le hagas caso a Clarisa, está bromeando.

—Qué broma ni qué nada, es cierto; la fiesta es para tu hermana, que trae a Ricardo Fierro cacheteando la banqueta. Es un hombre guapo y decente, ya lo vas a conocer, Sara.

—Está exagerando, no le hagas caso; si apenas me conoce.

—Te pusiste roja, Carolina; algo de cierto ha de ser lo que dice tu amiga. ¡Está pinshi morra tiene una suerte con los hombres como no te imaginas, Clarisa!

—Lo sé, no me lo tienes que contar a mí; tiene locos a todos los batos del centro.

Carolina estacionó la Durango frente a una tienda que había a la orilla de la carretera, bajó a Nadia y esperó a que hicieran lo mismo su hermana y Clarisa antes de ir a comprar unas sodas. Con los envases en la mano regresaron a la camioneta y abrieron las ventanas para con toda tranquilidad tomarse sus bebidas. A Nadia su mamá le dio jugo de manzana y unas papitas.

La joven deseaba hacerle muchas preguntas a Clarisa sobre Fierro, pues no quería que ese hombre la tomara desprevenida. Sus pensamientos giraban en torno a él; su novio se le había olvidado.

Entre trago y trago de soda y la cháchara en la camioneta, pasaron cuarenta minutos. Una vez que Sara depositó las botellas vacías en el bote de basura de la tienda, Carolina echó a andar el motor de su Durango. Al pasar la marca del kilómetro 20 de la Carretera Panamericana, Clarisa le pidió que disminuyera la velocidad porque un poco más adelante se iba a encontrar la entrada de la granja de Fierro de su lado izquierdo.

Llegaron a un camino empedrado, amplio, en el que había espacio para dos carros. De la carretera a la granja había un kilómetro y medio de distancia. Avanzaron entre pastizales hasta que se toparon con un portón gigante de metal vigilado por hombres armados con rifle y pistola que les abrieron paso en el acto.

—Venimos a la fiesta.

—Pásele, señorita, el patrón la está esperando.

La granja era hermosa y estaba en el lomo de una colina. La casa, moderna, tenía ventanales de cristal de la altura de las paredes, y del techo sobresalían las puntas de tres chimeneas. Toda la propiedad estaba cercada con una barda alta cuyos bordes superiores adornaban filosas enredaderas de alambre de púas. El lugar era espectacular: tenía piscina, varios asadores de carne, caballerizas, jaulas y, en la parte poniente, una casa pequeña al lado de una hilera de construcciones que parecían casitas de muñecas o enanitos, según le pareció a Carolina.

En cuanto vio que la Durango se estacionaba junto a los otros carros que había en el patio, Fierro dejó a sus acompañantes, con quienes estaba asando carne, y se dirigió a recibir a la invitada de honor.

—Carolina, estás en tu casa, puedes hacer todo lo que quieras. Guapísima, como siempre.

—Gracias por la invitación. Ésta es mi hermana Sara, y esta pequeñita es mi hija, Nadia.

Los hombres y las mujeres que se encontraban cerca de las parrillas, asando carne y tomando cerveza, tequila o whisky, no dejaban de observar a las tres mujeres y a la niña que habían llegado en la Durango. No hacía falta preguntar quién era Carolina, la mujer a la que Fierro esperaba con tanta ansiedad, porque además de ser la más atractiva de las tres, correspondía fielmente a la descripción que de ella hizo el dueño de la granja.

—Tiene una cintura y unas piernas que para qué les cuento —subrayó Fierro a sus invitados, minutos antes de que la susodicha hiciera su aparición.

Nadia se soltó inmediatamente de la mano de su mami y se fue hacia los jardines. Las flores de muchos colores y clases le llamaron la atención. Sara fue tras ella; temía que se cayera, aunque el piso parecía estar alfombrado con ese césped tan verde.

—Para la niña hay muchos juegos. Antier instalaron sube y bajas, resbaladillas, columpios y un carrusel.

—¿Los instalaron antier?

—Tú relájate, Carolina, aquí eres la que manda. ¿Qué quieren tomar antes de darles el tour?

—Quiero una cerveza, pero me voy a sentar con los que están asando la carne; ya conozco la granja —dijo Clarisa.

—Para mí también una cerveza, por favor.

—¡Sara, modérate! Me tienes que ayudar a cuidar a Nadia.

—No seas aguafiestas, Carolina. Deja que tu hermana se tome la cervecita. Y por Nadia ni te preocupes: aquí hay gente que se va a dedicar a cuidarla. ¿Tú qué quieres de tomar?

—Agua, solamente.

En cuanto les llevaron las bebidas, Fierro tomó de la mano a Carolina y la llevó a conocer su granja. Con Nadia de la mano, Sara los siguió, guardando cierta distancia de la pareja. En realidad, la niña estaba más acostumbrada a su tía que a su madre.

Lo primero que Fierro les mostró fue el interior de la casa. Estaba decorada al estilo norteño, con muebles de madera tapizados en piel, monturas de caballo con adornos de plata en varios de los pasillos que llevaban a las habitaciones —las cuales contaban con balcones que daban a la piscina—, así como tres chimeneas gigantes. La alberca era grande y adecuada para los tiempos de calor de la zona. En las caballerizas había seis ejemplares de la raza Cuarto de Milla y dos ponis que ya tenían sobre sus lomos las sillas de montar, como esperando a su jinete.

—Los compré para tu niña —le dijo Fierro a su invitada.

A unos cincuenta metros de las caballerizas estaban las jaulas. Las hermanas Campos Robles no salían de su asombro cuando vieron esos hermosos animales en cautiverio. Fierro tenía dos tigres, un león, una leona, un jaguar y una pantera negra.

—No les puedo decir que son mansitos porque no es así. La pantera es la única que se deja agarrar, pero se pone nerviosa cuando ve mucha gente, por eso hoy la tenemos guardadita. Si quieres, Carolina, o tú, Sara, al rato pedimos que la saquen para que la puedan acariciar.

—Por mí que se quede encerrada, no sea que me vaya a querer comer a mi niña.

—Le metemos un tiro y listo. Ya te dije que tú aquí eres la reina y tú mandas, faltaba más.

—Nadia está encantada. Mírala, Carolina; no le quita la vista al tigre y al jaguar, le llaman la atención sus colores.

—No vayas a dejar que meta la mano a la jaula, Sara.

—¿Por quién me tomas? A esta preciosura no la suelto.

—Al rato mando al encargado para que saque a la pantera; no se irán sin verla afuera de su jaula.

—¿Qué hay en esas casitas?

—Son zaudas, allí está la comida de mis gatitos. Vengan, nada más que se tienen que aguantar un poquito el olor, por eso están en la parte más alejada de la casa.

—¡Mira, Carolina! ¡Son cochinos!

—¡Qué bonitos! Enséñaselos a Nadia, Sara.

—Esos cerdos son la comida de mis gatitos; los compramos cuando los destetan y cuando están grandecitos y gorditos, como los de esta zauda, miren, se los damos de comer a mis mascotas.

—¡Ay, están rebonitos! Mi mami se volvería loca con estos cochinitos, a ella le gustan. ¿Te acuerdas del que compró para la cena de navidad el otro año, Sara?

—Era güerito, como esos que vimos en la primera casita.

—Zauda, se llaman zaudas. Así que a su mamá le gustan los marranitos. Vamos a comer, la carne asada ya debe estar lista.

Junto a las parrillas estaban dispuestas unas mesas largas con manteles rojos sobre los que habían colocado charolas con carne, ensaladas, arroz y frijoles. Las tortillas de harina las sacaban de la casa en tortilleros de cristal las señoras que las estaban haciendo a mano.

Con todos los invitados habría unas veinticinco personas en la granja. En la mesa principal estaban Carolina, Nadia, Sara,

Clarisa y el anfitrión. Los otros convidados eran socios o empleados de Fierro.

Hubo mariachi y un DJ que puso música al gusto de los invitados. Carolina se levantó a bailar con Fierro en un par de ocasiones, mientras Sara se entretuvo paseando a Nadia en el poni. Clarisa, por su parte, estuvo hablando y bailando con Carlos, un hombre como de la edad del anfitrión.

Cuando Fierro le pidió a Carolina que lo acompañara a caminar para enseñarle los jardines, la muchacha imaginó cuáles eran las intenciones que subyacían bajo aquel pretexto inocuo.

—Me gustas, Carolina, eres la clase de mujer que he esperado toda mi vida y quiero decirte que estoy dispuesto a hacer y darte todo lo que pidas.

—Usted está casado, ¿qué no?

—Eso no importa. Por ti soy capaz de todo, Carolina.

—Tengo novio y no me gustaría que me hiciera lo que usted quiere hacerle a su esposa. Tengo también a Nadia.

—Aquí no le vamos a hacer daño a nadie. Te trataré como a una reina y Nadia será como mi hija; no les faltará nada.

—Le agradezco mucho, sólo que en estos momentos no me siento preparada para algo así.

—Tómate el tiempo que quieras, al cabo no hay prisa; así nos conocemos mejor y ves que mis intenciones son las mejores para contigo y con tu hija.

Fierro no insistió más, lo que a Carolina le pareció una muestra de caballerosidad, porque otro en su lugar tal vez se hubiera aprovechado de las circunstancias.

En el camino de regreso, Clarisa intentó convencer a su amiga de que dejara a Damián y aceptara la propuesta de Fierro. Le aseguró que le convenía porque, amén de que ya no tendría que preocuparse por nada el resto de sus días, ese hombre era muy delicado en su trato con las mujeres.

—¿Te lo hace con mucho cuidado?

—¡Como serás cabrona, Sara! No me refiero a eso.

Carolina se soltó a reír por la imprudencia de su hermana, que con su comentario le había echado en cara a Clarisa el hecho de que ella era una de las varias amantes de Fierro.

—Es que dices que él es muy delicado con las mujeres…

—Me refiero a que no es como los demás, que sólo te usan.

—Y cuando se cansa de la mujer la manda a la fregada. No inventes, Clarisa; Ricardo Fierro es un hombre casado.

—Ya, ya, Carolina. Pero a su vieja ni la quiere, ¿por qué crees que va casi todos los días a La Rueda?

—Porque es un cabrón como todos los hombres, por eso.

—Tú no tienes experiencia en esto, Sara; creo que ni novio tienes.

—No se necesita andar de puta para reconocer a un jijo de la shingada. Ricardo quiere a mi hermana como amante, punto.

—Sin ofender, Sara, que yo no soy ninguna puta.

—Se me calman las dos, por favor. Ricardo Fierro es casado y yo tengo a Damián y no me gustaría ser el segundo frente de nadie. El tipo me cae bien, es amable y atractivo, lo reconozco; pero hasta ahí.

—¿Entonces para qué le diste vuelo?

—No le di vuelo. Tú insististe en que lo conociera; si vinimos a la fiesta fue porque nos invitó y, tan, tan, se acabó. Si lo vuelvo a ver lo saludo y cada quien con su cada cual. No te juzgo, Clarisa; eres mi amiga y somos libres de hacer lo que se nos antoje.

Después de dejar a Clarisa en su casa, Sara y Carolina hablaron de lo divertidas que estuvieron en la granja, de los animales salvajes y la pantera negra, que finalmente acariciaron ambas cuando uno de los empleados la llevó encadenada hasta donde estaban sentadas. Nadia quiso tocar al animal, pero su mamá se lo impidió por miedo de que la atacara.

A casa llegaron un poco antes del anochecer. La tarde estaba tibia por el calorón que hubo todo el día. Cuando entraron, su madre las recibió con una sorpresa.

—Un tal Terry me trajo un cochinito; dijo que era un regalo que tú me habías escogido, Carolina.

—¿Que qué?

—Un señor que dijo que se llamaba Terry trajo un cochinito güero; por cierto, está muy chulo el condenado. Me dijo que lo habías escogido para mí en la granja. Vamos a verlo, su padre lo amarró allá atrás en la huerta.

Carolina y Sara estaban fascinadas, y cuando vieron el cochinito se soltaron a reír.

—¿A qué granja fueron, siempre?

—A una que está por la Carretera Panamericana, ma.

—Sara, dime la verdad: ¿es cierto que me lo compró Carolina?

—Mami, es un regalo.

—Claro que es un regalo, ¿no ves que ese señor Terry le amarró al cochino hasta un moño en el pescuezo?

—De que se lo coman los leones a que se lo coma usted, mejor usted, ma.

—¿Cuáles leones? ¿De qué me hablas, Sara?

Las hermanas se doblaban de risa por las preguntas de su madre sobre el origen de aquel cerdito. A Carolina le agradó el gesto. Estaba segura de que Fierro había enviado a Terry con el cochinito después de que ella comentó lo de la cena de doña Maurita aquella noche de navidad. Sin embargo, ni el *pinshi* puerco la haría cambiar de decisión. No dejaría a Damián por Ricardo Fierro, así éste le hubiera regalado a su madre la granja con todo y animales salvajes y el resto de los cochinos.

QUINCE

La crónica de lo ocurrido en Morelia le abrió a Vicente el camino para hacer lo que siempre anheló: periodismo de investigación. Gracias al apoyo de Vélez, el muchacho se ganó la confianza del licenciado Gil, que comenzó a encargarle dos o tres reportajes por semana de lo que sucedía en el Congreso federal. Se hizo amigo de reporteros que cubrían la fuente, y por ellos descubrió cómo algunos legisladores federales se agandallaban millones y millones de pesos de las arcas del erario para beneficio personal. También atestiguó cómo ciertos reporteros, columnistas y articulistas de medios nacionales cobraban y recibían bonos por coberturas a modo.

Uno de los primeros aciertos de Vicente fue exponer a los integrantes de una comisión de la Cámara de Diputados que utilizaron dinero del Estado para comprarse automóviles nuevos e irse de gira por cinco semanas a varias naciones de Europa. La corrupción gubernamental era para Vicente Zarza Ramírez una fuente inagotable de información, y gracias a la triste y vergonzosa realidad enquistada en el sistema político y en la sociedad —la cual había sido bautizada como "fenómeno cultural" por el presidente de la república—, el joven reportero se ganó un lugar destacado en *Enlace*.

Gil aprovechó el talento de Vélez y la amistad que éste tenía con Vicente para asignarles coberturas conjuntas. Sus crónicas y reportajes fueron golpes periodísticos inobjetables contra el gobierno.

La dirección del rotativo intentó infructuosamente convencer a Vélez de presentar sus trabajos en concursos nacionales e internacionales de investigación periodística.

—El trabajo del reportero es una responsabilidad cívica, no lucimiento personal —objetaba Vélez.

Desde que le asignaron la fuente del Congreso, a Vicente le dieron un escritorio y una máquina de escribir en la redacción del diario. Su lugar quedaba al lado de la máquina copiadora y no muy lejos del telefax.

—Por si un día necesitamos recurrir a tu experiencia en menesteres tecnológicos, ¿estamos? —le dijo a manera de broma el licenciado Gil, cuando lo oficializó como tecleador.

La nueva responsabilidad llegó acompañada de un mejor sueldo. Con el aumento de sus ingresos, Vicente pudo comprarse ropa y un par de sacos sport. También elevó su aportación a los gastos de la casa de sus padres y comenzó a ahorrar para comprarse un automóvil.

La relación de Vicente con Vélez no se limitaba a lo profesional; su admirado tutor lo invitaba a jugar partidas de dominó en la cantina El León de Oro, donde todos los jueves por la noche se juntaban colegas de otros periódicos para apostar la cena y unas copas de vino.

Las primeras partidas que Vélez agarró a Vicente como compañero de dominó fueron un desastre; sin embargo, al paso del tiempo el muchacho aprendió a mover con acierto las fichas, y fueron escasas las ocasiones en que aquel par tuvo que vaciar sus carteras para pagar las viandas nocturnas a los amigos.

—La clave para ejercer el buen periodismo es nunca dejar de leer, informarse a través de las fuentes y seguir la pista de cualquier dato que a los colegas les pueda parecer indiferente.

—Pepe, sigo al pie de la letra tus consejos. Me han dado resultado; creo que el licenciado Gil está contento con mi chamba.

—Jamás te sientes en tus laureles; el narcisismo es el peor enemigo de esta profesión.

—Entiendo a lo que te refieres.

—No olvides esto, Vicente: el medio hace al reportero, no a la inversa. Las noticias son hechos fehacientes, el reportero nunca debe ser el protagonista. La falta de credibilidad y la corrupción son el peor enemigo del informador.

El país era un polvorín con la llegada de Enrique Calderón Nieto a la presidencia de la nación; se había desatado una guerra contra el narcotráfico que no tenía pies ni cabeza, y los criminales aprovechaban la ignorancia e inmadurez del primer mandatario para aterrorizar a la sociedad.

Calderón Nieto, gobernante conservador, necio, alcohólico y corrupto, se dejó manipular por el gobierno de Estados Unidos y militarizó la lucha contra los cárteles de la droga. Como en una guerra civil, el presidente sacó de sus cuarteles al ejército y a los marinos para asignarles responsabilidades inconstitucionales. Los soldados y marinos, que nunca habían participado en una guerra, cometían todo tipo de atrocidades en materia de derechos humanos, en nombre del combate a los narcotraficantes. Por su parte, generales y almirantes abusaron de la mediocridad y tibieza del presidente para usar y probar su poderío armamentístico contra narcos y civiles.

Los capos de la droga, que hasta la llegada de Calderón Nieto a Los Pinos nunca se habían metido con la sociedad porque no tenían necesidad de hacerlo gracias a la narcocorrupción, se vieron amenazados por la ansiedad de los jefes marciales —muchos de los cuales estaban en sus nóminas de pago— y por la estrategia diseñada en Washington, así que respondieron con tanta violencia que en dos años México se ubicó entre las diez naciones más peligrosas e inseguras del planeta.

Calderón Nieto, los militares y los narcotraficantes destrozaron la sensibilidad humana e hicieron que los mexicanos se acostumbraran a los muertos. Aunque la sangre corría por todos los estados, los periódicos, noticiarios de radio y televisión nacionales y locales no reportaban el fracaso de la guerra, sino el éxito de oropel de la estrategia de Calderón Nieto. La presidencia gastó cientos de millones de pesos para comprar y callar a los medios de comunicación respecto de su derrota en la batalla contra el narcotráfico. Ese dinero enriqueció a los dueños de los medios de comunicación y a ciertos reporteros.

La excepción de esa podrida colusión fue *Enlace* y otros dos diarios de la capital. La competencia los acusaba de amarillistas, al tiempo que la sociedad les aplaudía la osadía de exponer los errores de un presidente que todo el tiempo daba la impresión de estar en estado etílico.

La frontera norte de México era tierra de nadie. La violencia se había desatado con tanta crueldad que la gente consideraba ciudades como Juárez o Nuevo Laredo territorios ingobernables y a merced de criminales y sicarios. Era demencial lo que ocurría en el país. El licenciado Gil precisaba hacer una cobertura puntual de la guerra contra el narcotráfico desde esos lugares críticos para poder entenderla. Vélez no se daba abasto cubriendo zonas peligrosas de los estados de Guerrero, Sinaloa, Michoacán, Chihuahua y Tamaulipas, pues en la redacción de *Enlace* eran contados los reporteros que se ofrecían para hacer ese trabajo que implicaba muchos riesgos. De héroes ya estaban llenos los panteones.

Vicente cumplía con los requisitos para cubrir la guerra contra el narco, el licenciado Gil lo sabía de sobra; sin embargo, le preocupaba la manera tan bravía con la que ese tecleador cuestionaba a funcionarios públicos. No les temía. Pero una cosa era echarles en cara a los diputados su incapacidad y corrupción, y otra inmiscuirse en los negocios del narcotráfico para exponer a esos criminales desalmados en su contubernio con el gobierno de Calderón Nieto, en cuya presidencia México se destacó en otro casillero de vergüenza: ocupaba el tercer lugar de la lista de países con el mayor número de periodistas asesinados.

Gil no quería ver a Vicente en un acalorado intercambio de palabras con algún general o almirante, como le habían contado que hacía su joven reportero con diputados y senadores.

Una noche, cuando José Vélez se encontraba en Michoacán, a la redacción de *Enlace* llegó la noticia de que en el fraccionamiento Villas de Salvárcar, en Ciudad Juárez, un grupo de narcotraficantes armados con rifles de alto poder AK-47 o cuernos de chivo masacró a dieciséis estudiantes de bachillerato e hirió a otros doce. La gravedad del caso obligó a Calderón Nieto —quien no pudo ocultar su embriaguez ante las cámaras— a dar un mensaje a la nación esa misma noche, prometiendo atrapar a los responsables del crimen masivo. Nadie en su sano juicio le creyó al patético primer mandatario.

—Licenciado, me apunto en la lista de candidatos para ir a Juárez a cubrir lo de Villas de Salvárcar —dijo Vicente a su jefe.

El licenciado Gil, quien se hallaba en su escritorio leyendo el despacho de la masacre, levantó la vista y encontró al reportero recargado sobre el marco de la puerta de su cubículo. Ninguno de los otros empleados del periódico se había ofrecido a viajar a la atribulada ciudad fronteriza.

—Es peligroso, muchacho.

—Lo sé, pero, dígame, ¿qué ya no es peligroso para el periodismo en México? Los criminales han rebasado la línea de lo intolerable y el gobierno perdió su guerra. Investigaré a fondo, se lo prometo.

—Eso es lo que esperan y demandan los lectores de *Enlace,* la verdad. Ya viste que el primer comunicado de presidencia y de la Procuraduría General de la República menciona que los jóvenes asesinados y los heridos podrían ser narcomenudistas.

—Me parece que es otra de las tretas de Calderón Nieto para deslindar responsabilidades.

—Así parece, Vicente. Tu trabajo será descubrir qué ocurrió. Te voy a mandar a Juárez, pero quiero que, además de averiguar qué pasó con esos jóvenes, nos digas quiénes eran. Busca a los padres de las víctimas e intenta entrevistar a uno de los sobrevivientes, ¿estamos?

—Estamos, licenciado.

—Ahora pido que te autoricen los viáticos. Búscate el primer vuelo para mañana por la mañana y no te preocupes por el tiempo que necesites estar allá. Quiero resultados. ¿Conoces Ciudad Juárez?

—Nunca he estado en la frontera norte.

—Bueno, siempre hay una primera vez. Nada más no vayas a tomar agua; hidrátate con cerveza.

—¿Por qué, licenciado?

—Es una broma. Dicen los juarenses que el que visita su tierra y bebe de su agua ya no quiere volver a casa. Ten cuidado, la ciudad está peligrosa, son los narcos quienes la gobiernan. Cómprate un boleto de avión abierto, sin fecha de regreso, así no estarás presionado para hacer lo que espero de ti.

Vicente subió al piso de las oficinas administrativas a recoger sus viáticos para trasladarse a la frontera. El primer vuelo de la Ciudad de México a Juárez salía a las 6:30 de la mañana; tendría que madrugar para irse al aeropuerto.

Gil llamó por teléfono a Vélez para contarle lo de Vicente.

—¿Qué te parece lo de los estudiantes en Juárez?

—Grave, pero es de mayor gravedad que Calderón Nieto se precipite a criminalizarlos. Me puedo ir de aquí a Juárez.

—Ya hay enviado.

—¿Quién?

—Tu alumno. Se ofreció; de hecho, fue el único que lo hizo. Ya conoces lo valientes que son tus compañeros de la redacción. Se va mañana, lo hará bien.

—No es eso lo que me inquieta… Vicente es muy atrabancado y se puede meter en líos.

—Precisamente por eso le acepté la propuesta: tiene el valor y el olfato requerido en una cobertura como ésta. Es tu alumno y sabrá ser prudente.

—Tienes razón, aunque no deja de preocuparme su irreverencia ante esta bola de gobernantes corruptos e inútiles que tenemos. Confío en que no se agarre con los verdes; ésos son los peores.

—Es un caso delicado y el muchacho lo entiende, lo hará bien. Ya era justo que se le asignara una cobertura a él solo.

Al salir del aeropuerto de aquella desértica ciudad fronteriza y subirse al taxi, el chofer empezó a cuestionar a Vicente sobre la ubicación del fraccionamiento Villas de Salvárcar. El joven le pidió que lo llevara al hotel y lo esperara en lo que se registraba y aventaba su equipaje en la habitación para que sin pérdida de tiempo lo condujera al lugar de la masacre.

—¿Periodista, joven?

—Reportero, sí.

—Le aconsejo que, si trae gafete de prensa, se lo ponga todo el tiempo; aquí en la ciudad hay muchos retenes militares, de la policía municipal y de la federal, son unos cabrones. Pero, si usted es periodista y viene de la Ciudad de México, la libra.

Efectivamente, antes de que el taxista lo dejara a dos cuadras de la casa donde había ocurrido la masacre, pasaron por cinco retenes, cuatro de militares y uno de la policía federal.

Vicente llevaba una cámara fotográfica. No estaba obligado a tomar fotos; el licenciado Gil le había informado que *Enlace* contaba con los servicios de un fotógrafo freelance que ya tenía las manos en la masa. Sin embargo, él deseaba documentar con su propio lente la cobertura de la guerra contra el narcotráfico en la frontera.

Media cuadra de la calle donde se hallaba la escena de la masacre estaba atestada de policías y militares. Había poca gente intentando mirar, aunque eran dieciséis los muertos; en Juárez, el promedio diario de asesinados o ejecutados era de trece personas. Lo que pasó con aquellos estudiantes de bachillerato no estremeció a la sociedad juarense como a la del resto del país.

Desde lejos, Vicente tomó fotografías de la casa. El zaguán mostraba agujeros del tamaño de una pelota de tenis, y había otros del mismo diámetro en las demás paredes de aquel inmueble. El joven reportero se acercó todo lo que le permitieron. Quería memorizar lo que veían sus ojos para la crónica que hilaba en su mente.

No lejos de él, a unos siete u ocho metros de distancia, se encontraban tres niños montados en bicicleta. Aproximándose a ellos, les preguntó:

—¿Conocían a los chavos?

Los niños lo voltearon a ver con desconfianza.

—No, no los conocíamos —le respondió inmediatamente el que parecía más huraño.

—Hace mucho calor. ¿Habrá una tienda por aquí cerca para comprar un refresco?

—¿Qué es un refresco?

—Una soda, menso; así les dicen los chilangos a las sodas —dijo otro de los niños, corrigiendo al ignorante en modismos del idioma español en México.

—¿Dónde está la tienda? Acompáñenme, les invito una soda.

El calor inclemente doblegó al más huraño, quien, al mando del pequeño pelotón, echó a andar en su bicicleta hacia la tienda, seguido por sus dos secuaces y el reportero.

Todos pidieron coca-cola. Aquella bebida le cayó de perlas a Vicente. No pensó que el calor fuera tan sofocante en esa ciudad que desde las alturas, antes del aterrizaje, le dio la impresión de ser un lugar inhóspito.

—¿Eres periodista chilango? —preguntó uno de sus acompañantes fortuitos, el más gordito de los tres.

—Reportero. Y sí, soy de la Ciudad de México.

—Hay un chingo de reporteros. Desde anoche llegaron los de la televisión, fotógrafos y otros como tú, que apuntan todo en una libreta y les ponen grabadoras en la boca a los policías.

—¿Ustedes vieron lo que pasó?

—Sí, anoche vimos cuando los del Semefo sacaban a los muertos. La sangre corría hasta la banqueta. Mi mamá escuchó la balacera, puro cuerno de chivo.

—Pinche bato chismoso —intervino el más desconfiado de los tres.

—Pinche Alejandro, Miguel no es chismoso; él vio casi todo. Cuando llegamos tú y yo, ya habían levantado a los muertos.

—Para que veas, Alejandro, yo fui quien le avisó a la señora Minerva que habían matado a su hijo, a Luis Ángel. ¿Cierto o no?

—Eso quiere decir que sí los conocían; me mintieron, cabrones.

—Fue Alejandro, nosotros no te dijimos nada.

—¿Cuál es la casa de Luis Ángel?

—Te va a costar una lana.

—¿Cuánto? Pero no vayas a abusar, que el que conoce a la mamá de Luis Ángel es Miguel, no tú.

—Danos cien pesos a cada uno.

—Cien para los tres y digan que les fue bien.

—¡Trato!

—Pinshi gordo, ya la cagaste.

Entrar a la casa de Luis Ángel fue otro viacrucis de negociación. Los padres del joven asesinado no estaban; habían ido a la morgue a reconocer el cadáver de su hijo y a hacer todos los trámites ante las autoridades para recuperarlo. En el domicilio estaban la abuelita, dos tías, tres hermanos y varios primos del occiso. Vicente no quiso ser imprudente ante el dolor de la familia. Cuando llegaron los padres de Luis Ángel sin el cuerpo de su hijo —no lo liberarían hasta el día siguiente—, doña Minerva se negó a hablar con él.

—Señora, discúlpeme. Entiendo que soy incapaz de comprender el dolor de una madre. No me diga nada si no quiere, sólo les pido a usted y a su familia que me permitan acompañarlos hasta el sepelio de Luis Ángel. No preguntaré nada, lo prometo.

—¿Para qué quiere estar? Usted ni lo conocía.

—El dolor que la embarga lo tiene que saber todo el país. Señora, su hijo es víctima de la irresponsabilidad del gobierno; su sufrimiento y el de toda su familia son una exigencia de justicia.

—Puede quedarse, con la condición de que no tome fotos de mis otros hijos ni de nosotros. Quienes asesinaron a Luis Ángel son criminales desalmados capaces de venir a matarnos a todos. Le pido que entienda, mi familia pasa por un momento difícil.

—No se preocupe, señor. Le agradezco mucho y haré lo que dice.

—Cuando traigan la caja con mi hijo, tómele fotos. Quiero justicia. Mi hijo y todos los muchachos que mataron esos malandros desgraciados no son delincuentes como dice el gobierno; eran estudiantes que estaban en una fiesta, celebrando a uno de sus amigos. Tampoco eran drogadictos que estaban de pachanga por su rehabilitación, como dicen los periódicos de aquí de Juárez. Si va a hacer su trabajo, hágalo bien. Todos somos víctimas del gobierno y de estos malditos movidos.

Vicente salió de aquella casa y se sentó sobre la banqueta. El padre de Luis Ángel acababa de darle la nota. En su reportaje de la matanza, dejaría claro que los muertos eran estudiantes y no drogadictos en rehabilitación. Deseaba exponer las mentiras del gobierno de Calderón Nieto en algo tan sensible y sádico como el asesinato a sangre fría de un grupo de adolescentes.

Después de un par de llamadas telefónicas a la Ciudad de México en las que se puso de acuerdo con el licenciado Gil, el joven reportero indagó con otros vecinos del fraccionamiento Villas de Salvárcar las edades y nombres completos del resto de las víctimas de la masacre. Planeaba escribir la crónica del velorio de Luis Ángel para publicarla junto con las fotografías del lúgubre evento. También entrevistó a un par de policías y al presidente municipal de Ciudad Juárez, quien se deslindó del caso argumentando que, como se trataba de un asunto del crimen organizado, era competencia de la Procuraduría General de la República (PGR) y los militares.

Al velorio de Luis Ángel asistió mucha gente, vecinos del fraccionamiento y curiosos de otras colonias. Algunos alumnos del Colegio de Bachilleres llegaron a montar guardia junto a su compañero asesinado. Vicente interrogó a varios de ellos y les preguntó si tenían intención de acudir al velorio de los otros quince estudiantes muertos. Varios le respondieron que lo harían, y él los acompañó al fúnebre recorrido. Ya había ido a tres casas enlutadas, tomado fotografías y platicado con los padres de las víctimas, cuando al llegar a la casa de Lino —un chico de diecisiete años asesinado por los narcotraficantes— lo interceptó un tipo que no se notaba afligido por la desgracia.

—¿Eres tú el reportero de *Enlace*? —le soltó de sopetón aquel desconocido que se interpuso en su camino a la entrada de la casa y que con una mano metida en el bolsillo de la chamarra le dio a entender que le apuntaba con una pistola.

—Así es. ¿En qué te puedo servir?

—Vamos al carro, tengo algo que contarte.

—Cuéntamelo aquí.

—Te llamas Vicente, ¿no? Vicente Zarza Ramírez, para ser exactos. No seas desconfiado; vamos, te conviene.

Vicente no podía negar que lo había desconcertado el hecho de que ese desconocido supiera quién era él. No obstante, tenía la corazonada de que estaba a punto de enterarse de algo importante y por eso accedió.

Dentro del carro con vidrios polarizados estaban otros dos tipos. El reportero se sentó en el asiento del copiloto. Los del asiento de atrás cortaron cartucho sólo para hacerle saber que estaban armados.

—Aquí el asunto es así, Vicente. No vas a poder escribir quién te lo dijo, pero te voy a dar unos datos que te ayudarán a entender qué jijos de la shingada fue lo que pasó con esos chavalos.

—¿Cómo te llamas?

—¡No mames! Te acabo de decir que no puedes escribir quién te lo dijo y me preguntas mi nombre. ¡Qué güevotes, cabrón! Soy Charlie, no se te olvide que no me puedes mencionar. Los de atrás no existen y ni los viste, ¿entiendes?

—Por supuesto, Charlie.

—El pedo está así: los que mataron a los chavalos se equivocaron. Iban a meterle un susto a un grupo de pasadores de droga que se están rehabilitando en uno de esos centros para drogadictos. Se habían robado un poco de merca. Los pendejos que iban a hacer el jale escucharon el desmadre que tenían los chavalos y pensaron que ése era el lugar al que los habían mandado y soltaron bala. Eso fue lo que ocurrió.

—¿Quiénes son los que hicieron el jale y dónde está el centro de rehabilitación que confundieron con la casa de la fiesta de los estudiantes?

—¡Qué chingón me saliste! No te lo voy a decir. Los pendejos que hicieron mal el jale ya mordieron polvo; por ellos no te preocupes. El centro está a cuadra y media de donde estaban los chavalos.

"La movida es que el gobierno quiere decir que los chavalos le entraban a la droga y eso no es cierto. Hasta nosotros los malandros tenemos criterio y decencia, aunque no lo creas.

—¿Los del jale eran gente tuya?

—Miren a éste, sí que tiene güevos al preguntarme eso. No, no eran gente mía. Son de la Gente Nueva que llegó a Juárez, de Sinaloa. Los muertos son juarenses, y eso duele.

—¿Gente Nueva?

—Averigua… ¿No que eres reportero?

—¿Cómo supiste quién era?

—Hablaste con unos policías, ¿no? Aquí en Juárez tienes que cuidarte de los policías y de los verdes. Hicimos unas llamadas y ya sabemos muchas cosas de ti.

Vicente sintió escalofríos; sus padres se le vinieron a la mente.

—Tranquilo, compadre. Sabemos que no eres de los reporteros chayoteros, por eso te busqué. *Enlace* es el único periódico que entiende cómo está este pedo que provocó el pendejo de Calderón Nieto. El gobierno de ese güey está en la cama con los de Sinaloa. Aquí llegó la Gente Nueva a limpiar el camino para sus jefes de Culiacán y de la Ciudad de México; por eso el desmadre.

"Publica lo que te dije, nadie te va a desmentir; no lo va a poder hacer el gobierno, y tú ya hablaste con las familias de los chavalos. En el papelito que te va a entregar mi cuate de atrás vas a encontrar dos números de teléfono celular. Cada vez que vengas a Juárez márcalos, en alguno de los dos me vas a encontrar. Siempre pregunta por Charlie. El gobierno es el culpable de este desmadre que hay por todo el país. Está apoyando a los de Sinaloa en el negocio. Créemelo o compruébalo tú mismo, o que lo haga tu compañero Vélez, que ya encueró a los de Michoacán.

Cuando Vicente se bajó del carro, su nueva fuente le pidió que se acercara a la ventanilla del conductor.

—Vicente, los de Juárez somos gente educada y nos despedimos. Buenas noches.

El joven reportero se fue al hotel a redactar todo lo que le había contado Charlie y lo recopilado en su recorrido por los velorios. Su reportaje sobre la masacre de Villas de Salvárcar y su crónica de los sepelios de los estudiantes aparecieron en primera plana dos días después de su plática con Charlie.

La versión del gobierno que incriminaba a los estudiantes no se pudo sostener ante lo publicado por *Enlace*. Calderón Nieto se vio obligado a pedir una disculpa pública a los familiares de las víctimas y a la nación entera. Ofreció apoyar económicamente a las familias afectadas y a rehabilitar con infraestructura Villas de Salvárcar y otras colonias paupérrimas de Ciudad Juárez. Por su parte, la PGR negó los nexos del gobierno con el Cártel de Sinaloa y sus sicarios, bautizados como Gente Nueva, a los que envió para apoderarse de la plaza de Juárez a base de plomo y sangre.

Por el reportaje de Vicente, distribuido en casi todo el país, la nula credibilidad de Calderón Nieto tocó fondo en el pantano.

DIECISÉIS

Carolina vivía en otro Juárez o, más bien, en otro mundo. Ejecuciones, secuestros, feminicidios y narcotráfico le eran ajenos. Su entorno familiar, sus amistades y el amor la hacían inmune a la problemática de su sociedad. Sabía que Damián y Ricardo Fierro eran movidos, pero no lo veía como algo malo ni mucho menos asociado a la criminalidad. Su propósito en la vida era pasarla bien. No se metía con nadie y nadie se metía con ella. Dinero nunca le faltaba; Lidia le daba lo suficiente en pesos y dólares, y la mantenía vestida y actualizada con las modas de El Chuco. En los antros nunca gastaba un solo centavo: de las cuentas se encargaban su novio, su cuñada, sus hermanos y uno que otro intrépido que le invitaba sus piñas coladas las escasas ocasiones en que se quedaba sentada sola en la barra o en una mesa.

Esa Ciudad Juárez bañada de sangre, que describían los medios de comunicación de todo el mundo, era para ella como una fábula, y aunque estaba relacionada con personas causantes de la tragedia, no quería enterarse de lo que había detrás del dinero y el poder de Damián Martínez y Ricardo Fierro.

Cuando su madre le pedía que no llegara tan tarde a casa y que tuviera cuidado al andar de callejera, se hacía la occisa. Su novio le puso guarros que la vigilaban día y noche. No leía los periódicos con el pretexto de su dislexia; tampoco escuchaba los noticiarios de la radio ni veía los de la televisión. Su entretenimiento eran los antros, la música y la chácala con sus amigas y amigos del centro.

En su camioneta Durango recorría las calles de los barrios pobres y atribulados de su ciudad, ignorando lo que pasaba en ellos. Si un chaval o una mujer indigente le pedían dinero, bajaba la ventanilla automática de su camioneta y les daba unas monedas. Lo mismo hacía con los parqueros y los vendedores ambulantes. El altruismo de Carolina consistía en repartir pesitos a los necesitados. Tal como le había enseñado Lidia, regalar dinero en las calles le daba seguridad, compraba voluntades y la reivindicaba respecto al sufrimiento de su tierra y sus paisanos.

Desde la visita a la granja Carolina no había visto a Fierro ni a Clarisa. Por las tardes, Damián pasaba por ella a la boutique y no le quedaba tiempo para ir a La Rueda.

—Me enteré de que fuiste a una fiesta en la granja de Fierro.

Al oír esto la joven se ruborizó; no esperaba que Lidia estuviera al tanto.

—No te pongas colorada. ¿Se te olvidó que aquí en el centro nos enteramos de todo?

—Le iba a contar, pero…

—M'hija, no me corresponde decirte qué hagas o dejes de hacer. Eres mujer hecha y derecha, madre, y pasaste por algo horrible; te sabes cuidar y además te cuidan.

—Fue una fiesta sencilla; me acompañaron Nadia, Sara y Clarisa.

—Con Fierro no hay fiestas sencillas; lo conozco, tiene otras intenciones contigo. Que no se entere Damián, porque se va a armar la gorda. Esos hombres no se andan con pendejadas, m'hija.

—Fierro es nada más amigo… Usted me conoce, Lidia.

—No hay nada peor que un hombre celoso, y tu noviecito es de ésos. Por si no lo sabías, esos cabrones que te cuidan le cuentan todo: con quién platicas y a qué horas. Te tiene bien vigilada, y por una parte está bien. Me preocupa Fierro.

—¿Por qué?

—Por aprontón que es, porque lo que quiere siempre lo consigue.

—Nomás me cae bien. Damián es mi novio.

—Pues que no se te olvide eso último; no le andes coqueteando a Fierro, que puede salir caro el atrevimiento.

—Yo no le coqueteo a Fierro ni a nadie.

—Mushasha, mushasha, tú naciste coqueta.

Para Carolina, la relación con Damián tenía un solo propósito: el casamiento. El movido y cantante de Fovia la quería solamente para él. Se emperraba cuando en los antros los batos se embobaban con las piernas de su morra. Era imposible exigirle a Carolina que no las luciera; además, le encantaba verla con minifaldas y faldas cortas que le quedaban arriba de la rodilla. Sin embargo, no toleraba los aires de independencia de la muchacha, que se ponía furiosa cuando él intentaba imponerle cosas. ¿Cuántas veces se había bajado de la camioneta cuando él le insistía en que se dejara acariciar los senos? En una ocasión incluso lo abofeteó porque le metió la mano debajo de la falda. Damián estuvo a punto de ponerle "un shingazo", pero se aguantó. No se explicaba cómo podía tolerarle esos desaires, si a fin de cuentas ella era madre soltera. La quería, no cabía duda.

Cosa extraña en un movido, desde que Damián Martínez comenzó a andar con Carolina le sobraban dedos de las manos para contar las veces que se había llevado a uno de sus departamentos o casas a chavalas y bailarinas de antros.

Por otro lado, con la llegada de los militares a Juárez por orden de Calderón Nieto, se puso difícil el negocio de meter mercancía al otro lado. Cada vez con mayor dificultad, Damián pasaba "clavos" en carros que cruzaban a El Chuco. Dejaba que le incautaran un poco de yerba en alguno de los puentes para que, por los otros, pudiera entrar la merca. El problema eran los soldados y los feos o policías federales, que andaban metiéndose en todo y con todos. Los enfrentamientos eran constantes y había que limpiar la plaza para no dejar rastros. Damián trabajaba con los locales; los de la Gente Nueva lo querían eliminar del negocio. Ninguno de los movidos locales, Fierro incluido, tenía garantía de nada. La guerra de Calderón Nieto era de todos contra todos. Por eso el reguero de sangre en Juárez y en otras plazas del norte.

Las tocadas con Fovia le funcionaban a Damián como escaparate y camuflaje. Los feos podían pensar que un rockero de pelo largo consumía drogas, pero no que era un traficante de merca. Sin embargo, el novio de Carolina sabía que su antifaz artístico no le funcionaría por mucho tiempo; tarde o temprano, los feos sabrían quién era el cantante de Fovia.

Para Carolina, su novio era una celebridad, famoso entre los juarenses aficionados al rock pesado e incluso en algunas ciudades de Sonora. En El Paso tuvo presentaciones con su banda, pero pasó inadvertido. En el otro lado había buenos rockeros, y aunque Damián también cantaba en inglés, su acento lo ponía en desventaja frente a los músicos gabachos.

Carolina no pensaba en Damián como narcotraficante; su bipolaridad la cegaba ante la tragedia de Juárez y del país. En casa, cuando su mami hablaba de "tanto muerto" que había por las calles, ella se indignaba; luego, al salir minutos u horas después a pasearse con Damián bajo la protección de guarros armados hasta los dientes, la desgracia se le olvidaba. No justificaba, pero tampoco condenaba lo que hacía su novio. Si la gente en El Chuco compraba el polvo o la yerba, él no tenía la culpa; era un negocio, "un bisnes", igual que el de Lidia con la fayuca.

Con todo y las restricciones de la guerra de Calderón Nieto, Damián se llenaba los bolsillos de dólares. Sus conectes en El Paso, Nuevo México y Kentucky lo ayudaron a pegar envíos de varias toneladas de yerba y algunos kilos de polvo o cocaína. Le gustaba compartir su éxito con Carolina y llevaba semanas pensando en hacerle un regalo especial.

Cierto día, como de costumbre, Carolina llegó al centro en su camioneta Durango y la estacionó en el callejón al lado del Bombín. Despuntaba la mañana y el azote del sol era ya como una brasa que ardía en la piel de Juárez. La joven no pudo reaccionar cuando una mano huesuda le cubrió con fuerza la boca, al tiempo que dos tipos la abrazaban por la espalda y la tomaban por las piernas. La metieron a un carro negro sin placas que salió disparado del callejón. La sentaron a la mitad del asiento trasero, con los dos sujetos que la habían inmovilizado a ambos lados. El que le había tapado la boca se sentó junto al chofer, quien era un joven de barba cerrada.

—¿A dónde me llevan? No saben la bronca en la que se metieron.

—Tranquila, señorita, no le vamos a hacer nada.

—¡Bájenme, hijos de su shingada madre!

—Señorita, no grite por favor. No le vamos a hacer nada; nosotros sólo cumplimos órdenes.

En un intento por zafarse de sus captores, Carolina le aventó un codazo al tipo que estaba sentado a su derecha, pero el agredido alcanzó a bloquear el golpe y le inmovilizó los brazos; enseguida, el guarro que iba a su izquierda la tomó por las piernas y le dijo:

—Mire, señorita Carolina: nos puede mentar la madre cuantas veces quiera, pero no se ponga bronca. Ya le dijimos que no le va a pasar nada; esto no es un levantón.

Aquel guarro confundió a Carolina, quien se dio cuenta de que, aunque la controlaban a la fuerza, procuraban no lastimarla. Si quisieran violarla, como se imaginó cuando la metieron al carro, ya le hubieran inyectado algo —como le había contado Sandra la Morena que hacían los malandros con las chavalitas que levantaban en el centro o por la terminal de autobuses— o metido un fregadazo para callarla.

—Necesito saber quién los mandó.

—No se lo podemos decir. Pero le juro que no le vamos a hacer nada. Ya vamos a llegar al lugar donde la están esperando. Nadie le va a hacer nada malo, créame por favor, señorita Carolina.

La joven se tranquilizó un poco, pero iba trucha para no olvidar las calles y avenidas por donde se desplazaba el carro. Era obvio que los batos que la habían levantado estaban armados, aunque no la habían intimidado con sus fierros; ese detalle le produjo aún más desconcierto.

El carro se metió al parqueadero de la Clínica Campestre, en la zona más cara y exclusiva de todo Juárez.

257

—Llegamos, señorita. Le pido de favor que al bajar no vaya a gritar ni a hacer nada que llame la atención de la gente. Le repito: nadie le va a hacer nada. Sígame, por favor; es lo único que tiene que hacer —le indicó el guarro que estaba sentado a su lado izquierdo y que después dijo por radio algo que ella no alcanzó a oír.

Aunque Carolina decidió no hacer escándalo, ya había lucubrado un plan: gritar con todas sus fuerzas si la pasaban a otro carro.

Entraron a la clínica. En la recepción estaba otro guarro con un radio en la mano y un tipo de aspecto normal con una bata muy blanca. La recepcionista y una enfermera le sonrieron a Carolina al verla llegar escoltada por guaruras.

—Señorita, la estábamos esperando. Mucho gusto, soy el doctor Alejandro Guerrero —le dijo el de la bata blanca al momento de extenderle la mano para saludarla—. Pase, pase… Por acá, por favor —y dirigiéndose a los guarros, añadió—: Señores, la señorita se va a tardar unas horas en salir; lo comento por si quieren ir a algún lado y luego regresar por ella.

Los pistoleros ni se inmutaron. El que ya estaba dentro de la clínica se sentó en uno de los sillones de la recepción y los otros dos regresaron al parqueadero y se metieron al carro, donde aguardaban sus compañeros.

Aquélla era una clínica de lujo, de eso se dio cuenta Carolina. Los muebles de la recepción, los cuadros, los jarrones con flores naturales y frescas, las batas increíblemente blancas del doctor y la enfermera, la ropa de la recepcionista… Todo era absolutamente distinto de lo que se habría encontrado en un establecimiento similar en otro barrio de la ciudad. La clínica estaba ambientada con música clásica, algo inusual en el norte.

—Doctor, ¿qué estoy haciendo aquí?

—Le vamos a aumentar el busto.

—¿Queeé?

—Que le vamos a poner unos implantes en el busto.

—¿Por qué? Yo no quiero que me hagan nada. Gracias, pero me voy inmediatamente.

—No me diga que no lo sabía.

—¡Claro que no! No necesito ningún implante.

—Ahora lo entiendo todo.

—¿Qué es lo que entiende?

Antes de responderle, el doctor cerró la puerta de su privado, a donde había llevado a Carolina para explicarle el procedimiento en el quirófano.

—La semana pasada vino a verme un joven; me dijo que quería que a su novia le hiciera un aumento de busto.

—¿Damián Martínez?

—No lo sé. No me dijo su nombre porque no me dio tiempo siquiera de preguntárselo. Me advirtió que era probable que usted se opusiera.

—¿Y qué esperaba, doctor? No quiero que me haga nada. Me voy.

Carolina se levantó de la silla, dispuesta a retirarse, pero el cirujano plástico la detuvo.

—Si no la opero, me matan. No tengo opción; el joven del cual le acabo de hablar me sentenció. Ese tipo que vio en la recepción se presentó esta mañana en la clínica antes de que la abrieran; lo vio la recepcionista a su llegada. Cuando yo llegué, entró conmigo y me recordó la amenaza.

—¿Eso le dijeron?

—No tengo por qué mentirle; tampoco puedo obligarla a nada. Sólo le ruego que no se oponga. Tengo un año de casado y mi esposa está embarazada; tiene cuatro meses.

—Doctor, lo siento, pero ni siquiera traigo dinero para pagarle.

—El mismo día que vino a verme, ese joven de pelo largo me pagó la cirugía en dólares. Por favor, Carolina, acompáñeme; la enfermera la está esperando. La van a preparar para que yo la pueda intervenir. No se preocupe, todo va a salir bien, créame; tengo amplia experiencia en estas cirugías, estudié en Estados Unidos y tengo tres años con la clínica aquí en Juárez.

Lo último que Carolina vio antes de perder el conocimiento fue una luz blanca intensa y los ojos de la enfermera mientras la llevaban sobre una camilla a un cuarto helado. Despertó como a las diez de la noche, adolorida. Sentía una fuerte opresión y se dio cuenta de que era por unas vendas anchas que le habían puesto alrededor del pecho. Le costaba moverse y tenía ganas de hacer pipí. En ese instante se abrió la puerta del cuarto.

—¿Cómo se siente, Carolina? Salió todo muy, muy, muy bien.

—Adolorida y toda atolondrada, doctor.

—Es natural, pero se le va a pasar pronto. ¿Desea ir al baño?

—Sí, por favor.

—Ahorita viene la enfermera; la ayudará a vestirse para que pueda irse a casa. La espero dentro de tres días para revisarla y ver que todo vaya bien, luego regresará tres semanas más tarde para asegurarnos de que todo esté en orden. Le pido por favor que cuando se bañe se cubra con un plástico. Tiene que guardar reposo unos cuatro días seguidos. La enfermera le va a entregar unas pastillas para el dolor, que poco a poco se le irá pasando. Gracias por su cooperación, Carolina; la entiendo y le agradezco que me haya comprendido.

Los mismos guarros que levantaron a Carolina afuera del Bombín la llevaron a su casa y la ayudaron a salir del carro. El tipo que estaba en la clínica con la radio en la mano llegó detrás de ellos en su camioneta Durango y la estacionó frente a su domicilio. Se bajó y le entregó las llaves. Tocaron el timbre y la dejaron parada frente al portón. Se metieron al carro negro sin placas a esperar a que le abrieran.

Al ver a su hija, doña Maurita se soltó a llorar. Angélica y Pedro acompañaban a su madre y ayudaron a su hermana a entrar a la casa.

—¿Qué te hicieron? ¿Dónde estabas? Son casi las doce de la noche.

—Mamá, me llevaron a una clínica y me operaron el pesho.

—Maldito desgraciado, infeliz greñudo, lo voy a arrastrar de esos pelos largos que tiene el méndigo.

Los gritos y lloriqueos de Maurita despertaron a toda la familia. Sara, Luis y Javier salieron de sus habitaciones para ver qué ocurría. Don Beto, que no se había ido a dormir por el pendiente, se quedó de una pieza; estaba sentado en una de las sillas del comedor. No dijo una sola palabra, lo mismo que sus hijos. Todos estaban estupefactos, no por lo que le había ocurrido a Carolina —en Juárez era "normal" regalarle a la novia, a la amiga o a la esposa un aumento de chichis, con o sin la anuencia de la agraciada—, sino porque, conociendo su carácter, había permitido que Damián le hiciera ese presente contra su voluntad.

—Que ni se aparezca por aquí ese infeliz porque va a saber quién soy yo. Maldito desgraciado —continuaba despotricando Maurita.

La familia Campos Robles sabía que esos gritos y maldiciones eran patadas de ahogado. Maura no le haría nada a Damián y al rato aceptaría lo que le había hecho a su hija consentida.

Carolina pasó cuatro días de suplicio en los que no se duchó; sentía que las vendas alrededor de su pecho la iban a matar de asfixia. Le costaba trabajo moverse y la acometía un dolor agudo a la altura de las axilas, por donde el doctor Guerrero había hecho los cortes para meterle los implantes. Su madre estaba atenta a sus quejas. Era ella quien la ayudaba a levantarse de la cama, sentarse, ir al baño, y le daba la medicina a sus horas.

Al quinto día, la joven se sintió mejor; sola se pudo levantar de la cama y tomó la decisión de bañarse. Su madre no pudo impedírselo porque cuando quiso interponerse Carolina ya había cerrado el baño y abierto la regadera. La muchacha se quitó las vendas, pero se resistía a verse las chichis. Se enjabonó como pudo, evitando mirarse el busto. Al terminar se enredó en una toalla y despacio regresó a su habitación. Se paró frente al espejo de su tocador y dejó caer la toalla. Allí estaba su nuevo par de chichis, cortesía de Damián.

Desnuda y frente al espejo la encontró Sara, que entró a la habitación con Nadia de la mano.

—Te quedaron bonitas, ¿no?

—Creo que sí. ¿No te parece que están muy grandotas?

—Un poco. Será porque estás inflamada por la operación.

—¡Mensa! ¡Cómo voy a estar inflamada! Son los implantes que me metieron en las chichis.

—Ese Damián no tiene madre. Mira, Nadia, a tu mamá le pusieron chichis nuevas.

—A su manera, fue un buen detalle, ¿no crees, Sara?

—Sí, se nota que te quiere.

—Me preocupa mi ma. El día que lo vea se va a armar la de Dios.

—Ni tanto, chavala. Como que ya se le pasó. Damián te ha estado hablando por teléfono aquí a la casa y ya van como dos veces que le contesta ella. Le cuelga, pero no le dice maldiciones.

—¿Por qué no me habías dicho, Sara?

—No te hagas… Te conozco, tú tampoco le ibas a contestar.

—Déjalo que hable otros días, yo sabré cuándo le tomo la llamada. No tengo brasieres de esta talla. ¿Qué me voy a poner?

—¡Híjole!, de veras. ¿Como de qué talla serán tus chichis?

—Ni idea. Yo era 34B.

—Aguántate otros días. Cuando estés mejor vamos al centro a comprarte unos. Tienes un poco morados los costados.

—Poquito; es por la operación. ¿Sara…?

—¿Qué?

—¿Damián no ha venido a la casa?

—No, gacha. Sabe que mi ma está encabronada; tarugo no es.

El día de la cita con el doctor Guerrero para la revisión final, Damián estaba esperando a Carolina afuera de su casa. El movido le pidió a Sara que se regresara sola, él llevaría personalmente a Carolina a la clínica.

—Se te ven muy bien, mi amor. Luego me las enseñas —le dijo apenas cerró la puerta de la camioneta.

Carolina no le respondió y puso cara de enojada.

—Te he estado llamando por teléfono. Tu hermana me dijo que tu mamá te tiene prohibido hablar conmigo.

—No metas a mi mami, yo fui la que no quería que me pasaran tus llamadas, por cabrón. ¿Para qué mandaste a esos guarros a que me levantaran?

—Porque no ibas a aceptar mi regalo. Ya no te enojes, mi cielo; mira, te tengo otros regalitos. Están en esas bolsas que pusieron los muchachos atrás de tu asiento.

—¿Qué son?

—Un teléfono celular, para que podamos comunicarnos sin tener que molestar a tu mami, y unos chicheros.

—¿Brasieres?

—Sí.

—¿Qué tal si no me quedan? Ni yo sé cuál es mi nueva talla.

—Me la dio el doctor, tontita. Los brasieres te los compró la novia de un primo. Son como unos veinte o treinta, no me acuerdo; hay de todos los colores. Si no te gustan, tíralos y te compramos otros.

Carolina reconoció que la novia del primo de Damián tenía buen gusto: todos los brasieres eran de la marca Victoria's Secret.

Después de la operación de Carolina, en el consultorio del doctor Guerrero se presentó Damián. Le exigió un informe de la cirugía y el médico le pasó la nueva talla de su paciente: 34D "redondo". Asimismo, durante la revisión, el doctor Guerrero le dijo a Carolina que ya estaba bien, que dejara pasar otros cuatro días por lo menos antes de usar brasier y que en ese lapso desaparecerían sus dolores.

Desde que Damián le regaló el celular a Carolina, ambos estaban en comunicación todo el día. En un principio, a la joven le gustó tener su propio teléfono, pero Damián no la dejaba en paz, la atosigaba.

Sus amigas del centro le chulearon las chichis a Carolina. Sandra la Morena le confesó que estaba ahorrando para ponerse unas porque su galán no tenía la lana que costaban las que ella quería.

—Yo me las voy a poner, manita; no todas tenemos tu suerte. Ese pinshi Damián es a toda madre, qué bonito detalle —le comentó su gran amiga vendedora de hamburguesas.

En la boutique, Lidia fue menos halagadora que Sandrita.

—No necesitabas una talla tan grande, aunque te quedan bien. Sí sabes que con eso estás más comprometida con él, ¿verdad, m'hija? Tus chichis son como la marca de su fierro; ten cuidado —la alertó su cuñada.

Al teléfono y en persona, Carolina y Damián se la pasaban peleando por el asunto de las chichis. Él insistía en que se las enseñara y ella se negaba.

—No te entiendo. Tú eres mía, Carolina, me quiero casar contigo. Aguántame un poco mientras me sale un jale que tengo pendiente y luego nos casamos. Enséñamelas, por favor; tampoco me dejas que las agarre. Te pasas, pinshi chavala.

—El sábado, pero primero vamos al cine y a cenar.

—Hacemos todo lo que quieras.

El sábado de la cita, Carolina se puso pantalón de mezclilla y una blusa pegadita de botones. Estaba nerviosa; le daba vergüenza pensar en lo que se había comprometido a hacer. El día que accedió a las súplicas de Damián, al llegar a su casa se arrepintió; consideró llamarle por teléfono y decírselo, pero tampoco era una rajada. "Trágame tierra", dijo para sus adentros cuando vio llegar a su novio para ir al cine.

La película duró dos horas que a Carolina se le hicieron como un minuto y a Damián como cuatro días. En el restaurante, la muchacha medio picó la comida; la mataban los nervios.

Damián eligió la calle más oscura de la Melchor Ocampo. A sus guarros les ordenó que se estacionaran a una cuadra y que no permitieran que por esa calle entrara ningún carro.

—Mi amor, me vas a matar de desesperación —le susurró a Carolina al oído después de una sesión de besos dentro de la camioneta.

La joven se separó de los brazos de su novio e hizo la espalda hacia atrás para apoyarla en la portezuela. Se levantó la blusa y el brasier.

La sonrisa de Damián fue más grande que la luna.

—Te quedaron hermosas —dijo.

—¿Por eso pusiste cara de güey?

—¿Tengo cara de güey?

—Sí, menso.

—¿Las puedo tocar? Poquito; lo prometo.

—Sólo un poquito, muy leve; todavía me duelen.

Damián no cumplió su promesa: al sentir esos senos en sus manos, se los enjarró en la cara, al tiempo que le agradecía a su novia gozar esos instantes de placer.

Desde esa noche, Carolina decidió sacar provecho de sus chichis. Se desató la chavala de la Melchor Ocampo; le regaló a Sara todas sus blusas y las reemplazó con otras de escote prolongado, como se lo hizo notar Lidia al primer instante que le vio la nueva indumentaria.

Doña Maurita le rogó que tuviera cuidado y le recordó que "con las chichis de fuera", como ahora las traía, le sacaría los celos "y el demonio" a ese "infeliz greñudo". Y no se equivocó. A Damián, a quien en otras cuatro ocasiones Carolina le permitió agasajarse con sus senos, le subió el tono de los celos. Los novios peleaban frecuentemente por lo escotado de las blusas que la muchacha se ponía. Él llegó a jalonearla varias veces en restaurantes o antros, y eso a ella ya no le gustó.

Para pedirle disculpas —nunca perdón—, Damián le decía que se iban a casar muy pronto y que se irían a vivir a El Paso.

—En unos días voy a ver a tu mamá y a tu papá. Nos casamos y nos vamos a El Chuco; allá te compro una casa.

—No me quiero ir a vivir a El Chuco, me gusta mucho Juárez.

—Venimos todos los días si quieres. Las cosas se están poniendo medio difíciles para mí. Será por un tiempito; luego nos regresamos, cuando se arregle todo.

—¿Cuánto tiempo nos iríamos?

—Unos meses, después volvemos y compramos una casa en el Campestre, la que te guste.

—Son muy caras, ¿no?

—Eso déjamelo a mí, me está yendo bien con los *yonkes*.

Carolina sabía que eso era mentira. Los *yonkes* o deshuesaderos de automóviles de los que Damián hablaba no eran de él; en Juárez todos sabían que el *yonke* de México y otros dos eran propiedad del padre y los hermanos de Damián. Pero eso no era asunto de ella. Su novio era un movido y punto. A ella no le importaba, era bisnes de él, como de otros muchos que se dedicaban a lo mismo en Juárez.

DIECISIETE

La relación con Damián iba de mal en peor. El movido era una máquina de celos por los escotes prolongados de las blusas de Carolina, a la que mantenía bajo la rigurosa vigilancia de sus guarros. Desde que la joven salía de su casa para irse a trabajar a la boutique, los guaruras eran como una calcomanía y no la dejaban hasta que por la tarde noche volvía con sus padres, ya fuera sola o acompañada por el mismo Damián.

Aunque Carolina reconocía que Lidia se lo había advertido, ya no podía hacer nada. Odiaba los celos de Damián y que la estuvieran vigilando todo el tiempo; pese a eso, seguía enamorada.

Para ir a platicar con sus amigas que trabajaban en los negocios del centro o con la Morena, se escapaba de la mirada de los guarros por la parte de atrás de la boutique, utilizando la bodega donde su cuñada almacenaba todo el contrabando que le llegaba de El Chuco. Su hermano Roberto se burlaba de ella, y en su casa lo mismo hacían Angélica, Luis y Pedro. Sara era más alivianada.

En cuanto a sus padres, terminaron por acostumbrarse a ese trajín de las relaciones de su hija con el greñudo. Maurita, como don Roberto, pensaba que, en medio de tanta violencia que azotaba la ciudad, era mejor saber que ese hombre tenía bien cuidada a Carolina que vivir con la preocupación de ignorar dónde andaría ésta cuando salía del trabajo.

La relación de la joven con su cuñada era la misma; Lidia le relegaba la responsabilidad del negocio mientras atendía sus asuntos (entre ellos, irse de parranda con sus amigas o cumplirle al aduanero). Carolina tenía conocimiento de los problemas de Lidia con Roberto porque aquélla le confesó las dificultades que pasaba con su viejo cuando se ponía "bien pasado con el polvo blanco", al que Roberto le entraba con enjundia.

—Te juro que cuando está pasado me dan ganas de mandarlo derechito a la shingada, m'hija.

—Pues déjelo, Lidia.

—Quisiera, pero la verdad es que no puedo. Amo a tu hermano. ¿A poco tú dejarías a Damián? Sé que te revientan sus celos y sus guarros, pero ahí andas, ¿no?

—No lo dejaría, aunque ganas no me han faltado.

—Decidí tener un hijo con tu hermano. Creo que se mete al vicio porque yo no quiero que me preñe. Pero lo he estado pensando bien y me voy a embarazar.

—Se va a poner como loco de alegría. Roberto sueña con ser papá.

—No le vayas a comentar nada de esto a nadie en tu casa.

—Cuente con eso. Y no le diga a mi hermano que se va a dejar embarazar; mejor sorpréndalo cuando ya esté preñada, Lidia.

—Es buena idea. Gracias, m'hija.

—¿Le cuento algo? Últimamente ando muy inquieta…

—No te fijes mucho en los celos de Damián; así son todos los pinshis hombres: celosos al principio y, una vez que les das todo lo que quieren, se les quita y se van de cabrones con otras viejas.

—No es eso. Siento como que le ocurrió algo malo a alguien que conozco y no sé quién es. Me da miedo que le pueda pasar algo a mi hermano Javier.

—¿Javier? ¿Por qué Javier?

—He soñado con él recientemente y no me gusta nada. Estoy segura de que ya le ocurrió algo malo a alguien de mis conocidos.

A la dueña de La Boutique de la Diosa le cambió el semblante. Miró a su cuñada y sintió un escalofrío o, más bien, pánico. Lidia conocía los poderes de vidente de Carolina. Ése era un tema del cual no le gustaba hablar. Trataba de convencerse de que todo era mentira, dichos y mitos infundados de la familia de su marido, cuyos integrantes estaban todos medio locos. Recordó algo que le habían contado la semana anterior y se resistía a creer que eso era lo que inquietaba a su cuñada.

Dirigiéndose a Carolina, quien colocaba en el mostrador la ropa que les acababa de llegar del otro lado, dijo:

—M'hija, se me olvidó platicarte algo que me comentó hace unos días uno de mis amigos de la aduana.

—¿Qué le contaron, Lidia?

—Agarraron a Ricardo Fierro.

—¡Eso es! Yo sabía que algo había pasado. Lo agarraron en El Chuco, ¿verdad? Lo agarraron en un restaurante junto con otras tres personas. Yo lo vi.

—¿Cómo que tú lo viste?

—Me equivoqué; quise decir: lo soñé.

Mientras se tomaban unos tequilas después del frenesí corporal, el jefe de la aduana mexicana le había contado a Lidia que a Fierro lo habían atrapado agentes de las "tres letras" (la

DEA) cuando comía con unos tipos en un restaurante que estaba sobre la calle Mesa, al oeste de la ciudad de El Paso. Uno de los detenidos era un agente encubierto de las tres letras y los otros eran socios de Fierro en El Chuco. El amante aduanal le aseguró a Lidia que nadie sabía del caso, que el dato se lo había dado el jefe de la aduana gringa con la condición de que no le pasara el chisme a nadie porque los de las tres letras todavía estaban investigando para saber quiénes más, en ambas aduanas, colaboraban con Fierro en el tráfico de polvo blanco y yerba, y para mover pacas de dólares de allá para acá.

—¿Cuándo soñaste lo de Fierro, Carolina?

—Tiene unos días, como dos semanas o una y media, no me acuerdo bien. Soñé a Fierro, Lidia. En mi viaje vi cómo unos policías le ponían las esposas a él y a otros tres hombres con los que estaba comiendo en un restaurante.

—¿En tu viaje? ¿Cuál viaje, Carolina?

—Así les digo a mis sueños. Cuando tengo uno siento que floto en el aire y veo todo lo que pasa debajo de mí. Pero son sólo sueños.

—A Fierro lo agarraron agentes gabachos cuando comía con tres de sus socios de El Chuco en El Paso. Casi nadie lo sabe, m'hija; el pinshi aduanero se acaba de enterar.

—Ricardo está bien; lo van a tener guardado muchos años, pero un día va a salir, los gabachos lo van a soltar. Ésa fue otra de las cosas que miré en ese viaje.

A Lidia no le interesó ni le dio miedo el vaticinio de Carolina respecto al presente y el futuro de Fierro; éste era un movido, y a los movidos tarde o temprano los mataban o los capturaban los gabachos o los pinches soldados o los corruptos federales mexicanos. Sin embargo, le provocó terror pensar en lo que le había dicho esa *mushasha* respecto a la ansiedad que sentía por su hermano Javier. Hasta ganas le dieron de persignarse. Se habría hecho la señal de la cruz de no haber tenido frente a ella a esa hermosa vidente con chichis artificiales.

Luego de hacer el amor esa noche con Roberto —ya estaba con todo en eso de quedar preñada de su viejo—, Lidia le contó lo de Fierro y lo del viaje de Carolina, omitiendo el dato de que el aduanero le había revelado el mitote.

—A ese Fierro ya lo traían cortito los de la DEA, lo escuché el otro día en el taller cuando unos guarros de otro bando llevaron a cambiarle el motor a una camioneta que les habían quitado a unos batos.

—Puede ser, Roberto. Pero no nada más es eso. Tu hermana también anda intranquila por Javier.

—¿Qué fue lo que te dijo de Javier?

—Nada; no entró en detalles y yo no quise preguntarle. Me dio miedo. Sólo machacó que estaba inquieta.

—No le hagas mucho caso a esa pinshi chavala; se le barren los tornillos de la mota. Te he contado que ella siempre ha sido así, desde que estaba bien morrita.

—Por eso mismo… En la casa de tus papás todos dicen que si lo sueña Carolina es porque va a ocurrir.

—A mi carnal Javier no le va a pasar nada.

—Cuando tu hermana me contó lo que vio en su viaje, y que fue igualito a lo que le pasó a Ricardo Fierro, hasta ganas me dieron de persignarme. No shingues, viejo; la chavala como si fuera adivina.

Sandra la Morena llevaba días pidiéndole a Carolina que se fuera con ella una noche de antro. Que se escapara de Damián y sus guarros.

—Te tiene como si fueras de su propiedad, no te deja ni a sol ni a sombra. Rebélate, ya ni pareces la misma.—le aconsejó Sandrita.

La Morena tenía razón: aunque Carolina quería mucho a su novio, se sentía atrapada, y ganas no le faltaban para irse a parrandear sin él, como lo hacía antes y como le gustaba. Nadia no representaba el menor problema; sólo estaba bajo su cuidado unas cuantas horas por las noches después de que regresaba del centro y de salir con Damián. Los domingos eran los días en que madre e hija pasaban más tiempo juntas.

Finalmente, Carolina urdió un plan: con Lidia consiguió un carro en el que la Morena la esperaría en la parte de atrás de su casa. Ella se brincaría por una de las bardas de la huerta y las dos amigas irían a divertirse. A Damián le contaría que se sentía mal, que le dolía muchísimo el estómago porque se le había descuajado la chuleta, así que sería mejor que la dejara descansar. "Ya sabes cómo me pongo cada vez que me baja la regla", le advertiría.

La tarde que Sandrita llegó a la boutique para que Lidia le entregara las llaves del carro, Carolina le pasó una bolsa en la que había metido unas zapatillas rojas, una minifalda y una de sus blusas preferidas, la que tenía estampado el rostro de Mick Jagger, el cantante de los Rolling Stones.

—Esta ropa, ¿para qué?

—¡Ay, Sandra, cómo serás boba! Pues para la noche. ¿Qué, no ves que si Damián me ve arreglada no me va a creer lo de la chuleta? Por eso me vine de mezclilla y toda tapada. Allí mismo en el carro me cambio y nos vamos de antro.

—No se te va una, cabrona.

Las dos amigas se rieron mientras Lidia les aconsejaba que anduvieran con cuidado: si Damián se enteraba, le iría mal a Carolina, pero mucho peor a la Morena.

—Tú sabes que ese cabrón no anda con pendejadas.

—¿Y por qué me iría peor que a Carolina, Lidia?

—Por alcahueta. No salgas con que no sabes cómo es Damián y su gente; si tú andabas con uno de sus guarros. ¿Ya se te olvidó?

—¿Anduviste con uno de los guarros de Damián?

—Sí, manita, con Armando, el de la cicatriz debajo del ojo derecho. Pero no salimos mucho tiempo.

—¡Claro, sólo anduviste con él unos días! Fue un milagro que no salieras panzona.

—¡Cómo será, Lidia! Ni que fuera tan nalgas prontas. Si nomás me han hecho tres morritos…

—¡Tres batos distintos!

—Pinshi Carolina cabrona. Ni que tú no tuvieras a Nadia. No te ha preñado ese Damián porque de seguro lo obligas a que se ponga condón. Pero así ni sabe, ¿o no, Lidia? Dígale.

—Damián y yo no hemos hecho nada porque no se lo he permitido. Hasta que estemos casados no le daré lo que quiere.

—Ya, ya, chavalas cabronas. La que esté libre de pecado que se quite la tanga. Las tres estamos más agujeradas que las bardas donde el otro día ejecutaron a esos cuatro que trabajaban para el Cártel de Juárez en la Vicente Guerrero.

La ocurrencia de la dueña de la boutique desató un ataque de risa. Sin embargo, por la tarde, cuando iba con Damián rumbo a su casa, Carolina reflexionó un poco sobre ello; no le había gustado la metáfora que utilizó su cuñada. Ella no estaba agujerada como esas dos. Mateo era el único hombre con quien había tenido relaciones. Con su novio lo haría la noche de bodas. Era un juramento que se había hecho y que Damián prometió cumplir.

Cuando llegó el momento de la fuga, brincar la barda fue sencillo. Carolina había perfeccionado sus habilidades al escalar, siendo morrita, el cerco de ladrillo y cemento que había en la parte de atrás de la huerta de su casa para irse a jugar beisbol o a las escondidillas con algunos vecinos de las casas de más arriba del Cerro del Indio. Lo hacía a hurtadillas porque su mami no le daba permiso de irse a jugar con chavalos. Siempre que se lo solicitaba, la respuesta era: "No, sólo las viejas machorras hacen eso, Carolina".

En el carro que les había prestado Lidia, la joven se cambió de ropa mientras la Morena conducía rumbo al centro. Las dos iban "bien buzas", echando ojo a todos lados para evitar un desencuentro con la gente de Damián. Éste tenía ojos por todo Ciudad Juárez, como debían hacerlo todos los movidos.

—¿A dónde vamos, Sandrita?

—Al Chapulín Colorado.

—¡Híjole! Ahí está medio arriesgado.

—No te preocupes. Averigüé y la gente de tu novio no va ahí los miércoles. Estamos seguras, mi chava.

Cuando las dos mujeres entraron al antro, la atención de los presentes la acaparó Carolina. Su minifalda ajustada y sus zapatillas rojas la hacían verse demasiado sexi; mejor dicho, atrevida y provocadora.

Se acomodaron en una mesa lejos de la entrada, por si tenían que salir "hechas la shingada". La barra, que hubiera sido su primera elección, no tenía espacio disponible. La Morena pidió una margarita y Carolina una piña colada con un poco de alcohol. Sandra levantó las cejas, asombrada.

—¡Por fin! Ya era tiempo de que te tomaras una como se debe.

—No me gusta sentirme atrapada; si vamos a pasárnosla bien, pues me la voy a pasar a toda madre. Deja que se me caliente la garganta y hasta nos echamos unos tequilas.

—Ya rugiste, león; te estabas volviendo una santa.

Apenas habían chocado las copas para brindar, cuando la mesera les colocó otras cuatro, dos para cada una. Sandra alzó ligeramente la cabeza hacia la mesera, como interrogándola sobre quién o quiénes les habían enviado los tragos.

—Las manda el señor Estrada. Dice que viene en un rato a sentarse con ustedes, que está terminando de arreglar unos asuntos —les transmitió la mesera.

Carolina sacó discretamente de su bolso el espejo de mano y, fingiendo que se arreglaba el maquillaje, observó a José Estrada, "el bigotes de sacamishi", quien compartía una botella con cuatro tipos que al parecer le hablaban con respeto.

—Es él, manita; el viejo bigotón que se viste como vaquero.

—Lo estoy viendo. Es muy tosco pero me cae bien; es muy amigo de Lidia.

—Está muy feo. Y es de esos viejos con billete que andan con puras chavalitas. Dicen aquí en el centro que paga muy bien por las de quince años, que no le gustan más grandecitas al asqueroso.

—Como todos... Estrada no es diferente de los que vienen a los antros del centro, Sandrita.

—Parece que lo defiendes. ¡No me digas que te gusta!

—Te dije que me cae bien, es muy francote. Ya verás cuando venga a la mesa.

—No, m'hija; nos tomamos lo que nos mandó y nos vamos.

—¿Estás loca? Estrada no muerde; te va a gustar.

—¡Ni madres! Ni que estuviera urgida. Se le ven refeos los bigototes y la pinshi barriga que tiene; está bien panzón.

—No seas cabrona. Es buena persona.

El bigotes de sacamiche estaba tomando whisky con unos ganaderos de Parral. El socio de las taquerías Los Concuños intentaba convencerlos de que le bajaran el precio a un terreno del que deseaba hacerse propietario. Sus planes eran usar esas tierras para engordar ganado y construir una granja.

A Carolina la vio en cuanto entró al Chapulín Colorado; se necesitaba estar ciego para no percibir la llegada de esa hembrita. Los hombres que estaban en el antro volteaban cada tanto a observar la mesa de las dos *mushashas*. Las miradas libidinosas estaban pendientes del menor movimiento de esas piernas que en cualquier descuido podrían revelar lo que sugería la imaginación.

La urgencia de Estrada de estar al lado de ese manjar de chiquilla facilitó a los tipos de Parral la venta del terreno. El bigotes de sacamiche no repeló al oír el precio que por cuarta ocasión le propusieron. Con un apretón de manos y el compromiso de entregar la siguiente semana el dinero en efectivo, quedó cerrado el negocio.

—¿Qué pasó, trompuda? ¿Cómo te ha ido? —le dijo Estrada a Carolina apenas se acercó a su mesa. Enseguida tomó su mano derecha y se la besó; lo mismo hizo con Sandra—. Preséntame a tu amiga; también me gustan las prietas —añadió.

Antes de que la Morena le mentara la madre a Estrada, Carolina intervino, poniéndose de pie.

—Sandrita, te presento al señor José Estrada. No le hagas mucho caso: él habla así con todo el mundo, no te lo dice de mala fe.

—No se me vaya a enojar, señorita; es que en el rancho somos así de atrabancados y brutos para rendir tributo a las mujeres bellas.

—Me llamo Sandra y también soy amiga de Lidia.

—¿Las atienden bien?

—Sí, estamos bien; gracias por las copas que nos mandó.

Sentado al lado izquierdo de Carolina, Estrada le pidió a una mesera que le llevara su botella, un vaso, hielos y agua mineral.

—¿Qué cuentas de nuevo, trompuda? Ya tenía mucho tiempo que no te veía sola. Despégate del pinshi novio ese que tienes.

—¿Cuál novio?

—El güey ese de las pinshis greñas largas. No te hagas, pinshi güera, todos te hemos visto con él; te trae asoleada.

—¿Ya viste, manita? Hasta el señor Estrada se da cuenta de que el Damián te tiene toda atosigada, como si fueras su pinshi esposa.

—Estrada, nomás Estrada a secas, prieta; quítale el señor, no estoy tan pinshi viejo.

—No soy de su propiedad. Nos vamos a casar —repuso Carolina.

—No shingues, trompuda, ese cabrón no te conviene. Hay otros que nos ganamos el dinero honestamente.

—También él.

—No me hagas reír, trompuda. Entre gitanos no nos leemos las manos, ¿o no, pinshi prieta?

Sandra no respondió. Se sentía incómoda ante el bigotes de sacamiche, y si no le había puesto un putazo por lo de prieta era porque Carolina con la mirada le había pedido que se contuviera.

—Aunque lo dude, nos vamos a casar, y pronto.

—Terca, la güera… Ya veremos qué dice el tiempo. Yo no pierdo la esperanza de darle baje a ese cabrón.

Un par de horas más tarde hablando de nimiedades, Carolina ya se había tomado cuatro piñas coladas con alcohol, Sandrita como ocho margaritas y el bigotes de sacamiche más de la mitad de la botella que pidió. El alcohol aligeró los ánimos. La Morena ya hasta se había acostumbrado a que Estrada la llamara "pinshi prieta" cada vez que se dirigía a ella. El taquero disfrazado de ranchero les propuso que se fueran a otro antro, pero Carolina rechazó la oferta con el argumento de que tenía que regresar temprano a casa.

—Trompuda, las invito a mi casa; allá nos tomamos otras copitas y escuchamos música.

—No, no podemos, me tengo que ir.

—Pinshi güera, no seas tan aburrida, ni pareces del centro.

Sin entender muy bien por qué, en ese momento Carolina cambió de opinión. Tal vez el hecho de que Estrada le hubiera dicho que ni parecía del centro le había herido el ego, y para demostrarle que estaba equivocado aceptó.

—Sólo un rato. Vamos, Sandrita; si nos quiere hacer algo, somos dos contra él solito.

—Vamos, pues. Si intenta pasarse le cortamos los pinshis bigotes y otra cosa al cabrón.

—Así es como me gustan las potrancas: brutas, las cabronas.

—Bruta, tu pinshi madre, Estrada.

—Fue de cariño, prieta. ¡Ah, cómo serás rejega!

En el parqueadero del Chapulín Colorado el bigotes de sacamiche abrió la portezuela de su troca y sin decir agua va subió a Carolina y le ordenó a Sandra que los siguiera en el carro.

La casa de Estrada estaba en el Campestre, el fraccionamiento residencial donde vivían los ricos y malandros de Juárez. La fachada era la de una residencia moderna, pero al entrar Carolina y Sandra se sintieron como en una granja. El lugar estaba decorado como si fuera un rancho. Los muebles eran de madera rústica tapizada de cuero. Empotradas alrededor de la amplia sala había unas seis monturas, y sobre las paredes, cabezas disecadas de toros y venados. También había sarapes de Saltillo por dondequiera y un bar a todo lo largo de una de las paredes.

—Están en su casa. Voy a poner un poco música; ahorita les sirvo.

—Gracias, está muy bonita la casa.

—Es tuya, trompuda; pídeme las llaves y te las entrego.

—Qué exagerado y hablador.

—Mi prieta, no te la ofrezco a ti porque me gusta mucho la pinshi trompuda, pero tú también tienes lo tuyo.

La broma del bigotes de sacamiche aligeró aún más el ambiente.

A los minutos y sin que ninguna de las muchachas pudiera repelar, Estrada les sirvió el segundo tequila. Vivía solo el pobre viejo. Al final, Sandrita y Carolina se tomaron cinco tequilas. Bailaron música de Juanga, que fue lo único que les gustó del repertorio musical del taquero. A ninguna de las dos le cuadraban las norteñas.

Para Carolina fue su primera borrachera; se sentía mareada y muy contenta, y por ello no se percató de que el bigotes de sacamiche no le quitaba la mirada de las piernas. Camino a casa, cerca de las dos de la madrugada, la Morena se lo hizo saber.

—Enseñaste los calzones un shingo de veces, Carolina. Al Estrada nomás se le escurría la baba, manita.

—Se portó bien. Es un caballero y se lo ganó. Viste que ni siquiera pidió que bailáramos con él.

—No seas mensa, nos tenía como a sus pinshis chavalitas que se ha de llevar a su casa, haciéndole show al cabrón. Pero reconozco que es buena onda; nos la pasamos a toda madre. ¡Hasta te pusiste peda!

Ni Damián, ni Lidia ni ninguno de los Campos Robles se enteraron de que aquellas dos estuvieron en la casa de Estrada. Carolina le hizo jurar a Sandrita que no se lo contaría a nadie, bajo la advertencia de que, si lo hacía, perderían la amistad. La Morena cumplió.

DIECIOCHO

Desde la masacre de los estudiantes en Villas de Salvárcar, Vicente viajaba a Juárez dos o tres veces por mes. El "sexenio de la muerte" —como el joven reportero solía describir el mandato de Calderón Nieto— puso al país al borde del abismo. Los enfrentamientos entre los narcos de Juárez y los de Sinaloa —estos últimos respaldados por el gobierno— hicieron de la ciudad fronteriza ejemplo de violencia y crueldad en su máxima expresión. La anarquía era el denominador común. De la noche a la mañana, Juárez fue centro de cobertura periodística internacional. Medios de comunicación de Estados Unidos, América Latina y Europa tenían enviados especiales haciendo reportajes de la lucha del narco y de la fracasada guerra de Calderón Nieto. Balaceras y ejecutados eran cosa de todos los días. A diario aparecían cuerpos decapitados o desmembrados tirados en las calles en cantidades que el gobierno maquillaba y que manipulaban los medios de comunicación amordazados con publicidad oficial y sobornos a sus directivos y reporteros.

Ciudad Juárez, que para los gringos que vivían en El Paso solía ser lugar de diversión las veinticuatro horas del día, apestaba a muerte. Cerraron sus puertas antros, cantinas y restaurantes que antes no se daban abasto para atender a la clientela.

Caminar de noche por Juárez era como coquetear con la muerte. Únicamente los juarenses relacionados con los malandros y los mismos delincuentes desafiaban las ráfagas de las armas que podían tronar en cualquier momento.

Cierto día, Vicente entró al Kentucky a eso de las cuatro de la tarde. Regresaba de El Paso, a donde había ido a platicar con un agente de la DEA que conoció por medio de un amigo de Charlie. Estaba agotado; llevaba días intentando recolectar información para un reportaje sobre la supuesta relación de Jesús José "Chito" Silva Solís, procurador de justicia del estado, con el narco.

Por sus contactos y fuentes de las agencias gringas, Vicente se enteró de que el FBI había elaborado un expediente sobre Chito Silva Solís en el que se detallaban los vínculos del funcionario corrupto con los narcotraficantes de la Gente Nueva.

Vicente se sentó frente a la barra y pidió una cerveza. Se tomaba dos como máximo. En sus coberturas en Juárez aprendió que, durante las reuniones con contactos o fuentes, y sobre todo cuando se veía con Charlie, debía pedir un trago para poder hacer preguntas y crear un ambiente de confianza. Aunque Vélez y el licenciado Gil le habían inculcado el gusto por el vino, en la frontera eso simplemente no cuadraba con el entorno, así que el joven prefería la cerveza al tequila o el whisky que bebían sus fuentes.

Al reportero de *Enlace* el desasosiego no lo abandonaba; no había recopilado la información que necesitaba para el reportaje que se publicaría el lunes siguiente. Hasta entonces, sus revelaciones sobre el narcogobierno de Chihuahua habían sido leves. Ansiaba un gancho al hígado, y lo del procurador general del estado sería un *nocaut*.

El agente de la DEA rehusó corroborar la existencia del expediente sobre Chito en poder del FBI, aunque Vicente creía que ese policía gringo le mentía. Las envidias y grillas entre las agencias federales de Estados Unidos impedían al agente admitir que su competencia le había ganado el mandado.

En su agenda, el joven reportero tenía el número telefónico del agente del FBI que presuntamente había elaborado el caso judicial contra Chito. Le llamó por lo menos en siete ocasiones y le dejó mensajes en la grabadora, y era la hora en que aquel gringo ni le contestaba ni le devolvía el llamado.

—¿Botana, caballero? —le preguntó uno de los cantineros del Kentucky, sacándolo de sus atribulaciones periodísticas.

—No por ahora, tal vez al rato. ¿Qué tiene y qué recomienda?

—Quesadillas, nachos…

—Estoy bien. Me tomaré unas cervezas, nada más.

Ahora había poca clientela, pero hacía un año y meses, cuando Charlie le dijo a Vicente que debía conocer el Kentucky y lo mandó con unos de sus *mushashos* a la que según él era la cantina más antigua de la frontera, el lugar estaba atiborrado.

A Vicente le gustó el Kentucky porque la clientela representaba lo que era esa frontera del norte de México. Estaban los juarenses jóvenes, mayores y viejos, ricos y pobres; la gente que iba de paso, y bastantes gabachos.

La rocola no dejaba de tocar. En esa cantina mexicana, las selecciones musicales se pagaban con monedas de veinticinco centavos de dólar y con el billete verde que tenía plasmada la cara de George Washington. En medio del bullicio proveniente de ese aparato al que en otras regiones del país se conoce como sinfonola, aparecían los mariachis o un cuarteto o trío de norteños; cobraban cuarenta dólares por media hora de melodías.

—Hay poca gente —le comentó a Vicente el cantinero que lo atendió y que, aburrido, se había recargado a menos de un metro de él, al otro lado de la barra—. Ha bajado mucho, con todo lo que está pasando.

—Tienen miedo.

—Ni los gabachos vienen, y eso que se atrevían a todo con tal de echarse una tacha, un polvo o un cigarro de mota. Está jodida la cosa, oiga.

—¿Es usted de Juárez?

—Sí, de aquí del centro. Tony, para servirle.

—Vicente. Soy…

—Reportero, ¿no? Lo he visto por aquí varias veces.

—¿Cómo sabe que soy reportero?

—He visto a la gente con la que viene. Aquí todo se sabe, y más en estos tiempos.

—Nunca me había sentado en la barra, siempre elijo las mesas de atrás, donde se escucha menos ruido.

—Escribe en el periódico *Enlace,* ¿no es cierto? Así como me ve, leo las noticias.

—¡No he dicho nada!

—Me gusta cómo hace su trabajo.

—Gracias. Pero vamos quitándonos el usted. Dígame Vicente, a secas.

—Bueno… Pues Tony, a secas como dices, paga la que sigue.

En ese momento, Vicente tuvo una corazonada y le lanzó una propuesta a su interlocutor. Ese cantinero medio gordito y amable que tenía caído el párpado del ojo izquierdo le dio la impresión de que podría ser una fuente importante para conocer detalles en sus coberturas.

—Si tienes chance y no te causa problema, te invito a comer; me estoy muriendo de hambre.

—¿Neta?

—¡Por supuesto! No me gusta comer solo.

—Aguanta una hora y te acompaño. Tengo dos horas libres antes de regresar a mi turno de la noche.

A unos doscientos metros del Kentucky, sobre la misma avenida Juárez pero en la acera de enfrente, estaba El Anzuelo, restaurante de mariscos donde a juicio de Vicente preparaban el mejor huachinango a la diabla de todo México. El reportero y su acompañante pidieron ese platillo.

Tony tomaba una cerveza y Vicente agua de horchata cuando sus miradas coincidieron en una escena que los dejó unos segundos en completo silencio: un tipo que estaba sentado a unas cuantas mesas de la suya puso su AK-47 sobre una silla vacía que se encontraba a su derecha. Lo hizo con tanta naturalidad que por un instante Vicente se sintió aliviado.

—Trabaja para uno de los movidos del barrio; lo conozco, no hay pedo —dijo Tony.

—¿Seguro?

—Tranquilo, es halcón de la Juárez. Está con su morra; nomás no te le quedes viendo porque se puede poner nervioso.

—¡Conoces gente interesante!

—Con diecinueve años de trabajar en el Kentucky y nacido en la Juárez, debo conocer a la gente adecuada; si no, me chingan.

—Quiero conocer a esa gente. Necesito saber qué es lo que está pasando aquí. El gobierno de Calderón Nieto miente y mi trabajo es demostrarlo. ¿Me ayudarías?

—Vente mañana en la noche al Kentucky, a las nueve. Te voy a presentar a alguien que te puede orientar.

—¿Quién es?, ¿cómo se llama?

—Ya lo verás, no comas ansias. Es una amiga de muchos movidos. Le voy a decir que eres mi camarada. Con ella no hay bronca, es de confianza; te ayudará, es a toda madre.

Al día siguiente, Vicente llegó al Kentucky a las nueve de la noche en punto. A decir verdad, habría entrado veinte minutos antes, pero pensó que se le notaría la ansiedad y decidió caminar por las calles del centro hasta que se llegara la hora acordada.

Se fue directo al extremo izquierdo de la barra —junto a la entrada de los baños—, donde le correspondía servir a Tony. Su nueva fuente se lo dijo cuando ultimaron detalles mientras comían en El Anzuelo.

—No ha llegado, pero llegará; es de palabra. ¿Qué te sirvo mientras?

—Una cerveza.

En sus múltiples visitas a Juárez, Vicente descubrió la impuntualidad de los lugareños. En ese aspecto, él parecía británico: siempre acudía cinco o hasta diez minutos antes de lo pactado a cualquier reunión de trabajo y social. "Si me dicen a las dos de la tarde, llego a las dos de la tarde; si no para qué me dan la hora", le reclamó alguna vez a una amiga que lo invitó a una comida y que lo criticó por haber sido de los primeros en llegar.

Como era viernes por la noche, en el Kentucky había un poco más de clientes que la víspera. Serían unas veinte personas, entre hombres y mujeres, quienes ocupaban algunas mesas de la parte de atrás y los bancos de la barra.

La tipa entró al Kentucky a las nueve y media. Vicente no se había bebido ni la mitad de la cerveza que Tony, por lo menos en cuatro ocasiones, intentó cambiarle con el argumento de que la estaba calentando.

—Buenas noches. Vicente, ¿verdad?

—Para servirle, sí. ¿Con quién tengo el gusto?

—Clarisa. Pero háblame de tú, no me hagas sentir vieja.

La mujer que se sentó al lado izquierdo de Vicente, en la barra, de vieja no tenía nada. Era guapa y elegante, detalle inusual en la frontera. Eso sí, iba muy maquillada y olía mucho a perfume. Llevaba un traje sastre color azul pastel cuya falda le entallaba lo justo para presumir su torneada figura.

Presto, Tony se acercó a la pareja para preguntarle a su amiga si le servía su margarita.

—Me dijo Tony que te interesa saber cosas de Juárez —le dijo Clarisa a Vicente.

—Y él me garantizó que tú eras la persona adecuada.

—Posiblemente. Trabajo en La Rueda, una cantina donde se ven y se escuchan muchas cosas que pasan en la frontera.

—¿De lo que pasa para el otro lado?

—¡Mira! El pinshe bato salió abusadillo… Yo no dije eso.

—Supongo que Tony te contó que soy reportero.

—Sí, me lo dijo, pero no habría hecho falta: con la mirada que tienes delatas que te dedicas a hacer preguntas. ¡Chismoso!

Se rieron de eso y de otras bromas. Tony, que con prudencia intencional se mantenía alejado unos metros de la pareja, apenas notaba que la copa de Clarisa estaba por terminarse, se acercaba de inmediato con otra margarita. Le había servido cuatro tragos a ella y a Vicente una cerveza más.

Cuando Clarisa se levantó para ir al tocador, el cantinero le dijo a Vicente:

—Te aconsejo que la invites a cenar. Pídele que ella escoja el restaurante; te llevará a un lugar seguro. Aquí no le puedes preguntar lo que te interesa, hay ojos y orejas inquietas, y unos ya se pusieron nerviosos.

—Ni me ha dejado preguntarle nada, se la pasa bromeando.

—Ella sabe cómo es el bisnes. Otra cosa, mi cuate: nunca permitas que la mujer vaya sola al baño; siempre acompáñala hasta la puerta y espera a que salga. Si tú también quieres ir a hacer pis, aprovecha.

—¿Y eso por qué?

—Porque nunca debes dejar sola a una morra en la barra: te la bajan mientras estás meando. Por eso hay que vaciar la vejiga cuando la morra entra al baño. Aunque en este caso no hay pedo: Clarisa no te conocía ni tú a ella, y además sabe que eres chilango.

Clarisa tardó varios minutos que ocupó en arreglarse el cabello, ponerse brillo en los labios y perfume en el cuello. Sabía que Tony le explicaría al reportero cuál era el siguiente paso. Cuando regresó a la barra aceptó la propuesta de Vicente de ir a cenar y que ella escogiera el restaurante.

En su carro llevó al reportero al Garufa, lugar argentino especializado en cortes de carne que estaba sobre el bulevar Tomás Fernández.

—A ver, chiquito, vámonos directo. ¿Qué es lo que quieres saber? Ya sé quién eres. Tony dice que tienes lo que se necesita para hacer lo que haces, así que te ayudaré en lo que pueda —le soltó Clarisa minutos después de que les asignaran mesa en el restaurante, en el cual había solamente otra pareja cenando.

—¿Quién domina la plaza de Juárez?

—El Cártel de Sinaloa. Ya se chingaron al de Juárez, que está dando las últimas patadas.

—¿Cómo sabes eso?

—Tony dice que tienes buenos contactos en El Chuco. Si dudas pregúntales a los güeros quién es Ricardo Fierro; lo agarraron hace un tiempo. En La Rueda escuché a unos batos diciendo que a Fierro lo puso Chito Silva, el pinche procurador que trabaja para la Gente Nueva; no me digas que no sabes quiénes son. Aquí en la ciudad sólo queda un bato que hacía jales para Fierro; se llama Damián Martínez. Conozco a su morra, es amiga mía. Fierro ahora es informante de la DEA, se arregló con el gobierno gabacho.

"No hay reportero sin suerte", siempre se lo recalcaba Vélez. Vicente nunca imaginó que esa mujer a la que acababa de conocer le proporcionaría un dato que le facilitaría la búsqueda de información sobre Chito Silva Solís.

—¿Los de Sinaloa controlan toda la plaza de Juárez?

—Todavía no, pero no tardan. Los del cártel de aquí que siguen de rejegos aparecen encobijados o colgados en los puentes. Quedan unos cuantos como Damián Martínez.

—¿Quién es él?

—El que controla todo lo que pasa en el centro y en otras colonias cerca de la zona de Anapra. Pero dicen que los de la Gente Nueva lo traen bien cortito.

—Clarisa, ayúdame a hablar con alguien que sepa algo de Chito; necesito esa información, es muy importante.

—Conozco a varios que quisieran hacerlo. Todos los de aquí le traen ganas al Chito, por traidor; se vendió a los de Sinaloa.

Clarisa se levantó de la mesa sin decirle nada a Vicente y salió del restaurante para hacer una llamada en su teléfono celular; se tardó tres minutos en volver.

—En unos diez o quince minutos va a llegar un amigo que cenará con nosotros. Te va a ayudar; no preguntes mucho, más bien escucha lo que te cuente.

—Haré lo que me digas. No me conoces, pero te garantizo que soy hombre de palabra.

—Algo de eso debes tener porque, de no ser así, mi amigo no hubiera aceptado venir en este mismo momento. Le dije quién eras y luego luego dijo que sí. Tienes buena reputación hasta con los malandros de Juárez, mi chavo.

Les servían el corte de carne que ordenaron cuando a la mesa se acercó un hombre barbado y fornido de unos treinta años. Besó a Clarisa en la mejilla y a Vicente le estrechó la mano.

—Me da gusto conocerlo en persona. Me lo imaginaba distinto, más grande de edad.

—El gusto es mío. ¿Por qué pensaba que yo era más viejo?

—No me lo tome a mal; lo que pasa es que al leer lo que escribe y los madrazos que le pone al gobierno…

—Me imaginó viejo.

—Sí, para qué lo voy a negar. Ya me dijo Clarisa qué es lo que necesita. Los voy a dejar cenar a gusto.

—¡Por favor, acompáñenos!

—Me gustaría, pero no puedo ni debo. Tengo varios pendientes. Le hice llegar un sobre con unas fotografías del amigo que busca; se las dejaron en la recepción del hotel donde se hospeda. No lo abra hasta que entre a su cuarto. Yo no le entregué esas fotos y jamás me ha visto, ¿entiende? Nunca se enteró de quién se las envió, que no se le olvide. Quedo a sus órdenes; cuando necesite algo búsqueme por medio de Clarisa. Buenas noches y buena suerte, Vicente.

Al despedirse de Clarisa, quien lo regresó a su hotel, Vicente intercambió con ella el número de su teléfono celular. El licenciado Gil le había entregado un aparato cuya cuenta corría a cargo del periódico. Muy pocas personas y sólo algunas de sus fuentes de más confianza tenían ese número. Sus contactos de la DEA le aconsejaron que mientras estuviera en la frontera utilizara el celular lo menos posible. "Los narcos, los militares y los policías de tu país se pueden colgar de tu teléfono; lo hacen con todos los reporteros y funcionarios", lo alertó un agente gabacho de las tres letras asignado a Juárez.

Vicente sabía que su teléfono estaba intervenido por las agencias estadunidenses, la DEA entre ellas; eso se lo confirmó y demostró un hacker que trabajaba para Charlie. Sin embargo, le restó importancia al hecho y a la advertencia de su fuente.

En el mostrador de la recepción preguntó si le habían dejado un paquete. La encargada se lo entregó. Era un sobre amarillo de papel manila tamaño carta. Vicente tenía miedo, no lo podía negar; el hecho de que el amigo de Clarisa le hubiera dado instrucciones sobre las fotografías y dónde mirarlas lo inquietaba. Se le erizó la piel al darse cuenta de que en Juárez los narcos lo tenían vigilado. Él nunca le había dicho a Clarisa en qué hotel estaba hospedado ni ella lo sabía, porque cuando terminaron de cenar se lo preguntó para llevarlo.

Una vez en su habitación, el reportero se tiró sobre la cama y abrió el sobre. En su interior había dos fotografías a color. En una se veía a Chito Silva Solís abriendo un portafolios lleno de dólares, el cual sostenía en sus manos José Pablo Lara, el JL, uno de los líderes del Cártel de Sinaloa que meses atrás había sido aprehendido en la Ciudad de México.

Vicente no tenía ninguna duda sobre la identidad del personaje al que en esa fotografía se veía entregando el portafolios con el dinero. Las imágenes del narcotraficante divulgadas por el gobierno federal cuando lo detuvieron corroboraban que se trataba del JL.

En la segunda fotografía estaba Chito Silva Solís acompañado de un militar en lo que parecía una oficina. Junto a ellos se veía otro hombre (desconocido para Vicente, al igual que el militar) que se encontraba sentado frente a una mesa sobre la cual había una pila enorme de fajos de dólares.

En el sobre manila también había un papel con el siguiente mensaje: "Un regalo de sus amigos de Juárez. Quedamos al pendiente. Eche por favor al inodoro este papel cuando termine de leerlo. Ya sabe cómo localizarme".

En un primer momento, Vicente pensó en llamar al licenciado Gil, pero luego tuvo una mejor idea. En su celular marcó el número del agente del FBI que no le respondía llamadas ni mensajes. Eran las once de la noche en Ciudad Juárez; el agente, al que en la DEA habían descrito como un viejo sabueso taciturno, no podía estar dormido.

Cuando el teléfono lo mandó al buzón, el reportero grabó el siguiente mensaje: "Buenas noches. Soy Vicente Zarza Ramírez, del periódico *Enlace*. Lo he buscado, pero parece que anda muy ocupado. Tengo en mi poder unas fotografías que le pueden interesar; si escucha este mensaje llame por favor al número que aparece en su teléfono, el cual le he dejado anteriormente en su grabadora".

A los tres minutos llamó el agente del FBI.

—¿Dónde te encuentras? —le preguntó con mucha autoridad cuando Vicente contestó la llamada en su celular.

—En el hotel Plaza Juárez que está sobre la avenida Lincoln, en la zona del Pronaf.

—Lo conozco; voy para allá. Salte con las fotografías y nos vemos en el jardín que está junto a la alberca. Llego en diez minutos como máximo. No olvides apagar el celular y dejarlo en tu habitación.

Vicente sacó una botella de agua del pequeño refrigerador que había en su cuarto —aunque era de noche, afuera hacía calor—. Guardó la grabadora en el bolsillo de su pantalón, tomó el sobre con las fotografías, su libreta y una lapicera. En el patio, junto a la alberca, escogió una mesa redonda de metal para pícnic, ubicada debajo de una de las farolas del jardín.

A los diez minutos, como se lo había dicho, llegó el agente del FBI. A Vicente le sorprendió su vestimenta: bermudas, playera y gorra de beisbol. Era más o menos de su estatura y corpulencia. Él se lo había imaginado distinto: muy alto y vestido de traje.

—Me llamo Nick.

—Soy Vicente. ¿Cuál es su apellido?

—Eso no importa. Enséñame las fotografías. Esto no es entrevista, así que ni intentes grabarme.

—Una condición: ¿existe el expediente de Silva Solís?

—Existe. ¿Las fotos?

El reportero de *Enlace* abrió el sobre y colocó las dos fotografías sobre la mesa. Antes de tomarlas, el agente del FBI miró a su alrededor: estaban solos.

Después de observar detalladamente y en silencio las imágenes, el agente dijo:

—¿Sabes quiénes son los que aparecen con él?

—El que tiene el portafolios con el dinero es el JL. Al militar y al tipo de la otra fotografía no los conozco.

—El militar es el general encargado de la zona militar en Juárez; el del sombrero es Ángel García, el Zopilote, uno de los jefes del Cártel de Sinaloa, a cargo de la Gente Nueva que llegó a Juárez.

—¿La relación de Chito con esas personas la tiene registrada usted en el expediente?

—Lo del Zopilote y su relación con el JL lo tenemos confirmado. Respecto del general, me lo habían contado, pero no tenía pruebas.

Nick metió la mano en uno de los bolsillos de sus bermudas y sacó dos hojas dobladas por la mitad.

—Es un resumen del expediente que te interesa. Escribe que lo obtuviste por medio de un funcionario de una agencia federal de Estados Unidos. No se te ocurra mencionar mi agencia. Voy a tomar unas fotos de las fotografías; es la condición.

Mientras Vicente leía las dos hojas, Nick extrajo una pequeña cámara fotográfica de sus bermudas y tomó varias impresiones de las dos fotos. Al terminar se fumó un cigarrillo en silencio, esperando a que el reportero concluyera su lectura.

—Cumple con el trato. Sólo así podrás buscarme cuando andes por aquí, y no me llames tan seguido —el agente del FBI se levantó y se fue inmediatamente.

El lunes siguiente, en la primera plana de *Enlace* y a ocho columnas apareció un texto firmado por Vicente, con las dos fotografías. El asunto era un escándalo nacional e internacional: un integrante del ejército mexicano de la más alta jerarquía y el procurador general del estado de Chihuahua se hallaban coludidos con el cártel más sanguinario y poderoso de México.

Horas después de la publicación del texto de Vicente, el presidente Calderón Nieto ordenó el arresto del general. El procurador de Chihuahua desapareció.

En conferencia de prensa, el gobernador de Chihuahua, Mauricio Martínez, afirmó que haría todo lo necesario para capturar al fugitivo, de quien, dijo, no tenía la menor idea de que estuviera recibiendo dinero del narcotráfico. Lógicamente, a este amigo cercano y correligionario del partido político del presidente Calderón Nieto nadie le creyó. Se hablaba de que también estaba en la nómina de pagos de los capos de la droga, y Vicente andaba tras sus pasos.

DIECINUEVE

No podía haber otra mañana soleada de sábado tan perfecta. Faltaban unos minutos para las once horas y el termómetro marcaba treinta y tres grados centígrados. El ruido de los motores de las motocicletas despertó a Carolina. Había llegado a las cuatro de la mañana, después de hacer el carrusel de antros de viernes por la noche junto a Damián. Desde que se escapó con la Morena, había cambiado las piñas coladas sin alcohol por tequila. Se había tomado seis caballitos de reposado, su tequila favorito, por lo que estaba cruda y el ruido de las motos le taladraba las sienes.

Doña Maurita preparaba el almuerzo para Javier e Isaac, que estaban en el patio probando sus motos. Esos cabrones habían despertado a Carolina. Su papi se había ido a hablar con uno de sus empleados de confianza porque a él le encargaría el taller de Javier mientras éste salía con su amigo Isaac a Chihuahua como parte de una caravana de motociclistas; regresarían el domingo de la siguiente semana por la noche. En cuanto a Angélica, su mami le contó que tenía como media hora de haberse ido con el novio a El Chuco, y Sara se estaba bañando.

De uno de los cajones del trinchador del comedor, Carolina sacó un par de tabletas de Alka Seltzer. No quería que el dolor de cabeza la aquejara todo el día. Se bebió de alzada el agua burbujeante y regresó a su habitación a recostarse justo en el momento en que su hermano y su amigo apagaron las motocicletas para almorzar los huevos rancheros y frijoles negros preparados por doña Maurita. Se durmió al instante.

Damián daba un concierto con Fovia. La audiencia estaba enardecida. Carolina se sentía dichosa por el éxito de su novio en esa plaza que no era Juárez. Damián la había acomodado estratégicamente a un costado del templete sobre el que él y su banda deleitaban a sus seguidores. El público que coreaba las canciones de rock no se percató de lo que ocurría; Carolina sí.

Eran tres; la joven los ubicó con facilidad porque a codazos se abrían paso entre los jóvenes. Quedaron a unos metros de Damián. Se apagaron las luces y el auditorio quedó a oscuras.

En eso, el ruido de los poderosos motores de las motocicletas volvió a arrancar a Carolina del sueño. Se sentó sobre la cama y palpó un hilito de sudor helado que le escurría entre los pechos. Se puso short y chancletas y salió corriendo al patio con la intención de alcanzar a Isaac y a su hermano Javier. Sin embargo, éstos ya habían partido para unirse al grupo de motociclistas de su colonia que integrarían la caravana.

Carolina se asomó a la calle y vio a la dupla motorizada dar vuelta a la izquierda en la esquina de su cuadra. La embargaron la tristeza y la impotencia.

Sara, que tenía una toalla enredada en la cabeza porque se había lavado el cabello, almorzaba tranquilamente mientras su madre tomaba una taza de té de manzanilla.

—No van a regresar.

—¿Quiénes?

—Javier y su amigo. No van a volver, mamá.

—¿Dé que hablas, Carolina? ¿Por qué dices eso?

—Mami, deme un abrazo.

Sara dejó de comer. Se le fue el apetito y sintió ganas de arrojarle el plato a Carolina; la odiaba por lo que acababa de decir.

—La marca del diablo fue una venganza por lo de los casetes. No es cierto; no estás maldita, Carolina.

—Claro que no estoy maldita, Sara. Esto es otra cosa.

Maurita enmudeció y clavó la mirada en el fondo de la taza que tenía entre las manos; Carolina le dio miedo. Sin hacer caso de la discusión en la que se enfrascaron sus hijas, Maurita se fue a encerrar a su habitación y se hincó ante el crucifijo que colgaba sobre la cabecera de su cama. Rezó por Javier y por Isaac, a quien quería como hijo suyo.

Nadia jugaba en la sala; Maurita la vio cuando se dirigía a su cuarto, del que ahora no quería salir. "Carolina no está maldita y la marca en la nalga izquierda no significa nada; es un simple lunar", se decía. Sin embargo, el vaticinio de su hija la aterraba, lo mismo que a Sara. Al igual que ésta, por un momento Maura sintió ganas de romperle la boca a Carolina con los puños. Pidió a Dios que permitiera que Isaac y Javier regresaran con bien y que los librara de la premonición de su hija.

En el taller que le había encargado su papá, Javier se dedicaba a reparar y reconstruir motores de motocicletas. Su círculo de amigos lo integraban jóvenes aficionados a las motos de carreras. Isaac, vecino de la Melchor Ocampo, era su mejor amigo y entraba al domicilio de los Campos Robles como si fuera su casa. Su amistad databa de la infancia. Junto con Roberto, ambos jugaban futbol en las calles de la colonia. El triunvirato era temido a la hora de los trancazos. Los dos Campos Robles e Isaac Aguirre Padilla imponían su ley a base de cabezazos, patadas y puñetazos.

Isaac aprendió a manejar en la moto de Roberto y en la de Javier, y trabajando como ayudante en uno de los talleres del papá de sus amigos se instruyó en mecánica (de hecho, él y dos chalanes se hacían cargo de la mecánica automovilística en el taller de Javier). Más tarde, con sus ahorros se compró una BMW 1200.

Cuando Roberto se juntó con Lidia, Isaac fue el comensal espontáneo que lo reemplazó en el comedor de los Campos Robles, y la dupla Javier-Isaac se hizo inseparable. En moto recorrían Ciudad Juárez y de cuando en cuando brincaban el río para pasear por las autopistas de El Chuco. Las hermanas Noelia y Rita, novias de Javier e Isaac, respectivamente, eran compañeras insustituibles en esos paseos en motocicleta; ambas estudiaban en la Universidad Autónoma de Ciudad Juárez. Isaac y Javier iban a todos lados en motocicleta; sólo faltaba que fueran al baño en moto, como les decía Roberto para burlarse de ellos.

En contraste con Roberto, Javier no consumía drogas. Aunque varias veces le ofrecieron polvo y mota, nunca aceptó. Fumaba cigarrillos como todos los de su edad y se echaba sus pistos. Ocurría lo mismo con Isaac; lo que hacía uno lo hacía el otro.

Ambos amigos se ganaron el respeto de la colonia Melchor Ocampo; sin embargo, desde que se enamoraron de las estudiantes de la UACJ dejaron de ser buscapleitos. Muy de tarde en tarde, y sólo cuando iban en grupo con las motos a los antros del Pronaf, Javier aceptaba que a su pelotón de motociclistas rebeldes —como se llamaban entre ellos— se les unieran sus hermanos menores, Luis y Pedro, que tenían también sus BMW 1200.

En Juárez, el rugir nocturno de los motores de las motos era símbolo de juventud y desafío a la velocidad. Javier e Isaac destacaban por tener al cien sus poderosas, que siempre estaban limpias e impecablemente pulidas y con unos motores que, como relojes suizos, sobresalían por su efectividad y potencia.

Don Beto estaba orgulloso de Javier. De todos sus hijos era el más prudente, tranquilo, trabajador, respetuoso y pragmático. No podía negar que era cabrón si había que sacar las uñas, como sus demás hijos y sus tres hijas, en particular su princesa y consentida.

Las chicas de su barrio y las que iban a los antros del Pronaf concluían que Javier era el guapo de los cuatro hermanos Campos Robles y el menos enamorado. Roberto, el mayor, aunque estaba totalmente clavado con Lidia, no se abstenía de echarse una canita al aire si se le presentaba la oportunidad. Javier no era así; era chaval de una sola morra. Hasta Luis y Pedro se lo cotorreaban por ser fiel:

—Dicen que a los hombres nos tocan siete viejas por cabeza, una por día. No seas pendejo, carnal; hay hartas chavalas que se quieren pasear contigo en la moto —le machacó Luis una tarde, mientras pisteaban en el Hooligan, un bar de la avenida Tecnológico.

Su hermano solía recordarle a Javier cuando una chavalita guapa de Sonora le pidió que la llevara a pasear en la moto y luego a donde él quisiera; Javier le contestó que no podía porque tenía novia.

La cita con el pelotón de motociclistas de la colonia era en El Chamizal. Javier e Isaac se desplazaban a velocidad moderada. El primero llevaba un paliacate rojo en la cabeza, lentes Ray-Ban, camiseta, chaleco de cuero, pantalón de mezclilla y botas. El segundo vestía igual que su mejor amigo; la diferencia entre los dos era el color del paliacate en la cabeza: el de Isaac era azul. Aunque ambos tenían casco, como nadie en la caravana lo usaba porque eran rebeldes motorizados, lo habían dejado en casa.

En la ciudad de Chihuahua, Javier tenía amigos; algunos eran aficionados a las motos y otros no, pero todos se ofrecieron para llevarlos por las noches a los antros a los que iban las mejores chavalitas de la capital del estado. La promesa de pasar una semana de veladas divertidas y espectaculares con buenas morras entusiasmó a Javier e Isaac.

Éstos aflojaron el acelerador cuando estaban a unos veinte metros de la esquina. La luz verde del semáforo cambió a amarilla, y, cuando se puso en rojo, frenaron.

—¿Nos lo pasamos?

—¿Para qué? Vamos a tiempo; tenemos quince minutos para llegar a El Chamizal —contestó Javier mirando el reloj en su mano izquierda enguantada.

—¿Cuántos batos van en la caravana?

—Unos treinta, más o menos. Ya sabes que a la mera hora muchos salen con sus jaladas y se rajan.

En ese instante, la luz del semáforo cambió de rojo a verde. Los dos amigos soltaron el freno, metieron primera y quitaron el clutch. Rugieron los motores de sus poderosas.

El golpe fue seco y el estruendo se escuchó dos cuadras a la redonda. El camión de pasajeros se detuvo a unos siete metros del punto del impacto. Con el tumbaburros y las llantas delanteras había arrastrado a los dos motociclistas.

Los transeúntes que atestiguaron el accidente le gritaban al chofer que, aturdido y confundido, paró la unidad. Los pasajeros bajaron del autobús para observar lo ocurrido. El chofer comprendió que se había pasado el semáforo en rojo y de inmediato se echó a correr sin que nadie intentara detenerlo porque la gente estaba ocupada sacando a los dos muchachos de entre los fierros de las motocicletas y las llantas del autobús.

Una señora que desde la ventana del segundo piso de su casa vio lo sucedido llamó a la ambulancia; los socorristas le dijeron que llegarían en minutos.

Tres personas liberaron al primer motociclista, Javier. Tenía destrozado el cráneo y había muerto al instante de ser atropellado. Lo acomodaron sobre el asfalto y uno de los que ayudaron a sacarlo se quitó la chamarra y le cubrió la cabeza.

A la distancia se escuchaba la sirena de la ambulancia que se dirigía al lugar del accidente.

—¡Está vivo, ayuden a sacarlo! —gritó con desesperación un voluntario que se metió debajo del camión para rescatar a Isaac, que había quedado prensado entre su moto y las llantas del autobús.

Al paso de los minutos se amontonó y arremolinó la gente; algunos querían ayudar y otros llegaban por morbo. La faena se dificultaba. Un señor propuso mover en reversa el autobús. Se subió al puesto del chofer —que en su huida había tenido oportunidad de llevarse las llaves del vehículo—, quitó la velocidad y pidió que empujaran el camión hacia atrás. De esa manera liberaron a Isaac, sobre cuyo estómago había quedado una de las llantas delanteras.

—Lo reventó. Se está ahogando con su sangre. Que no tarde la ambulancia porque no lo van a alcanzar —comentó el hombre que se había despojado de su chamarra para cubrir a Javier.

Entre cuatro hombres pusieron al herido sobre el asfalto, a unos metros del cuerpo de Javier. Muchísimos curiosos observaban los acontecimientos. Se hicieron eternos los pocos minutos que tardó en llegar la ambulancia. Aprisa, los rescatistas acudieron en auxilio de Isaac, pues con Javier no había nada que hacer. Se dieron cuenta de que había perdido la vida cuando lo vieron cubierto con aquella prenda negra y por el pequeño charco de sangre que se había formado al lado de su cabeza.

A Isaac le pusieron oxígeno y lo subieron a la camilla. Su pulso y su respiración se escapaban. A toda velocidad la ambulancia partió hacia el hospital. Por el radio, el conductor se comunicó con la sala de urgencias para que estuvieran preparados. Solicitó al hospital que llamaran a la Cruz Verde para levantar el cadáver del otro atropellado. La policía llegó cuando subían a Isaac a la camilla.

Los socorristas atendían al herido. Uno le puso suero en el brazo izquierdo y el otro, estetoscopio en mano, escuchaba los débiles latidos de su corazón. Faltaban unos dos kilómetros para llegar al nosocomio cuando Isaac dejó de respirar. El peso del camión le había molido órganos vitales, así que, aunque hubiera llegado con vida al hospital, habría muerto. Ése fue el dictamen del forense que le hizo la autopsia.

Uno de los policías que llegaron al lugar del accidente habló por radio a uno de sus compañeros que estaban en El Chamizal con el grupo de patrulleros que escoltarían la salida de Ciudad Juárez de los motociclistas que se dirigían a Chihuahua.

—Pareja, búscate al jefe del grupo de los motociclistas. Acaban de atropellar a dos que, creo, iban para allá. Uno está muerto y al otro lo llevan al hospital; está grave. El muertito se llama Javier Campos Robles; lo vimos en la licencia que trae en la cartera.

—Enterado, pareja. Me comunico enseguida.

Al policía de El Chamizal no le fue difícil corroborar la información. En efecto, Javier Campos Robles era parte del grupo de motociclistas. Manuel, líder de la caravana, se ofreció para ir personalmente al taller de Los Cerrajeros para darle la noticia a don Beto. Cuando ordenó la cancelación del viaje a Chihuahua, no hubo objeciones.

El grupo se dividió en dos: unos se lanzaron con Manuel a Los Cerrajeros y otros enfilaron hacia el hospital cuya dirección les dieron los patrulleros. No sabían que Isaac ya había fallecido.

Don Beto leía el periódico y se tomaba una soda cuando el ruido de motores de motocicletas se mezcló con el barullo tradicional del mercado de Los Cerrajeros. Por su mente cruzó la idea de que Javier había tenido la puntada de irse a despedir de él con toda su pandilla antes de tomar la carretera federal 45 hacia Chihuahua. Esos morrillos rebeldes eran clientes de sus talleres; los conocía bien. No sabía el nombre de todos, pero sí quiénes eran y dónde vivían.

El ruido lo hizo dejar el periódico sobre su pequeño escritorio y salir al patio del taller, donde dos trabajadores ajustaban unas trocas. Éstos también habían dejado de hacer sus menesteres para atestiguar la llegada de los motociclistas.

Eran siete jóvenes los que acompañaban a Manuel. Apagaron los motores y entraron al taller detrás de él. El rostro desencajado de aflicción y tristeza que llevaba el líder del grupo se lo dijo todo a don Beto. Algo le había ocurrido a su hijo Javier.

Don Beto se dirigió a Manuel, quien lo abrazó en cuanto se encontraron a medio patio.

—Los mató un pinshi jijo de la shingada camionero. Javier murió instantáneamente; Isaac, antes de llegar al hospital. Nos acaban de informar por celular los del grupo que fueron a verlo.

—Gracias por avisar. ¿No le han dicho nada a mi señora?

—No, don Beto. Nosotros no, los forenses quién sabe.

—¿Dónde los tienen?

—A Javier ya lo llevaron a la morgue; a Isaac estaban por trasladarlo para allá, eso les dijeron a mis compañeros que llegaron al hospital. ¿Quiere que lo acompañemos a su casa?

—No, Manuel, mil gracias. Ya hicieron mucho con venir a avisarme.

En silencio, los empleados del taller y los jóvenes motociclistas observaron cómo don Beto se subió a su troca, la arrancó y tomó rumbo para el Cerro del Indio. Hacía un calorón en Juárez, pero a Manuel la escena de la salida de don Beto le heló la sangre.

La casa de la familia Campos Robles estaba llena. Familiares y amigos entraban y salían de la sala al patio y a la inversa. Recargadas en las paredes del patio estaban las coronas de flores y sobre el piso los arreglos florales, que no dejaban de llegar. El féretro metálico color gris con los restos de Javier aún no llegaba. Doña Maurita no se quería soltar de los brazos de su marido, estaba deshecha.

Angélica era la única de la familia que no sabía nada; andaba de paseo con el novio en El Chuco, o eso suponían. Sara se encerró en su habitación y tardó varios minutos en abrirle la puerta a Carolina. Tenía los ojos hinchados por el llanto.

—¿Por qué, Carolina? ¿Por qué?

—Era su destino, y el de Isaac también.

—¿No tienes ganas de llorar? Estás como si nada.

—Me duele, pero no voy a llorar; no los voy a revivir con eso. Su muerte estaba escrita y así tenía que ser, Sara.

—Nunca imaginé que creerías que estás maldita.

—No, no estoy maldita y el lunar no tiene nada que ver. Sabía que se iban a morir, lo miré en un viaje.

A Sara le renacieron las ganas de golpear a su hermana por la frialdad con la que hablaba de la tragedia. Eran su hermano y el amigo de éste quienes habían muerto, no unos desconocidos como los que todos los días se encontraban tirados en cualquier calle de Juárez.

Roberto sugirió a su padre que contrataran los servicios de una funeraria para velar juntos a Javier e Isaac. Aunque la familia de éste aceptó, Maurita no; se aferraba a que el velorio fuera en el patio de su casa. Don Beto claudicó, lo mismo que los padres de Isaac, que velarían en su domicilio a su único hijo.

Carolina salió al patio y buscó a Roberto.

—Está afuera con Luis y Pedro —le dijo Lidia mientras acariciaba el cabello de Nadia, que estaba sentada en sus piernas.

—Ya viene Javier, Roberto.

—¿Cómo sabes?

—Damián me llamó al celular; está acompañando la carroza de la funeraria donde arreglaron a mi hermano.

—¿Les avisaste a mis papás?

—No. Para eso te vine a buscar, para que lo hagas tú. Mi ma me sigue mirando como si yo tuviera la culpa.

Roberto tiró al piso su cigarro a medio fumar, abrazó instintivamente a su hermana menor y le besó la frente. Afuera de la casa, Luis, Pedro y unos amigos siguieron fumando en silencio, recargados en los carros.

Dos camionetas Suburban color negro con vidrios polarizados escoltaban la carroza. Al llegar a la casa Campos Robles, de una de las camionetas se bajó Damián.

—Traes contigo al ángel de la muerte.

—¿De qué hablas? ¿Qué traes, Carolina? Es tu hermano, qué ángel de la muerte ni qué la shingada. ¡No manches!

—No hablo de Javier… No me entiendes.

El funeral de los jóvenes fue concurrido. El grupo de motociclistas escoltó los féretros desde la casa de los Campos Robles hasta el cementerio. La ausente en aquel entierro fue Carolina, a quien ni las súplicas de su papi hicieron cambiar de decisión.

—Carolina, chiquita, no eres la responsable de lo que les ocurrió a Javier y a su amigo. No hagas caso a tu madre ni a tus hermanas.

—Papi, yo sé que no tengo la culpa. No es eso.

—Entonces, ¿qué es?

—Ya me despedí de Javier. No necesito ir al panteón ni quiero saber dónde lo entierran. Los cementerios no me gustan; me ponen triste, papi. Entiéndeme por favor. Tú sabes cómo soy.

El luto en casa de los Campos Robles era evidente por la vestimenta de doña Maurita. La matriarca usó ropa negra durante tres meses. A don Beto, la pérdida de su hijo lo hizo más ensimismado de lo que ya era. El resto de los integrantes de la familia continuó con su vida.

Unos días después del sepelio, Lidia le dio a su viejo la noticia de que estaba embarazada. Roberto la abrazó y la colmó de besos.

—Si es hombre se va a llamar Javier.

—Es hombre, lo sé, lo siento en el vientre. Se llamará como tu hermano, mi vida.

Por su embarazo, Lidia bajó el ritmo de sus actividades en la boutique y sus otros asuntos. Tres rayitas le quitó al tigre en términos de viajes con amigas fuera de Juárez. Al jefe de la aduana le mintió para evitar beber alcohol y revolcarse con él en la oficina cada vez que iba a buscarlo para arreglar sus pases de mercancía.

—¿Estás segura de que es mío?

—De quién más va a ser, sino tuyo.

—¿Y te dijo el doctor que no podíamos hacer nada hasta que naciera?

—Entiende, corazón, es un embarazo de alto riesgo.

—Bueno, pero le vas a poner mi nombre.

—Te gané: se va a llamar Javier, como mi difunto papá.

Este diálogo con el aduanero se lo confesó Lidia a Carolina. La dueña de La Boutique de la Diosa no deseaba que su confidente y amiga incondicional tuviera la menor duda de que el fruto de su vientre lo había engendrado con amor y con Roberto.

Sin embargo, a Carolina le daba lo mismo que el bebé fuera o no hijo de Roberto. Quería a su hermano mayor y estaba feliz por el embarazo de Lidia, pero si el niño no era de él, ella qué podía hacer. Bien por su hermano si lo que decía Lidia era cierto.

Las cosas en Juárez estaban calientes. Damián saltaba de una casa de seguridad a otra cada tres o cuatro días. Se arriesgaba a seguir saliendo de antro con Carolina, aunque cada vez tenían que ir más guarros para cuidarlos o sacarlos "hechos la shingada" del lugar donde se encontraran en caso de que ocurriera algo fuera de lo normal.

La Gente Nueva se apoderó de Juárez. Los movidos locales como Damián andaban a salto de mata. Entre los jefes de mayor jerarquía que el cantante de Fovia hubo intentos para arreglarse con los de Sinaloa y repartirse la plaza; sin embargo, nada funcionaba. Los sinaloenses querían todo para ellos. La policía municipal y algunos estatales dejaron de trabajar para los locales y ahora estaban al servicio de los culichis. Lo mismo el gobierno municipal y el del estado.

Una noche que Damián cenaba con Carolina, sus guarros los libraron de una emboscada. Gracias al pitazo de un cholo de la pandilla de Los Aztecas, los hombres de Martínez se enteraron de que un grupo de policías municipales escoltaba un comando de sicarios de la Gente Nueva que iba a levantar a su patrón.

Otra noche, afuera del Chapulín Colorado hubo una balacera. Tres policías municipales y cuatro jóvenes inocentes que se divertían en el antro perdieron la vida. La Gente Nueva confundió a un cholo de la pandilla de Los Mexicles con Damián y se armó la bola.

—Mi vida, las cosas están bien difíciles. Tengo que irme por unas semanas a Guadalajara. Pero vamos a estar en contacto. Ten este celular; con él nos vamos a comunicar mientras yo esté allá.

—Está bien. Sé que las cosas no andan muy bien que digamos. No te preocupes, llama cuando puedas.

—Cuando regrese nos casamos. Lo prometí y te lo cumpliré. No andes de cabrona porque te cuelgo, ya sabes; aun lejos me entero de todo lo que pasa aquí.

—Damián, no tienes que amenazarme. Soy de un solo hombre, lo sabes muy bien.

310

—Me voy esta misma noche. Debajo de un asiento de tu camioneta hay un maletín. Te alcanzará para un buen rato. Luego te mando otro y los que sean necesarios.

Antes de irse a Guadalajara en una avioneta que lo esperaba sobre una pista clandestina en el Valle de Juárez, Damián le rogó a Carolina que le entregara su amor. La morra se negó; le dijo que eso no estaba en sus destinos y que nadie cambiaría lo que ya estaba escrito. Damián no entendió el mensaje cifrado de su novia y se despidió de ella con una nueva amenaza de que mandaría levantar al pendejo que se atreviera siquiera a sonreírle.

Los guarros de Damián se encargaron de encontrar, levantar y desaparecer al chofer del camión de pasajeros que mató a Isaac y Javier. A Carolina se lo contó Roberto, a quien los guarros de Damián le llevaron al conductor antes de eliminarlo, por si tenía ganas de meterle unos *shingazos* en venganza.

Cuando Lidia entró a la boutique, encontró a Carolina recargada en el mostrador, con la mirada perdida.

—Odio lo que me ocurre, lo odio, Lidia, y nadie me puede ayudar ni evitarlo. ¿Me entiende?

—¿Qué te pasa, mi niña?

—Damián se fue de Juárez.

—¿A dónde? ¿Por qué te abandonó? ¿Te dejó embarazada?

—Se marchó porque tenía que hacerlo; las cosas están bien calientes en la plaza, usted lo sabe, Lidia. No estoy embarazada; estoy enojada conmigo porque, sabiendo que Damián ya no va a regresar, me negué a darle lo que siempre me pedía.

Lidia volvió a experimentar ese temor, esa sensación de horror por la mirada y las palabras de Carolina. Se acercó a ésta y la abrazó por la espalda.

En Guadalajara, afuera del restaurante El Abajeño, se quedaron vigilando cuatro guarros de Damián. Junto a la morra que le habían conseguido sus camaradas del negocio, el movido se tomaba su primer tequila.

De una de las mesas que ya estaban ocupadas cuando entraron al restaurante —luego de la revisión minuciosa que hicieron sus hombres para determinar que su jefe no corría ningún peligro— se levantaron tres tipos. A Damián y a la morrilla los acribillaron con pistolas nueve milímetros. Los sicarios sinaloenses vaciaron los cargadores sobre las víctimas; luego, sin prisa, recargaron sus armas y se las acomodaron en la cintura.

Los otros comensales, quienes se habían refugiado debajo de las mesas, sacaron la cabeza y se fueron corriendo, horrorizados. Los tres sicarios subieron a las camionetas de los guarros de Damián y juntos partieron con rumbo desconocido.

VEINTE

El licenciado Gil insistía en que Vicente averiguara con sus fuentes sobre la cadena de corrupción por narcotráfico en la gestión del gobernador Mauricio Martínez. La situación en Chihuahua era una majadería para el país y Calderón Nieto lo toleraba.

Faltaba un par de meses para que se celebraran las elecciones estatales y el candidato opositor del Partido Conservador, Javier Barral, había basado su campaña en la promesa de meter a la cárcel a los corruptos y a los criminales de la entidad. Las encuestas de opinión sobre la tendencia electoral lo colocaban como el favorito para ganar los comicios del estado norteño.

Enlace debía adelantársele a Barral y exponer la corrupción por narcotráfico de Martínez y su gobierno. Ésa había sido la exigencia y la recomendación del licenciado Gil a su reportero.

—Debes exhibir las corruptelas y arreglos de Martínez con los narcos. Se habla tanto de eso que algo debe haber de cierto —le dijo su jefe a Vicente, a quien le recordó también el caso de Chito Silva.

Vicente movía todas sus fichas para recolectar la información. Sus contactos en el otro lado se mostraban reticentes a contarle lo que sus informes de inteligencia decían sobre la corrupción por narcotráfico en el gobierno de Martínez. Aunque no se comprometían a nada, tampoco descartaban la posibilidad de hacerlo. Los gringos le traían ganas al gobernador.

El reportero de *Enlace* deseaba sacar provecho de la rabia de algunas de sus fuentes juarenses porque los sinaloenses se habían convertido en dueños absolutos de la plaza.

Charlie le contó que los movidos locales como él estaban dispuestos a lo que fuera con tal de sacar de la ciudad a la Gente Nueva, la que, afirmaban, estaba en la cama con el gobernador y con muchas autoridades municipales de todo el estado. Para Vicente era cuestión de insistir y trabajar a sus fuentes para que le pasaran datos de la corrupción gubernamental.

Antes de que los de Sinaloa les arrebataran la plaza a los de Juárez, el gobierno de Martínez y casi todos los presidentes municipales del estado cobraron muchos dólares a malandros como Fierro.

En el periódico local de esa ciudad fronteriza, Vicente encontró una nota fechada en Guadalajara que acaparó su atención. Esto le hizo recordar el consejo que le había dado Charlie a las pocas semanas de haberlo conocido: "Siempre que andes por aquí revisa el periódico local. Puedes encontrar mensajes que mandan los movidos a las autoridades o al revés, no lo olvides. Las notas que se publican son compradas o encargadas. Muchos de tus colegas de aquí trabajan para el narco o para el gobierno".

El despacho en el diario era una crónica de la ejecución de Damián Martínez y una mujer en un restaurante. Vicente se acordó de que Clarisa le había hablado de ese movido. La llamó al celular y ella aceptó verlo.

La tranquilidad con que Carolina se enteró de la muerte de Damián desconcertó a la vendedora de hamburguesas, quien le dio la noticia. La joven ni se inmutó; dijo que el destino no había forma de cambiarlo.

—Se acabó, Sandrita. ¡Tan, tan! Hay que seguir pa' delante.

—Estaba muy joven.

—Hizo y tuvo cosas que muchos hombres en ochenta años de vida nunca hubieran logrado. Por eso, niña bonita, no hay que ser pendejas; tenemos que vivir y disfrutar cada noche como si fuera la última y hasta que salga el sol.

—Tienes razón, manita. Hay que ahorrar porque la parranda es cara.

—Dinero llama dinero. La lana se hizo para gastar y pasarla bien. A ver, dime: ¿qué hubiera ganado Damián si se hubiera dedicado nada más a guardar los dólares? Ya lo mataron, pero vivió a toda madre.

—Era un mujeriego. ¿Quién sería la mujer con la que estaba?

—¡Una de tantas, Sandrita! Tenía muchas que le daban lo que yo no quise darle. No me importa, te lo juro. Conmigo se iba a casar.

—Quisiera ser como tú. Si mi viejo me pone el cuerno y me doy cuenta, se lo arranco con todo y güevos o lo mato al cabrón.

—Los hombres son mujeriegos, todos, no lo olvides. Por eso, Sandrita, nosotras tenemos que pasarla bien. No como putas, ¿verdad?, pero divertirnos. Tenemos los mismos derechos que ellos.

—Pinshi Carolina, quién te viera tan modosita.

—Sandrita, me voy a divertir todo lo que quiera y pueda. Damián me estaba asfixiando, era muy celoso.

—No me digas que ya tienes morro nuevo.

—No pienso tener novio; amigos solamente. Estuvo de poca la parranda con Estrada, ¿a poco no? ¿Te acuerdas?

—Sí, eso sí.

—¡Te digo! La vida es corta, hay que gozarla. Ya viste lo que le pasó a mi hermano Javier y ahora a Damián.

Con el embarazo, Lidia dejó la boutique en manos de su cuñada, quien se encargaba de abrir y cerrar el local. Antes de retirarse temporalmente, la mujer de Roberto decidió enseñarle a Carolina secretos y mañas del negocio de la fayuca que no le había develado. El de la falsificación de documentos se lo guardó; eso era peligroso y no quería poner en riesgo la vida de esa *mushasha*.

Lidia pensaba que encontraría la forma de convencer al aduanero de que hiciera negocios con Carolina sin intentar aprovecharse de ella. Le metería miedo diciéndole quiénes eran sus hermanos y quién había sido su novio.

Sin embargo, Carolina no era una de esas chavalitas que se dejan manipular. Lo había demostrado y con creces en varias ocasiones con los que intentaban pasarse de listos. ¡Vaya si sabía cómo defenderse! Que le preguntaran cómo le había ido a ese ingeniero que quiso abrazarla en La Rueda. Poco faltó para que le arrancara los testículos. Le tiró varios dientes con un patadón que le metió en el hocico cuando se revolcaba en el suelo por el dolor en su entrepierna.

Aprender los secretos del contrabando fue pan comido para Carolina. La muchacha conocía las actividades secretas de su cuñada y sabía quiénes eran los contactos importantes para el negocio. En menos de una semana le demostró a Lidia que estaba lista y que incluso podría superarla en la labor.

Cuando llevó a la muchacha a presentarla con el aduanero, no hubo necesidad de que Lidia tomara precauciones describiendo su árbol genealógico y amoroso.

—Mi novio, mis hermanos y mis amigos de la Juárez lo conocen muy bien a usted. Han hecho tratos, no me lo vaya a negar. Ya sabe, los rumores corren rápido, y con eso de que el tal Barral quiere meter a la cárcel a los corruptos, no vaya a ser la de malas… Me entiende, ¿verdad?

—Por supuesto que la entiendo, Carolina. No hay problema.

—En realidad sí lo hay: a nosotras nos cobra caro el favor. Le vamos a bajar un treinta y cinco por ciento a la cuota. ¿Qué le parece?

—Justo pensaba hacerle una rebaja del diez por ciento a Lidia.

—Yo conozco a unos que le pagan menos por meter costales de dólares; no me lo niegue porque puede perder clientes.

—El treinta y cinco por ciento está bien, me parece justo.

Lidia no salía de su asombro. Nunca imaginó que Carolina doblara con tanta facilidad al aduanero. Ella siempre tuvo que acostarse con él como parte del pago de la cuota. "Se la tendrá que jalar el pinche aduanero corrupto porque con Carolina no habrá nada. Y vaya que la observó con lujuria apenas la vio entrar a su oficina", pensó con regocijo la dueña de La Boutique de la Diosa.

—Mi niña, ¿por qué no me contó antes que ese jijo de la shingada les cobra menos a los movidos que a mí?

—Porque no lo sabía, Lidia.

—¿Cómo que no lo sabías?

—No lo sabía pero lo imaginé. Damián lo insinuó dos o tres veces en pláticas con sus guarros, delante de mí. Fue muy fácil engatusar al aduanero.

Lidia no paró de reír hasta que llegaron a la boutique. Nunca más subestimaría a la hermanita de su viejo. No había duda: la ilegalidad de las calles había moldeado su carácter, temperamento y experiencia hasta hacer de ella una digna "empresaria" de la frontera.

Su reflexión llevó a Lidia a rememorar su pasado, cuando creció y se formó en las calles del centro de Ciudad Juárez. Ella sí había tenido que aflojar el cuerpo para hacerse de capital. "Si hubiera tenido las agallas y la seguridad de Carolina, ¡otra cosa habría sido!", se dijo.

—No se preocupe por nada. Dedíquese a descansar hasta que tenga al bebé, que yo me haré cargo de todo el negocio. Le llevaré el dinero cada domingo por la tarde, o si quiere dígale a Roberto que vaya a la casa a recogerlo.

—Como quieras tú, mi niña.

—Que vaya Roberto a la casa; es más seguro y sirve que de paso saluda a mi mami. Desde lo de Javier, mi ma no es la misma; pasa mucho tiempo sin decir nada, triste, con la mirada perdida.

Vicente entró al Kentucky y se dirigió al extremo izquierdo de la barra. Tony le sirvió una cerveza fría.

—¿Qué onda, Vicente? ¿Cómo va todo?

—Bien, Tony, con mucho trabajo y buscando información.

—Ya sabes, en lo que te pueda ayudar… Para esos somos camaradas.

—Se trata del gobernador Martínez. Se habla de que tiene arreglos con la Gente Nueva y quiero comprobarlo.

Tony se acercó al reportero y discretamente le hizo una seña para que bajara la voz.

—El góber está metido hasta el cogote, aquí en la Juárez to-dos lo saben. El pedo es que nadie te lo va a decir: hay muchos que saldrían embarrados o se perderían en alguna fosa.

—Ése es mi problema. Necesito encontrar a alguien que quiera contar el enredo. Clarisa viene, no tarda en llegar.

—¿A poco ella te va a contar cosas de Martínez?

—No, no es para eso. Se trata del caso del narco que acri-billaron en Guadalajara. ¿Leíste el periódico?

—No, ni hizo falta; ese bato era de aquí, cantaba en una banda de rock, Fovia. Su morra es la encargada de La Bouti-que de la Diosa, el local que está aquí adelantito, sobre la mis-ma Juárez.

—¿Su novia?

—Sí, se llama Carolina; la conoce todo el centro, es amiga de Clarisa, precisamente. Déjame atender a los batos que aca-ban de entrar y ahorita te cuento otra cosa.

Tony se aproximó a tres jóvenes que se acomodaron a unos cuantos bancos de Vicente. Le ordenaron dos margaritas y una cerveza. El cantinero del Kentucky estaba preparando las be-bidas cuando entró Clarisa y de inmediato se dirigió al repor-tero de *Enlace*.

Al ver entrar a su amiga, Tony se apresuró a servir las bebi-das a los tres jóvenes que con la mirada escanearon a esa guapa mujer que a su paso dejaba una estela de perfume.

—¿Qué te sirvo, mi Clari?

—Nada, Tony. Mejor tráele la cuenta a Vicente, que nos te-nemos que ir; nos están esperando.

Vicente sacó de su cartera un billete de cincuenta pesos y se lo entregó a Tony.

—Así está bien —le dijo—. Luego nos vemos.

Vicente y Clarisa se fueron caminando hasta el parqueadero. La muchacha había dejado encargado su carro con el Flaco, quien al verla le entregó las llaves de inmediato. Ella le puso dos monedas de diez pesos en la mano.

—¿Se puede saber a dónde vamos, Clarisa?

—A un hotel. Te voy a presentar a alguien.

—¿A quién?

—A una amiga. Pidió que te llevara a un hotel: no quiere que la vean platicando con un reportero. Le tuve que decir que eras periodista chilango, mi vida.

Cuando Clarisa entró con el auto al estacionamiento del hotel Lucerna, que estaba sobre la avenida Paseo Triunfo de la República, le dijo a Vicente que no llevara ni grabadora ni libreta. Ésa era la condición de su amiga para platicar con él.

Vicente y su acompañante cruzaron la recepción del hotel y se dirigieron a los elevadores. Entraron en uno y Clarisa oprimió el botón correspondiente al décimo piso. De su bolso sacó la tarjeta electrónica para abrir la habitación. Cuando salieron del elevador, Vicente siguió a Clarisa, quien caminó hasta la puerta marcada con el número 109. Abrió e ingresaron a una amplia suite de lujo.

Todavía no oscurecía en Ciudad Juárez, pero las cortinas que cubrían las amplias ventanas que daban a la calle estaban cerradas; la iluminación en el cuarto provenía de las lámparas y el televisor.

—¡Hola! Ya llegamos.

—Hola, Clarisa. Pásale, estoy aquí tirada en la cama.

En una de las dos camas de la habitación estaba una hermosa mujer; llevaba zapatillas negras con el tacón más alto que Vicente hubiera visto en su vida. La falda dejaba mucho al descubierto de unas piernas que enmudecieron al reportero. La misteriosa mujer se dio cuenta y le sonrió.

—Vicente, te presento a Carolina.

—Hola, buenas tardes. Vicente Zarza Ramírez.

—Clarisa, acomódate en la otra cama o en el sofá. Y usted en la silla del escritorio, para que así nos veamos de frente. ¿Quieren algo de tomar? Hay de todo en el refrigerador de la habitación.

—Yo una botella de agua. ¿Quieres una, Vicente?

—No, muchas gracias, estoy bien.

—¿Me pasarías un agua, Clarisa, por favor?

—Por supuesto, mi reina.

Cuando le entregó la botella a Carolina, ésta subió el volumen del televisor, encendido en un canal al azar.

—Supongo que Clarisa le dijo que nada de grabadora ni libreta.

—Me lo dijo.

—Ésta es una conversación con alguien a quien usted nunca ha visto. ¿Me entiende?

—Te entiendo. Supongo por igual que Clarisa te ha contado que soy un reportero derecho y cumplo los compromisos.

—No desconfíes, Carolina; Vicente es de fiar y los tiene bien puestos.

—¿Qué es lo que quiere saber de Damián Martínez?

—Primero, si le pagaba al gobernador o a qué autoridades.

—¡Mira, mira, mira! ¡Qué cabrón! Se va luego luego a la yugular. Sí, Damián, como todos los demás movidos, cada semana enviaba a Chihuahua un portafolios lleno de dólares.

Vicente se sentía en la gloria. Se había aventurado a hacerle esa pregunta a la mujer sólo porque traía en la cabeza el encargo del licenciado Gil. ¿Quién sería esa hermosa dama que tenía enfrente y que con tanta seguridad le había dicho algo que bien podría ser una mina de oro o una ráfaga de oropel?

—Perdón que insista: ¿qué relación tenías tú con Damián Martínez?

—Era su novia, nos íbamos a casar. ¿No te lo contó Clarisa?

—No, mi reina, no se lo dije. Tú me pediste que no lo hiciera.

—Cierto, se me olvidó.

—¿Con quiénes trabajaba Damián?

—Con los de aquí de Juárez, ¿quiénes más? Y antes de que me lo preguntes te lo digo: lo mataron los de la Gente Nueva, los de Sinaloa que controlan la plaza.

—¿Por qué se fue para Guadalajara?

—Para vivir otros días. Salió de aquí porque la Gente Nueva lo andaba buscando. Los policías municipales son orejas y ojos de los de Sinaloa, y ellos se lo iban a poner a los sinaloenses.

Vicente no deseaba saber más acerca de Damián. El finado novio de esa chica engrosaba la larga lista de narcotraficantes ejecutados por el mismo crimen organizado en el sexenio de Calderón Nieto y a nadie le importaba ya. El reportero decidió lanzar una vez más su caña de pescar; nunca se sabía quién podía morder la carnada.

—¿Quién llevaba el portafolios con los dólares a Chihuahua?

—Un licenciado que trabajaba para Damián, un tal Federico Hurtado. Servía a varios movidos de aquí de Juárez, pero cuando llegó la Gente Nueva él también cambió de bando y ahora lo protegen los de Sinaloa. Los movidos de aquí ya le pusieron el dedo. ¿Entiendes lo que quiero decir con eso?

—Dímelo tú…

—Que lo van a levantar por traicionero, porque conoce todos los contactos con los políticos del estado, y sin esos contactos no se puede mover fácilmente la mercancía.

—¿Cómo te enteraste de que Hurtado era el contacto de Damián y los otros movidos con los políticos de Chihuahua?

—Por Damián. Lo acompañé dos o tres veces a verlo. El abogado tenía una oficina en la Zona Dorada. En varias ocasiones vi a mi novio llenar de dólares el portafolios para que sus guarros se lo entregaran a Hurtado. Entré una o dos veces a la oficina del pinshi abogado.

—¿Para quién era el dinero exactamente?

—Para el pinshi gobernador, ¿para quién más? Ya te dije que el mismo Damián me lo decía, y, si no me crees, le paramos.

—No, no, por favor; te creo. Sólo quiero saber todos los detalles porque esto es muy grave.

—¿Cuál grave? Si todos los políticos son unos corruptos: los policías, los presidentes municipales, los feos, los militares, los aduaneros… Todos, todos quieren una mordida de lo que deja el pinshi narco. Clarisa me dijo que sabes cómo se mueve este negocio aquí en Juárez…

—¿Cuánto dinero mandaba Damián a Chihuahua?

—No sé, nunca pregunté ni me interesó, pero era bastante. Una vez medio escuché que un millón y medio de dólares al mes, aunque no estoy segura. Eso te lo puedo conseguir después.

—¿Me ayudarías a encontrar a Hurtado?

—Puedo preguntar. No te garantizo nada porque ese pinshi licenciado ahora está con la Gente Nueva.

—Si me pones en contacto con alguien que lo conozca, también me sirve, o si por lo menos me consigues el número de teléfono de Hurtado. Todo lo que me puedas ayudar, por favor.

—Voy a ver qué puedo hacer, nada más porque te recomendó Clarisa. Me caes bien. Los invito a cenar. Ya te conté mucho.

—¿En tu carro o en el mío, Carolina? Vicente no tiene.

—Se van ustedes primero y yo los alcanzo; pidan mesa. Los invito a Las Espadas, es un restaurante brasileño. Lo conoces, ¿no, Clarisa?

—Sí. El que está en la avenida Ejército Nacional, ¿verdad?

—Ése. Nos vemos allá en veinte minutos.

Clarisa y Vicente salieron juntos del hotel. Hasta que se subieron al carro permanecieron en silencio.

—¿Qué te pareció Carolina?

—Interesante… Tengo la impresión de que sabe muchas cosas.

—Posiblemente. Ten cuidado, es muy cabrona.

—Se nota. ¿Cómo la conociste?

—Ésa es una larga historia, otro día te la cuento. Damián la traía bien cortita, era superceloso.

—Lo mataron junto con una mujer.

—Era un mujeriego. Todos los hombres y los narcos son así. Pero lo de Carolina era diferente; era su morra y se iban a casar. Ella es guapa y había otros movidos que andaban atrás de ella.

—¿Sí? ¿Quiénes, por ejemplo?

—Ricardo Fierro era uno. ¿Lo recuerdas?

—El que agarraron en El Paso. ¿Lo sabía Damián?

—Eso no lo sé. Justo cuando Fierro andaba queriéndoselas arreglar para quedarse con Carolina, lo atraparon los gabachos.

Clarisa y Vicente pidieron una segunda cerveza. Había pasado una hora desde que llegaron a la churrasquería brasileña y Carolina no hacía acto de presencia. Si la puntualidad era difícil de encontrar entre los juarenses, en Carolina era un imposible; así se lo advirtió Clarisa a Vicente.

Cuando Carolina por fin hizo su aparición, el reportero no daba crédito. La guapa mujer se había recogido el pelo en una cola de caballo y había cambiado su atuendo por un pantalón de mezclilla ceñido al cuerpo y unas zapatillas de color amarillo con un tacón tan alto como el de los zapatos negros que Vicente le vio en el hotel Lucerna.

—¿No han pedido?

—Te estamos esperando, Carolina.

—Tuve que hacer unas diligencias en el centro.

La joven, quien había acaparado la atención de los que se encontraban en Las Espadas por el ruido que hizo con sus tacones al entrar, puso sobre la mesa su enorme bolso de piel marca Gucci y sacó una servilleta de papel perfectamente doblada.

—Ten. Ahí hay un número de teléfono y un nombre; esa persona te va a ayudar en lo que me pediste. Aunque creo que no servirá de nada porque todos los políticos son iguales; será inútil que metan a Martínez a la cárcel. A mí ese Barral no me da buena espina, te lo digo de una vez. Dudo que cumpla sus promesas.

—¿Es confiable esta persona?

—Regrésame la servilleta. Si no confías en mí, busca en otro lado.

—Perdón, no es eso. Lo que pasa es que tengo que cuidarme de cometer cualquier error.

—Vicente, hazle caso a Carolina y no preguntes. Te llevé con ella porque es una persona que sabe cosas. Es amiga, te dije.

—¡Te voy a decir algo, eh! Nosotros los de Juárez somos muy directos. Si me hubieras caído gordo, desde que estábamos en el hotel te hubiera mandado a la shingada. No sé mucho de noticias ni leo periódicos, ¿verdad? Pero, no creas, con tus noticias has metido ruido en esta frontera y, no sé por qué, hay gente de aquí que te respeta. Tienes suerte, mi chavo.

—Carolina, te pido nuevamente una disculpa. No te conozco. Empecemos de nuevo, ¿te parece? Entiende por favor que nosotros los reporteros somos desconfiados.

—Bien chismosos, mejor dicho.

Los tres se rieron del comentario. A decir verdad, Vicente se sintió ofendido por el calificativo, pero ante lo quisquillosa que era su nueva fuente no lo quedó otro remedio que tomar a broma la indirecta que le había lanzado Carolina.

Un mesero les llevó los menús. Carolina pidió tequila para los tres; dijo que no aceptaba negativas y que ni siquiera se atrevieran a intentar pagar la cuenta. De eso se encargaba ella.

—Estás de suerte, mi chavo —soltó Carolina cuando hicieron un brindis. Por la forma en que el reportero chilango ingería el tequila, se dio cuenta de que no era un tipo de copas—. Te voy a dar el número de mi teléfono celular, para lo que se te ofrezca cuando andes aquí en Juárez.

VEINTIUNO

Carolina quería salir esa noche y se fue a La Rueda para buscar a Clarisa. ¡Qué mejor compañera de parranda que ella! A ambas las conocían en muchos antros.

—Eres una perversa —le dijo Clarisa a modo de saludo apenas la vio entrar y sentarse en uno de los bancos frente a la barra.

—Hola. ¿Y tú cómo estás? Buenas noches, guapa.

—Disculpa. Lo que pasa es que me desconcertaste el otro día, cuando de la nada le diste tu número de celular a Vicente. Lo dejaste perplejo.

—¿Te lo dijo?

—Para nada, él es un caballero, aunque no pudo ocultar el impacto que le causaste. ¿Te gusta?

—Es un hombre interesante… Pero hoy vine por ti; quiero que salgamos a recorrer antros y cantinas.

—Claro que sí, mi reina. Con una condición.

—¿Cuál?

—Que me digas por qué estás tan dispuesta a ayudar a Vicente. Es por lo que le hicieron a Damián los de Sinaloa, ¿verdad?

—No, no es por Damián. Es porque, desde que llegaron los sinaloenses, a muchos de aquí les quitaron el jale, y a los que no, los entierran atrás del cerro o por Anapra. Ciudad Juárez es nuestra, Clarisa; somos a toda madre, pero no pendejos. Si el pinshi gobernador traiciona a su gente, pues que se lo shingue el mismo gobierno. ¿Me entiendes?

—En parte te entiendo y en parte no. Mejor vamos a la parranda; a mí la política me vale madres. ¿En tu carro o en el mío?

—Cada quien en su carro; es mejor para cuando regresemos a casa, ¿no crees?

—¡Perfecto! Sígueme, te voy a llevar a un lugar nuevo que acaba de abrir un camarada de Estrada. Se llama Crazy Town; ¿lo conoces?

—No, no he ido. El otro día escuché a Lidia hablar de un antro que abrió un amigo o socio de Estrada. Tal vez sea ése. Vamos.

Pepe Vélez estaba contento con el ascenso de Vicente. Los reportajes de ese joven a quien de verdad apreciaba lo habían colocado en la lista de los pocos periodistas objetivos y con credibilidad en México. El muchacho era bueno, y su olfato periodístico, fecundo. Lo que más admiraba y reconocía Vélez era su afán de llegar al fondo de los asuntos.

Zarza Ramírez era resiliente a los intentos de intimidación por parte de la Procuraduría General de la República y del secretario de Seguridad Pública, Álvaro Macías Luna. Así se lo dijeron a Vélez fuentes confiables dentro del mismísimo gobierno de Calderón Nieto, cuando le hablaron de Vicente.

Como confidente del licenciado Gil, Vélez estaba al tanto de la tarea que le habían asignado a su amigo. Algo nada sencillo: develar la red de corrupción por narcotráfico del gobernador Martínez. Él mismo había querido tal asignación. Sin embargo,

Vicente era el encargado de cubrir lo que ocurría en términos de violencia y narcotráfico en Ciudad Juárez y en el estado de Chihuahua, y lo estaba haciendo bien. Vélez se habría mostrado arrogante si hubiera intentado pisar otros terrenos cuando estaba tan saturado de trabajos similares por culpa de Calderón Nieto, quien había convertido el país en uno de los más inseguros y peligrosos del mundo. El caso del gobernador Martínez era interesante y retador, pero Vélez no habría podido con él.

Sumido en esa reflexión, Pepe manejaba su automóvil camino a un Sanborns que estaba cerca de la redacción de *Enlace* y donde lo había citado Vicente ese sábado para almorzar.

—Necesito tu ayuda y tu consejo —le había dicho por teléfono el joven reportero la noche anterior, apenas aterrizó en la Ciudad de México procedente de la frontera, en la que pasaba semanas enteras.

Crazy Town estaba sobre la avenida Tecnológico. A Carolina le extrañó no haberlo visto antes, pues pasaba seguido por ahí. Le dio buena impresión la fachada del antro.

Las dos amigas entraron juntas. Clarisa, como siempre, iba elegantemente vestida pero nunca tan atrevida como Carolina, quien se había enfundado en un vestido color amarillo que no dejaba nada a la imaginación.

Clarisa conocía el antro y buscó una mesa no lejos de la entrada. El lugar contaba con una barra amplia y larga, una pista de baile cerca de las escaleras que conducían al segundo piso, en el que estaban los cómodos sofás de los privados y lugares reservados.

De inmediato se les acercó una mesera para preguntarles qué deseaban tomar y les ofreció botanas.

—Me gusta el lugar, me gusta la música que ponen. Qué bueno que no es norteña. Aunque soy de aquí, me choca lo norteño.

—Sí, es lo que lo hace diferente de otros antros. Vienen morros de los que siempre andan por el Pronaf y gabachos. Dejaste atrás las piñas coladas sin alcohol, Carolina.

—¿Lo dices por el tequila que pedí?

—Sí, eres muy distinta de la chavalita que conocí.

—El tiempo no pasa en balde, Clarisa. Aprendí muchas cosas andando con Damián, y no es que sea borracha, pero me gusta el tequila como a ti, no te hagas.

—Siempre me ha gustado. ¿Ya viste cómo se te quedan mirando los de la mesa que está junto a la escalera?

—Es a ti, no a mí, Clarisa.

—Con el vestido que traes es imposible que sea yo quien los tiene embobados. Te apuesto lo que quieras a que no tardan en llegar los tequilas y las margaritas.

Clarisa no se equivocó. Minutos después, la mesera les llevó dos caballitos de tequila y dos margaritas.

—Se las mandan los señores que están en esa mesa —les dijo, señalando con los ojos a unos tipos que estaban pendientes de la reacción de las chicas al recibir la cortesía.

—No los voltees a ver.

—¿Por qué?

—Acabamos de entrar, Clarisa. Ignóralos un rato, que sepan que nosotras no somos como las demás. Hazme caso.

—De verdad que te desconozco, Carolina.

—Han pasado muchas lunas desde que me acompañaste a la fiesta aquella en la granja de Fierro.

La hija menor de los Campos Robles acababa de cumplir veinte años.

José Vélez entró al Sanborns y con la mirada comenzó a buscar a Vicente. Estaba seguro de que su amigo ya se encontraba en el lugar; si en algo se distinguía su pupilo era en la puntualidad.

No fue difícil ubicarlo. El joven reportero estaba sentado en una de las mesas pegadas a los ventanales. Frente a él tenía una taza de café; estaba concentrado leyendo el periódico y no se dio cuenta cuando Vélez se paró a su lado.

—Tómate un respiro, no todo gira alrededor de las noticias. La vida está en otro lado, Vicente.

—¡Quihubo, Pepe! Disculpa. Llegué un poco antes y me puse a leer lo que ocurre aquí en la ciudad.

—¿Y por eso lees a la competencia?

—En la casa leí *Enlace;* le regalé una suscripción a mi papá.

—Es broma. ¿Cómo estás?, ¿qué dice Juárez?

—Jodido. Continúan las desapariciones y los levantamientos de personas. Los de Sinaloa se apoderaron de la plaza y ahora tienen el control en esa parte de la frontera para el tráfico de drogas a Estados Unidos. Se mueven como pez en el agua y tienen en sus bolsillos a las autoridades.

—No solamente en Juárez y en la frontera, sino en todo el país. Macías Luna y su policía federal dan la impresión de ser sus cómplices.

Interrumpieron la conversación cuando una camarera les preguntó qué iban a ordenar. Vélez pidió chilaquiles verdes con dos huevos estrellados y un café; Vicente, huevos divorciados con frijoles negros refritos y una coca-cola. Antes de que llegara su tutor, el joven se había tomado tres tazas de café. Con los huevos y el refresco se quitaría el resabio amargo que le había quedado en la boca.

—¿Para qué soy bueno, Vicente?

—Supongo que ya sabes lo que me pidió el licenciado Gil.

—Lo sé y te envidio, créeme. Exponer a políticos corruptos como Martínez es mi especialidad.

—No está nada fácil.

—Lo cual hace mayormente interesante la asignación. Ya eres todo un reportero de investigación, lo vas a lograr. Algo así se lleva tiempo; si tocas las puertas correctas, encontrarás lo que buscas y hasta más.

—De eso quiero hablarte. Necesito que me aconsejes. Una de mis fuentes me presentó a una chava; era novia de un narco que supuestamente solía enviarle a Martínez, como otros más, portafolios llenos de dólares.

—¿Tiene manera de comprobarlo?

—Aún no lo sé. La conocí hace unos días. Me entregó datos de una persona que según ella estaría dispuesta a pasarme información.

—¿Quién es el novio de la chava?, ¿un narco conocido?

—Era uno de los narcos locales de Juárez. Lo ejecutó recientemente el Cártel de Sinaloa en Guadalajara. Se llamaba Damián Martínez y era cantante de una banda de rock.

—¡Mira tú! Un narcomúsico. La mujer, ¿cómo es?

—Muy directa. Me dio la impresión de que sabe mucho y conoce gente que está metida en el negocio.

—¿Es guapa, está buena?

—Atractiva.

—A ver… Sé menos reservado; tengo la impresión de que te gustó.

—La verdad, es guapa. Tiene cuerpo bonito, pero me dio miedo. A leguas se nota que es cabrona.

—¿Miedo?

—Sí, miedo. Cuando mira como que hipnotiza.

—Te apendeja, querrás decir —dijo Vélez, y de inmediato se echó a reír, haciendo sentir incómodo a su interlocutor.

—No lo dije de manera literal. Y aunque te burles, Pepe, tiene una forma de mirar que me puso nervioso.

—Con cuidado, joven. No te vayas a enamorar de la persona equivocada. Con la descripción que me has hecho de ella y por el antecedente del novio, la imagino sagaz y con toda la experiencia que se necesita en ese mundo fronterizo.

—Quiero saber si tú en mi lugar confiarías en alguien como ella para un tema tan delicado como el que me dio el licenciado Gil.

—Puedo adivinar que todavía no buscas a la persona que ella te recomendó. Primero indaga y coteja con otras de tus fuentes la información que pueda proporcionarte. Nunca olvides que recopilar información y eliminar la que no sirve es la regla de oro e inquebrantable en el reporteo de investigación.

—Otra cosa… Además de los datos que me pasó de la persona, la mujer me dio su número de teléfono celular para que la busque cuando quiera, si necesito su ayuda.

—Le gustaste. Por eso tienes que andar con mucho tiento.

—No, no pienso que haya sido eso. Es demasiado atractiva y con dinero para poner los ojos en alguien como yo; no inventes, Pepe. Tú sabes que las mujeres hermosas de la frontera no se fijarían en alguien como tu servidor.

—De cualquier modo, exprímela, obtén de ella toda la información que puedas y cotéjala con tus fuentes de este lado y de los Estados Unidos. No la hagas sentir que es imprescindible para lo que estás haciendo; puede aprovecharse y, nunca se sabe, ponerte en peligro.

—Conozco otras fuentes que me ayudarán a saber más sobre ella, pero no les he preguntado porque, como te dije, la conocí hace poco.

—¿Cuándo regresas a Juárez?

—El martes por la mañana. El lunes voy a la redacción de *Enlace* para hablar con el licenciado Gil y para que me entreguen viáticos, pues tendré que moverme entre Juárez y Chihuahua.

—A Gil todavía no le cuentes que una de tus fuentes para este asunto era novia de un narcotraficante. Díselo después, una vez que hayas corroborado la información que te entregue ella o la persona que te recomendó. Y si no te funciona, deséchala.

El rock en inglés y los tequilas pusieron de buen humor a Carolina, quien se sentía contenta y libre. Movía el torso y la cabeza al ritmo de las canciones, dando la impresión de que quería bailar.

Más experta en los efectos del alcohol y en los antros, Clarisa se había terminado solamente una de las dos margaritas que enviaron aquellos batos. A la mesera le encargó dos botellas de agua mineral y a pequeños sorbos en un vaso bebía el líquido gaseoso. Tomando mucha agua, las margaritas le pegarían menos. Aunque a Carolina le recomendó hacer lo mismo, su amiga no le hizo caso con los dos primeros tragos.

—¿Tienes ganas de bailar? —le preguntó Clarisa.

—¡No, para nada! —respondió Carolina—. No sé bailar, se me traban los pies cuando lo intento. Es algo que nunca he podido hacer.

—Cuestión de práctica. Te aseguro que aquí ha de haber bastantes acomedidos dispuestos a enseñarte.

—Hola, buenas noches.

El saludo las tomó por sorpresa. Era uno de los tipos que les habían enviado los tragos, y ahora, charola en mano, les llevaba otro par de tequilas y margaritas. El hombre colocó sobre la mesa la bandeja y se acomodó en el banco vacío al lado izquierdo de Carolina, frente a Clarisa.

—Hola —le respondió Carolina con tono demasiado coqueto.

—Me llamo Óscar Hernández.

—Ella es Lupita y yo soy Mariela; mucho gusto, Óscar.

Clarisa —o Lupita— levantó las cejas y absorta, pero con una sonrisa de complicidad, miró a Carolina —Mariela— a los ojos. Esa muchachilla ya era una auténtica cabrona de la frontera.

—Las queremos invitar a nuestra mesa.

—Gracias, Óscar, pero estamos muy a gusto aquí —dijo Mariela—. ¿Por qué mejor no llamas a uno de tus amigos para que nos haga compañía?

—Déjame le hablo. ¿Solamente a uno?

—A uno, ¿verdad, Lupita?

—Sí, a uno.

—¿A cuál prefieres, Lupita? —preguntó Óscar.

—¡Óyeme, no! A mí me toca escoger… Háblale al de la camisa azul.

Óscar no pudo ocultar la molestia que sintió en el estómago al oír lo que le dijo Mariela. Ésta era quien le gustaba y, por la forma como lo había saludado, imaginó que la atracción era recíproca. Aunque Lupita no estaba nada mal, le agradaba más la otra morra.

Finalmente Óscar fue por su amigo Juan Manuel, el de camisa azul que eligió Mariela.

—¿Lupita? ¿Mariela? ¡No friegues, Carolina! ¡Te pasas!

—Sígueme la jugada. Salimos a divertirnos, ¿no? Dejemos que nos paguen unos tragos, luego nos vamos a otro lugar. Muy shingón el tal Óscar, se siente fregón; pues se shingó conmigo.

—¿Qué hacemos?

—Darles por su lado. No me gusta ninguno. ¿A ti?

—Óscar no está mal.

—Se siente muy guapo el cabrón. Cuando yo te haga una seña nos vamos a otro antro y los dejamos aquí.

Óscar llegó con su amigo; cada uno llevaba un vaso en la mano.

—Mariela, Lupita, les presento a Juan Manuel.

—Mucho gusto, Juan Manuel. ¿Qué estás tomando?

—Whisky, igual que Óscar —contestó Juan Manuel, que se sentó oportunamente al lado de Mariela.

Lupita se había pasado al banco que ocupó Óscar. Estratégicamente, las dos amigas cambiaron de asiento para quedar lado a lado y evitar que entre ellas se ubicara uno de los tipos.

Por un momento, Mariela se arrepintió de querer darle sopa de su propio chocolate al tal Óscar. La plática de Juan Manuel la estaba aburriendo al máximo. Hablaba de lo que a ella más le hastiaba: ranchos y vacas. Los amigos eran de Chihuahua y estaban en Juárez para arreglar una venta de ganado.

Mariela respondía con monosílabos a Juan Manuel. En cambio, se notaba que Lupita estaba a gusto con Óscar porque ambos reían con frecuencia de las ocurrencias del bato.

Óscar y Juan Manuel les dijeron que pidieran lo que quisieran. Al oír la propuesta, Mariela comenzó a beber tequila despacio y a tomar agua. Pidieron otras dos botellas de agua burbujeante. De la botella que ordenó Óscar salieron por lo menos tres vasos de whisky para cada uno de los dos amigos. Mariela apenas había besado su cuarto tequila y Lupita, ya entretenida con Óscar, llevaba la mitad de la cuarta margarita.

El Crazy Town estaba a reventar. Era un antro concurrido por jóvenes que llegaban en grupos nutridos a divertirse y bailar, pese a la inseguridad que impregnaba el ambiente nocturno en Juárez.

Juan Manuel sacó a bailar a Mariela en por lo menos cuatro ocasiones. Ella declinó las propuestas con el argumento de que no sabía bailar música en inglés.

—Es sencillo: te mueves de la cintura para arriba y un poco las piernas y ya está. A diferencia de nosotros los mexicanos, los gabachos no tienen mucha imaginación para el baile.

—Es que tengo dos pies izquierdos, Juan Manuel.

—Te enseño. Me gusta el baile y dicen mis amigas que lo hago muy, pero muy bien.

Juan Manuel terminó por hartar a Mariela. El chauvinismo de ese ranchero en relación con sus dotes en la pista de baile la sacó de sus casillas. Unos minutos más y le haría la señal acordada a Clarisa para irse del lugar y dejar como pendejos a ese fanfarrón y al tal Óscar. La joven maquinaba la fuga cuando el DJ del antro paró la música para hacer un anuncio:

—Buenas noches a todos. Crazy Town convoca a las chicas a participar en nuestro tradicional concurso de viernes para elegir a la más sensual de todas. Las que deseen participar tienen que subirse a la barra y mostrar lo que quieran y hasta donde quieran. La ganadora se lleva trescientos dólares y una botella de whisky, la que elija de las que ofrecemos en nuestra carta. Sólo es una canción y a la ganadora se le define por medio de aplausos.

Se escucharon gritos y silbidos de la concurrencia.

Mariela le lanzó una mirada extraña a Lupita; ésta no supo cómo interpretarla e instintivamente meneó la cabeza en señal de negación. Ni por diez mil dólares se treparía a esa barra.

Las personas que estaban en la barra se movieron de sus bancos para dejar el espacio a las participantes. Se notaba que el concurso gozaba de popularidad porque menos de medio minuto después del anuncio se habían reunido ya seis chicas.

—¿Alguien más? No sean tímidas. Este concurso es para rendir tributo a su belleza, ¿no es cierto, caballeros? —dijo el DJ, micrófono en mano y detrás de la barra.

Mujeres y hombres le respondieron con aplausos y silbidos.

Mariela se acercó al oído de Lupita; sin que sus acompañantes se dieran cuenta, porque estaban absortos mirando a las concursantes, le dijo:

—Ésta es la oportunidad para escaparnos.

—¿Nos vamos ya?

—No, tonta, espera. Verás lo que voy a hacer.

Confundida, Lupita miró a su amiga y no pudo entender la chispa que desprendían esos ojos color miel.

Cuando el DJ ordenó que pusieran la música para iniciar el concurso, ya había quince chavalitas dispuestas a ganarse los dólares y la botella de whisky. Por las bocinas se escuchó la música pausada de "Outlaw State of Mind", con la voz aguardentosa de Chris Stapleton. Las concursantes empezaron a contonearse y a subirse la falda para enseñar pierna.

Juan Manuel y Óscar estaban tan concentrados en las morritas del certamen que no vieron cuando Mariela caminó hacia la barra. Lupita quiso detenerla tomándola de la mano, pero le fue imposible.

El color amarillo del vestido de Mariela acaparó las miradas. Sus piernas se hicieron acreedoras a los primeros aplausos de aprobación al momento en que la joven apoyó su zapatilla sobre el banco de escalones que uno de los cantineros había puesto al extremo de la barra para que subieran las concursantes. No había forma de no voltear a ver a aquella beldad.

Óscar y Juan Manuel intercambiaron una mirada llena de sorpresa y perversidad. Lupita los esquivó.

—Aplaudan por favor —pidió el DJ, que tenía una vista privilegiada de las piernas de Mariela.

Varias participantes voltearon a ver a la contrincante del vestido amarillo. Se sintieron en desventaja por los altísimos tacones de las zapatillas de esa güereja.

Una de las chicas bailaba mejor que todas. Vestía amplia falda floreada, y con sensualidad y sin dejar de sonreír se la subía lentamente hasta enseñar el borde de sus bragas negras. Hasta Lupita pensó que, aunque Mariela tenía el mejor cuerpo de todas, no ganaría ante semejante atrevimiento. Los aplausos y los gritos de los jueces coincidieron con Lupita. La rola estaba por terminar y al parecer no había nada más que hacer.

Mariela, que no despegaba las zapatillas de la barra ni al mover las piernas, levantó los brazos y chocó las palmas para recuperar la atención del respetable público. Con mirada retadora empezó a menear su cuerpo con intensidad y sensualidad exagerada. El vaivén de sus caderas hizo que el auditorio se olvidara de la chica de la falda floreada. Poco a poco, pero con una seguridad insospechada, el borde inferior de aquel vestido amarillo llegó a la mitad de los muslos de la joven. Disfrutando el momento y sin que nadie pudiera anticipar lo que seguiría, Mariela se sacó el vestido y, moviéndose como serpiente embrujadora, lo dejó caer sobre la barra de la cantina. Se hizo un breve silencio de admiración en el micrófono del DJ, quien tenía frente a sus ojos las nalgas de la mujer.

Lupita estaba conmocionada. Aquella chiquilla y madre soltera estaba semidesnuda ante quién sabía cuántos y cuántas. La tanga amarilla y el sostén blanco apenas ocultaban lo que todos imaginaban. Mariela se desprendió de la liga que sujetaba su cabellera y un torrente rubio le cubrió la espalda y la mitad del trasero.

—¡La ganadora! —gritó medio atolondrado el DJ, que en esos segundos de pesado silencio en que lo envolvió la espectacular güera se perdió en un sinfín de pensamientos lascivos.

Flexionando ligeramente las rodillas, Mariela se agachó para levantar el vestido y la liga del cabello. Como si nada hubiera ocurrido, se volvió a vestir, metiendo los pies por la parte superior de la prenda para evitar enseñar más de lo que ya había mostrado ante aquella congregación de borrachas, borrachos y morbosos.

El DJ se le acercó con los trescientos dólares en la mano.

—¿Cómo te llamas, amiga?

—Carolina.

—Un fuerte aplauso para nuestra amiga Carolina, la chica más sensual de este viernes aquí en Crazy Town.

Desconcertados porque Mariela no era Mariela sino Carolina, Óscar y Juan Manuel interrogaron con los ojos a Lupita, que por toda respuesta levantó los hombros.

—¿Cuánto cuesta la botella más cara de whisky que tienes?

—Vale cien dólares en la carta —le contestó el cantinero.

—Dame cincuenta dólares *cash* y estamos a mano.

Con los trescientos cincuenta dólares en la mano, Carolina se dirigió hacia la mesa donde se encontraba Clarisa. Tomó su bolso, que había dejado colgado en el respaldo de su asiento.

—Adiós, guapos. Gracias por las bebidas. ¿Nos vamos, Clarisa?

Sorprendidos por los inesperados acontecimientos, Juan Manuel y Óscar se quedaron como estatuas de sal sobre sus bancos.

Clarisa les cerró un ojo y se limitó a decirles:

—Sí, yo soy Clarisa y ella es Carolina. Lupita y Mariela no existen, tontitos.

VEINTIDÓS

Nadia hizo menos triste la estrepitosa partida de Javier. En la casa de los Campos Robles aquella chiquilla lo era todo para don Beto, doña Maurita y sus hijos. Ni quien se acordara de que esa encantadora morrilla con ojos de "shíngame mi dinero", como le decía su tío Pedro, era hija de Carolina y no de los padres de ésta.

Aunque Lidia acababa de dar a luz al primer varón de la segunda generación de la familia de aquel mecánico que emigró de Zacatecas a Ciudad Juárez, Nadia era la propietaria del corazón de los abuelos. La niña los llamaba "papi" y "mami". Ellos se hacían cargo de todo lo referente a Nadia porque su madre siempre estaba ausente.

Madre e hija compartían habitación, pero no se veían. Carolina regresaba tarde de las calles del centro, horas después de que su madre ponía a dormir a Nadia para que temprano su pa la alistara, le diera el desayuno y la llevara al jardín de niños. Para Carolina, La Boutique de la Diosa era su despacho, y la vida nocturna por antros y calles de Juárez, un dique incapaz de restarle fuerza a esa corriente que a su paso arrastraba todo y a todos.

Carolina prefirió la responsabilidad del negocio de su cuñada a la que tenía con Nadia. Las ausencias las compensaba con vestidos y juguetes, y cumpliendo los caprichos de la pequeña en las pocas horas del sábado o el domingo que pasaban juntas.

Un día, luego de entrar a pie en territorio mexicano con su pequeñita de la mano y cuando iba de camino al parqueadero donde había dejado su moderna camioneta Cadillac modelo Escalade —la cual fue adquirida con el regalo que Damián le dejó a la joven antes de irse a Guadalajara—, Carolina escuchó una voz conocida que gritaba su nombre.

—Me reviento la garganta y ni me pelas, Carolina.

—Disculpa, Camilo, no me di cuenta de que eras tú.

—Preséntame a tu hermanita. Hola, soy Camilo. ¿Cómo te llamas?

—Nadia.

—No es mi hermana; es mi hija.

Camilo arqueó las cejas de sorpresa. No tenía la menor idea de que Carolina fuera madre. Cuando la conoció, un par de años atrás en un antro, pensó que era una de tantas morras que levantaba Damián. Ese movido y cantante era su enemigo y competencia en el negocio de la mota.

Camilo nació en el otro lado. Su padre era un agente de la aduana de Estados Unidos que trabajaba con todos los narcos y se consideraba un aduanal gabacho independiente. Por conveniencia, los malandros de Juárez y los de Sinaloa no se metían con Camilo. Sin embargo, éste era repudiado por movidos como Damián porque, amén de ser hijo de quien era —lo que lo hacía intocable—, se consideraba galán. Damián desdeñaba a Camilo y solía comentar que además de pocho era chaparro y feo.

Camilo comenzó a buscar a Carolina en la boutique un par de semanas después de enterarse de la ejecución de Damián.

Aunque a la joven no le gustaba Camilo, le agradaba que no hablara bien el español —defecto que a ella le parecía gracioso—, que se vistiera a la última moda y usara lociones caras.

Camilo saturaba a Carolina con invitaciones a comer, cenar o lo que ella quisiera. Hasta entonces no había aceptado una sola.

—Tu hija es igualita a ti, con pelo negro y piel oscurita.

—¡Si serás menso, Camilo! Le estás diciendo negra a mi chiquita.

—No, no, disculpa. Está güerita como tú.

—Ya no le arregles, que te sale peor —arremetió Carolina contra ese ingenuo pocho sin dejar de reírse por el bochorno que le estaba haciendo pasar.

—Las invito a comer, a las dos.

—Ni modo que deje a Nadia para largarme contigo, menso.

—¿Aceptas?

—Nada más porque me agarraste de buenas con tus estupideces.

Camilo las llevó al Barrigas, restaurante estadounidense tex-mex perteneciente a una cadena que tenía poco de haber inaugurado dos sucursales en Juárez. Lo eligió porque, como pocho y criado en El Paso, en el seno de una familia mexicana que emigró a Estados Unidos cuando el abuelo paterno tenía poco de casado, no comía chile, debilidad del paladar de Carolina en la comida de su país.

A la joven le gustó la compañía de Camilo y las atenciones que tenía con su hija. La niña estaba feliz al lado de ese hombre que hablaba "chistoso", como le comentó a su mamá al ir de regreso a casa.

La comida en el Barrigas fue el arranque de muchas otras salidas de Carolina y Camilo a restaurantes y antros. El narco pocho se hizo compinche de la núbil hija menor de don Beto.

A doña Maurita el greñudo le revolvía el estómago nada más verlo, siempre lo consideró mala influencia para su hija; pero ese joven, Camilo, era atento, educado y gabacho, de modo que le cayó bien desde el primer día que fue a buscar a Carolina. Cuando su marido la cuestionó sobre su empatía con el chaparrito, Maurita le explicó que Camilo no llamaba por teléfono a Carolina para que ésta saliera a encontrarlo a la calle, sino que se acercaba a la casa sin ningún guarro (aunque sí tenía) y tocaba el timbre "como la gente decente".

—La primera vez que vino me dijo: "Buenas tardes, señora. Soy Camilo, amigo de Carolina. Vengo a pedirle permiso a usted y a su esposo para que la dejen salir a cenar conmigo" —explicó Maurita a su marido.

—¿Y tú le creíste el cuento? —dijo don Beto.

—¿Quién hace eso en esta época? A ver, dime…

—Tiene cola. Lo hizo para echarte a la bolsa. Me contó Roberto que es hijo de un aduanero gabacho que trabaja con los malandros de aquí, y seguramente también con los de allá.

—Envidiosos… Nomás ven una persona decente y luego luego la quieren embarrar con la porquería. Dime tú: ¿qué muchacho de su edad habla tan educado como él?

—Con eso sí me fregaste. Aquí en Juárez, nadie. ¿Y sabes por qué? Porque ni siquiera habla bien español; es pocho.

El mohín que hizo Maurita le confirmó a don Beto que ella veía en aquel joven un candidato al matrimonio para Carolina. Sin entender el motivo, a él ese chaparrito le daba mala espina. Había algo extraño en su mirada que le generaba congoja.

El asunto del gobernador Martínez y su relación con el narco-tráfico de Sinaloa era un laberinto. Vicente necesitaba pruebas y estaba desesperado porque se acercaban las elecciones en el estado de Chihuahua.

En el sexenio de Calderón Nieto había la mala costumbre de que los mandatarios estatales que dejaban el puesto salían del país porque a los meses de su partida se descubrían sus saqueos descarados al erario. En el extranjero era difícil echarles el guante, y cuando caían era demasiado tarde: los millones de dólares que robaban estaban asegurados en bancos suizos o del Caribe, en cuentas a nombre de sus esposas o de testaferros.

El asunto de los portafolios repletos de dólares de los que había hablado Carolina sonaba bien, pero Vicente necesitaba evidencias. El supuesto abogado, Federico Hurtado, podría ser pieza clave. Vicente dudaba de lo que le había contado Carolina, así que requería cotejar la información para cumplir su misión.

El reportero de *Enlace* llamó por teléfono a su "amigo" Charlie, quien le dijo que le sería imposible verlo, pues andaba fuera de Juárez —es decir, escondido—. Así pues, desde que abordó el avión en la Ciudad de México con rumbo a la frontera, Vicente consideró comunicarse con el tipo que le había dado las fotos de Chito.

Cuando en la pantalla de su celular vio que Vicente la buscaba, Clarisa manejaba rumbo al trabajo; contestó y activó el altavoz.

—Dime, guapo…

—Hola, Clarisa. ¿Cómo te va?

—Bien, en lo mismo, trabajando. ¿Cuándo volviste?

—Ayer por la tarde. ¿Podrías arreglarme una cita con tu amigo, el que me llevó un sobre al hotel? ¿Sabes de quién te hablo? Necesito hacerle una consulta.

346

—Estás en el hotel de siempre, ¿verdad?

—En el de siempre.

—No salgas. Déjame ver qué puedo hacer. Te busco más tarde, dame unas dos horas. Por teléfono no me vayas a dar el número de tu habitación; yo me encargo.

En su agenda de contactos, Vicente conservaba la información que le había entregado Carolina sobre la persona a quien podría llamar si necesitaba algo. Marcó el número y, para su sorpresa, le respondieron.

—¿Bueno? —dijo la persona que contestó.

—Carolina me dio este número. Soy reportero.

—¿Para qué soy bueno?

Vicente conocía esa voz; la había escuchado antes, le era familiar, pero no recordaba a quién pertenecía.

—Ella me dijo que cuando necesitara ciertos datos usted podría ayudarme. Quiero hacerle unas preguntas sobre una persona.

—Yo te busco. Cuelga y nos vemos al rato.

¿Dónde, cuándo y a qué hora? Ni tiempo le dio de preguntar.

Vicente se quedó dormido mientras leía para matar el tiempo en lo que llegaba Clarisa. Lo despertó el teléfono de la habitación.

—Señor Zarza Ramírez, lo busca la señorita Clarisa; dice que lo espera aquí en la recepción —le avisó la operadora del hotel.

—Vamos al jardín —le dijo Clarisa cuando se levantó del sillón para encontrarse con él en la recepción.

—Me tienes buenas noticias, supongo.

—Nunca te he fallado.

Unos chiquillos jugaban en la piscina; sus madres los vigilaban sentadas bajo la sombra de unos árboles. En una de las mesas del jardín donde el agente del FBI le entregó a Vicente la información de Chito a cambio de las fotos, se encontraba la fuente dando sorbos a una cerveza.

—Los dejo para que platiquen a gusto. Me voy a trabajar.

—Gracias, Clarisa. Luego te llamo.

—Adiós, guapos.

—¿Cómo conociste a Carolina?

El reportero de *Enlace* estaba desconcertado. Pensaba que Clarisa le había contado a la fuente lo de Carolina; sin embargo, pronto cayó en la cuenta de que quien le preguntaba tenía la misma voz del hombre con el que minutos antes había hablado por teléfono.

—Soy la misma persona. No estás confundido.

—Me la presentó Clarisa.

—Me imaginé. Juárez es un pueblo chiquito. Entre los juarenses nos conocemos todos.

—Ella me dio tu número telefónico. ¿Cómo la conoces?

—De toda la vida. Conozco a su familia y trabajé con un bato que fue su novio. La conocí antes que a Clarisa. Y te diré algo: confío más en Carolina que en su amiga. No sé si entre ellas saben que las conozco a las dos. ¿Qué necesitas?

—Darle seguimiento al caso de Chito. A propósito, gracias por las fotografías. Me han hablado de que el gobernador recibe dinero del narcotráfico, del Cártel de Sinaloa, y que el enlace entre ellos es un abogado que se llama Federico Hurtado.

—Veo que tienes buenas fuentes. ¿Quién te habló de Hurtado? No me digas mentiras; soy derecho contigo y espero lo mismo de ti.

—Me lo dijo Carolina. Me contó que su novio le mandaba portafolios con dólares al gobernador Martínez a través de Hurtado, y que ahora el abogado hace lo mismo con los de Sinaloa.

—Ese bato de Carolina era cabrón, jefe de plaza de aquí; el dinero que le mandaba al gobernador lo colectaba entre nosotros. Hurtado es igual de corrupto que el gobernador; por dinero es capaz de vender a su propia madre. Tiene puesto el dedo, va a caer.

—¿Se podrá hablar con Hurtado? ¿Me ayudarías a contactarlo?

—No lo creo; lo cuidan los de la Gente Nueva. No sabemos si sigue aquí en Juárez o si lo llevaron a la Ciudad de México.

—Tengo que encontrar algo para exponer al gobernador. Quisiera hacerlo antes de las elecciones.

—¿Tú qué dices?, ¿gana Barral?

—Creo que sí. La gente lo apoya porque está cansada de tanta corrupción en el gobierno de Martínez.

—Veo difícil que Barral lo meta a la cárcel; los políticos prometen todo con tal de ganar elecciones y luego pierden la memoria. ¿Te servirían una grabación y unos recibos?

—¿Una grabación? ¿De quién? ¿Y de qué son los recibos?

—Hay una grabación de Martínez y Hurtado hablando con un movido de Sinaloa que les pide que a su gente le dejen la plaza y que él se hace cargo de limpiar a los movidos de Juárez.

—¿Cuánto dinero le ofrecen al gobernador?

—No lo dicen. Hurtado le comenta a Martínez que la gente de Sinaloa lo compensará "como se debe". Se entiende que hablan del pago de piso por parte de los de Sinaloa. Los recibos son de pagos a la oficina del gobernador, a jefes de la policía municipal de Juárez, al de la policía estatal y a la federal. Son de cuando Martínez colaboraba con el Cártel de Juárez y Hurtado era el intermediario.

—¿Tienen la firma del gobernador?

—No, no lo creas tan pendejo. Los firmó su secretario particular, Fernando Hermosillo, el que se mató hace como un año, cuando se estrelló contra un camión de carga en la carretera. ¿Sabes de quién te estoy hablando?

—Sí. ¿Me podrías dar la grabación y algunos recibos?

—Te espero mañana en el restaurante Tomochi. ¿Lo conoces?

—El que está sobre la avenida López Mateos.

—Ese mismo. Nos vemos a las nueve y media, te invito a almorzar. Otra cosa, mi amigo: no tengo nombre ni apellido, no lo olvides.

De regreso en su habitación, Vicente se comunicó con el licenciado Gil. Quería tener todo listo para sustentar un texto con evidencias de la relación del gobierno de Martínez con el narcotráfico, y para ello necesitaba asesoría de su superior.

—¿Cómo vas? ¿Tienes algo? Alégrame el día por favor, muchacho —dijo Gil a su reportero al contestar la llamada que le transfirió su secretaria al segundo piso de las oficinas de *Enlace,* donde se encontraba reunido con el director del rotativo.

—Licenciado, todavía no, pero creo estar cerca de lograrlo. Mañana tendrá noticias. Por ahora necesito saber si en el periódico contamos con un forense fonético.

—Me estás emocionando, Vicente.

—Si logro concretar lo que estoy por conseguir, requeriremos determinar la autenticidad de las firmas de unos documentos. Pero lo del forense fonético es primordial, licenciado.

—No te preocupes, eso se consigue. Lo resuelvo. No me digas de quién, porque puede haber pájaros en el alambre; sólo dime si la grabación puede ser de lo que me estoy imaginando.

—Todo parece indicar que ése será el caso. No se lo puedo garantizar porque faltan unas horas para comprobarlo.

—Vicente, despreocúpate del forense fonético. Así tenga que secuestrarlo de la misma CIA, lo consigo. Concéntrate en reportear y corroborar toda la información que puedas. En cuanto cuelgue contigo hablaré con mis jefes; tengo el presentimiento de que vamos a dar el golpe del año.

—En eso estoy. Habrá que buscar a los involucrados, necesitaré sus versiones. ¿Conoce a alguien de la campaña de Barral? Creo que es tiempo de ponerme en contacto con ellos.

—Barral es amigo mío, me comunicaré con él directamente. No estarás pensando en contarle a su gente lo que estoy sospechando, ¿verdad?

—Soy novato, pero tengo un poco de materia gris. Una vez que tengamos todo listo y corroborado habrá que buscar a Barral. En estos momentos no veo cómo alguno de los otros dos candidatos pueda arrebatarle el triunfo.

—En cuestiones electorales de nuestro querido México, es imposible dar garantías de integridad y limpieza en un proceso; el gobierno de Calderón Nieto es especialista en fraudes, falsificación y compra de votos.

—Si puede conseguirme un contacto de la campaña de Barral se lo agradeceré. Lo necesitaremos para el futuro.

—Cuando me hables para decirme que tenemos lo que imagino, te daré respuestas. No podré dormir por tu culpa, Vicente. Suerte… Y adiós.

Sin embargo, Gil durmió plácidamente esa noche. Los directivos de *Enlace* ofrecieron el respaldo editorial y los recursos económicos necesarios para el proyecto que desarrollaba Zarza Ramírez en Ciudad Juárez.

Fue el joven reportero el que permaneció en vela. Se levantó de la cama a las seis de la mañana para ducharse e intentar leer un rato antes de irse al parador Tomochi. La adrenalina le brotaba por todos los poros.

El restaurante estaba a reventar, no había ni una mesa disponible. La mesera que lo recibió le advirtió que tendría que esperar por lo menos media hora. Con la mirada, Vicente barrió el lugar y no encontró a su fuente; eran exactamente las nueve y media. El joven reportero pensó que su fuente no sería la excepción a la regla de la impuntualidad juarense.

—Buenos días, Vicente. Llegué cinco minutos antes que tú. Estás anotado en la lista de espera. Nos atienden en unos veinte minutos, según la mesera. Te vi cuando entraste; estaba afuera, en mi carro.

—Buenos días. Pensé que no habías llegado y que…

—Que soy impuntual, como todos los juarenses. Pues no, mi amigo, en mi negocio no caben los impuntuales ni los que no cumplen su palabra. Vamos al parqueadero; esperemos en mi carro a que nos avisen cuando tengan la mesa lista.

—Señorita —se dirigió la fuente a una de las meseras—. Pedimos una mesa a nombre de Vicente. Vamos a esperar en mi carro. ¿Podría mandarnos al parquero cuando la tengan lista?

—No se preocupe, le mando al parquero —respondió la mesera.

—Te recomiendo los huevos con chicharrón prensado —le dijo la fuente a Vicente una vez que se acomodaron en el carro.

—Los pediré.

La fuente metió la mano debajo de su asiento y extrajo un sobre amarillo tamaño carta que entregó al reportero.

—Es la grabación de la que te hablé y quince recibos; diez son originales, y los otros cinco, copias fotostáticas.

—Gracias. ¿Dónde están los otros cinco originales?

—No me los quisieron dar. No preguntes quién, con esto tendrás suficiente. Guarda el sobre y no lo saques mientras estemos almorzando. Hablaremos de lo que quieras, de viejas, de música o de las elecciones, menos de este asunto. ¿De acuerdo?

—Tengo la ligera impresión de que será un almuerzo inolvidable y uno de los más placenteros de mi vida.

La sugerencia de la fuente resultó acertada: el plato de chicharrón prensado con huevos era una delicia. El periodista y su acompañante almorzaron el mismo platillo. También tomaron café de olla, pan dulce y, para rematar, flan.

Se despidieron en el parqueadero. Vicente tomó un taxi para regresar al hotel, y desde su habitación llamó al licenciado Gil.

—Necesitaremos al forense fonético y a otro especialista en firmas, licenciado. Me acabo de sacar la lotería.

—Tengo todo, y amarrado al contacto en la campaña de Barral. Hablé con él y hubo disposición. Dijo que ha leído tus textos; no te emociones: es político. Ahora haz lo que te voy a decir, por favor. Paga la cuenta del hotel y vete derechito al aeropuerto; te quiero esta noche en mi oficina. Te estaré esperando junto con los expertos. Cuida como si fuera el tesoro de Moctezuma lo que conseguiste. ¿Estamos?

—Estamos, licenciado. Voy para allá.

VEINTITRÉS

La libertad que Carolina sentía no tenía precio. Lidia seguía sin retomar las riendas del negocio, y ella, al estar a cargo de todo, había ampliado la lista de clientes. De El Chuco estaba metiendo más del doble del contrabando que mensualmente introducía su cuñada. Las ganancias, obviamente superiores, eran fruto del descuento en la mordida que les había hecho el jefe de la aduana y de la renegociación de precios de Carolina con los proveedores chinos al otro lado de la frontera. La joven, quien se había ganado a pulso el respeto de Lidia y de otros comerciantes del centro, se independizaría en el momento oportuno.

Con Camilo, Carolina era uña y mugre. El pocho la invitaba a todos lados y ella lo acompañaba a cerrar negocios de merca, reclutar pasadores de droga y, como era de esperarse, a fiestas. El nivel de confianza que le tenía Camilo rebasaba los límites.

Por las noches, el pocho llevaba a Carolina a su casa del Campestre o a sus departamentos, donde solía encerrarse con las novias de ocasión que lo rodeaban todo el tiempo. Delante de Carolina se metía soda o cocaína y fumaba porros de mota, sin el menor pudor. También convidaba a las morras con las que se encerraba y a las que descaradamente les metía mano por dondequiera; desinhibidas, ellas caminaban desnudas frente a la güera.

Cada vez que Camilo trataba de convencer a su amiga de que probara la soda o se fumara un porro, se encontraba con la negativa irrevocable de la joven Campos Robles.

Camilo ganaba dólares a lo imbécil. No era fiel ni a los movidos de Juárez ni a los de Sinaloa, lo cual, aunado al hecho de ser ciudadano estadunidense e hijo de un aduanero gabacho corrupto, le facilitaba las cosas. Hacía negocios con todos y en un marco binacional. Él metía su propia merca al otro lado y poseía los contactos adecuados para mover la droga de El Chuco hasta el estado de Maine, de ser necesario.

Los de la Gente Nueva le pagaban bastante bien por ayudarlos a subir merca. A los sinaloenses les compraba yerba y polvo a precios "razonables". A los movidos de Juárez les sacaba una buena comisión por los mismos trabajos que hacía con los sinaloenses. En suma, su bisnes era redondo.

Camilo parqueó su BMW frente a la boutique y tocó insistentemente el claxon hasta conseguir que Carolina saliera a verlo.

—Tengo una fiesta en el Campestre, vine por ti.

—Aguántame. Tengo dos clientas; las despacho y nos vamos.

Detrás del auto alemán deportivo que manejaba Camilo, con Carolina de copiloto, los seguía a poca distancia una camioneta Suburban. Era la escolta de guarros del narco gabacho. Los de la Gente Nueva le habían recomendado al bato que en Juárez no se desplazara sin guaruras porque los movidos locales se estaban reagrupando y querían recuperar la plaza. Asimismo, los sinaloenses le confiaron que no gozaba de la simpatía de todos sus "paisanos", y que se anduviera con cuidado.

—Desde que andas con guarros no me siento a gusto.

—¿Vas a empezar? Te dije que los tengo que traer, la plaza anda caliente. Me los ponieron los sinaloenses.

—"Pusieron", menso; se dice "pusieron", no "ponieron". ¿Por qué es la fiesta?

—Por antojo. Pero es para ti, te quiero invitar algo.

—Tus shingaderas que te metes ya sabes que no; si es eso, de una vez regrésame al Bombín a recoger mi carro.

—Mensa. Lo que quiero invitar es un negocio para ti.

—Pinshi Camilo, no aprendes. Serás bueno para el bisnes, pero eres malo con ganas para hablar español. No es invitar, sino proponer… ¿Negocio de qué? A vender merca no le entro, lo sabes.

—Al rato te lo cuento. Y no es a vender. Pero primero vamos a divertirnos al Campestre, ya están amigos allá.

—Me lleva la shingada, burro; voy a tener que andar cargando un diccionario para poder entenderte.

En la casa del Campestre había batos sinaloenses, jóvenes todos de entre veinticinco y treinta años. La música sonaba a todo lo que daba el estéreo y unos mariachis echaban chela, esperando su turno para tocar.

Los amigos de Camilo no perdieron el tiempo e inmediatamente comenzaron a competir entre ellos para ganarse las simpatías de la hermosa güera de minifalda. Aunque a Carolina le gustó uno —el único del grupo que no estaba vestido de ranchero—, no le dio pelota a ninguno y les marcó una línea. Camilo les dijo que la joven era su prima y que con ella no se metieran. Para alegrarlos añadió que sus guarros ya habían ido por las morras.

—Antes de que me pongo contento, voy a proponer el trato.

—¿Quiénes son las morras que van a llegar, Camilo?

—Morras que compré para la noche.

—"Contraté", se dice "contraté", no "compré". Si me hubieras dicho "putas", lo habría entendido. ¿Cuál es el trato?

—Estos batos quieren meter para Juárez unas pacas de dólares, cinco millones que tengo en una casa en El Paso. Quiero que me ayudes a hacerlo; tú ganas doscientos mil y yo trescientos mil.

—¿Se te botaron los sesos o te metiste soda revuelta con otra shingadera? No me mezcles en tus broncas.

—Ser fácil. Tengo listo todo, no te preocupes. Te vas a divertir y ganamos dólares rápido. No riesgos.

—Deja pensarlo. Dame unos días.

—No días... Quedé de pasar el miércoles los dólares; los puentes estar menos controlados los miércoles. Tengo todo listo, Carolina.

Como les anunció el anfitrión a los invitados, los guarros de Camilo llevaron veinte morras, todas de Sinaloa.

—Ustedes escogen. La que no les guste, mis guarros la sacan, o, si quieren otras, van por ellas —dijo Camilo a los sinaloenses.

La primera mujer que salió en las devoluciones se sentó en el sofá de la sala, junto a Carolina; se dispuso a esperar a que los pistoleros la llevaran de regreso al antro del que la habían sacado. Le pegó en el ego que la descalificaran por no estar tan buena ni bonita; empero, tenía su lana asegurada. Ése había sido el trato.

—¿Tú quién eres que a ti no te pasaron báscula?

—Soy hermana del dueño de la casa. ¿Cómo te llamas, mi reina? ¿De dónde eres?

—Mi nombre es Marta y soy de Los Mochis. ¿Conoces?

—No, nunca he ido a Sinaloa. Yo soy Carolina. ¿Cuánto te pagaron por venir? Es sólo por saber, no te voy a juzgar.

—Nos dieron dos mil pesos a cada una por toda la noche. Nos dijeron que habría propina de los clientes, chupe, comida y lo que quisiéramos.

—Mira, una de tus compañeras ya le está entrando a la soda.

—Yo no le hago a eso. Tengo una hija de tres años y, aunque no lo creas, por eso me cuido.

—¿La tienes aquí en Juárez?

—Se quedó en Los Mochis con mis papás. Yo vine a buscar viejo, pero no encontré: me faltan chichis. Estoy ahorrando para ponérmelas. Las tuyas te quedaron muy bien. ¿En cuánto te salieron? ¿O te las pagó tu viejo?

—Caras, mi reina, caras.

—Tengo buena pierna y no tan mal culo, pero sin chichis valgo madres, por eso no les gusté a estos batos.

Con otras dos jóvenes que también quedaron descalificadas, uno de los guarros de Camilo se acercó a Carolina y su acompañante. El pistolero las llevó de regreso a sus lugares de trabajo.

Dentro de la casa había una bacanal. En la sala, los batos bailaban con las morras, las besaban y se las pasaban unos a otros. El ruido era insoportable: los mariachis tocaban al mismo tiempo que en el estéreo se reproducía música de banda, a petición de los invitados.

Carolina fue a buscar a Camilo para pedirle que la llevara a su casa; estaba hasta la madre y quería alcanzar despierta a Nadia.

—Quédate, no me dejes con éstos. Arriba te puedes quedar tranquila, hay películas y yo te subir la comida y tequila.

—¿Estás loco? Nunca he pasado la noche fuera de mi casa, y menos lo haría aquí, en medio de tanto bato chiflado. Están bien pasados.

—Ayúdame, Carolina, por favor. Hago lo que quieras.

Carolina subió a la segunda planta de la casa y se puso a ver películas. Un guarro le llevó comida y una botella de tequila. La joven anuló el ruido proveniente de la sala con unos audífonos y cerró la puerta de la habitación de Camilo para evitar el olor de la mariguana. Los cuatro tragos de tequila y el calorcito del cobertor que se echó encima la doblegaron; se quedó dormida sobre la cama cuando iba a la mitad de la segunda película.

Cuando despertó, se fijó en el reloj: eran las 4:06 de la mañana. La angustia se apoderó de ella. ¿Qué iba a ocurrir en su casa cuando volviera? Su mami la mataría. ¿Cómo le explicaría que se había quedado en casa de Camilo viendo películas mientras él y sus amigos hacían quién sabía qué cosas?

Abrió con cuidado la puerta para no hacer ruido, se quitó las zapatillas —se las había dejado puestas cuando se tiró sobre la cama— y bajó las escaleras. La planta baja era un verdadero desmadre. Había botellas vacías de whisky y cerveza por todos lados, y tirados sobre los sillones y en el suelo estaban los amigos sinaloenses y las morras, encuerados todos. La casa entera apestaba a mota.

Carolina se asomó al patio por una de las ventanas y vio a los guarros que hacían guardia. ¿Dónde estaba Camilo? Regresó al segundo piso para buscarlo. No estaba en el cuarto contiguo a la habitación principal, donde ella había pasado la noche. El muy cabrón se encontraba en la otra recámara, la que daba a la parte de atrás de la casa. Ni siquiera se había tomado la molestia de cerrar la puerta. Completamente desnudo y con dos morras que también estaban en pelotas, Camilo dormía plácidamente sobre la cama. En una de las cómodas y junto a la lámpara que habían dejado prendida se veía una charolilla en la que todavía quedaba polvo blanco.

"Pinshi bato vicioso", pensó Carolina. Su amigo se había llevado a la cama a las que según ella eran las mejores morras del pelotón de putas que llegó a la casa para entretener a los movidos. La joven tuvo que darle a Camilo un fuerte pellizco en el brazo para que despertara, pues no le hizo caso cuando le habló al oído.

—¿Qué pasa? ¿Qué pedo?

—Pasa que me tengo que ir a mi casa, cabrón; eso pasa.

Camilo no intentó cubrir su desnudez ante su amiga. Una de las morras abrió los ojos y los volvió a cerrar enseguida; seguía briaga y bajo los efectos de la cocaína.

—Dile a uno de los guarros que te lleve.

—Eres un cabrón descarado. Ni la friegas, neta.

—Deja dormir. Al rato te guacho para lo que te dije, es serio.

—No lo voy a hacer.

—Deja dormir. Y vas a hacer el trabajito, *yes, sir!*

Carolina sonrió al verlo cerrar los ojos como si nada. Ese Camilo le caía a toda madre, era un cínico sin remedio.

Los directivos de *Enlace* dieron el aval para que Gil solicitara los servicios de dos forenses que le recomendaron unos conocidos suyos del periódico *The New York Times*. Los colegas de Estados Unidos lo pusieron en contacto con los expertos, quienes llegarían a la Ciudad de México en un par de días, uno de Nueva York y el otro de Los Ángeles.

Antes de eso, los forenses mexicanos que contrató el licenciado Gil dijeron que la voz del gobernador Martínez "parecía auténtica", lo cual no fue suficiente para sus jefes en el diario. Tampoco convencieron a Vicente, quien sugirió consultar con sus fuentes en las agencias federales de Estados Unidos. El licenciado Gil le ordenó que no lo hiciera porque no confiaba en ellos para ese caso en el que las filtraciones estaban a la orden del día. El asunto era un secreto bien guardado dentro de *Enlace* y la grabación la escucharon en casa de José Vélez.

Para evitar que otros tecleadores de la redacción se dieran cuenta de algo, Gil propuso ir a casa de Pepe a la hora de la comida, al día siguiente del regreso de Vicente. Al departamento del reportero acudieron todos los convocados: Vicente, Gil, el director y dos jefes integrantes de la junta directiva del periódico. Acordaron que, una vez comprobada la autenticidad de la grabación y los documentos, Zarza Ramírez firmaría su texto, cuya redacción y estructuración revisaría y editaría Gil en colaboración con Vélez. Entre tanto, prohibieron a Vicente comunicarse con la oficina del gobernador Martínez y con la presidencia de Calderón Nieto hasta no tener la garantía de que el material era evidencia fehaciente del nexo con el narcotráfico.

Hasta antes de la llegada de los forenses estadunidenses, a Vicente y a Vélez les asignaron otras coberturas de asuntos del día, a fin de taparle el ojo al macho y evitar sospechas de que estuviera cocinándose un asunto de mayor envergadura.

—Todo saldrá bien, muchacho. Se está haciendo lo que se necesita en un caso como éste. Entiendo tus nervios, pero debes estar tranquilo.

—No lo puedo evitar, Pepe. Mi mamá está preocupada por mis desvelos, cree que tengo problemas con delincuentes.

Siento presión por decirle lo que ocurre y sé que no debo hacerlo —Vicente estaba trasnochado. Habían pasado dos semanas desde que volvió de Juárez con la grabación y los recibos, y desde entonces no dormía lo suficiente.

—La angustiarías más. Quisiera estar en tus zapatos. Vas a dar un golpe extraordinario. Derrumbarás la farsa de la guerra fracasada de Calderón Nieto al exponer la corrupción por narcotráfico de sus correligionarios. Te advierto desde ahora que, ante tu reportaje, el gobierno federal se hará el occiso y desconocerá a Martínez; es más, te lo apuesto.

—¿Dudas que lo metan a la cárcel?

—Tal vez lo hagan. Aunque es tanta la impunidad y la corrupción en el gobierno federal que lo más conveniente para Calderón Nieto será permitir y facilitar la fuga del gobernador al extranjero.

—¡Qué descaro! Eso sería el colmo.

—Les importa un carajo. De ganar la elección en Chihuahua, Barral podría marcar la diferencia en este país, con tal de que se mantenga firme en su promesa de escarbar y descubrir las fechorías de Martínez. Estoy convencido de que con lo que conseguiste vas a destapar la caja de Pandora y conoceremos mucho del alcance del poder de corrupción que tiene el narcotráfico en todos los niveles de gobierno.

Los directivos de *Enlace* arrendaron una casa a las afueras de la Ciudad de México en la que instalaron a los forenses estadunidenses para que trabajaran con tranquilidad. A los expertos les tomó un par de días emitir el fallo: la de la grabación era la voz del gobernador y las firmas en los recibos correspondían a Hermosillo. Para determinarlo, los forenses compararon la fonética de la grabación en cuestión con otras que les consiguieron de la voz del gobernador de Chihuahua. También cotejaron la firma de los recibos con la estampada por el colaborador personal de Martínez en documentos oficiales del gobierno de Chihuahua.

El jefe de la redacción de *Enlace* fue personalmente a la casa de Vicente para darle la noticia. El joven tomaba café en la cocina mientras observaba a su madre preparar unas quesadillas para su padre cuando sonó el timbre.

—Yo voy, papá —gritó Vicente desde la cocina. Sabía que su padre se levantaría de la mesa del comedor, donde leía el periódico y escuchaba un noticiario en la radio.

—Buenos días, muchacho. Tuve cita con un médico que tiene su consultorio aquí en tu colonia y se me ocurrió pasar por ti para irnos juntos al periódico. ¿Tienes inconveniente?

—¡Licenciado, buenos días! No, para nada. Pase, pase por favor. Permítame tomar mis cosas e inmediatamente nos vamos.

—Disculpa el atrevimiento: te quiero invitar a desayunar por ahí, antes de llegar a la redacción.

—Mamá, papá, les presento al licenciado Gil, mi jefe.

—Mucho gusto, licenciado.

—Es un placer tenerlo en casa. Mi hijo habla mucho de usted.

—Señora, señor Zarza, no hagan caso de lo que dice Vicente. ¿Acaso no saben que es reportero? Los reporteros son chismosos.

Rieron del chascarrillo. A los padres de Vicente aquel periodista leyenda —como le decía su hijo— les pareció un hombre afable y educado.

Poco después, sentados en una larga banca de madera y con sendos platos de bistec en salsa de chile pasilla, el licenciado Gil y Vicente almorzaban con tortillas hechas a mano en Las

Cazuelas, la histórica fonda ubicada cerca de *Enlace*, en la colonia Del Valle.

—Está resuelto el dilema, muchacho. El material es auténtico.

—Lo sabía; son muy confiables mis fuentes.

—Interesadas, más bien. Quise darte personalmente la noticia porque necesito que te pongas a teclear cuanto antes y que busques al gobernador y al mismo presidente de la república, de ser posible. Cuentas con todo el apoyo del periódico, el de Vélez y el mío.

—Tan pronto como llegue a la redacción me pondré a trabajar.

—Tienes un plazo de dos semanas. El plan es publicar el reportaje dentro de dos lunes. Tenemos entendido que ese día estará en Ciudad Juárez el presidente Calderón Nieto junto con Martínez, haciendo campaña a favor del candidato de su partido. Calderón Nieto llegará a Juárez desde el domingo, ¿estamos?

—Estamos, licenciado.

Los reclamos de Maurita porque Carolina no llegó esa noche a casa fueron fugaces. En cuanto la joven dijo que se había quedado dormida viendo películas en casa de Camilo en el fraccionamiento Campestre, doña Maurita perdonó su falta. Don Beto no dijo nada, y sus hermanas y hermanos ni se enteraron. Mucho menos Nadia.

Camilo desapareció un par de días después de la fiesta; no llamó a su amiga ni la buscó en la boutique. Carolina aprovechó una de esas noches para regresar al Crazy Town. Fue con Sandra la Morena, quien tuvo un ataque al ver a su amiga treparse a la barra, quedarse en tanga y enseñar todo para ganar trescientos dólares y una botella de whisky.

—Pinshi Carolina, estás loca. ¿Qué shingada necesidad tienes de encuerarte frente a esos batos jodidos?

—Es puro desmadre, Sandrita. Lo he hecho como tres veces; he venido con Clarisa y con Camilo.

—Eres el pinshi diablo, amiga, qué shingados.

Finalmente, Camilo hizo su aparición. Se presentó en la boutique al mediodía, entró al negocio y se sentó en uno de los bancos.

—El bisnes es mañana. Todo *ready,* Carolina. Nos vamos a El Paso, cruzaremos caminando. Nos esperan allá para llevarnos a la casa donde están los dólares.

—No sé, Camilo. No estoy segura de querer hacerlo, tengo miedo.

—¿Tú, miedo? Si eres el diablo. Yo tengo miedo a ti.

La joven entendió que no debía preguntar por los detalles. Al día siguiente, temprano, Camilo fue a recogerla a su casa. Por teléfono, Carolina informó a Lidia de que no abriría la boutique pues tenía que hacer una diligencia urgente en El Chuco.

Camilo y ella cruzaron a pie el puente fronterizo. A unas cuadras de la línea limítrofe, sobre la calle Paso del Norte, los esperaba un guarro de Camilo dentro de un BMW.

—Vamos a una casa por el *mall* de Cielo Vista. ¿Está lista la camioneta y lo demás, Fabián?

—Todo listo, jefe.

—¿Qué es exactamente lo que tengo que hacer, Camilo?

—Manejar y no ponerte nerviosa. En la casa te vamos a dar un celular. Cuéntale, Fabián, para que te entienda mejor.

—Pinshi Camilo jodido, aprende español.

—Va a manejar una miniván. El dinero está clavado debajo de los asientos y en el tanque de gasolina. Vamos a coordinar todo por teléfono. Tenemos ojos en todos los puentes y le vamos a avisar por cuál debe cruzar para entrar a Juárez. Lo hará cuando los gabachos de la aduana muevan los perros para revisar unos camiones de carga que mandamos con verdura. ¿Me entiende?

—Claro. Pero es arriesgado, ¿no?

—Ni tanto. Al jefe no se le va una, señorita; es shingón. Contrató dos chavalitos pochos que se irán con usted.

—Explícame eso, por favor, no entiendo.

—Son dos chavalitos, uno de cinco y otro de ocho años, creo.

—Así es, Fabián.

—Tú cállate, Camilo. Sigue por favor, Fabián.

—Uno de los chavalos, el mayorcito, tiene problemas.

—¿Qué problemas?

—Apoplejía, creo que se dice; usa silla de ruedas y no habla. Los dos chavalos irán en asientos especiales que montamos sobre el asiento de atrás de la miniván. Los gringos la van a ver con los niños y no le van a decir nada, los de la aduana mexicana menos, así que será fácil y rápido, señorita.

—¿De quién son los niños?

—De una señora de aquí de El Paso. Ella misma los va a regresar caminando, la mamá ya pasó para Juárez.

En ese momento, Carolina volteó a ver a Camilo, quien le sonrió con esa mueca de complicidad y cinismo que a ella le gustaba, aunque en este caso le dio un poco de coraje porque se usarían niños para meter dólares de El Chuco a Juárez. Aun así, reconoció que su amigo era un genio.

Unas horas después, Carolina estaba formada en el Puente Zaragoza. Los niños estaban dormidos; ella sospechaba que Camilo había puesto algo en el yogurt que les dieron antes de subirlos a la miniván. Los vidrios del vehículo estaban abajo, hacía un calor de la fregada y la camioneta no tenía aire acondicionado —a propósito, claro—. Sonó el celular que Carolina llevaba sobre sus piernas. Era Fabián.

—Señorita, sálgase del Zaragoza y váyase al Puente Libre, está limpio. No se ponga nerviosa, por favor.

—Voy para allá y no estoy nerviosa. Me avisan cualquier cosa.

Al llegar al Puente Libre, los agentes de la aduana gabacha le sonrieron a Carolina, y uno de los tres que la vieron acercarse a la línea de México la miró con coquetería. Ella se dio cuenta de que ese gesto respondía a que el agente gabacho se le había quedado mirando discretamente las piernas. En ese momento comprendió por qué Camilo le había pedido que se pusiera minifalda. Al cabrón no se le pasaba una.

En cambio, los agentes migratorios mexicanos ni se le arrimaron; los niños durmiendo en el asiento trasero de la miniván eran la fachada perfecta para ingresar a México sin llamar la atención.

Ya en Juárez, al recorrer las primeras dos cuadras, se le pegaron dos carros. En uno iba Camilo, quien levantó el pulgar de la mano derecha en señal de aprobación.

—Siga al carro en el que va el jefe, señorita. Se va a meter a una casa que está como a dos kilómetros —le avisó por teléfono Fabián, que viajaba en el otro auto, atrás de ella.

Abrieron el portón de acero de una casa que estaba cerca de la zona del Pronaf. Carolina entró detrás del vehículo en el que iba Camilo.

—Te lo dije, *no problem,* Carolina. Salió perfecto.

—Eres un pinshi cabrón bien hecho, bato pocho.

Al bajarse de la miniván, varios asistentes de Fabián se dieron a la tarea de sacar a los niños, que todavía no despertaban. Los metieron a la casa y los acostaron en el sofá de la sala.

Carolina y Camilo vieron cómo en menos de diez minutos los guarros desmantelaron la miniván y sacaron los cinco millones de dólares que estaban acomodados en forma de bloque y en pacas de billetes de a cien envueltas en plástico.

—La van a acomodar otra vez… Explícale, Fabián.

—Vamos a montar los asientos y el tanque de gasolina. Como a usted ya la vieron con la camioneta y los niños, va a volver a usarlos en los próximos viajes.

—¿Que qué?

—Faltan tres viajes de a cinco, Carolina; son veinte millones en total.

—No se preocupe. El problema era pasar este viaje, señorita. Los otros tres son pan comido. El jale es la próxima semana.

—Fabián, tu patrón es un descarado.

—Pero bien shingón, ¿a poco me va a decir que no?

En menos de una semana y con cuatro viajes de El Chuco a Juárez, Carolina ganó ochocientos mil dólares en *cash*. El cínico de Camilo se los llevó en una maleta a la casa de sus papás. Como doña Maurita le tenía toda la confianza del mundo al malandro pocho, nadie de su familia sospechó que debajo de su cama Carolina guardaba una fortuna. A la madre de los niños que sirvieron de carnada, Camilo le pagó diez mil dólares por los cuatro viajes.

Roberto iba a toda velocidad en la moto. Estaba contento por el nacimiento de su hijo Javier. Carolina le gritaba que se detuviera, pero él no la escuchó. Impotente, la joven lo veía rebasar los carros que encontraba a su paso, y a ella le dio pavor porque sabía lo que venía. Cómo era posible que, con lo que les había ocurrido a Isaac y a Javier, el irresponsable de Roberto siguiera usando su moto, igual que Luis y Pedro. Sus tres hermanos eran insensatos y tercos. Sin embargo, Carolina pensó que no tenía sentido seguir gritándole a Roberto para que se detuviera; a fin de cuentas, nadie podía cambiar el destino.

Un día antes, los trabajadores del municipio de Juárez habían tapado los baches de esa esquina. La arena del asfalto estaba regada y suelta. Los empleados municipales nunca recogían la que les sobraba después de rellenar los agujeros de las calles. Cuando Roberto quiso bajar la velocidad, fue demasiado tarde. La motocicleta se derrapó y él salió disparado. Su cráneo se estrelló contra la banqueta.

Carolina despertó asustada y corrió al baño a lavarse la cara. Estaba llorando. Su mami preparaba el desayuno.

VEINTICUATRO

Carolina dejó pasar unos días después de su último "viaje". No encontraba el pretexto para ir a ver a su hermano; quería alertarlo. Estaba ante una encrucijada: ¿cómo podría revelarle lo que había atestiguado y decirle: "Vas a morir"? ¿Cuál sería su reacción? Ni a Lidia se lo podía contar, tan ilusionada como estaba con el bebé. La odiaría por siempre. Pero ese nudo que sentía en la garganta... Quería liberarse y no encontraba a la persona adecuada para hacerlo. Finalmente decidió que a su hermano no se lo diría.

Ese "don maldito" extenuaba a la joven. Nadie que no fuera de su familia la tomaría en serio. ¿Cómo "jijos de la shingada" explicar que era capaz de ver —sí, ver, no adivinar— lo que iba a pasar? No era adivina; era vidente. Se confundirían con sus explicaciones porque pensarían que poseía poderes para transportarse al futuro y no era así. ¡Ridículo!

Aunque Carolina desconocía las fechas en las que ocurrirían los hechos que presenciaba en sus viajes, de lo que sí tenía certeza apocalíptica era de que tarde o temprano pasarían. Estaba maldita, pero no por la cucaracha en su nalga izquierda. Su videncia era una maldición y punto. Odiaba su espíritu matrero.

—Fueron esos gringos ojetes. Ese imbécil reportero los consulta para todo y los de la DEA y el FBI lo usan a su conveniencia. No entiendo cómo el pendejo de Martínez no descubrió que lo grababan. ¡¿Hasta dónde llegará...?! —gritó Calderón Nieto a su secretario particular cuando éste entró a su habitación para despertarlo y mostrarle la nota que desplegaba *Enlace* en su primera plana.

Al secretario particular del presidente le había enviado la nota su asistente personal desde la Ciudad de México a las cinco de la mañana, hora de la capital del país, cuando en Ciudad Juárez eran las cuatro de la madrugada. En cuanto terminó de leer el despacho, alertó a su jefe sobre la bomba periodística.

—¿Qué hago? El evento de campaña con el candidato y el pendejo de Martínez es a las nueve de la mañana, ¿no?

—Sí, señor presidente.

—Llama al secretario de Gobernación, que venga inmediatamente.

El asistente presidencial corrió a la habitación de Santiago Gómez Kong, encargado del manejo político y la seguridad de la nación. Los cuatro elementos del Estado Mayor presidencial e integrantes de la escolta del primer mandatario se hicieron a un lado y uno de ellos les abrió la puerta de la habitación.

Calderón Nieto estaba desparramado en el sillón de la oficina provisional que le habían instalado en el hotel. Sobre el escritorio tenía una botella de vodka y en su mano derecha sostenía un vaso.

—¡Presidente, por favor, son las cinco y cuarto de la mañana!

—No te mandé llamar para que me regañes. Si no se lo permito a mi esposa, menos a ti. ¿Qué hacemos?

—Cuando me mandó llamar estaba al teléfono con Martínez. Está aterrado; tiene pavor a lo que vaya a decidir usted.

—Señor secretario, siéntese por favor. Y usted —dirigiéndose a su asistente—, salga por favor. Que nadie nos moleste.

—Mi primera recomendación es que Martínez no se presente al evento de campaña. Ni a usted ni al candidato les conviene aparecer junto a él en estos momentos.

—Estamos solos, Santiago, ya no hay necesidad de que me hables de usted. ¿Te sirvo vodka? Te garantizo que en estos momentos no hay nada mejor para afrontar este pinche problema.

—No, gracias. Me voy a servir un café. Como amigo te pido que le bajes al vodka, cabrón; vas con el segundo vaso del día, ya ni la chingas.

—¿Sabías lo de Martínez? —preguntó Calderón Nieto llevándose el vaso a la boca. Cuando lo dejó vacío, los ojos se le pusieron brillosos, como regularmente los tenía.

—Me habían llegado rumores.

—Santiago, hablo de las grabaciones y la firma de recibos. ¿Cuántas veces le advertimos que se cuidara cuando hablara con narcos? ¿Piensas que fueron los gringos? Ese reportero es amigo de los de la DEA y el FBI; tú me lo contaste, ¿te acuerdas?

—Tengo mis dudas de que hayan sido agencias de Estados Unidos. Me huele a filtración política; le quieren hacer un favor a Barral.

—No van a poder… Estás arreglando todo para que gane nuestro candidato del partido; en eso quedamos, ¿no?

—Enrique, esto lo pone más complicado de lo que de por sí ya estaba. El candidato fue fiscal del gobierno de Martínez, no lo olvides. Y, por favor, que ese vodka que te acabas de servir sea el último de hoy.

—De la mañana, querrás decir. Diles a los del Cisen que averigüen dónde carajos consiguieron la grabación los de ese puto periódico, que intercepten sus teléfonos de las oficinas y los celulares de Gil, del maldito de Vélez y de Zarza Ramírez.

—Están en eso, y ya están pinchados los celulares. Gil y José Vélez son astutos; Zarza Ramírez es una mula, se lo dije personalmente cuando me lo topé en el Congreso. El cabrón me tupió a preguntas por culpa de Macías Luna, por lo del show que montó tu secretario de Seguridad Pública con el caso de la francesa que andaba con el narco colombiano.

—Bueno, bueno, eso ya pasó… Ahora dime qué hacer con Martínez.

—Yo me encargo. Le ordené que por ningún motivo saliera a los medios y que cancelara todos los eventos públicos de su agenda hasta pasadas las elecciones, cuando aseguremos el triunfo del candidato de nuestro partido.

—Los méndigos reporteros me van a cuestionar.

—Lo tuyo es fácil. Contéstales que el caso lo está revisando la PGR, que la grabación puede ser falsa y que solicitaremos al periódico *Enlace* que la turne a las autoridades judiciales junto con los documentos. En fin, que tu gobierno está comprometido con la transparencia y la aplicación imparcial de la justicia.

—La solicitud al periódico será un pleito en las cortes. Se negarán a entregar la grabación y los documentos.

—Por supuesto, pero en su momento nos arreglaremos con los jueces para que se alargue el caso. Martínez tendrá el tiempo necesario para largarse del país luego de que entregue la gubernatura a nuestro candidato. No pasa nada, no te preocupes; deja que ladren los perros, hombre.

—Confío en ti, Santiago. Me voy a rasurar y luego a bañarme para ir al puto evento de campaña. ¡Qué fea es la pinche frontera, y más Ciudad Juárez! Qué símbolo del fracaso de mi lucha contra el narcotráfico ni qué nada. Que chinguen a su madre todos lo que conjuran contra mí, ya dije, cabrón.

El secretario de Gobernación salió malhumorado de la habitación de su amigo. El alcoholismo del presidente y las relaciones con el narcotráfico de la PGR, de Macías Luna, de Martínez y otros gobernadores complicaban sus planes de ocupar la silla grande cuando terminara el sexenio de Calderón Nieto. La tarea primordial del primer año de su presidencia sería tapar la cloaca. A Macías Luna lo enviaría como embajador a un país cualquiera, lejos de México; con Calderón Nieto no habría problema: estaba seguro y consciente de que su amigo se hundiría en el alcohol.

Su padre lo despertó:

—Vicente, están hablando de ti en la televisión. Ven a verlo —le dijo emocionado su papá.

Su madre estaba sentada en el sofá de la sala, mirando el noticiero matutino.

—Me preocupa lo que escribiste, hijo. No creo que le guste al gobierno, y menos a esos criminales de las drogas.

—Es mi trabajo, mamá. La corrupción hunde al país. Me voy a bañar, tengo que irme al periódico.

—No te vayas sin desayunar, tu padre ya trajo el pan.

Al ver llegar a la redacción a Vicente, unas horas después, Goyo corrió exultante a recibirlo.

—¡Felicidades, Vicente! Ya eres famoso. En los notis de la tele y de la radio no paran de mencionar tu reportaje. Te lo mereces, mano.

—Gracias, Goyo. Pero no soy famoso; éste es un éxito de todos los que trabajamos en *Enlace*.

—Puse el periódico sobre tu escritorio. ¿Quieres un atole y unos tamalitos?

—Órale, me late un champurrado y un tamal verde con rajas. Ten.

—Van por mi cuenta, por el puro gusto de conocer al reportero más fregón de *Enlace*.

El reportaje de Vicente ocupaba la tercera parte de la primera plana del rotativo y en interiores dos planas enteras. La edición que hicieron el licenciado Gil y Vélez de su texto era perfecta. Modificaron lo justo el original y resaltaron, en el tercer y cuarto párrafos, las reacciones de la oficina del gobernador Martínez y de la presidencia de la república. Ambos despachos ejecutivos, "pese a la insistencia y a los múltiples recados que les dejó *Enlace*, nunca respondieron a los llamados para obtener su posición al respecto", se leía en la nota.

En la oficina del gobernador Martínez ni siquiera tomaron en cuenta las llamadas del reportero; el secretario particular del mandatario estatal no notificó a su jefe porque se imaginó que el periodista buscaba información sobre las mujeres desaparecidas y los ejecutados en Juárez, cosa de todos los días y que ya no era noticia. En la Dirección de Comunicación Social de Los Pinos pensaron algo similar y desestimaron los llamados porque ya conocían el estilo de *Enlace*: culpar "injustamente" al presidente por todos los muertos y desaparecidos del país.

El director del diario y el licenciado Gil diseñaron una primera plana espectacular. La nota de ocho columnas estuvo acompañada por las imágenes de los recibos firmados por Hermosillo y la transcripción de frases comprometedoras entre el gobernador y los narcotraficantes sinaloenses. En el cuerpo del reportaje estaba la versión estenográfica de toda la grabación.

Goyo regresó con dos atoles y tres tamales. A Vicente le entregó su pedido y se acercó una silla para sentarse a desayunar junto a su amigo y continuar con la chacota.

—En la radio han dicho que le solicitarán al periódico la grabación. ¿Crees que se la pase el licenciado Gil?

—No lo sé, aunque sería bueno hacerlo.

—Tampoco han dejado de hablar de los expertos que vinieron de Estados Unidos a revisar las grabaciones y los documentos. ¿Cuándo estuvieron aquí, que yo nunca los vi, Chente?

—Hace unas semanas. No vinieron al periódico; estuvieron trabajando en otro lado para evitar filtraciones, ya sabes.

El licenciado Gil sorprendió a los dos amigos en plena cháchara. Al verlo, el vigilante se levantó de inmediato.

—Termine de desayunar, Gregorio. Buenos días —saludó Gil.

—Buenos días, licenciado —respondieron a coro Goyo y Vicente.

—Cuando acabes con el atole y el tamal, pasa a mi oficina, Vicente; necesitamos hablar.

—En cinco minutos estoy con usted.

Apurados, el reportero y el guardia dieron cuenta del resto de su atole y tamales. Goyo no pudo continuar su reseña de los despachos de radio y televisión y volvió al puesto de vigilancia.

—Felicidades, muchacho, es un gran reportaje.

—Gracias, pero esto es un trabajo de equipo, licenciado; sin su coordinación no hubiera sido posible.

—No me vengas con zalamerías. El mérito es tuyo, disfrútalo con modestia. No tomes en cuenta lo que dicen en la televisión ni en la radio; el gobierno ya dio línea para restarle credibilidad al reportaje, y eso nos es mayormente favorable.

—No se preocupe. Le repito que fue trabajo de equipo.

—El director llega en media hora y Pepe un poco antes. Al mediodía tenemos que estar en un lugar, nos esperan los jefes. No podemos llevar teléfono celular. Déjalo en mi oficina, para mayor seguridad.

Gil, Vélez y Vicente entraron al club de ejecutivos con sede en una casona de la época colonial. Los directivos y el director de *Enlace* conversaban sentados frente a una amplia y larga mesa. Los meseros descorcharon dos botellas de vino y los asistentes chocaron sus copas en honor del reportaje publicado.

La discreción con que se llevaba a cabo el encuentro obedecía a que uno de los directivos había sido informado de la orden emitida por el secretario de Gobernación para que el Cisen, el servicio de espionaje del país, pinchara los teléfonos de las oficinas del periódico y los celulares de los reporteros.

El director de *Enlace* anunció que la grabación de la conversación del gobernador de Chihuahua con los narcos se la darían a una conductora de radio, la única que informaba con objetividad. Tal difusión favorecería a *Enlace* y agigantaría la exposición de la corrupción por narcotráfico en el gobierno de Calderón Nieto.

A Vicente le prohibieron tajantemente regresar por el momento a Ciudad Juárez o a la frontera norte. Sin entrar en detalles, Gil comentó que "sus contactos" le habían notificado que el Cártel de Sinaloa podría atentar contra él. Vélez añadió que, en un ambiente enrarecido como el que había generado el reportaje, habría que cuidarse hasta del gobierno, el federal y el de Martínez. No sería la primera ocasión en que actuaran contra periodistas para luego responsabilizar a grupos criminales de ello.

Cuando Javiercito cumplió doce meses de nacido, Lidia regresó a sus labores en la boutique y retomó sus antiguas responsabilidades. Carolina seguiría con ella y sería oficialmente la encargada de pagar las cuotas al jefe de la aduana. Con eso, Lidia se libró de volver a revolcarse con el aduanero mal nacido.

El primer viernes por la noche de la semana en que Lidia se reincorporó al negocio, fueron a celebrar el acontecimiento al bar La Flecha, un antro con pista de baile y tubo donde se desnudaban bailarinas de entre dieciocho y treinta y cinco años. Lidia era amiga del dueño.

—Aquí no podrás competir, m'hija. Si lo haces te tienes que quitar la tanga, y no creo que te atrevas a tanto.

—¿Le contaron lo del Crazy Town, Lidia?

—¿Tú qué crees? En el centro no hay nada oculto para mí, te recuerdo. Imagino la cara de bobos de los pinshis batos cuando te subes a la barra y te encueras, Carolina. De veras que eres una diabla. ¿Sabías que así te apodan en el barrio?

—Nadie se atreve a decírmelo a la cara. He escuchado, pero me vale madres. Lo del Crazy Town lo hago por fregar a las pinshis viejas vanidosas que se suben a enseñar las piernas, no por los dólares y la pendeja botella de whisky.

—Haría lo mismo si tuviera tu edad, tu cuerpo y tu libertad. Roberto lo sabe, se lo han contado sus amigos que te han visto. Te arriesgas mucho, m'hija. Al principio, tu hermano se enojó cuando se enteró. Ya no; dice que no tienes remedio, pero que el día que se enteren tu mami o tu papi te las vas a ver negras. A Luis y a Pedro les vale gorro, según mi viejo.

—Se lo conté a mis hermanas, pero no me creen. Sara menos, ya ve que es una santa y sólo piensa en los estudios. Es una mosquita muerta la cabrona, igual que Angélica.

—De Angélica te lo paso, pero de Sara no; ella sí está metida en los estudios. Va a ser doctora, verás.

—No digo que no, es inteligente y muy responsable. Lo que pienso es que a ella también le gusta el desmadre, como a Angélica, ¿verdad? El otro día, Camilo me llevó en su carro a la zona del mirador; allá estaba Angélica con su bato haciendo cochinadas en el carro. La vi, Lidia, la vi.

—A propósito, ándese con cuidado con ese Camilo. Me dicen que es un engreído y no lo quieren los movidos de aquí.

—Le tienen envidia por listo. Él hace su propio jale y al mismo tiempo ayuda a todos a pasar merca al otro lado, tiene muchos contactos.

—Únicamente le pido que tenga cuidado, eso es todo.

Cinco cervezas y dos tercios de una botella de tequila después, Lidia llevó a Carolina a casa de sus suegros. Al regresar a su casa le pagó a la chavala que le cuidaba a Javiercito, sacó de la cuna a su hijo y se lo llevó a su cama a dormir con ella. Como era costumbre en las madrugadas de los sábados, Roberto tardaría en regresar.

Carolina estaba sentada en la sala de la casa de Camilo en el Campestre. No comprendía cómo podía mirar directamente a los policías municipales que habían llegado al complejo privado con las torretas de las patrullas apagadas. Tramaban algo porque inmovilizaron al guardia de la caseta de la entrada, quien tenía la responsabilidad de llamar a las residencias del exclusivo conjunto si consideraba que algo malo podría ocurrirle a alguno de los residentes.

De pronto, a la joven le cayó el veinte. Subió a la planta alta para alertar a Camilo, que en ese momento se metía polvo en compañía de una morra venezolana. Sin embargo, Camilo la ignoró; no la escuchaba el *pinshi* pocho al que la puta venezolana le hacía de todo.

Carolina decidió salir de la casa para averiguar lo que pasaba. Uno de los municipales, el que parecía estar a cargo de la operación, hablaba por radio con alguien. La joven no entendía ni madres: el municipal se comunicaba en inglés y ella no hablaba ese idioma. Aunque era de madrugada y todavía estaba oscuro, pudo mirar el carro negro con vidrios polarizados que llegó con los faros apagados y se estacionó frente a la casa de Camilo. De aquel misterioso vehículo se bajaron dos gabachos; Carolina lo supo cuando los escuchó hablar en inglés entre ellos y por el español pocho con que dieron instrucciones a los municipales que de inmediato se acercaron a ellos.

—Vamos —ordenó el municipal que sí hablaba inglés a los policías que estaban bajo su mando.

Dos de éstos se apostaron ante la puerta, uno de ellos levantó un marro y en ese momento todos, hasta los dos gabachos, desenfundaron. De un golpe con el marro rompieron la puerta y entraron a la casa. En un santiamén esposaron a Camilo y a la morra. Ni oportunidad les dieron de vestirse; de la casa los sacaron encuerados. Los gabachos se llevaron en su carro a Camilo, escoltados por una de las patrullas, en la que iba el jefe de los municipales, y en otra metieron a la venezolana.

Carolina no pudo ver a dónde llevaban a Camilo. Cuando el carro negro de los gabachos salió del Campestre, despertó.

Nuevamente, el sudor bañaba su frente y le escurría sobre el pecho. Tuvo ganas de orinar y fue al baño. Su mami y su papi seguían durmiendo. Eran las tres de la mañana y en la casa reinaba un silencio absoluto. La joven volvió a su lecho intrigada por lo del nuevo viaje. Se lo contaría a Camilo, aunque estaba segura de que él no le daría importancia.

En esas tribulaciones estaba cuando sonó el teléfono de la casa. ¿Quién sería a esas horas? Nadie llamaba porque muy pocas personas (familiares cercanos y ellos por supuesto) tenían el número. Se hizo un breve silencio. Contestaron en la habitación de sus papás. Poco después, Carolina escuchó los gritos de su madre y a su padre abrir la puerta del cuarto de sus hermanos.

Su puso un short y una camiseta limpia. Sus hermanas salieron en bata y todos entraron a la recámara de sus papás.

—¿Cómo dices que pasó, papá?

—No lo sé, Pedro. Lidia acaba de hablar para decir que Roberto tuvo un accidente con la moto y que ella iba al hospital, que nos llamaría.

—¿En qué hospital lo tienen?

—Tampoco lo sé, Angélica. Lidia no me dio tiempo de preguntarle, me colgó luego luego.

—Carolina, tú tienes el número del celular de Lidia, llámale.

—¿Para qué? No tiene caso.

Todos la voltearon a ver. Maurita no podía contener el llanto, por más que su marido intentaba consolarla diciéndole que todo iba a estar bien. Nadia, a la que ninguno detectó cuando entró a la recámara, corrió a abrazar a su abuela y se le unió en el llanto.

—¿Vas a llamar o no, Carolina?

—Hazlo tú, Luis. Voy por el celular, le marco y tú le contestas.

—Sálganse, sálganse, que me voy a cambiar de ropa. Y por favor cálmense. ¿Acaso no tienen suficiente con lo que está pasando como para que se pongan a pelear?

—Ya escucharon a su madre; se va a cambiar y yo también. Sara, llévate por favor a Nadia.

Apenas se cerró la puerta del cuarto de sus padres, Luis encaró a Carolina.

—Tráeme tu pinshi celular, cabrona, y no me salgas con tus pendejadas de viajes. Estás maldita.

—Maldito estarás tú, pinshi cabrón, jijo de la shingada. Y si quieres el celular ve tú por él, está en el buró de mi cama. Que sea la última vez en tu puta vida que me dices maldita, Luis.

—¿Se calman? Están espantando a Nadia —intervino Sara.

—Ten tu teléfono, márcale a Lidia.

Carolina le arrebató el celular a Luis y llamó a su cuñada. Al escuchar el primer timbrazo le regresó el teléfono a su hermano.

—¿No entiendes que no tiene caso? Roberto se mató, se abrió la cabeza con una banqueta. Yo lo vi.

—¡¿Pero qué dices, Carolina?! —preguntó su padre, que ya había salido de su habitación junto con su mujer.

Luis se quedó paralizado y alejó de su oreja el teléfono celular. No se dio cuenta de que Lidia había respondido al llamado.

—Papi, no quiero echarles mentiras. Lo vi en uno de mis viajes hace tiempo; me callé porque no me hubieran creído y tampoco hubieran podido hacer nada. Es el destino, papá.

Lidia la maldijo, no la perdonaría. En el hospital acababan de notificarle que Roberto estaba muerto, que se había roto la cabeza con una baqueta, que si hubiera llevado casco tal vez se habría salvado. Lidia odiaba a Carolina. ¿Por qué no le había dicho nada?

—¿Bueno?, ¿bueno? Lidia, ¿me escuchas? —habló Luis una vez que volvió a ponerse el teléfono en la oreja.

—Luis, Roberto está muerto. Estaba en La Esfinge tomándose unas cervezas en el bar de afuera, La Zebra; me llamó al celular cuando salió de ahí, pero ya no llegó a la casa. La moto se le derrapó al dar vuelta en una esquina. Dicen los policías que iba a exceso de velocidad.

—Carolina, no quiero volver a hablar contigo jamás en la vida. ¿Oíste, pendeja?

—No te preocupes, Luis, no hablaremos en muchos años. Eso también lo sabía.

VEINTICINCO

La muerte de Roberto separó definitivamente a Carolina y a Lidia. Ésta no le perdonó a su cuñada que no la hubiera advertido de lo que vio en el sueño. Carolina se refugio en las fechorías y ocurrencias de Camilo; no eran formalmente socios, pero juntos hacían jales.

Para los Campos Robles la situación se complicó tras la partida de Roberto. Luis se hizo cargo de los talleres que atendía su hermano mayor y Pedro asumió nuevas responsabilidades en el negocio de su padre, que comenzó a quedarse en casa. Asimismo, dos meses después del trágico fallecimiento, Angélica se mudó al departamento de su novio. Doña Maurita no se interpuso en el camino de su hija mayor; estaba destrozada y había terminado por aceptar lo que Carolina le dijo después de enterrar a Roberto: "No podemos hacer nada contra lo que está escrito. Sigamos la corriente del futuro. Usted mira cosas, como yo, mami". En cuanto a Sara, seguía con sus planes y estaba a punto de graduarse como médica. Contaba con el apoyo de su familia y el dinero de Carolina, quien se encargaba de comprarle ropa cara y a la moda, toda de importación. También le había obsequiado un carro nuevo cuando inició el último semestre en la UACJ.

384

Su relación con Camilo orilló a Carolina a comprometerse en jales para meter millones de dólares a Juárez, los cuales llegaban a El Chuco procedentes de diferentes estados del gabacho, resultado de la venta de mota y polvo blanco que traficaba su amigo. La joven se volvió experta en el diseño de estratagemas para introducir en México las pacas de billetes de cien dólares. Sus maniobras eran altamente eficaces y bien recompensadas con las comisiones que le pasaba Camilo por cada viaje. Sin saber en qué momento lo había logrado, debajo de su cama y en un armario grande de madera que había comprado por sugerencia de su amigo, Carolina tenía acumulados unos diez millones de dólares en efectivo. Eso marcó el momento de salir de la casa familiar del Cerro del Indio y comprar una residencia para esconder y lavar las ganancias del jale.

—Compra casas en El Paso, como yo; es bueno para negocio.

—Prefiero en Juárez, Camilo. En el gabacho es peligroso.

Carolina adquirió una mansión en el Campestre a la que llevó parte de sus millones de dólares; los enterró en el jardín, dentro de una caja fuerte. En casa de sus padres repartió el dinero en diferentes lugares: en el armario, en un ropero y en bolsas de plástico que enterró en la huerta.

Su mami le impidió que se llevara a Nadia a la casa del Campestre.

—¿Quién se va a hacer cargo de la niña, si todo el día y la noche te la pasas en la calle? —le dijo.

La familia Campos Robles sabía a lo que se dedicaba Carolina y el motivo del pleito de ésta con Lidia.

Carolina gastó un dineral en amueblar su residencia. También contrató los servicios de una mujer del estado de Guerrero que iba dos veces por semana a limpiar, lavar y planchar ropa, sólo cuando ella estaba presente. Como no sabía ni calentar agua, la joven usó la cocina como almacén. En el horno de la moderna estufa que le instalaron y que había comprado en El Chuco, metía pacas de dólares. "¿A quién se le va a ocurrir que allí está el dinero?", pensó cuando decidió hacerlo.

Camilo era la única persona que la visitaba en el Campestre. Ella le había dado copia de la llave de la casa, con la condición de que nunca llevara a sus morras ni se metiera soda, fumara mariguana o llevara gente a cerrar tratos o hacer orgías. Camilo aceptó.

A Carolina le urgía ganar todo el billete que fuera posible para invertirlo en negocios en Juárez. Sabía que a Camilo no le quedaba mucho tiempo; lo había visto en un viaje. Ella no quería dedicarse al jale del narco porque tarde o temprano la reventarían, como ocurría con todos los movidos. Meter dólares a Juárez era más seguro, pese al altísimo riesgo de caer en manos de los gabachos. Era justo eso lo que la motivaba a ser más creativa para engañar a los agentes que vigilaban ambos extremos de los puentes internacionales que cruzan el Bravo.

Entre los movidos, las maniobras y tretas de Carolina para el tráfico de dinero eran motivo de admiración y tributo. Se hablaba de una morra guapa y buenota a la que muy pocos conocían físicamente y que movía lana de donde quisieran y hasta donde quisieran. Camilo se había encargado de ocultar la identidad de su amiga; era secreto de Estado entre ellos. Además, la cercanía con el pocho le servía de camuflaje a Carolina: quienes la veían con él creían que era la novia o la vieja del narco, y nunca sospecharon que ella era la famosa y mítica Diabla que pasaba a Juárez millones de dólares clavados en carros. Su forma de comportarse, hablar ante los demás y vestir no era necesariamente la de la típica movida o malandra.

Las tendencias en las encuestas no se equivocaron: aun con el intento de fraude por parte del gobierno de Calderón Nieto, Javier Barral ganó las elecciones para la gubernatura de Chihuahua. El mandatario electo puso manos a la obra desde el momento en que lo declararon vencedor. Formó un equipo de jóvenes especialistas en materia contable, hacendaria y judicial, bajo la gerencia de Sofía Olivos, investigadora escrupulosa con algunos años de experiencia en temas fiscales en el ámbito federal.

La implacable misión de Olivos y su gente consistía en localizar todas las evidencias posibles de corrupción en el gobierno saliente e intentar evitar que, después de la entrega de mando y con la venia de Calderón Nieto, Martínez pudiera huir al extranjero.

—Debemos meterlo a la cárcel, no por una promesa de campaña, sino por deber cívico y responsabilidad moral —indicó el gobernador electo al equipo de Olivos cuando le faltaban tres meses para hacerse cargo formalmente del despacho ejecutivo en el palacio de gobierno de Chihuahua.

Ningún secretario del gabinete de Martínez pudo negar el acceso a documentos y archivos al equipo tutelado por Olivos: debían mostrar su apego a los principios constitucionales y democráticos.

Uriel Herrera, el saliente secretario de Hacienda estatal, aprovechó la visita de Olivos a su despacho para hacerle una propuesta de alivio venial:

—¿Habrá amnistía para quienes cooperen en sus investigaciones, licenciada Olivos?

Con el temple de acero que caracterizaba su profesionalismo, Olivos miró a Herrera a los ojos para intimidarlo e imponer la autoridad con que la había investido el gobernador electo.

—Eso dependerá de la información y las evidencias que nos proporcione. No descarto la amnistía. Necesito hablarlo con Barral.

—Hágalo cuanto antes. Yo podría serles de mucha utilidad. Lo que pasó aquí en el estado llega hasta Los Pinos. Muchos de nosotros fuimos obligados a cooperar; no teníamos alternativa.

Sofía Olivos sintió lástima por la piltrafa que tenía enfrente. Herrera estaba dispuesto a traicionar a Martínez con tal de salvar el pellejo, denominador común en la política mexicana. Ella no podía dejar pasar una oportunidad de oro como la que le presentaba ese funcionario al que a todas luces aterraba el descrédito y la amenaza de parar en la cárcel acusado de corrupción. La maraña de robos cometidos por Martínez comenzaba a desenredarse.

Sofía pidió a Herrera un par de días para darle respuesta y le solicitó una prueba de su cooperación en el caso.

—Pida a la Secretaría de Educación los últimos contratos por la prestación de servicios de cinco empresas de asesoría legal y cibernética; en total suman setecientos millones de pesos —respondió Herrera.

Vicente se sentía maniatado por la prohibición que le habían impuesto en el periódico de viajar a Juárez y a la frontera. Su reportaje sobre los nexos del gobierno de Martínez con el narcotráfico obligó a otros medios nacionales a enviar reporteros a Chihuahua para intentar indagar más acerca de lo que *Enlace* había revelado. Cooptados por el dinero y las órdenes de Los Pinos, los diarios nacionales, al igual que los noticiarios de la televisión y la radio, buscaban la forma de exonerar al saliente gobernador y hacer ver el reportaje de *Enlace* como escandaloso e infundado.

Vicente debía hacer de tripas corazón para no responder a dichos ataques. Lo confortaba el hecho de que su investigación hubiera tenido resonancia en medios de comunicación de Estados Unidos que venían dando cobertura a la fallida guerra contra el narcotráfico del presidente Calderón Nieto. El joven reportero sentía unas ganas incontenibles de regresar a Chihuahua para investigar y ponerse en contacto con sus fuentes de Juárez; estaba seguro de que, después del reportaje sobre las grabaciones y los recibos, éstas podrían facilitarle otras evidencias del cercano vínculo del gobierno de Martínez con los movidos de Sinaloa.

—Entiéndelo, muchacho, es peligroso. Y no quiero que caigas en el jueguito ese de hacerte la víctima de amenazas del narco. Seguro que has visto cómo algunos periodistas, supuestamente intimados por el narco, han hecho de ello su modo de vida, para acaparar reflectores por puro narcisismo.

—Licenciado, pienso que justo ahora podríamos obtener nueva información sobre la corrupción por narcotráfico.

—Es posible, Vicente. ¿Has buscado a la gente de Barral? Me dicen que andan hurgando en los archivos del gobierno de Martínez. Háblale a su secretario particular, te daré su nombre y su teléfono. No tendrás que desplazarte a Chihuahua o Juárez para conseguir algo; podrás hacerlo aquí, en la redacción del periódico.

Desde el confort del asiento de piel y el aire acondicionado de su camioneta, Carolina miraba los aparadores de las tiendas de ropa que estaban frente al mercado municipal, cuando lo vio salir del billar. El carro que iba detrás de su Escalade estuvo a punto de estrellarse con ella. El automovilista le mentó la madre con el claxon, algo que ella nunca perdonaba sin responder con otros vituperios, pero en ese instante no lo tomó en cuenta.

Lo siguió a distancia prudente. Quería ver dónde se metía aquella rata que, nada más verla, le revolvió el estómago. La joven no daba crédito: "el muy jijo de la shingada" estaba de vuelta como si nada, y parecía que había retomado el control de sus negocios. Tomó el celular y marcó el número de Fabián.

—A sus órdenes, señorita. ¿Quiere que le comunique al patrón?

—No, Fabián. Necesito que me hagas un favor urgente y que no se lo cuentes a Camilo. Es algo personal.

—Dígame. Cuenta con mi silencio, ni una palabra al patrón.

—Estoy estacionada junto al hotel Imperial que está por el mercado municipal. Necesito a tres de tus mushashos; quiero que lleven a un amigo a la bodega que tiene Camilo en la Gómez Morin.

Al tipo alto y fuerte de los tres que mandó Fabián le decían el Alacrán. Carolina lo había visto en varias ocasiones como parte de la escolta de Camilo. Llegaron en un taxi que estacionaron en el otro extremo de la calle donde estaba parqueada la Escalade. El que iba al volante esperó unos minutos antes de bajarse del taxi para acercarse lo más discretamente posible a la lujosa camioneta.

—Súbase —dijo la joven cuando el guarro abrió la puerta.

—Buenas, señorita. ¿En qué la podemos ayudar?

—En la tienda de chamarras de piel que está casi enfrente de donde se estacionaron hay un cabrón de camisa azul y pantalón gris; es viejón y se mira fuerte.

—Ahora lo vemos. ¿Qué necesita del bato?

—Lo necesito esta noche en la bodega de la Gómez Morin. Sean muy discretos por favor; no quiero escándalos con la municipal.

—Ya están avisados de que vamos a hacer un jale, no van a venir por esta calle hasta que les avisemos. ¿Qué servicio quiere que le hagamos al bato?

—Algo muy especial… Busque a alguien que lo viole. Quiero que le cubran toda la cabeza con cinta canela, que lo encueren y lo tengan listo para que se lo shinguen, de preferencia dos cabrones. No le vayan a hacer nada, pero nada, ¿me entiende?, hasta que llegue yo a la bodega. ¿Cree que se pueda lo que le estoy pidiendo?

—Señorita, no ofenda. Aquí en Juárez no hay imposibles. Le avisamos cuando ya lo tengamos en la bodega, no se preocupe.

En cuanto Carolina arrancó, el guarro que recibió sus instrucciones se metió a la tienda indicada. No tuvo problema para identificar al bato que levantarían: estaba detrás del mostrador y era el único hombre de las tres personas que al parecer atendían el negocio; las otras dos eran chavalitas que no pasaban de los dieciséis años. Una de las dependientas se acercó al guarro para decirle que podían mostrarle lo que deseara. Él pidió que le bajaran una chamarra de piel negra que estaba en un aparador detrás del mostrador; lo que en realidad pretendía era observar la complexión del tipo. Cuando terminó de estudiar los detalles que le interesaban, salió de la tienda y regresó al taxi.

—¿Quién es el güey al que vamos a levantar? —preguntó el Alacrán.

—Parece que es el dueño de la tienda. Es un bato ruco, pero se mira fuerte el cabrón. La jefa quiere que se lo shinguen por el culo dos batos y que luego lo revolvamos con el polvo.

El Alacrán y el otro cómplice no pudieron contener la risa ni la sorpresa ante el pedido de la socia de su patrón.

—¡No mames! ¿Es neta, Alacrán?

—Neta. Y no quiere que le metamos ni un shingazo hasta que llegue ella a la bodega, cuando lo tengamos preparado al güey. Calaca, llama al pinshi corrupto del comandante Jorge Luis Aguirre, dile que nos preste dos batos de cualquier cárcel, de esos a los que les gusta culiar hombres, y que nos los lleve a la bodega de la Gómez Morin, que luego le avisamos a qué horas puede ir a recoger sus pinshis mierdas.

—Sí, mi Alacrán, ya mismo.

Mateo acababa de echar el último candado a la cortina de su negocio cuando sintió el cañón de la pistola presionarle las costillas. Obedeció sin chistar y se subió al taxi. El tipo que lo amedrentaba con el arma lo tiró boca abajo y el que estaba sentado al extremo derecho del asiento de atrás le echó los pies sobre la espalda.

—Si gritas o te mueves, aquí mismo te carga, culero —le dijeron.

Carolina comía un coctel de camarones en el restaurante de mariscos Playa Bichis, sobre el mismo bulevar Manuel Gómez Morin, cuando recibió la llamada de Fabián.

—Señorita, ya está listo su encargo.

—Llego en media hora. No sabe nada tu patrón, ¿verdad?

—Nada. Está echando pisto con unas chavalas en el Campestre; no va a salir esta noche, ya lo conoce.

Con toda la tranquilidad del mundo, la joven siguió comiéndose su coctel de camarón. Se terminó el tequila que le habían servido y pidió otro.

Carolina hizo un cambio de luces en su camioneta cuando se colocó al frente del enorme portón de la bodega. Le abrieron en el acto. Al entrar vio a Mateo tirado sobre el piso de cemento, en uno de los extremos del sótano donde se apilaban las pacas de yerba que llegaban de Sinaloa. Estaba desnudo y tiritaba de frío o miedo, qué más daba. Como ella lo había ordenado, tenía la cabeza completamente cubierta de cinta canela, con la excepción de los orificios de los oídos, la nariz y la boca. También con cinta canela le habían inmovilizado pies y manos, las cuales tenía atadas por las muñecas, a la espalda.

El Alacrán y sus dos compinches estaban expectantes. Junto con ellos había dos tipos malencarados y tatuados hasta en el rostro; se notaba a leguas que estaban totalmente drogados, eran pandilleros.

Carolina tuvo que reconocer que, aunque habían pasado varios años, Mateo conservaba su cuerpo atlético. Le hizo una seña al Alacrán para que se acercara.

—Lo que usted mande.

—Que se lo shinguen bonito por el culo, que lo jodan lo más que puedan; es más, cuando acaben esos dos, métanle un bate o lo que tengan. Luego se encargan de él. No quiero rastros, ¿entiendes?

De su bolso de mano marca Coach, la joven sacó un sobre con diez mil dólares.

—Esto es para que se tomen unas sheves, se lo reparten.

—No, señorita, no es necesario.

—¿Los agarras o se los echo al perro?

—Si se entera el patrón nos shinga.

—Si se entera es porque ustedes se lo cuentan. No quiero errores.

Carolina se dio la media vuelta para subir la escalera y dirigirse a su camioneta; iría a buscar a Sandra la Morena para invitarla a tomarse unos tequilas en el Kentucky. Subió dos peldaños y volteó a ver lo que estaba ocurriendo: los pandilleros se encueraban y fumaban mariguana, el Alacrán ya tenía el bate en la mano y los otros dos guarros se colocaban a distancia para observar la violación y después acabar con el encargo.

Como ráfaga, por la mente de Carolina pasó el rostro de Nadia; escuchó sus sonrisas y hasta su llanto de cuando era bebé. ¿Cómo podría atreverse a dejar sin padre a su hija? Fuera lo que fuera, ese "jijo de la shingada" era el papá de Nadia. Lo que éste le había hecho lo había olvidado completamente hasta el momento en que lo vio salir del billar.

Silbó para llamar la atención del Alacrán y con la mano le hizo un ademán para que se acercara: no quería gritar y que Mateo le reconociera la voz. Si el destino de su hija era cruzarse con su padre algún día, lo único que ella podía hacer era asegurarse de que ese posible encuentro no ocurriera en Ciudad Juárez.

—Para a esos malandros, sácalos, que no lo violen —ordenó.

Incrédulo, el guarro corrió hacia los pandilleros, quienes se acariciaban el miembro de pie junto a Mateo. Los jaló a cierta distancia y a Calaca le pidió que hablara con el comandante Aguirre para que los regresara a la cárcel de donde los había sacado.

—¿Ahora qué, señorita? ¿Sólo lo hacemos polvo?

—No, póngale unos shingazos, rómpanle las costillas y los güevos. Pero no le peguen en la cara, te lo superencargo. Y no quiero saber que me desobedeciste, Alacrán. Le adviertes que, si vuelve a poner un pie en Juárez, lo metes en un tambo con ácido. Aconséjale que se vaya mañana mismo a su tierra. Cuando acaben de darle su shinga, déjenlo encuerado y tírenlo frente a su negocio.

—Tenga el sobre, señorita.

—¡Ah, cómo serás pendejo, m'hijo! Repártanselo, es para que se tomen unas cervezas. No se les vaya a ocurrir decir mi nombre delante de este cabrón.

—Somos profesionales, jefa, ¿qué pasó? ¿Por qué cree que trabajamos con el patrón Camilo? ¿Necesita escolta? Fabián nos pidió que nos hiciéramos cargo de todo lo que necesitara.

—Gracias, Alacrán, pero no me gustan los guarros y me sé cuidar sola. Haz por favor lo que te pido, tal cual.

Vicente Zarza Ramírez habló con Paco Muñiz para indagar sobre las investigaciones internas de corrupción en el gobierno saliente. Barral le había dado la instrucción de que pusiera al reportero en contacto con Sofía Olivos y que lo ayudaran en todo.

—Ese reportero podría incluso ayudar a detectar algo que se nos pueda pasar a nosotros, Paco —comentó el futuro mandatario de Chihuahua.

—¿Sofía Olivos?

—Sí. ¿Quién habla?

—Soy Vicente Zarza Ramírez, reportero del periódico *Enlace*. Paco Muñiz me dio su número de teléfono.

—Háblame de tú. ¿Cuándo llegas a Chihuahua? Hay documentos que podrían interesarte; tendrás que verlos en persona.

—Dame unos días, te aviso.

—Perfecto. Ahora mismo te envío en un mensaje la dirección del lugar donde podremos reunirnos cuando llegues a Chihuahua. Hasta pronto.

A Vicente se le ocurrió algo que podía ser muy arriesgado, lo sabía, pero la adrenalina y su compromiso de exponer a los políticos corruptos lo doblegaron. Pediría unos días en el periódico, con sus ahorros compraría un boleto de avión para Chihuahua y cubriría los costos del hotel y las comidas. El joven reportero había guardado un poco de dinero para sus vacaciones; quería irse una semana a Guatemala, pues deseaba conocer la ciudad colonial de Antigua. Debido a la presunta amenaza contra su persona, también engañó a sus padres sobre el destino de su repentino viaje. Se limitó a decirles que "unos amigos de otros periódicos" lo habían invitado a pasar una semana en Cuernavaca para celebrar la despedida de soltero de un colega.

El taxi lo dejó en la puerta del hotel Quality Inn San Francisco, a unos metros de la catedral de Chihuahua y cerca del edificio de oficinas cuya dirección le había mandado Olivos. Una vez en su habitación, Vicente acomodó su ropa en el clóset y en una cómoda. En cuanto terminó estos menesteres salió para encontrarse con Olivos.

Tardó cinco minutos en llegar. Subió al cuarto piso y se encontró con una amplia oficina donde trabajaba más de una docena de personas frente a varias mesas con pilas enormes de documentos. Sofía le dio la bienvenida y lo llevó al pequeño privado que había en uno de los extremos de aquella oficina.

Para sí mismo, Vicente reconoció que la investigadora del equipo de transición del gobernador Barral era bastante atractiva.

—Me gusta ir al grano, Vicente. Uriel Herrera, que todavía es el secretario de Hacienda de este gobierno, nos dio un pitazo. La Secretaría de Educación del estado presuntamente contrató cinco empresas que proporcionan asesoría cibernética y legal. Te voy a dar copia de los contratos y de las licitaciones que se hicieron para ellos, por un total de setecientos millones de pesos. Revisa los documentos; son interesantes porque el dinero llegó de la Ciudad de México, de la Secretaría de Hacienda federal, y nosotros creemos que los prestadores de servicios son en realidad empresas fantasma. Creo que, si atas cabos, encontrarás cosas interesantes.

—Cuando termine de revisar los documentos, ¿podría hablar con Herrera?

—No. Hay un inconveniente inapelable: él está cooperando con las investigaciones que estamos llevando a cabo y más adelante podría convertirse en testigo protegido. Si logras desarrollar un reportaje, no puedes mencionar a Herrera ni a la fuente que te proporcionó los contratos. Luego de que los revises podrás solicitar una copia a la Secretaría de Educación del estado. Los firmaron hace dos años.

—Está bien, me comprometo a guardar la confidencialidad del caso.

—Otra cosa: por lo poco que hemos estado investigando, te puedo adelantar que no te equivocarías si en tu reportaje estableces que el desfalco a las arcas del estado por parte

397

de Martínez podría superar los seis mil millones de pesos. Se han robado hasta muebles del palacio de gobierno, pero eso es otra historia.

En cuanto Sofía Olivos le entregó la carpeta con los documentos de los que le había hablado, Vicente regresó a su hotel y se encerró en su habitación. Para ser el primer día de labores en Chihuahua, el viaje ya había valido la pena.

El joven reportero escudriñó línea a línea los contratos y las licitaciones y fue desenredando una madeja de fraude de gran obviedad. La Secretaría de Hacienda federal había transferido al gobierno de Martínez setecientos millones de pesos supuestamente para cubrir objetivos en materia de educación. Lo extraño del caso era que los contratos tenían una fecha anterior a la petición formal del gobernador a Hacienda. El dinero llegó a Chihuahua menos de veinticuatro horas después de que Martínez lo solicitara.

Sofía Olivos había incluido en la carpeta una copia del depósito de la Secretaría de Hacienda federal a la estatal, a cargo de Uriel Herrera. Anexó también la copia de la transacción bancaria que había hecho el gobierno de Martínez para sacar los setecientos millones en efectivo, y la copia del cheque firmado por Herrera, por seiscientos cincuenta millones de pesos procedentes de las finanzas del estado, para pagar la contratación de las cinco empresas por parte de la Secretaría de Educación.

¿Qué había detrás de todo eso? ¿Por qué sacar el dinero que había enviado la Secretaría de Hacienda federal, si luego se iban a depositar seiscientos cincuenta millones de pesos del estado para contratar a las cinco empresas? ¿En qué se habían utilizado los cincuenta millones de pesos faltantes? Vicente se hacía estas preguntas cuando se quedó dormido en su cama a las dos de la mañana, hora local.

Lo despertaron los rayos del sol que entraron por la ventana. Se había dormido sin cerrar siquiera las cortinas. Agradeció que el astro lo hubiera hecho abrir los ojos porque apenas terminara de bañarse, tomar un café y comer algo, se iría a las oficinas de la Secretaría de Educación para solicitar una copia de los documentos que le había entregado Olivos. Se había comprometido a salvaguardar la identidad de sus fuentes y cumpliría a cabalidad.

En el palacio de gobierno le indicaron en qué oficinas podía presentar su petición. Como llevaba los números específicos de los folios que requería, el funcionario que lo atendió le dijo que en diez días hábiles le darían respuesta; de ser aprobada su solicitud, en otros diez días hábiles recibiría la copia de los documentos.

Vicente no tenía prisa; es más, esos veinte días le permitirían hacer otras pesquisas para el caso. Dejó la dirección de la redacción de *Enlace* para que le enviaran ahí la copia de los documentos en caso de que fuera aprobado el pedido.

Llamó por teléfono a Olivos y la invitó a tomar un café en el restaurante de su hotel. Sofía le dijo que llegaba en media hora.

El boleto de regreso de Vicente a la Ciudad de México tenía fecha del domingo y era martes. ¿Qué haría en los cuatro días que le restaban de estancia en Chihuahua? Miró el teléfono celular que había colocado sobre la mesa donde esperaba a Olivos y no pudo resistirse. Marcó el número de Clarisa, quien respondió al primer timbrazo.

—¡Qué milagro! ¿Dónde te habías metido? Causaste un desmadre con lo que escribiste el otro día y ya ni siquiera me llamaste.

—Discúlpame, he estado ocupado en la capital con otras cosas. Estoy por llegar a Juárez, ¿podríamos vernos?

—Sabes que sí. ¿En el mismo hotel?

—El mismo lugar, búscame mañana por la mañana.

—Hasta mañana, pues.

Aunque se lo habían prohibido, después de hablar con Olivos, Vicente tomaría sus cosas y se iría en autobús a Juárez. Gastaría más dinero de lo previsto, pero qué se le iba a hacer. A la capital del estado regresaría el sábado durante el día o por la tarde.

—¿Cómo te fue en la revisión de los documentos? —le preguntó Sofía apenas se sentó frente al reportero.

—Los estudié de inmediato. Esto no es sólo corrupción del estado; tiene pinta de ser algo directamente orquestado en el gobierno de Calderón Nieto. Todavía no sé para qué, pero espero que me ayudes a descubrirlo. Ya pedí copia de los documentos en la Secretaría de Educación; me dijeron que, si se aprueba la solicitud, en unos veinte días los estaré recibiendo.

—¡Excelente! Te mueves muy rápido. No te van a negar la solicitud, ya lo verás, ni ellos tienen idea de lo que hay detrás de eso.

—Tú sí. Dame otras pistas para desarrollarlas mientras espero los documentos.

—Te traje otras copias, son de los recibos que firmó David Gutiérrez Gutiérrez, el tesorero del Comité Ejecutivo Nacional del partido del presidente Calderón Nieto. Él recibió de Herrera los setecientos millones de pesos en efectivo. Creemos que el dinero se usó para financiar, en otros estados de la república, las campañas de los candidatos del partido en el poder.

Investiga las empresas prestadoras de los servicios; no existen, son fantasma.

”Recuerda que yo no te entregué estos documentos ni hablaste conmigo. Eso lo pueden resolver en tu periódico.

A Vicente, las cuatro horas que hizo el autobús que lo llevó a Ciudad Juárez se le hicieron ocho. La información que le había pasado Olivos lo hacía querer ponerse a trabajar de inmediato en el reportaje. Sin embargo, tenía dos problemas: se había comprometido con Clarisa y no podía regresar a su casa hasta el domingo, pues su mamá podría sospechar.

En la terminal de autobuses abordó un taxi que lo llevó al hotel Plaza Juárez. En el camino estuvo pendiente del menor movimiento. Estaba nervioso y no pudo conciliar el sueño esa noche, después de cenar en el restaurante del Plaza. No saldría a la calle a menos que lo acompañaran sus fuentes.

Carolina revisaba una lista de terrenos que estaban a la venta en las zonas más favorables para abrir un negocio en la ciudad, cuando Camilo abrió la puerta de su casa.

La mujer que se encargaba del aseo estaba ocupada en el cuarto de planchar, escuchando una estación de música tropical. A Carolina la visita del pocho le cayó como anillo al dedo porque quería salir a ver un terreno que estaba a menos de quince minutos de su casa; iría sola, pues se resistía a compartir algunos de sus planes con ese movido que era un poco descuidado y bocón.

—Camilo, te quiero pedir un favor, no vayas a negarte.

—¿Qué necesitar?

—¡Shingao, bato, qué jodedera con tu español! Tengo que ir a ver a una amiga que está enferma. La señora que me ayuda está planchando y no la puedo dejar sola. Me tardo una hora máximo. ¿Me esperarías aquí?

—Con una condición.

—¿Cuál, cabrón?

—Querer fumar un poco de mota, poquita.

—Únicamente por esta vez, pero allá arriba en la terraza, y me abres todas las ventanas para que se salga la pinshi peste.

Camilo subió a la terraza, sacó un pequeño paquete del bolsillo de su camisa y se metió dos pases de soda. Luego prendió un cigarro de mariguana y le dio hambre. Sabía que en el refrigerador no encontraría más que jugo de naranja y yogurts. Lo auscultó y, para su sorpresa, en el congelador halló tres cajas de pizza congelada; eligió la que tenía queso, jamón y piña. Con la caja entró a la cocina y se dio cuenta de que la *pinshi* Carolina no tenía horno de microondas. Puso la pizza sobre la mesa y fue al cuarto de planchar.

—Señora, ¿usted saber prender horno de la estufa? Yo querer calentar una pizza, ¿puede?

—Sí, señor, ahora lo hago.

De una bolsa de su mandil, la humilde mujer guerrerense sacó una caja de cerillos Talismán —que nunca le faltaba porque fumaba— y prendió el piloto de la estufa. Después de eso regresó a sus labores.

Como la señora le dijo que en unos quince o veinte minutos estaría lista su pizza, Camilo volvió a la terraza a terminar de fumar su cigarro de mota. Muy tranquilo pensaba en los jales pendientes cuando uno de sus guarros lo llamó al celular.

—Patrón, está saliendo un shingo de humo de la casa.

—¿Humo, de dónde?

—Creo que de la cocina, patrón.

—¡Señoraaaa! —gritó Camilo mientras bajaba las escaleras.

—¿Qué pasa, señor Camilo?

—Humo en cocina.

Ambos abrieron la puerta de la cocina y descubrieron las llamas dentro de la estufa. La mujer no lo entendía: la pizza seguía sobre la mesa y sólo habían pasado siete minutos desde que había puesto a calentar el horno. Tomó un trapo y lo empapó para poder abrir la puerta del horno. Cuando lo consiguió, tanto a Camilo como a ella se les salieron los ojos de sus cuencas: se estaban quemando pacas de billetes. Se quedaron paralizados unos segundos, sin saber qué hacer, hasta que Camilo reaccionó y comenzó a echar agua con un vaso. La señora logró apagar el fuego, pero los billetes seguían ardiendo.

En cuanto abrió la puerta de su casa, Carolina percibió la turbación de Camilo. Éste se hallaba sentado en la sala junto a la señora de la limpieza, quien estaba aterrada.

—¿Por qué huele a humo, Camilo?

—Prender horno con pizza.

—Señora, el señor Camilo sacó una pizza congelada y me pidió que la calentara en el horno. Cuando lo encendí, se quemó lo que tenía adentro. No fue mi culpa, se lo juro; yo no sabía que allí guardaba su dinero.

Carolina aventó su bolsa sobre uno de los sillones y jaló a Camilo de un brazo para que la siguiera a la planta alta.

—No quiero ni entrar a esa cocina, Camilo. Dime, ¿se quemó todo el dinero que tenía en el horno?

—Sólo poquito.

—Shingue a su madre. ¡Ahí había cinco millones de dólares, Camilo, cinco!, ¿sabes lo que es eso?

—No preocupes. Ahora pido que los traigan, yo te los pago. ¿Qué hago con la señora?

—Nada. ¿Qué shingados quieres hacer con ella? No fue su culpa.

—La pueden llevar mis guarros.

—No friegues. Esto es lo que vamos a hacer: me repones ahora mismo el dinero y le das veinte mil dólares a la señora para que se regrese a su tierra. Cuidadito y le hagas algo porque te las verás conmigo. Date prisa, que no te queda mucho tiempo.

—¿Tiempo de qué?

—Nada, olvídalo, yo sé de qué te hablo… ¡Apúrate, cabrón!

Clarisa cumplió su palabra y llegó al hotel Plaza para ver a Vicente, quien la estaba esperando en su habitación. En la recepción la comunicaron con él; le pidió que la encontrara en el restaurante, lo invitaría a desayunar.

—Juárez está caliente, Vicente, te estás arriesgando. No salgas solo ni te metas al centro, hay ojos por todos lados.

—Quiero saber qué es lo que está pasando.

—Tu reportaje alborotó el gallinero. Los de Sinaloa andan encabronados shingándose a todos los del viejo cártel de aquí. Se pusieron de acuerdo con el gobierno para shingarse a los que te dieron la información.

—No me digas que dieron con nuestro amigo.

—Para nada, ese cabrón ya se pintó de aquí. Antes de irse me dijo que buscaras a Carolina, que te dejó un encargo con ella. La Gente Nueva anda levantando a quien le parezca sospechoso.

—Voy a llamar a Carolina.

—No, Vicente, no la llames. Te repito que tienes que andar con cuidado. Yo la busco. ¿Cuándo te vas?

—El sábado.

—Te me regresas mañana mismo, no maches. Acabo de decirte que las cosas están muy calientes. Le voy a pedir a Carolina que venga esta noche a verte. Por favor no salgas del hotel.

En cuanto Clarisa se fue, el reportero guardó sus cosas en la maleta para regresar a Chihuahua al otro día. En Chihuahua ya vería cómo volver a la Ciudad de México. Decidió que no llegaría a su casa hasta el domingo. Iría a buscar a Vélez a su departamento y le confesaría que había desobedecido las órdenes del licenciado Gil.

Carolina apareció a las nueve de la noche en la recepción del Plaza. Lucía preciosa; llevaba un vestido corto muy ajustado y unas zapatillas que la hacían ver mucho más alta que Vicente. Coqueta como siempre y sonriente, fue a tocar a la puerta de la habitación del reportero.

—Hola, guapo. ¿Listo para salir? Te voy a llevar a un recorrido por algunas cantinas, ¿vienes?

—Me recomendó Clarisa que me quedara en el hotel.

—Cómo serás desconfiado… Conmigo no hay problema, iremos a lugares seguros, no te preocupes. Nuestra amiga me dijo que te vas mañana; nunca he tenido la oportunidad de invitarte unos tequilas, déjame hacerlo por favor.

Vicente se puso una chamarra y Carolina lo llevó a una colonia que él desconocía. Entraron en una cantina y se sentaron frente a la barra. La hermosa güera pidió dos tequilas y él no se sintió cómodo diciéndole que no.

—Aquí en Juárez nos tomamos tres tequilas de Hidalgo para empezar la parranda. ¡Salud!

—¡Salud! —le respondió Vicente con un ardor en la panza.

Se tomaron los tres tequilas seguidos, ella pidió la cuenta y lo condujo a otro antro no lejos de la primera cantina. Carolina estaba a gusto con el reportero. Se le había quedado mirando y le gustaba por serio y porque tenía unas formas que en nada se parecían a las de los juarenses. El chilango era educado, cosa que le fascinaba.

En el segundo antro ella pidió una margarita y él una cerveza. Vicente se sentía mareado desde que se había terminado el tercer tequila. Estaba nervioso porque Carolina se había sentado muy cerca de él y con toda intención dejaba que el vestido mostrara sus muslos.

El reportero estaba absorto con la presencia de aquella mujer. Recorrieron cuatro cantinas más; ambos estaban completamente ebrios cuando les dieron las dos de la mañana.

—¿No tienes hambre, guapo?

—Un poco. ¿A dónde podemos ir a comer a estar horas?

—Te voy a llevar a comer burritos. Los de chile relleno son los mejores. ¿Ya los probaste?

—No, nunca. Pero vamos.

Olvidándose de las recomendaciones de Clarisa, que la propia Carolina conocía, Vicente y ella fueron al puesto de burritos Meny, en pleno corazón de la colonia Juárez. Pidieron dos burritos de chile relleno. El lugar estaba a reventar de batos que, se notaba, acababan de dejar la parranda, como ellos.

Tres tipos que estaban comiendo en el sitio comenzaron a murmurar entre sí. No le quitaban la vista de encima a Carolina, que se hallaba de espaldas a Vicente.

—Con dos sí puedo, con tres no sé.

—¿De qué me hablas?

—De esos tres que no dejan de mirarte con tanto descaro. ¡Qué falta de educación!

Carolina volteó a ver a los batos y les sonrió; acto seguido, le entregó dos billetes de a cien pesos al que les había servido los burritos y con brusquedad jaló de la mano a Vicente y lo llevó a buscar su Escalade, que había dejado encargada con el Flaco, el parquero de esa cuadra, a quien ella conocía muy bien. Cuando estaban a punto de llegar a la camioneta, Vicente se soltó de la mano de Carolina y la enfrentó con coraje.

—¡Que sea la última vez que me sacas de un lugar como si fuera yo un pendejo! —le gritó.

—Mira, cabrón, aquí en la Juárez no duras ni un minuto si andas de valiente. Vámonos y súbete a la camioneta, chilanguito guapo.

Lo condujo de regreso al hotel. En el trayecto no hablaron una sola palabra. Cuando llegaron al estacionamiento del Plaza, Carolina abrió la guantera de su camioneta y sacó unos papeles que le entregó al reportero.

—Ahí van unos nombres y números de teléfono. Me pidieron que te dijera que se los entregues a quienes creas conveniente —le dijo.

Cuando Vicente le extendió la mano para despedirse y darle las gracias, ella tomó su mano y, sin decir agua va, le dio un beso largo en la boca. Luego le pidió que se bajara, dijo "hasta luego" y se fue.

Vicente durmió un par de horas y muy temprano se fue a la terminal de autobuses para viajar a Chihuahua. Al llegar a la capital del estado tomó un taxi y se fue directo al aeropuerto. Consiguió que sin costo extra le cambiaran su vuelo, argumentando que había surgido una emergencia en su casa.

Pepe Vélez lo recibió en su departamento y, luego de escuchar la versión de su pupilo de lo que había ido a hacer a Chihuahua y a Ciudad Juárez, le propuso acompañarlo a la oficina de Gil el lunes por la mañana, antes de que llegaran sus colegas a la redacción.

Camilo había pasado una noche de desenfreno metiéndose soda y tachas. Estaba despatarrado en uno de los sofás de la sala de su casa cuando escuchó un golpe en la puerta. Cubierto el rostro con pasamontañas y pistola en mano, entraron cuatro agentes a levantarlo y a rastras lo llevaron hasta un carro que arrancó y salió disparado del Campestre apenas lo pusieron esposado en el asiento de atrás. Le cubrieron la cabeza con un saco de tela negra para que no viera a dónde lo llevaban. Afuera de su casa, la policía federal inmovilizó a sus escoltas, que también fueron esposados y subidos a diferentes patrullas de los feos. Fue una operación milimétrica.

Los tres agentes de la DEA y el policía federal mexicano que lo capturaron cruzaron con su detenido y caminando la garita de Santa Teresa. Otros agentes de las tres letras y de los US Marshall los esperaban en varias camionetas blindadas. A Camilo lo subieron a uno de los vehículos y fue lo último que se supo de ese movido hasta que, en el periódico local, dos días después, salió la noticia de que agentes de la DEA habían secuestrado y sacado de México, con la ayuda del gobierno local, a uno de los narcotraficantes más poderosos de Ciudad Juárez y del país.

Clarisa citó a Carolina en el restaurante La Carbonería, que estaba en la avenida de la Raza, no lejos de La Chaveña.

—¿Qué sabes de Camilo?

—Lo mismo que tú, Clarisa, que se lo llevaron los de las tres letras.

—¿Qué vas a hacer?

—¿Yo qué shingados? Nada. Le dije que tuviera cuidado, pero no me hizo caso. Dicen que a varios de sus guarros también se los llevaron para El Chuco y que están cooperando con los gabachos. Se lo van a shingar y bonito.

—¿Cómo lo sabes?

—Porque lo vi en un viaje, hace tiempo. Tan, tan, Clarisa, se acabó el desmadre. Voy a vender mi casa del Campestre y me voy a dedicar a los negocios y a cuidar a mi hija. Ya estuvo suave de tanto maroteo, ¿no crees?

—Pues a cerrar la boca, m'hija.

—Sí, también a ti te conviene cerrar el hocico, Clarisa; ya sabes que en boca cerrada no entran moscas, y aquí en Juárez hay un shingo de moscas y mosquitos que pican, no lo olvides.

Desde esa última cena en La Carbonería, Carolina y Clarisa dejaron de hablarse por teléfono y frecuentarse.

—Así que no entendiste la orden, muchacho.

—Licenciado, me fue imposible resistirme a la propuesta que me hizo el equipo de transición del gobernador Barral.

—No te culpo, pero tampoco te condono. Es este apostolado del reporteo lo que nos mueve. La información es buenísima, tal como me lo explicaste. La investigación sobre las empresas es lo más sencillo; Vélez te ayudará. Quiero que entre los dos investiguen y tecleen el texto. Él te acompañará a Chihuahua por si tienes que regresar; es por seguridad. ¿Estamos?

—Estamos, licenciado.

—Vicente se gastó en el viaje casi todo lo que había ahorrado para sus vacaciones. ¿Se le podría reembolsar el dinero, licenciado?

—No veo inconveniente. Hablaré con los jefes, que seguramente se molestarán un poco, pero yo me encargo. Déjale a mi secretaria el total de los gastos que hiciste, Vicente (con los comprobantes, claro), para que se te regresen esos viáticos. A trabajar, jóvenes.

La dupla de reporteros salió exultante de la oficina de Gil. Ambos se coordinaron para investigar lo de las empresas y lo relacionado con Gutiérrez Gutiérrez, porque el caso pondría en jaque a todo el gobierno de Calderón Nieto, para no hablar del de Martínez.

El licenciado Gil y Vélez recomendaron a Vicente que por el momento se olvidara de los nombres y números de teléfono que le había pasado una de sus fuentes en Ciudad Juárez.

El paquete llegó a los trece días de la solicitud que Vicente presentó en Chihuahua. Cuando el reportero arribó a la redacción de *Enlace,* Goyo le entregó el sobre, y él ni siquiera hizo caso de la propuesta de su amigo de ir a comprar champurrado y tamales. Abrió el sobre y puso los documentos sobre su escritorio. Frente a él tenía la pieza que faltaba al texto que ya casi había terminado de redactar con Vélez. Estaban completamente identificadas las cinco empresas como frentes del partido de Calderón Nieto.

En documentos de la Contraloría de la Federación encontraron la relación directa de Gutiérrez Gutiérrez con las empresas fantasma. Se trataba de una triangulación de fondos de la hacienda federal al gobierno de Martínez para que éste, por instrucción presidencial, sacara en efectivo los setecientos millones de pesos y se los entregara al tesorero del partido en el poder para fines electorales en otras entidades.

Con dinero del estado de Chihuahua, Martínez reemplazó el que recibió de la hacienda federal. Los cincuenta millones de pesos faltantes habían sido depositados en una cuenta bancaria a nombre nada menos y nada más que de Gutiérrez Gutiérrez.

El reportaje de *Enlace* firmado por Vélez y Vicente sacudió al gobierno de Calderón Nieto y a su partido. Los partidos de oposición y sus líderes exigían justicia y cárcel para los responsables del fraude a la nación con propósitos electorales. La investigación fue un éxito que políticamente colocó una lápida de corrupción e impunidad sobre la tumba del sexenio de Calderón Nieto, que expiraría el próximo año.

El escándalo afianzó la determinación del gobernador Barral de meter a la cárcel por corrupto al gobernador Martínez. Un juez del estado de Chihuahua giró la orden de aprehensión contra Gutiérrez Gutiérrez, el secretario de Educación de la entidad y otros funcionarios del gobierno estatal, Herrera incluido. Los involucrados fueron detenidos y enviados a prisión en espera de su proceso judicial, a sólo semanas de que Barral asumiera la gubernatura. Martínez desapareció del estado antes de entregar el despacho a su sucesor. No se fue lejos; las autoridades estadunidenses, en colaboración con el gobierno de Chihuahua, lo ubicaron en El Paso. Le llegaría su turno a la sabandija de cuello blanco, todo era cuestión de tiempo y de que terminara la gestión y protección de su padrino, Enrique Calderón Nieto.

Cuatro meses después de la publicación del reportaje sobre la triangulación del dinero de Hacienda a las arcas del partido en el gobierno, el sexenio de Calderón Nieto estaba totalmente desprestigiado a nivel nacional e internacional porque la investigación periodística de *Enlace* la retomó un periódico de Estados Unidos de influencia e importancia mundial. Eso permitió que Manuel Andrés Flores Labrador, uno de los principales líderes de la oposición del país, se colocara como favorito para ganar las elecciones presidenciales del año siguiente.

—Lo que me molesta del reportaje que teclearon es que le hayan hecho un favor a un político. No tolero a los oportunistas, pero eso es otro boleto y no el nuestro; el de nosotros es seguir informando con veracidad y obligar a los gobernantes a rendir cuentas, algo que en este país es una excentricidad. Pareciera que los mexicanos estamos condenados a nunca tener políticos y gobiernos honestos.

—No sea tan pesimista, licenciado.

—Ahora resulta que el mismísimo José Vélez es optimista respecto de nuestro pobre y querido México.

—La esperanza es lo que muere al último, licenciado.

—Salió el acólito a defender al sacerdote. Vicente, será mejor que me digas qué piensas hacer con esa información que tienes pendiente. Pondera con mucho cuidado a quiénes se la puedes entregar. No olvides que necesitamos la corroboración oficial para nosotros también elaborar algo.

—Necesito ir a Juárez. Voy a darle los datos a una de mis fuentes de Estados Unidos; confío en él y creo que sería la persona indicada para lo que usted pide.

—¡Otra vez! ¿No entiendes que es peligroso?

—Yo lo acompaño. Vicente tiene razón, licenciado: los gringos son los adecuados para esto.

—No, si voy a Juárez preferiría hacerlo solo. No es nada contra ti, Pepe; dudo que la fuente quiera recibirnos a los dos.

Gil y los directivos de *Enlace* autorizaron el viaje a la frontera. Les dio confianza saber que Vicente se entrevistaría en Juárez con un funcionario de una poderosa agencia estadunidense.

Vicente reservó su boleto de avión para el jueves de la semana siguiente. Estaba nervioso cuando llamó al agente del FBI. Sin embargo, éste lo felicitó por el reportaje sobre la triangulación del dinero y aceptó reunirse con él la tarde del viernes de la semana entrante, en el lugar de siempre —el jardín del hotel Plaza—. La condición fue la misma: sin grabadora.

Tras acordar el encuentro con el agente del FBI, el reportero marcó el número del teléfono celular de Carolina, con quien no había tenido comunicación desde aquel beso cuyo recuerdo lo hacía sentirse en las nubes. No podía sacarlo de su mente y se conmovía cada vez que evocaba ese breve momento en la camioneta que a él se le hizo una eternidad. Ansiaba volver a ver a aquella mujer misteriosa y guapa de Ciudad Juárez. Le respondió la grabadora automática del aparato, y ni siquiera era la voz de ella. "Llámame. Soy Vicente" fue lo que se le ocurrió dejar como recado, consciente de que lo más seguro era que el número al que había llamado ya no fuera el de aquella hermosa mujer de la frontera.

Pasó el fin de semana con mucha ansiedad. Carolina no lo llamó, y así transcurrieron el lunes y el martes. Se convenció de que no le devolvería la llamada. Se consideró un iluso y sintió lástima de sí mismo. ¿Qué podía pretender con un beso de una mujer como aquélla, demasiado hermosa para alguien como él?

Vicente se encontraba en casa preparando su maleta para el viaje de tres días a Ciudad Juárez cuando su mamá entró a la habitación con su teléfono celular, que había dejado sobre la mesa del comedor.

—Es la segunda vez que suena. Tu padre y yo no nos dimos cuenta de que estabas encerrado y no lo escuchabas.

—Gracias, mamá.

La pantalla del teléfono decía que la llamada provenía de un número privado y desconocido.

—¿Bueno? —dijo después de contestar.

—Hola, guapo. ¿Cómo estás?

—Bien, gracias. Te llamé porque llego este jueves a Juárez.

—Okey. Paso por ti a las diez de la noche. Nunca cambias de hotel, así que ahí nos vemos. Bye, bye, guapo.

El reportero quedó más desconcertado que el día que dejó el mensaje en la grabadora del teléfono celular de Carolina.

El agente del FBI leyó los nombres y los números de teléfono que contenían las tres hojas que le dio Vicente. Se quedó en silencio breves instantes y luego le dio un trago al whisky que había pedido en el bar del hotel.

—Esta información es muy delicada, Vicente. No quiero enterarme de cómo la conseguiste, aunque lo imagino. Lo que quiero saber es si tienes idea de lo que significa.

—No lo sé.

—Significa la ruina del gobierno de tu país, y en especial del secretario de Seguridad Pública. Es una red de teléfonos que, estoy seguro, ayudará a esclarecer muchas cosas que hemos estado investigando, y sobre todo los nexos con el narcotráfico al máximo nivel en el gobierno de México.

El agente del FBI se levantó y de un trago apuró el whisky que quedaba en su vaso.

—Pronto vas a tener noticias, y, te lo aseguro, serán más fuertes y reveladoras que tu reportaje del otro día. Suerte.

—¿En cuánto tiempo?

—No lo sé, pero no creo que demoremos mucho en comunicarnos.

En cuanto se despidió del agente, Vicente fue a su habitación, se bañó y se arregló detenidamente para esperar a Carolina. Faltaba media hora para su llegada y pensó que esos treinta minutos serían una eternidad.

Para su fortuna, en ese preciso momento lo llamó Gil para saber si se encontraba bien y cómo le había ido en la reunión con su fuente de los Estados Unidos. Al jefe de la redacción de *Enlace* Vicente le dio todos los detalles de la entrevista. Gil le aconsejó que no se entusiasmara tanto, que la prudencia en el periodismo era una virtud. El joven tuvo que cortar la comunicación telefónica con su superior porque de la recepción del hotel le informaron que lo estaba esperando una señorita. Le mintió a Gil sobre el motivo de su repentina salida; le dijo que iba a reunirse con otra fuente.

Carolina estaba bellísima, o eso le pareció a Vicente al verla sentada en uno de los sillones de piel de la recepción. Se emocionó cuando ella se le acercó y le dio un beso en los labios.

—Iremos al Kentucky. No te preocupes, estarás seguro.

—Vamos al lugar que propongas. Gracias por pasar por mí.

La histórica barra de Ciudad Juárez estaba llena, pero en el extremo izquierdo (junto a los baños) había dos lugares vacíos. Hacia allá se dirigió Carolina, seguida por Vicente. Lo llevaba tomado de la mano, como si fueran novios o pareja. El reportero se acomodó en el último asiento de ese lado de la barra y ella a su lado derecho. Notó cómo un gringo que había quedado junto a Carolina la volteaba a mirar con embeleso.

Pidieron tequila. No estaba su amigo el cantinero y los atendió otro tipo. La conversación giró sobre lo que había hecho el reportero desde la última vez que se habían visto. Ella dijo que no se había enterado del reportaje de Vicente, lo último que éste había escrito en relación con Chihuahua.

El gringo no dejaba de ver a Carolina, y eso incomodó a Vicente. Su molestia creció cuando les sirvieron otros tequilas cortesía del gabacho. Toda coqueta, Carolina se volteó a decirle "tenkiu", y el tipo aprovechó para hacerle conversación. Hablaba español, para acabarla de fregar.

Vicente le dijo a Carolina que iba al baño y la güera ni caso le hizo. Cuando regresó, descubrió que tanto ella como el gringo habían girado su asiento para quedar frente a frente.

—Carolina, vamos a otro lado, ¿te parece?

—No shingues, si acabamos de llegar. Diviértete, vete a poner música en la rocola. Anda, ponme una de Juanga.

Vicente se disponía a buscar la música que le había pedido Carolina, pero, al ver que el gringo le agarraba el cabello, no resistió y salió furioso del Kentucky. Se paró a media calle y miró primero hacia el norte y después hacia el sur. No cabía duda, en esa frontera se vivía al filo de la navaja. Tomó el primer taxi que se topó con él en la avenida Juárez y le pidió que lo llevara al hotel. Al entrar en su habitación tomó su teléfono celular y borró del directorio los datos de Carolina. Regresaría por la mañana a la Ciudad de México.

Carolina vio cuando Vicente se dirigía hacia la puerta y con brusquedad hizo a un lado al gringo asqueroso que le acariciaba el cabello. "Stop", le gritó. Se acercó a la entrada del bar y se escondió entre los clientes para observar lo que hacía Vicente. Lo vio mirar en dirección a El Paso y luego hacia Juárez, y cuando abordó el taxi. Se acomodó el cabello y dejó atrás al Kentucky y al gringo para ir al parqueadero y en su camioneta salir rumbo a casa para encontrarse con su hija Nadia. Desde que besó a ese reportero sintió que se estaba enamorando de él y no se lo podía permitir. Ella era de la frontera y una vieja cabrona que no se doblegaría por nada y ante nadie, y menos por enamoramiento de un "pinshi bato chilango". Había decidido ser nómada en el amor, y esa noche utilizó al gringo para demostrarse a sí misma la presencia de esa frontera que nunca podría cruzar.

Ciudad Juárez, Chihuahua, abril de 2018.

NOTA DEL AUTOR

Tu cabello es la frontera es una novela basada en hechos reales. En muchos casos se cambiaron nombres de personas, años y lugares en los que ocurrieron los acontecimientos descritos. Otros personajes de la historia son identificados con su verdadero nombre y apellido, por la relevancia que tuvieron durante la disputa entre narcotraficantes por el control de Ciudad Juárez.

El objetivo de este trabajo es retratar por medio de la ficción la vida de la frontera norte del país, ese otro México dentro de México, desconocido o mitificado por muchos.

Tu cabello es la frontera de Jesús Esquivel
se terminó de imprimir en noviembre de 2019
en los talleres de
Grafimex Impresores S.A. de C.V.
Av. de las Torres No. 256 Valle de San Lorenzo
Iztapalapa, C.P. 09970, CDMX, Tel: 3004-4444